JANA VOOSEN

Unser Weg nach morgen

ROMAN

WILHELM HEYNE VERLAG
MÜNCHEN

Sollte diese Publikation Links auf Webseiten Dritter enthalten, so übernehmen wir für deren Inhalte keine Haftung, da wir uns diese nicht zu eigen machen, sondern lediglich auf deren Stand zum Zeitpunkt der Erstveröffentlichung verweisen.

Penguin Random House Verlagsgruppe FSC® N001967

Originalausgabe 11/2021
Copyright © 2021 by Jana Voosen
Copyright © dieser Ausgabe
by Wilhelm Heyne Verlag, München,
in der Penguin Random House Verlagsgruppe GmbH,
Neumarkter Straße 28, 81673 München
Redaktion: Tamara Rapp
Printed in Germany
Umschlaggestaltung: Eisele Grafik Design, München
unter Verwendung von Trevillion Images (CollaborationJS),
Shutterstock.com (BABAROGA),
Alamy Stock Foto (bilwissedition Ltd. & Co. KG)
Satz: GGP Media GmbH, Pößneck
Druck und Bindung: GGP Media GmbH, Pößneck
ISBN: 978-3-453-42525-5

www.heyne.de

Prolog

Hamburg, September 2002

Die Strahlen der Sonne fielen durch die hohen Fenster und erhellten den Erker, der wie ein schwangerer Bauch aus der Fassade des prächtigen Altbaus im Hamburger Stadtteil Eimsbüttel ragte. Draußen wuselte das Leben, die Menschen trafen sich in den zahlreichen Straßencafés oder bummelten durch die von Linden gesäumte Straße, um einen der letzten warmen Tage des Jahres zu genießen. Es war fast Herbst, und die Aussicht auf einen weiteren langen und nasskalten Winter trieb die Hamburger nach draußen. Vom nahe liegenden Spielplatz klang Kinderlachen herüber und mischte sich mit dem Kreischen der Möwen, die ihre Kreise am stahlblauen Himmel zogen.

Mit geradem Rücken saß Lilo an ihrem antiken Sekretär. Sie lauschte dem Ticken der Standuhr, schloss für einen Moment die Augen und spürte die Sonne warm auf dem Gesicht.

Tick, tack, tick, tack.

Ihr Körper in dem Drehsessel fühlte sich schwer an, sie hatte in den letzten Jahren an Gewicht zugenommen. Die Pralinen von Konditor Bosselmann, mit denen sie sich seit Ludwigs Tod die Abende versüßte, forderten ihren Tribut.

Lilo hob die Hände, legte sie auf die Tastatur ihrer altmodischen Schreibmaschine und konnte wie immer kaum glauben, dass die blauen Adern, die Altersflecken, die dünne Pergamenthaut zu ihr gehörten.

Tick, tack, tick, tack.

In dem Moment, da sie einen Blick auf das Ziffernblatt warf, begann die Uhr zu schlagen. Ding, dang, dong. Drei Uhr. Ihre liebste Zeit des Tages begann.

Langsam schlug sie die ersten Buchstaben an, schrieb ein paar Worte, zögerte, nickte, machte weiter.

Sie war gerade richtig in Schwung gekommen, als sie das Rumpeln des Teewagens auf dem Flur vernahm, dazu Helenes unsichere Schritte. Und ihren trockenen Husten, der sie nun schon seit Tagen quälte.

Sie sollte endlich damit zu einem Arzt gehen, dachte Lilo. Aber in diesem Punkt war Helene so stur wie ein alter Maulesel. Lilo seufzte. Es war seltsam. So viele Jahre ihres Lebens hatte sie die andere Frau weit fort gewünscht. Nun machte sie sich Sorgen um sie.

Die Klinke quietschte, und Helene betrat das Zimmer. Diesen Raum, den sie beide noch immer ihren *Salon* nannten, obwohl diesen Ausdruck heutzutage niemand mehr benutzte. Lilos Finger verharrten über der Tastatur. Sie wandte sich nicht um, obwohl sie wusste, dass Helenes Blick auf ihr ruhte. Doch Lilo musste sich nicht umdrehen, um zu wissen, dass die Frau, mit der sie seit siebenundfünfzig Jahren ihre Wohnung, ihr Leben und noch viel mehr teilte, in ihrem rosafarbenen Jackie-O-Kostüm und mit ein bisschen zu viel Rouge im Gesicht in der Tür stand.

»Was machst du?«, fragte Helene wie jeden Tag.

»Schreiben«, antwortete Lilo, auch wie immer.

»Ich habe uns einen Tee gekocht.«

Jeden Nachmittag dasselbe Ritual, dachte Lilo halb verärgert, halb belustigt. Sie hörte das Schaben der Räder des Servierwagens auf dem alten Parkett und Helenes beinahe lautlose Schritte. Der Duft der anderen Frau wehte heran, eine Mischung aus Chanel No 5, Lavendel und dem Minzaroma ihres Mundwassers.

Lilo wandte sich nun doch um und musterte die zierliche Frau, die zwei Meter von ihr entfernt in der Mitte des Raumes stand und Tee in zwei Porzellantassen goss.

Sie sieht nicht gut aus, dachte sie unbehaglich. Helene, ihr Leben lang eine zarte Erscheinung, wirkte heute beinahe durchscheinend. Wie ein Vogeljunges, das aus dem Nest gefallen ist, fuhr es Lilo durch den Kopf, und sie erhob sich automatisch und trat auf die andere zu.

»Was ist mit dir?« Obwohl sie das gar nicht geplant hatte, klang sie ruppig und ein wenig vorwurfsvoll. »Geht es dir nicht gut? Komm, setz dich!«, fügte sie sanfter hinzu und führte sie zu ihrem Sessel.

»Ich will dich aber nicht stören«, murmelte Helene.

»Du platzt doch jeden Tag um diese Uhrzeit hier herein.«

Helene lächelte schwach. »Weil ich weiß, dass dir ein Tee bei der Arbeit guttut.«

Sie schwiegen eine Weile. Wir klingen wahrhaftig wie ein altes Ehepaar, dachte Lilo. Und wahrscheinlich halten uns die meisten Leute auch genau dafür. Heutzutage war es ja nicht ungewöhnlich, wenn zwei Frauen zusammenlebten. Als Ludwig noch an ihrer Seite gewesen war, hatte ihre Wohngemeinschaft den Menschen mehr Rätsel aufgegeben.

Und doch hatten sie mit ihren Vermutungen danebengelegen.

Helene hob die Hand und deutete in Richtung der Schreibmaschine. »Wann darf ich es endlich lesen?«, fragte sie, und Lilo beobachtete besorgt ihren schmalen Brustkorb, der sich angestrengt hob und senkte.

Sie zog den Schemel heran und bettete Helenes Füße darauf. Legte ihr eine gehäkelte Decke über die Beine.

»Wenn es fertig ist.«

»Wahrscheinlich hast du alles verdreht«, sagte Helene, und der ungewohnte Anflug von Humor ließ Lilo lächeln.

»Natürlich hab ich das.«

Helene begann zu husten. Es klang schaurig, wie ein schmerzvolles Bellen.

»Du bist krank.« Lilo legte eine Hand auf die Stirn der anderen und verbrannte sich fast die stets kalten Finger an der heißen Haut. Jetzt registrierte sie auch den Fieberglanz in Helenes Augen. »Du gehörst ins Bett! Ich bringe dich in dein Zimmer. Und dann rufe ich einen Arzt.«

Helene schüttelte den Kopf. »Gleich. Du kannst gleich jemanden rufen«, sagte sie. »Aber vorher muss ich dir noch was sagen.«

»Tu das nicht«, unterbrach Lilo sie. »Helene, tu nicht so, als würdest du …«

»Danke«, sagte Helene, ohne auf ihre Worte zu achten. »Wirklich, Lilo, ich möchte mich bei dir bedanken.«

»Du dankst mir doch andauernd«, erwiderte Lilo brüsk. »Seit damals. Wenn du dich wirklich erkenntlich zeigen willst, dann gehst du jetzt ins Bett und kurierst dich aus.«

»Keine Sorge.« Trotz des Fiebers lächelte Helene beinahe

schelmisch. »Du weißt doch, dass du mich nicht so leicht loswirst.«

Auch Lilo musste lächeln. »Da hast du allerdings recht«, sagte sie.

»Weißt du noch?«, fragte Helene. »Der 25. Dezember 1945?«

»Ja, natürlich.«

»An diesem Tag hast du mir das Leben gerettet.«

»Du übertreibst mal wieder maßlos«, sagte Lilo, aber Helene schüttelte nachdrücklich den Kopf.

Versonnen blickten beide Frauen vor sich hin. Sie waren plötzlich weit weg. In einer anderen Zeit. Hier in diesem Zimmer, aber mehr als ein halbes Jahrhundert zurück …

1.

Hamburg, 2019

Ertappt zuckte Nele zusammen, als die antike Messingglocke über der Eingangstür bimmelte und Kundschaft ankündigte. Sie schlug das Buch zu, in dem sie gerade gelesen hatte, und stand schnell aus dem bequemen, mit Samt bezogenen Ohrensessel auf, der eigentlich den Kunden vorbehalten war.

Hier, in der hintersten Ecke der *Bücherwelt*, konnte man es sich gemütlich machen. Ein Buch aus dem Regal ziehen, es im Schein der Stehlampe durchblättern, sich einfangen lassen von der Geschichte. Erst einen Satz lesen, dann einen Abschnitt, eine Seite, ein Kapitel. Darüber die Zeit vergessen und all das, was noch erledigt werden musste. Einkäufe, Rechnungen, unbeantwortete E-Mails …

Irgendwann tauchten die Kunden dann wieder auf, überrascht von der eigenen Pflichtvergessenheit und gleichzeitig beglückt von der unerwarteten Auszeit. Dann blieb nur noch, das Buch zu bezahlen und es mit nach Hause zu nehmen. Wie einen Urlaub, den man in der Tasche aufbewahrte. Stets bereit, einen fortzutragen aus dem Alltag.

»Hallo?«

Und jetzt war es Nele selbst passiert. Sie legte das Buch beiseite.

»Ja, ich bin hier. Entschuldige. Hallo, Leonie!« Sie trat ihrer Stammkundin entgegen, die sich schüttelte wie ein nasser Hund, sodass die Regentropfen von ihrem dunkelgrünen Parka spritzten.

»Mistwetter«, schimpfte die junge Frau. »Kann denen da oben mal einer Bescheid geben, dass wir schon Juni haben?«

»Der einzige Nachteil an der schönsten Stadt der Welt«, grinste Nele.

»Ich hätte doch den Studienplatz in Freiburg nehmen sollen«, murrte Leonie und zog einen Zettel hervor.

»Das wäre schade gewesen.« Nele nahm ihr die Buchbestellung ab. Wie immer war es eine bunte Mischung: Thriller, Liebesromane, Sachbücher, Autobiografien. »Wow, ganz schön viele!«

»Ich hab noch ein paar Kommilitonen mehr von der Sache überzeugen können.« Leonie reckte die Faust gen Himmel. »Support your local bookstore!«

»Wirklich toll. Und wie schön, dass ihr jungen Leute so viel lest.«

»Ihr jungen Leute ... Was bist *du* denn? Eine alte Frau?«, fragte Leonie, die mit Mitte zwanzig gerade mal fünf Jahre jünger war als Nele.

»Eine in den besten Jahren.« Nele zwinkerte der Studentin zu und zog los, um die Bücher einzusammeln, die sie vorrätig hatte. In der Leseecke fiel ihr Blick wieder auf den Roman, in den sie gerade noch vertieft gewesen war und von dessen Cover ihr eine junge Rothaarige mit entschlossenem Gesichtsausdruck entgegenblickte. Sie hielt das Buch in die Höhe. »Du magst doch Dystopien, oder? Hab ich gerade reinbekommen und finde es wirklich richtig ...«

»Ich nehm es«, unterbrach Leonie sie, und Nele lächelte.

»Bei solchen Kunden macht es Spaß, Buchhändlerin zu sein.«

Sie trug den Stapel zum Tresen, setzte ihn ab und zog die Computertastatur heran. »Den Rest muss ich bestellen. Du kannst die Bücher morgen …«

»Ab zehn Uhr abholen«, vervollständigte ihr Gegenüber den Satz. »Super.« Sie reichte Nele eine Kreditkarte über den Ladentisch und begann, die Bücher in ihren mitgebrachten Jutebeutel zu packen.

Nele zog die Karte durch das Lesegerät und reichte Leonie Kassenbeleg und Abholschein. »Dann bis morgen.« Sie warf einen Blick durchs Schaufenster. »Soll ich dir einen Schirm leihen?«

»Geht schon.« Die Studentin zog eine Grimasse und setzte die Kapuze ihrer Jacke auf. »Ich schau lieber nicht nach, was für ein Wetter die in Freiburg gerade haben.«

Nele begleitete sie zum Ausgang und öffnete die Tür. Schräg gegenüber, auf der anderen Seite der Ottenser Einkaufsstraße, leuchtete der Schriftzug der großen Buchhandelskette, die dort vor zwei Monaten eine neue Geschäftsstelle eröffnet hatte.

Die Türglocke bimmelte, und Nele war wieder alleine im Laden. Sie kämpfte die trüben Gedanken nieder, die beim Anblick der Konkurrenz automatisch in ihr aufstiegen. Dass es Mitbewerber gab, in Form des Online-Versandhandels oder der großen Ketten, war sowieso klar. Aber die Konkurrenz genau gegenüber vor die Nase gesetzt zu bekommen, das war schon ein harter Brocken.

Na gut, sie wollte sich die Laune nicht verderben lassen, also beschloss sie, an etwas anderes, etwas Schöneres, zu denken. Morgen war Mittwoch und damit zwischen sechzehn und siebzehn Uhr Vorlesestunde für Kinder. Nele liebte diese Nachmittage, wenn die Kleinen wie gebannt an ihren Lippen hingen, sich voll und ganz auf die Geschichten einließen, die sie ihnen vorlas. Sie reagierten so ehrlich, so unmittelbar, lachten laut, stießen erschreckte Rufe aus oder versteckten sich in wohligem Grusel hinter ihren Eltern. Es war Nele egal, ob diese dann am Ende der Stunde ein Buch kauften oder nicht, die Augen der Kinder, in denen die Begeisterung funkelte, waren für sie Belohnung genug.

Sie würde aus »Eine Woche voller Samstage« vorlesen, eines ihrer Lieblingsbücher aus Kindertagen. Mit Kajalstift konnte sie sich und den Kindern blaue Wunschpunkte ins Gesicht malen, und in der Verkleidungskiste, die sie im Laufe der Jahre gut bestückt hatte, befand sich eine rote Perücke, die sie über ihren braunen Bob ziehen konnte. Grüne Augen hatte sie sowieso, und sie würde einen Hosenanzug tragen, nicht aus Neopren, aber immerhin blau. Nele lächelte voller Vorfreude.

Vor zehn Jahren, direkt nach dem Abitur, durch das sie sich mit Ach und Krach gemogelt hatte, war sie wild entschlossen gewesen, Erzieherin zu werden. Ihre Umgebung hatte wenig verständnisvoll auf diesen Berufswunsch reagiert. Wollte sie wirklich ihr Leben damit verbringen, eine Horde Kinder von fremden Leuten zu hüten? Ja, genau das wollte sie. Mit Feuereifer und sehr viel mehr Fleiß, als sie jemals auf dem Gymnasium hatte aufbringen können, hatte sie zwei Jahre lang die Berufsfachschule besucht. Nur noch das einjährige Praktikum hatte ihr gefehlt – doch dann war alles anders gekommen. Ihr Vater war an Bauchspeicheldrüsenkrebs erkrankt. Es war schnell gegangen, und vielleicht war das ein Glück, auch wenn Nele das damals nicht so sehen konnte. Wenige Wochen vor seinem Tod hatte sie die Bücherwelt übernommen. Er hatte seine Frau nur ein Jahr nach Neles Geburt verloren, hatte sein Kind alleine großgezogen, war der liebevollste Vater gewesen, den ein Mädchen sich nur wünschen konnte. Sie hatte ihn einfach nicht gehen lassen können ohne das Wissen, dass seine Tochter sein Lebenswerk für ihn bewahrte.

Manchmal fragte Nele sich, wie ihr Leben wohl aussähe, wenn es anders gelaufen wäre, doch im Grunde ihres Herzens glaubte sie, dass alles seinen Sinn hatte. Zum Beispiel hätte sie sonst vielleicht niemals Julian kennengelernt.

Bei dem Gedanken an ihn stieg ein warmes Gefühl in ihr auf. Vor einem halben Jahr war er in ihr Leben getreten und hatte es ganz schön auf den Kopf gestellt. Davor war ihr Liebesleben für fast drei Jahre praktisch nicht existent gewesen. So lange, dass sie sich um ein Haar von Franzi, ihrer besten Freundin, hätte breitschlagen lassen, sich bei einer Partnervermittlung im Internet anzumelden, und das, obwohl alles in ihr sich dagegen sträubte. Nele war eine echte Romantikerin und glaubte nicht daran, dass Amor mit Elite-Partners kollaborierte.

Tatsächlich sorgte er stattdessen dafür, dass am Mittwoch vor jenem Wochenende, an dem Nele für die Anmeldung im Partnerportal mit Franzi verabredet war, Julian in die Bücherwelt geschlendert kam. Auf den ersten Blick hielt sie ihn für einen Studenten, so jungenhaft wirkte er mit seiner langen, schlaksigen Figur, die in Jeans, T-Shirt und Sneakers steckte.

Erst allmählich erkannte sie, dass er mindestens Ende dreißig war, mit sympathischen, nach oben weisenden Lachfältchen um die braunen Augen und ein paar hauchfeinen grauen Strähnen im strubbeligen dunklen Haar. Er stöberte fast eine halbe Stunde lang herum, las im Stehen, an eines der Bücherregale gelehnt, in mehrere Bücher hinein, kaufte schließlich drei davon, unterhielt sich ein paar Minuten mit Nele und verließ den Laden. Nele hatte ihm lange hinterhergeschaut. So einen hätte sie gerne mal kennengelernt. Attraktiv, ohne übertrieben gut aussehend zu sein, belesen, höflich. Seine positive Ausstrahlung hatte sie beeindruckt.

Schon am selben Nachmittag war er zurück. Nele hockte auf dem großen Lesesessel inmitten einer Gruppe Kinder. Sie trug einen spitzen Hut, unter dem ein roter Zopf mit Schleife hervorlugte, hatte sich eine lange Nase mit Warze aufgesetzt und schwarze, struppige Augenbrauen gemalt. Während sie aus *Für Hund und Katz ist auch noch Platz* vorlas, kam Julian mit einem kleinen Jungen an der Hand herein. Leise ließen sie sich in der hintersten Reihe nieder, Julian nickte grüßend und lächelte, woraufhin sie sich zweimal verhaspelte, dann komplett die Zeile verlor und von vorne beginnen musste.

»Da bin ich wieder«, sagte er, als er nach dem Vorlesen an die Kasse trat, um das Gesamtwerk von Julia Donaldson und Axel Scheffler zu erstehen.

»Ähm, ja«, sagte Nele wenig eloquent. Sie hätte alles dafür gegeben, nicht in Hexenbemalung vor ihm zu stehen. Andererseits war mit Blick auf das etwa fünfjährige Kind an seiner Seite ohnehin klar, dass es eigentlich egal war. Er war vergeben.

»Da hat dein Papa jetzt aber viel vorzulesen, was?«, sagte sie und reichte dem Jungen den Stapel.

Der strahlte und nickte. »Aber erst nächste Woche«, erklärte er, »diese Woche wohne ich bei Mama.« Damit sauste er davon, während Nele versuchte, diese neue Information zu verarbeiten.

»Mika, warte vor der Tür auf mich«, rief Julian seinem Sohn hinterher. »Ich komm gleich.« Er wandte sich wieder Nele zu und grinste ein bisschen verlegen.

In diesem Moment spürte Nele, wie ihr Herz schneller zu schlagen begann.

Am nächsten Tag hatte er ihr Kaffee gebracht, mit geschäumter Sojamilch, die sie nicht mochte, aber das war ihr egal. Sie hatten das Gebräu im Stehen getrunken, ganz unbefangen. Das Gespräch war so leicht gewesen, so natürlich. Er war Drehbuchautor und schrieb für verschiedene Serien, träumte aber davon, irgendwann einmal einen Roman zu schreiben. Obwohl sie sich ja kaum kannten, erzählte Nele, dass sie eigentlich lieber Erzieherin geworden wäre, weil Kinder einfach ihre Lieblingsmenschen waren. Kinder trauten sich, nur sie selbst zu sein, sagten, was sie dachten und lebten ganz im Moment.

Eine volle Stunde hatte das unverhoffte Date gedauert, und niemand hatte sie gestört. Zum ersten Mal seit Monaten hatte Nele dies nicht den schlechten Verkäufen zugeschrieben, sondern höherer Fügung.

Ein Lächeln umspielte Neles Lippen, als sie daran zurückdachte. Zwar war nicht alles so reibungslos verlaufen wie diese erste Verabredung, denn es war kompliziert, wie man so sagte – und das war vermutlich ganz normal, wenn eben nicht nur zwei Menschen beteiligt waren, sondern auch noch ein Kind mit zugehöriger Mutter. Aber sie waren ein Paar, und das nun schon ein halbes Jahr lang. Heute waren sie verabredet, sie wollten Essen vom Lieferservice bestellen und es sich auf der Couch mit einem Film gemütlich machen. Nele freute sich auf den bevorstehenden gemeinsamen Abend und summte vergnügt vor sich hin, während sie eine wasserdichte Kiste mit Büchern vollpackte.

Als sie damit fertig war, warf sie einen Blick auf die Pendelstanduhr, die seit Eröffnung der Bücherwelt vor fast einhundert Jahren Teil des Inventars und der ganze Stolz erst ihres Urgroßvaters, dann ihres Großvaters und schließlich ihres Vaters gewesen war. Viertel vor vier. Gleich würde ihre Mitarbeiterin eintreffen, um den Laden zu übernehmen, damit sie selbst Bücher an einige Kunden ausliefern konnte, die nicht mehr gut zu Fuß waren.

Zehn Minuten später kam Stefanie herein. »Puh, was für ein Wetter ... Hallo, Nele!« Sie stellte ihren Schirm in den dafür vorgesehenen Ständer und streifte die Kapuze von den schwarzen Locken. »Hör mal, ich hab eine Idee. Ich glaube, sie ist gut. Drüben haben sie doch im ersten Stock eine Getränke-Bar. Für so was haben wir hier keinen Platz, aber wir könnten doch trotzdem Kaffee anbieten. Man müsste natürlich erst mal in einen Vollautomaten investieren, aber ich denke, dass es sich lohnen würde. Was meinst du?«

Nele lächelte. Stefanie war wirklich ein Phänomen. Jede Woche kam sie mit einer neuen Idee für die Bücherwelt um die Ecke, und das, obwohl sie eigentlich studierte und nur nebenbei im Laden arbeitete. »Find ich gut. Lass mich darüber nachdenken«, sagte sie.

»Aber nicht zu lange!«, mahnte Stefanie, nahm ihre vom Regen gesprenkelte Nickelbrille ab und putzte sie ausgiebig.

Nele griff nach Regenhose und Friesennerz und zog beides an. Stefanie hatte recht. Sie war zu zögerlich, was die Umsetzung von neuen Ideen betraf – und verstand eigentlich selbst gar nicht, warum. Vielleicht lag es daran, dass die Bücherwelt das Vermächtnis ihres Vaters war. Jede Veränderung schien ihn noch ein Stück weiter von ihr zu entfernen. Und doch … er war ja schon seit zehn Jahren nicht mehr da. Um auf dem Markt bestehen zu können, brauchte es innovative Ideen. Solche, wie Stefanie sie immer wieder aus dem Hut zauberte. Auch der Kurierdienst für Hamburger Kunden war ihr Einfall gewesen.

Nele packte die Kiste mit beiden Händen und marschierte in Richtung Ausgang. »So, ich fahre los.«

»Willst du nicht noch ein bisschen warten?«, fragte Stefanie mit einem zweifelnden Blick nach draußen. »Es gießt doch in Strömen.«

»Ach was. Du weißt doch, Regen ist erst, wenn der Lieferdienst im Schlauchboot kommt.«

»Wenn du meinst.« Stefanie hielt ihr die Tür auf, und Nele trat hinaus in den Regen. Verstaute die Ware in ihrem Lastenfahrrad und spannte sicherheitshalber noch eine Plane darüber. Dann breitete sie die Arme aus, wandte das Gesicht in Richtung Himmel, schloss die Augen und spürte die Regentropfen auf ihre Haut prasseln. Als waschechte Hamburger Deern mochte sie dieses Wetter, auch wenn die meisten sie deshalb für verrückt erklärten. Aber Nele hatte früh beschlossen, die häufige Nässe und Kälte ihrer Heimatstadt willkommen zu heißen, statt sich davon deprimieren zu lassen.

»Weißt du, was Obelix dazu sagen würde?«, rief Stefanie ihr zu, die noch immer im Eingang der Bücherwelt stand.

»Na klar.« Nele grinste. »*Die spinnen, die Hamburger.* Aber er ist eben ein Gallier. Die *können* uns gar nicht verstehen.« Sie schwang sich auf den Sattel und trat in die Pedale.

Nach einer zweistündigen Fahrt, die sie erst an der Ostseite der Alster entlang und dann in die schicken Elbvororte geführt hatte, war Nele trotz Regenkleidung nass bis auf die Haut.

»Vielleicht spinnen wir ja wirklich ein bisschen«, murmelte sie vor sich hin, als sie vor einem kleinen, etwas windschiefen Fachwerkhaus in einer Wohnstraße in Osdorf anhielt. Obwohl nicht allzu weit außerhalb, verströmte das Viertel ein beinahe ländliches Flair mit seinen teilweise noch erhaltenen alten Bauernhöfen und Katen, die sich mit der vorstädtischen Siedlungsweise der Nachkriegsjahrzehnte abwechselten. Eine tapfere Mutter kämpfte sich mit einem etwa dreijährigen Knirps, der begeistert in die Pfützen sprang, durch das Schietwetter. Nele lächelte den beiden zu und spannte den Schirm auf, nicht für sich, sondern um das letzte auszuliefernde Buch vor dem Regen zu schützen, und hastete die drei Stufen hinauf zum überdachten Eingang des Häuschens. Der Name Vogel stand neben dem Klingelknopf. Nele wollte ihn gerade drücken, als das Handy in ihrer Tasche den Eingang einer Nachricht auf ihrer Mailbox verkündete. Sie zog es heraus und stellte fest, dass sie einen Anruf von Julian verpasst hatte.

»Sie haben eine neue Nachricht«, teilte ihr die Ansage mit.

»Liebe Nele, ich bin's«, erklang gleich darauf die Stimme von Julian. Das tat er immer, wenn er eine Nachricht hinterließ. Er sprach sie an, als schriebe er einen Brief. Nele fand das ebenso seltsam wie schön. »Es tut mir wahnsinnig leid, ich fürchte, ich muss unsere Verabredung absagen. Mika ist krank, und Diana hat heute Abend einen Geschäftstermin, den sie nicht absagen kann. Sie hatte natürlich einen Babysitter organisiert, aber das funktioniert nicht, wenn Mika Fieber hat. Ich muss einspringen. Tut mir wirklich leid. Wir holen das nach, versprochen! Herzliche Grüße und Küsse, dein Julian.«

Nele ließ das Telefon sinken. Enttäuschung durchflutete sie. Das war auch nur angemessen. Er versetzte sie und brachte damit ihre Abendgestaltung durcheinander. Durchaus ein Grund, um ein bisschen geknickt zu sein. Aber da war noch ein Gefühl, und das beunruhigte sie: Genervtheit. Ein unangemessener Frust über den armen, kranken Fünfjährigen, der Julians Sohn, und auf die Mutter, die seine Ex-Frau war. Eigentlich tat der Kleine ihr leid, und sie fand nichts selbstverständlicher, als dass sein Vater an seine Seite eilte, anstatt das fiebernde Kind einer fremden Betreuung zu überlassen. Tatsächlich liebte sie Julian noch mehr dafür, dass er so ein leidenschaftlicher Vater war. Bloß war es dummerweise immer sie, die zurückstecken musste.

Nele atmete tief ein und aus und zählte dabei bis zehn. Schon besser.

Sie hob das Telefon. Eigentlich sprach sie lieber direkt mit Julian, aber dieses Mal wählte sie dennoch einen Messengerdienst. Sie wollte ihn und Mika nicht beim Abendbrot stören. Und vor allem wollte sie nicht, dass er ihrer Stimme anhörte, wie sie sich fühlte.

»Lieber Julian«, tippte sie, »das tut mir sehr leid. Gute Besserung für Mika, ich hoffe, es geht ihm bald wieder gut. Ja, holen wir nach, kein Problem. Küsse, Deine Nele.«

Sie tippte auf »Senden«, und die Nachricht machte sich mit einem vernehmlichen Zischen auf den Weg zu Julian.

2.

»Sie wünschen?«

Nele zuckte heftig zusammen und wandte sich in Richtung der Eingangstür. Durch einen schmalen Spalt starrte ein Mann mit weißen Haaren sie misstrauisch an. Natürlich. Die klatschnasse Frau vor seiner Tür musste ihm seltsam vorkommen.

»Entschuldigen Sie bitte.« Schnell steckte Nele das Telefon weg. »Mein Name ist Nele Winkler von der Bücherwelt in Ottensen. Ich habe eine Lieferung für Frau Mathilda Annemarie Vogel.«

»Eine Lieferung?«

Nele war irritiert. Der Mann wirkte geradezu entsetzt, worauf sie sich keinen Reim machen konnte. »Ich, äh ...«, stammelte sie und warf noch einmal einen Blick auf die Adresse. Aber es hatte alles seine Richtigkeit. Auch der Name stimmte. »Wohnt denn hier keine Mathilda ...«

»O doch«, unterbrach sie der Mann und nickte heftig. »Sie wohnt hier.« Im selben Moment wurde er von jemandem zur Seite gedrängt. Die Tür schloss sich, jemand fummelte an der Kette herum, dann öffnete sie sich erneut.

»Guten Tag.« Eine kleine, alte Dame mit auffällig hellblauen Augen in dem von reichlich Falten durchzogenen Gesicht lächelte Nele an. Dann wandte sie sich an ihren Mann. »Du schaust zu viel Aktenzeichen XY, Heinz. Ich glaube nicht, dass das Mädchen uns ausrauben möchte. Oder wollen Sie das?«

»Äh, nein. Ganz sicher nicht.«

»Na, siehst du.«

»Genau dasselbe würde aber auch ein Räuber sagen«, gab der Alte zu bedenken.

Nele gab ihm im Stillen recht. »Ich bringe Ihnen das bestellte Buch«, sagte sie laut und hielt das Beweisstück in die Höhe.

»Siehst du«, sagte die Frau wieder. Sie musterte Nele mit ihren hellen Augen. »Meine Liebe, Sie sind ja pitschnass. Sie werden sich erkälten. Bitte kommen Sie herein.«

»Nein, danke, ich ...«, widersprach Nele, doch da zog die Frau sie schon energisch am Ärmel ihrer Regenjacke in die kleine Diele und schloss die Tür. Das Haus war überheizt und ein bisschen stickig, aber durchgefroren, wie sie war, empfand Nele die Wärme, die ihr entgegenschlug, als äußerst angenehm.

»Fremde sollte man nicht einfach ins Haus lassen«, bemerkte der alte Mann, sah allerdings nicht so aus, als hoffte er darauf, gehört zu werden. »Und man sollte auch nicht zu Fremden ins Haus gehen«, versuchte er es daher noch mal an Nele gewandt.

»Papperlapapp«, sagte Frau Vogel, schien sich aber dennoch genötigt zu fühlen, Nele zu beruhigen. »Wir sind alte Leute. Wir tun Ihnen nichts. Im Gegenteil: Ich hab da was für Sie.«

Nele lächelte. »Zweiundzwanzig Euro wären schön«, sagte sie.

Die alte Frau sah sie verblüfft an.

»Für das Buch«, erklärte Nele rasch. »Es kostet zweiundzwanzig Euro.«

»Ach so. Selbstverständlich. Heinz, hast du vielleicht gerade mal ...?«

»Natürlich.« Der Angesprochene seufzte und zog eine betagte Geldbörse aus Leder aus seiner Gesäßtasche hervor. »Ich begreife es nur nicht. Wieso schmeißt du alles weg, wenn du dann neue Sachen kaufst?«

»Ich schmeiße *nicht* alles weg. Nur die Sachen, die kein Glücksgefühl verströmen. Und ein neues Buch macht glücklich.« Sie drückte die Errungenschaft an sich und griff noch einmal nach Neles Arm. »Tee?«

»Nein, danke. Ich müsste dann auch gleich wieder …«

»Natürlich. Lassen Sie mich nur kurz überlegen.« Sie musterte Nele für einen Moment, dann nickte sie. »Ja, jetzt weiß ich. Kommen Sie nur herein.«

Die alte Frau tippelte voran. Der Mann, der noch immer in seiner Geldbörse kramte, gab einen unzufriedenen Laut von sich. »Ich habe leider nur einen Hunderter. Aber oben müsste noch Kleingeld sein.«

Er trottete seiner Frau hinterher, doch statt ihr ins Wohnzimmer zu folgen, nahm er die gewundene Treppe in den ersten Stock. Nele, die seine unsicheren Schritte beobachtete, begriff, dass es noch ein Weilchen dauern würde, bis sie das Geld bekam. Aber da sie ja heute nun doch nichts mehr vorhatte, folgte sie Frau Vogel, die ihr ungeduldig zuwinkte.

»Nun kommen Sie. Es ist hier drin.«

Neugierig betrat Nele das Wohnzimmer. Der Raum war altmodisch, aber geschmackvoll eingerichtet. Typisch für Menschen dieser Generation, die mit ihrem Stil anscheinend irgendwo in den Sechzigern hängen geblieben waren. Dunkle Möbel, braun gemusterte Tapeten, schwere Vorhänge. Es stand nur wenig Krimskrams auf den vorhandenen Oberflächen. Dafür war der Boden übersät mit Gegenständen. Bücher,

Geschirr, Schallplatten, Fotoalben, alles lag bunt durcheinander. Nur eine schmale Schneise führte zu einem bequemen Sessel mit Fußschemel.

Frau Vogel lächelte ein wenig verlegen. »Entschuldigen Sie, es sieht hier nicht immer so aus. Ich befinde mich mitten in einem Projekt.« Sie wühlte in einem der Stapel herum, offensichtlich suchte sie etwas. »Kennen Sie Marie Kondo?«

Nele ließ ihren Blick über das Chaos schweifen und verstand. »Ja, natürlich«, antwortete sie. Die Bücher der japanischen Aufräumexpertin hatten für viele Monate auf der Bestsellerliste gestanden. Nele hatte Dutzende davon verkauft. »Sie misten aus?«

Die alte Dame nickte eifrig. »Meine Tochter hat mir dieses Buch geschenkt.«

»Magic Cleaning?«

»Genau. Ich habe ja den Verdacht, dass sie das nicht ganz ohne Eigennutz getan hat.« Die Frau lachte leise. »Schließlich hat sie vier kleine Kinder und muss sich später um alles kümmern, wenn wir mal nicht mehr sind, mein Mann und ich.«

Nele räusperte sich unbehaglich.

»Wir müssen alle sterben, meine Liebe«, sagte die alte Dame freundlich, »und bei uns ist es wohl eher früher als später der Fall. Jedenfalls sortiere ich jetzt schon mal fleißig aus. Ah, da ist es ja!« Sie lächelte zufrieden und zog einen mit einem dicken Gummiband zusammengehaltenen Stapel Papier hervor. Ihre schmale, von Altersflecken übersäte Hand klopfte auf den Blätterberg.

Nele warf einen Blick darauf, aber die oberste Seite war leer. »Was ist das?«, fragte sie.

»Ein Buch«, sagte die Frau. »Oder ist es erst ein Buch, wenn es gedruckt wurde?« Sie sah Nele fragend an, ohne wohl wirklich mit einer Antwort zu rechnen. »Das wissen Sie besser als ich. Vielleicht ist es eher ... eine Geschichte. Ja, so kann man sicher sagen.«

»Eine Geschichte?«, fragte Nele und griff nach dem Stapel. Löste das Gummiband und zog das Deckblatt weg. *Mathildas Mütter* stand auf der nächsten Seite. Sie schob die Papiere darunter auseinander, die beidseitig eng beschrieben waren. Augenscheinlich nicht mit dem Computer, sondern mit einer alten Schreibmaschine. Hier und da war die Schrift verwischt. Viele Stellen hatte der Autor – oder die Autorin? – mit Tipp-Ex gelöscht und dann neu überschrieben.

Nele las den ersten Satz.

Lieselotte war keine Schönheit, jedenfalls nicht in der Zeit, in der sie lebte.

»Und diese Geschichte«, wandte sich Nele wieder der alten Dame zu, »haben Sie die geschrieben?«

Ihr Gegenüber schüttelte den Kopf. »Nicht ich, nein. Meine Mutter.«

»Aha.«

»Sie ist vor vier Jahren gestorben.«

»Das tut mir leid«, sagte Nele und fragte sich gleichzeitig, wohin diese Unterhaltung wohl führen mochte.

»Schon gut, sie war sehr alt. Über neunzig. Nach ihrem Tod musste ich natürlich ihre Wohnung ausräumen, und viele Kartons sind danach einfach in unserem Keller gelandet. Aber jetzt habe ich alles rausgekramt und dabei das hier gefunden. Die Lebensgeschichte meiner Mutter.«

»Ein Tagebuch?«

Die Frau schüttelte heftig den Kopf. »Ein Roman. Wirklich spannend, kann ich Ihnen sagen. Er wird Ihnen gefallen.«

»Ich …«

»Es geht nicht nur ums Ausmisten, wissen Sie? Sondern auch darum, dass man nicht gleich wieder neuen Kram anhäuft. Und deshalb gibt es diese tolle Regel. Sie heißt: Eins rein, eins raus.«

Nele starrte verdutzt auf den Packen in ihren Händen und wollte ihn automatisch an Frau Vogel zurückreichen, doch die schüttelte den Kopf.

»Nein, nein. Das ist für Sie. Verstehen Sie? Sie bringen mir ein Buch, und ich gebe Ihnen eins dafür.«

»Ja, aber … die Lebensgeschichte Ihrer Mutter? Wollen Sie die denn nicht behalten?«, fragte Nele.

Ihr Gegenüber schüttelte heftig den Kopf. »Ich kann die Geschichte auswendig, meine Liebe. Schon als Kind habe ich sie viele Dutzende Male gehört.« Sie legte sich eine Hand auf die Brust. »Ich trage sie in meinem Herzen.«

Nele hatte plötzlich einen Kloß im Hals.

»Aber für Sie ist es ideal. Ein Buch, das sie garantiert noch nicht kennen. Obwohl Sie Buchhändlerin sind.« Frau Vogel strahlte Nele an. »Und Sie wissen ja sicher: Die Bekanntschaft mit einem einzigen guten Buch kann das Leben verändern.«

Nele riss die Augen auf. »Äh … was?«, fragte sie, und es war beinahe ein Flüstern, so verblüfft war sie über den Satz, den sie so oft in ihrem Leben gehört hatte. Von ihrem Vater.

»Das hat meine Mutter immer gesagt. Ich weiß auch nicht, warum ich gerade jetzt darauf komme.«

»So, da bin ich wieder.«

Nele hörte die schlurfenden Schritte des alten Mannes hinter sich und wandte sich ihm zu.

»Zweiundzwanzig Euro. Es tut mir leid, ich habe nur Kleingeld.« In den zusammengelegten Händen hielt er ihr einen Berg Münzen entgegen.

»Das ist kein Problem ... eigentlich.« Nele stand einen Moment hilflos da, weil ihr mindestens eine Hand fehlte, um das Geld entgegenzunehmen.

Der Mann musterte den Stapel Papiere. »Ich verstehe. Eins rein, eins raus.« Er schmunzelte.

»Lach du nur«, sagte Frau Vogel. »Warten Sie, ich hole Ihnen einen Beutel.«

Sie verschwand und kam kurz darauf mit einem Leinensack zurück, in dem sie das Manuskript verstaute. »Eins rein, *zwei* raus«, sagte sie hochzufrieden.

Nele nahm das Geld in Empfang und ließ es in die Tasche ihrer Regenjacke gleiten.

»Wollen Sie es nicht zählen?«

»Ich vertraue Ihnen. Vielen Dank!«

Die beiden Alten geleiteten sie zur Tür und winkten, als würden sie eine Tochter verabschieden. »Auf Wiedersehen. Viel Spaß mit dem Buch! Ich werde demnächst mal bei Ihnen im Laden vorbeikommen und fragen, wie es Ihnen gefallen hat.«

»Nun setz sie doch nicht so unter Druck, Mathilda.«

»Ach Unsinn, so habe ich es ja gar nicht gemeint.«

Nele lächelte. »Schon gut. Ich freue mich auf Ihren Besuch. Auf Wiedersehen!« Sie hob grüßend die Hand und ging zu ihrem Fahrrad.

Es hatte zu regnen aufgehört. Die Sonne hatte sich wohl doch noch daran erinnert, dass es ein Sommerabend war.

Sie brach durch die Wolken und brachte die Pfützen auf der Straße zum Glitzern. Frau Vogels Stimme hallte in Neles Kopf wider, als sie das Manuskript im Anhänger verstaute. Die Sentenz, die, wie sie wusste, von dem französischen Autor Marcel Prévost stammte. *Die Bekanntschaft mit einem einzigen guten Buch kann das Leben verändern.* Eine der meistzitierten Weisheiten ihres Vaters. Nele war nicht übermäßig esoterisch veranlagt, aber jetzt kam sie doch ins Grübeln. Konnte es Schicksal sein, dass sie dieses Buch in ihren Händen hielt?

3.

»Reiner Zufall«, sagte ihre Freundin Franzi schlicht, als Nele am selben Abend bei ihr auf dem Sofa saß. »Du lässt dir aber auch alles aufschwatzen. Du willst das doch nicht wirklich lesen, oder?« Sie warf einen Blick auf den Packen Papier mit dem ungleichmäßigen Schriftbild.

»Warum denn nicht? Die Optik sagt erst mal rein gar nichts über den Inhalt aus. Vielleicht ist es ja wirklich eine so tolle Geschichte, wie Frau Vogel behauptet hat.«

»Das wage ich stark zu bezweifeln.« Franzi zog die Beine unter sich und schüttelte den Kopf. »Meiner Erfahrung nach halten Menschen ihre eigenen Familiengeschichten für sehr viel interessanter, als sie es in Wirklichkeit sind.«

»Kann schon sein.« Nele ließ den Rotwein in ihrem Glas kreisen.

Franzi grinste. »Jetzt lieferst du deinen Kunden nicht nur ihre Bücher bis an die Haustür, sondern übernimmst auch noch den Gang zum Altpapiercontainer.«

»Ich werf das doch nicht einfach weg!«, empörte sich Nele. »Jemand hat hier seine Lebensgeschichte aufgeschrieben.«

»Dann müllst du eben deine Zwei-Zimmer-Wohnung damit zu.« Franzi kicherte. »Ganz schön geschickt von dieser Frau Vogel.«

»Ich glaube wirklich, dass sie mir was Gutes tun wollte«, beharrte Nele und trank ihr Glas aus.

»Du warst noch nie besonders gut darin, anderen irgendwas abzuschlagen«, stellte Franzi kopfschüttelnd fest und schenkte ihrer Freundin Rotwein nach.

Es war nach neun, und sie hatten es sich in Franzis Wohnzimmer gemütlich gemacht. Der Schein von einem Dutzend Kerzen spendete ein warmes Licht und milderte so das sie umgebende Chaos aus Legosteinen, Kuscheltieren und Bauklötzen. Alle paar Sekunden sprang das Babyfon auf dem Couchtisch an und übertrug das Gedudel einer CD mit Kinderliedern.

Franzi ließ den Blick über die Unordnung schweifen. »Ich müsste auch mal dringend ausmisten«, seufzte sie. »Und ich glaube, die Musik kann ich langsam mal ausstellen. Hoffentlich ist sie endlich eingeschlafen, sie war ja völlig aus dem Häuschen wegen dir«, sagte Franzi und erhob sich.

»Tschuldigung«, sagte Nele grinsend.

»Quatsch, ist doch schön, dass sie ihre Patentante so mag. Ich mag dich schließlich auch.« Franzi verließ das Wohnzimmer, und Nele schnappte sich die überdimensionale Wolldecke, die Franzi in ihrer Schwangerschaft gestrickt hatte. Sie hatte die kleine, nach ihrem Geburtsmonat benannte Juli dann doch nie darin eingewickelt, weil sie plötzlich nicht mehr sicher gewesen war, ob die verwendete Wolle irgendwelche giftigen Substanzen enthalten könnte.

Nele waren die eventuellen Schadstoffe egal. Sie kuschelte sich bis zum Kinn in die Decke ein und trank noch einen Schluck Wein. Im Babyfon knisterte es, als Franzi die Tür zum Kinderzimmer öffnete. Ihre Schritte knarzten auf dem Dielenboden. Die Musik erstarb. Eine Sekunde lang war alles still.

Dann ein Aufschrei. »Nicht ausmachen!«

»Hey, ich dachte, du schläfst«, hörte Nele Franzi mit ihrer sanftesten Stimme sagen.

»Neiiiin. Du hast mich geweckt!«, heulte die dreijährige Juli.

»Das tut mir leid, Mäuschen. Komm, mach die Augen wieder zu.«

»Ist Nele noch da?«

»Ähm. Nein.« Nele konnte förmlich spüren, wie schwer ihrer Freundin die Lüge über die Lippen kam. Aber sie wussten beide, dass aus dem gemütlichen Abend nichts werden würde, wenn Juli davon Wind bekam, dass ihre Patentante noch immer im Wohnzimmer saß. Sie würde bis um Mitternacht mit ihr spielen wollen.

»Wann kommt sie wieder?«

»Bald. Schlaf jetzt.«

»Nicht rausgehen.«

»Mach ich nicht. Leg dich wieder hin, Süße. Schau, ich setze mich zu dir ans Bett.«

Nele sah sich in dem Wohnzimmer um, in dem sie schon unzählige Abende verbracht hatte, rappelte sich auf und begann, die verstreuten Spielsachen aufzuheben und in Kisten zu verstauen. Die Kisten stapelte sie in einer Ecke, neben dem roten Stoffhaus, in dem ein gutes Dutzend Kuscheltiere lebte. Nele spähte hinein und lächelte beim Gedanken daran, dass Juli sich bei jedem Versteckspielen hier verkroch und dann lauthals »Ich bin hier!« krähte, noch bevor man angefangen hatte, nach ihr zu suchen.

Nachdem sie aufgeräumt hatte, ließ Nele sich wieder auf das Sofa fallen.

Juli war mittlerweile dabei, von ihrem Tag im Kindergarten zu berichten. Sie wirkte quietschfidel, beschwerte sich über Anton, der sie immer schubste, schwärmte von Lilly, die schon groß und eine sogenannte Forscherin war. Irgendwie machte es nicht den Eindruck, als würde das Kind in nächster Zeit wieder einschlafen.

»So, Mäuschen, bitte schlaf jetzt«, hörte Nele Franzi sagen.

»Singst du mir noch was vor?«

»Doch die Juli konnt' nicht schlafen, sie fand keine Ruh«, sang Franzi, »niemand konnte helfen, sie bekam kein Auge zu.«

»So geht das nicht«, rief Juli empört. »Der König konnte nicht schlafen. Nicht ich.«

»Schsch, ist ja gut.« Allmählich klang Franzi verzweifelt.

Nele hätte ihrer Freundin gerne gesagt, dass sie sich nicht zu hetzen brauchte, aber zweifellos wäre es eine fürchterlich schlechte Idee gewesen, jetzt im Kinderzimmer aufzutauchen.

Sie griff nach dem Papierstapel, der auf dem Couchtisch vor ihr lag. Die Zeit konnte sie ebenso gut sinnvoll nutzen. Sie sah auf das Buchstabendurcheinander in ihren Händen. Dieses Manuskript zu lesen, würde tatsächlich ganz schön mühsam werden.

Sie blätterte vor zur ersten Seite, kniff die Augen zusammen. Der Abstand zwischen den Zeilen war so gering, dass es aussah, als würden die Buchstaben sich gegenseitig auf dem Kopf herumtanzen. Trotzdem übte das Manuskript eine unwiderstehliche Anziehung auf Nele aus. Beinahe ehrfürchtig legte sie eine Hand auf den Stapel und schloss für einen Moment die Augen. Versuchte sich vorzustellen, wie die alte, mittlerweile verstorbene Mutter von Frau Vogel vor ihrer Schreibmaschine saß. Wie sie ihre Erinnerungen konservierte und für die Nachwelt niederschrieb, bevor sie mit ihr sterben konnten.

Nele öffnete die Augen, rückte näher unter die messingfarbene Leselampe, die an einem Schwingarm über dem Sofa schwebte, und begann zu lesen.

4.

Hamburg, April 1937

Lieselotte war keine Schönheit, jedenfalls nicht in der Zeit, in der sie lebte. Sie war groß und spindeldürr. Ein Besenstil, wie ihr Bruder Herbert es in der ihm eigenen charmanten Art und Weise ausdrückte. In den Dreißigern, jenen Jahren, in denen Lilo aufwuchs, war mit einem solchen Aussehen kein Staat zu machen.

»Wenn es Krieg gibt, verhungerst du als Erste«, prophezeite ihr Großmutter Gertrud mit düsterer Miene, ehe sie ihr ein weiteres Stück Kuchen aufnötigte. Doch es half nichts. Lieselotte konnte essen und essen und blieb doch dünn.

Sie war die Tochter einer Hamburger Kaufmannsfamilie, das einzige Mädchen und Nesthäkchen unter vier Kindern.

Es war ein ungewöhnlich warmer Tag in Hamburg in diesem April des Jahres 1937. Lilo wanderte, die lederne Büchertasche unter den Gepäckträger ihres Fahrrades geklemmt, mit ihrer Freundin Elsa von der Schule nach Hause. Das Rad war Lilos ganzer Stolz. Sie hatte es Ende des letzten Jahres zu ihrem zwölften Geburtstag geschenkt bekommen. Normalerweise fuhr Elsa hinten auf dem Gepäckträger mit, doch heute hatten sie es nicht eilig und schlenderten plaudernd nebeneinanderher.

Am Nachmittag stand die Jungmädelprobe bei der Hitlerjugend an, und Lilo machte sich Sorgen. Obwohl sie größer war als die meisten Mädchen ihres Jahrgangs und viel längere Beine hatte als diese, konnte sie weder schnell laufen noch weit springen. Im Werfen war sie annehmbar, die verlangten zwölf Meter im Ballweitwurf würde sie wohl abliefern. Beim Sprint sah es anders aus. Wenn sie die sechzig Meter in vierzehn Sekunden schaffte, dann nur mit Ach und Krach. Im letzten Jahr war sie ein weiteres Stück in die Höhe geschossen und kam mit der Länge ihrer Gliedmaßen einfach nicht zurecht. Niemand stolperte so oft wie sie über die eigenen Füße. »Wie ein junges Fohlen«, pflegte ihr Vater Karl zu sagen und seine Tochter dabei gutmütig anzulächeln. »Eher wie ein Tollpatsch«, warf dann mindestens einer ihrer drei Brüder ein. Im nächsten Moment mussten Hans, Herbert und Hinrich die Beine in die Hand nehmen, um den Kopfnüssen, die ihr Vater verteilte, zu entgehen.

Insgeheim gab Lilo ihren Brüdern recht. Sie *war* ein Tollpatsch. Ungelenk und staksig. Seit ihr Körper damit begonnen hatte, sich in rasantem Tempo zu strecken, fühlte sie sich noch weniger wohl in ihrer Haut. Hätte sich am liebsten versteckt oder unsichtbar gemacht; doch stattdessen ragte ihr flachsblonder Kopf stets aus der Menge der kleineren Mädchen um sie herum heraus.

»Es wird schon werden«, tröstete Elsa sie und legte der Freundin eine Hand auf den Unterarm, mit dem diese ihr Fahrrad schob.

Sie war das exakte Gegenteil von Lilo, klein, ein bisschen mollig, mit Grübchen in den Wangen, schönen dunklen Locken, die in der Sonne rötlich glänzten, und hellbraunen, warmen Augen. Lilo beneidete sie glühend um diese Augen, denn ihre eigenen waren hellblau und kühl wie ein gefrorener See.

»Und wenn nicht, ist es auch egal. Dann sollen sie mich halt rauswerfen«, erwiderte sie gespielt gleichgültig, obwohl ihr bei dem Gedanken das Herz schwer wurde. Sie mochte die Nachmittage mit den Jungmädeln, alle ihre Freundinnen waren dabei. Was sollte sie sonst mit ihrer Zeit anfangen? Und was würden ihre Eltern dazu sagen, wenn man sie ausschloss?

»Das werden sie bestimmt nicht tun«, sagte Elsa überzeugt. »Im schlimmsten Fall musst du die Prüfung eben wiederholen, das ist alles.«

Gerade als Lilo zu einer Antwort ansetzen wollte, kam eine ganze Horde Jungs von hinten heran. Sie lärmten und grölten, und Lilo zog unwillkürlich die Schultern hoch, als sie Herbert, Hans und Hinrich erkannte. Zu Hause, geschützt unter den Fittichen ihres Vaters, kam sie noch einigermaßen mit ihnen klar, doch in Gesellschaft ihrer Freunde konnten die drei geradezu unausstehlich sein. Elsa warf einen Blick zurück.

»Oh, dein Bruder«, sagte sie, und ein Hauch von Rot überzog ihre Wangen, was ihr ein noch lieblicheres Aussehen verlieh.

Lilo brauchte nicht zu fragen, welchen Bruder sie meinte. Elsa war vollkommen verschossen in den sechzehnjährigen Hinrich, der sich seinerseits natürlich nicht die Bohne für sie interessierte. Vermutlich wusste ihr ältester Bruder nicht einmal, dass Elsa existierte. Es tat ihr leid für die Freundin; auf der anderen Seite hätte sie manchmal gerne mit ihr getauscht. Ihre eigene Existenz vergaßen die drei Brüder, alle im Abstand von nur etwa zwölf Monaten geboren, leider nie. Sie wurde oft zur Zielscheibe ihres pubertären Übermuts.

»Oho, sieh mal an, da ist ja unser Schwesterherz«, rief Herbert, der Zweitälteste, und Lilo seufzte innerlich.

»Nicht zu übersehen«, trompetete Hans, der Lilo nur zwei Jahre voraushatte.

Sie hörte, wie die Gruppe aus sechs Jungs ihre Schritte beschleunigte, um zu ihnen aufzuschließen.

»Hallo Hinrich«, sagte Elsa mit Piepsstimme, erhielt jedoch keine Antwort darauf.

Aus dem Augenwinkel sah Lilo, wie Herbert etwas vom Boden aufnahm und zu ihr herantrat. Eine schnelle Vorwärtsbewegung seines Arms, und plötzlich blockierte ihr Fahrrad. Mit dem Schienbein stieß sie hart gegen das Pedal und strauchelte. Im Fallen bemerkte sie den Ast, den Herbert zwischen die Speichen ihres Hinterrades gesteckt hatte. Sie spürte einen heftigen Schmerz in der linken Seite, als sie mit voller Wucht auf ihre Hüfte fiel, und streckte die Arme aus, um sich vor dem auf sie kippenden Fahrrad zu schützen.

Die Meute lachte grölend.

»Oh, Lilo«, sagte Elsa erschrocken und machte Anstalten, ihrer Freundin zu helfen, die hilflos wie ein Käfer auf dem Rücken lag, doch jemand anders war schneller.

Einer der Jungs löste sich aus der Gruppe, griff beherzt nach dem Fahrrad und zog es von Lilo herunter. Trotz ihrer misslichen Lage erkannte sie, dass es sich um den vierzehnjährigen Ludwig handelte, den besten Freund von Hans. Er stellte ihr Rad auf den Ständer und streckte ihr gleich darauf die Hand hin.

Lilo schlug die Augen nieder, wagte nicht, ihn anzusehen. Sie wusste, dass sie nicht wie Elsa hinreißend errötete, sondern dass sich auf ihrem Hals und ihrer Stirn hektische Flecken bildeten, die weniger an einen frischen Teint als vielmehr an eine unangenehme Hautkrankheit erinnerten. Mit abgewandtem Blick griff sie nach Ludwigs Hand. Ein Ruck, und sie stand wieder auf den Füßen. Dicht vor ihm, zu dicht. Der Schweiß brach ihr aus allen Poren. Sie schielte zu ihm hoch, blickte in sein zu jeder Jahreszeit wie von der Sonne geküsstes Gesicht, die grünen Augen, das spitzbübische Lächeln.

»Eieiei, was seh ich da«, stimmte Herbert an, und die anderen Jungs fielen johlend ein. »Ein verliebtes Ehepaar.«

Lilos Wangen brannten. Mittlerweile glich sie vermutlich einem gescheckten Meerschwein.

»Ach, haltet die Klappe«, rief Ludwig seinen Freunden gut gelaunt zu und schien nicht im mindesten beeindruckt von ihrem Spottlied. Dankbar schaute Lilo zu ihm auf. Er war einer der wenigen Jungs, bei dem das möglich war; die meisten, selbst die älteren, überragte sie trotz ihrer gerade mal zwölfeinhalb Jahre. Ihr Herz schlug schneller, als er ihr den Blick wieder zuwandte. Sie meinte, jeder müsste ihr die Gefühle ansehen, die bei seinem Anblick durch ihren Körper pulsierten.

Sag was, befahl sie sich selbst, sag irgendwas. Aber wie immer in seiner Gegenwart war sie wie gelähmt. Und stumm wie ein Fisch. Sag wenigstens danke, flehte sie innerlich, doch kein Laut kam über ihre Lippen.

Ludwig hob die Hand und legte sie ihr auf den Kopf. Genau über dem Haaransatz. Und dann verstrubbelte er mit schnellen Bewegungen ihr Haar, kraulte und tätschelte sie wie einen Welpen.

»Alles in Ordnung, Lottchen?«, fragte er freundlich.

Sie nickte. Immerhin.

Er grinste zufrieden, drehte sich um und zog den Stock, der noch immer zwischen den Speichen ihres Rades hing, heraus. Warf ihn in die Höhe, sodass er sich einmal in der Luft drehte, fing ihn wieder auf und drohte Herbert im Spaß damit. »Mach das bloß nicht noch mal! So geht man nicht mit kleinen Mädchen um.«

Dann schleuderte er den Ast in hohem Bogen von sich und trat zurück zu seinen Freunden.

Die Gruppe war schon fast aus ihrem Sichtfeld entschwunden, als Lilo sich endlich wieder rühren konnte. Mit einer Hand strich sie sich über die Haare, die vermutlich so aussahen, als hätte darin ein Vogel genistet. Sie versuchte, das Ganze zu glätten, während Elsa den Jungs mit einem unglücklichen Ausdruck in den Augen hinterherstarrte.

»Sie halten uns für Kinder«, stellte sie fest, und Lilo nickte.

»Aber irgendwann nicht mehr«, sagte sie und wusste nicht, wen sie überzeugen wollte, Elsa oder sich selbst. »Irgendwann werden sie sehen, wer wir wirklich sind.«

5.

Als Lilo sich an diesem Abend in der Dachkammer fürs Abendessen umzog, war sie trotz des erniedrigenden Erlebnisses am Mittag gut gelaunt. Wider Erwarten hatte sie die Jungmädelprobe bestanden. Beim Weitsprung hatte Scharführerin Gerda, die die Prüfung abgenommen hatte, beide Augen zugedrückt und die verlangten zwei Meter in ihr Leistungstagebuch eingetragen.

Lilo zog ihre Sportkleidung – kurze schwarze Hosen und weißes Trikot – aus und begutachtete den leuchtenden blauen Fleck auf ihrer Hüfte, dort, wo sie bei ihrem Sturz auf den Boden geprallt war. Aber das Hämatom schmerzte lange nicht so wie die Erkenntnis, dass Ludwig ihr nicht etwa aus Ritterlichkeit oder gar Sympathie geholfen hatte, sondern, weil *kleine Mädchen*, wie er sie genannt hatte, eben zu beschützen waren. Wann würde er endlich begreifen, dass sie kein Kind mehr war, sondern schon fast eine Frau? Dass die kindliche Schwärmerei, die sie bereits seit Jahren für ihn hegte, etwas anderem gewichen war? Sie konnte Stunden damit verbringen, sich auszumalen, wie er sie küsste, und es schmerzte sie, dass er von solchen Gedanken meilenweit entfernt zu sein schien.

Nur in Hemd und Unterhose stellte sie sich vor den schmalen Spiegel in der Ecke des winzigen Zimmers. Ihr Vater hatte ihn für sie gekauft und aufgehängt. Gegen den Willen der Mutter, die fand, ein zwölfjähriges Mädchen brauche sich nicht täglich mehrmals im Spiegel zu bewundern, das fördere nur Eitelkeit und Hochmut. Doch ihr Vater hatte sich in diesem Punkt durchgesetzt, ebenso wie damit, ihr ein eigenes Zimmer fern von den Brüdern einzurichten. Lilo war ihm dafür ewig dankbar, auch wenn es hier, im zweiten Dienstmädchenzimmer des Hauses, eng und zugig war.

Kritisch betrachtete sie ihr Spiegelbild. Wie ihre Mutter auf die Idee kam, ihr eigener Anblick könnte sie hochmütig machen, war Lilo ein Rätsel. Genau das Gegenteil war der Fall. Unglücklich musterte sie ihre langen, vollkommen geraden Beine und die hervorstehenden Knochen ihrer schmalen Hüften, die nicht einmal den Ansatz einer Rundung zeigten. Obenrum war sie flach wie ein Bügelbrett, während Elsa sogar schon einen Büstenhalter trug. Seufzend wandte Lilo sich ab. Kein Wunder, dass Ludwig sich nicht für sie interessierte. Und natürlich auch kein anderer Junge, auch wenn ihr Letzteres herzlich egal war.

Ohne sich eines weiteren Blickes zu würdigen, holte sie Bluse und Rock aus der Kommode, die ihr aus Platzmangel den Kleiderschrank ersetzte, zog sich an und stieg die steile Treppe hinunter.

Das Speisezimmer befand sich im ersten Stock des Hauses im Hamburger Stadtteil Eimsbüttel. Das Erdgeschoss beherbergte den Eisenwarenhandel der Familie Wiegand. Von Werkzeugen über Baubeschläge zu Haus- und Küchengeräten gab es dort so ziemlich alles zu kaufen, was das Herz begehrte. Das Gebäude mitsamt dem Geschäft war schon eine halbe Ewigkeit in Familienbesitz und wurde jeweils vom Vater zum ältesten Sohn weitervererbt.

Als Lilo den Essraum betrat, hätte sie am liebsten auf dem Absatz kehrtgemacht. Die Familie war bereits vollzählig um die lange Tafel aus schwerer, dunkler Eiche versammelt. Nein, mehr als vollzählig. Denn Ludwig hatte den Platz neben Hans eingenommen. Das kam natürlich häufig vor. Man führte ein offenes Haus, und mindestens eins der vier Kinder hatte eigentlich immer einen Gast zu Besuch. Aber warum musste es heute unbedingt Ludwig sein? Und warum hatte Elsa es ausgerechnet heute abgelehnt, Lilo nach dem Dienst nach Hause zu begleiten?

Die Antwort lag auf der Hand. Nach der mittäglichen Begegnung hatte Elsa ebenso wenig Lust auf ein Treffen mit Hinrich gehabt wie Lilo auf eins mit Ludwig.

»Bist du dort festgewachsen oder möchtest du uns Gesellschaft leisten?«, erkundigte sich Wilhelmine Wiegand mit leisem Spott.

Alle Augen richteten sich auf Lilo.

»Ich komme schon, Mutti«, sagte sie und eilte auf ihren Platz.

Gleich darauf trat Helga, die Haushälterin herein, um Kartoffeln, Gemüse und Fleisch zu servieren. Lilo kaute stumm, den Blick starr auf ihren Teller gerichtet.

Aber sie hätte sich gar nicht so bemühen müssen, die Brüder und deren Freund zu ignorieren, denn die Jungs waren mit ihren eigenen Angelegenheiten beschäftigt. Unter dem Tisch stießen sie sich gegenseitig mit den Füßen an und kicherten wie kleine Mädchen, jedenfalls fand das Lilo.

Irgendwann wurde es dem Vater zu bunt, und seine Faust donnerte auf die Tischplatte, sodass das Porzellan klirrte. Wilhelmine sog erschrocken die Luft ein. Auch wenn sie Albernheiten am Esstisch ebenso missbilligte wie ihr Mann, so sorgten seine zornigen Ausbrüche in ihren Augen doch auch nicht gerade für ein stilles und friedliches Mahl.

»Was ist denn los mit euch Jungs?«, fragte Karl mit lauter Stimme, und alle vier zogen die Köpfe ein. »Was ist so wichtig, dass es unser Abendessen stören darf?«

Niemand antwortete.

»Worüber habt ihr gelacht?«, insistierte Karl und sah streng von einem zum anderen.

Hans warf ihm einen verlegenen Blick zu und machte den Fehler, eine mit der Gabel aufgespießte Kartoffel zum Mund zu führen.

»Niemand isst weiter, bevor ich eine Antwort habe.«

Lilo ließ das Besteck sinken, obwohl sie vermutlich gar nicht gemeint war. Aber sicher war sicher. Zum ersten Mal an diesem Abend sah sie ihre Brüder richtig an, die plötzlich ungemein schuldbewusst wirkten.

»Ich habe Zeit«, sagte der Hausherr, doch der ungeduldige Ausdruck in seinen Augen sprach Bände. Wenn nicht bald jemand etwas sagte, würde er explodieren, und das war nie angenehm, selbst wenn man selbst nicht die Zielscheibe seiner Wut war.

Lilo betete, dass endlich jemand den Mund aufmachte.

»Ich habe nur eine Schallplatte mitgebracht, die wir uns gerne zusammen anhören würden«, erklärte Ludwig schließlich, und Lilo konnte sich nur wundern, wie vollkommen ruhig seine Stimme angesichts der pulsierenden Ader auf der Stirn ihres Vaters klang.

»Wir hören keine Musik beim Essen«, polterte der, und Ludwig schüttelte den Kopf.

»Natürlich nicht. Ich meinte, nach dem Essen. Und natürlich nur, wenn wir das Grammofon in Ihrem Salon benutzen dürfen.«

Hans prustete los, täuschte einen Hustenanfall vor und verbarg sein Gesicht rasch hinter einer Serviette. Erstickte Laute drangen dahinter hervor.

Karl musterte ihn misstrauisch. »Ich wüsste nicht, was dagegen spräche«, sagte er dann langsam. »Aber nun reißt euch zusammen und lasst uns das Essen in Frieden beenden.«

Alle wandten sich wieder ihren Tellern zu.

»Was ist das denn für eine Schallplatte?«, fragte Wilhelmine Ludwig.

Der sah auf. Er wirkte ertappt und für einen Moment vollkommen hilflos. Der Anblick rührte Lilo so sehr, dass sie schnell wegschaute. Doch gleich darauf hatte er sich wieder gefasst.

»Sie heißt *Sing, sing, sing*«, antwortete er bemüht harmlos.

Doch Lilo kannte ihre Mutter besser als er. Sie war schlau und immer bestens informiert.

»*Sing, sing, sing with a swing*, meinst du wohl«, sagte Wilhelmine, und Ludwig senkte den Blick.

»Etwa diese Negermusik?«, polterte Karl.

»Nun, diese Musik werden wir hier im Salon ganz gewiss nicht spielen«, stellte seine Frau ruhig fest, ohne auf den Ausbruch ihres Mannes zu achten. »Sicher weißt du, dass es sich dabei um verbotene Musik handelt. Oder, Ludwig?«

Der Angesprochene zog eine Grimasse. »Genau genommen ist sie nur vom deutschen Rundfunk ausgeschlossen. Es gibt kein offizielles Verbot für den Privatgebrauch.«

Lilo hielt erschrocken die Luft an. Sie und ihre drei Brüder starrten Ludwig an. Keiner von ihnen hätte es gewagt, sich auf diese Weise gegen ihre Mutter aufzulehnen. Auch Wilhelmine brauchte einen Moment, um sich zu fassen.

»Wenn du weiterhin in diesem Haus willkommen sein willst, erwarte ich einen respektvolleren Ton. Und du wirst keine solchen Platten mehr mitbringen. Haben wir uns verstanden?«

Für den Bruchteil einer Sekunde schien es, als wolle Ludwig ihr erneut widersprechen, dann aber nickte er.

»Wie bitte?«, fragte Wilhelmine freundlich.

»Ich habe verstanden«, antwortete er, und Lilo konnte spüren, welche Überwindung es ihn kostete.

»Das ist erfreulich.« Sie sah in die Runde. Die Jungs beugten sich tief über ihre Teller, Ludwigs Gesicht überzog ein leichtes Rosa. Der Vater war sichtlich froh, dass seine Frau die Sache so gut geregelt hatte. »Sitz gerade, Lilo«, forderte Wilhelmine ihre Tochter auf, die mal wieder wie ein Fragezeichen in sich zusammengesunken war. »Und nun guten Appetit euch allen.«

6.

Hamburg, 2019

»Nele, bitte entschuldige, es tut mir so leid. O mein Gott!« Franzi verdrehte die Augen und ließ sich mit einem tiefen Seufzer in die dicken Sofakissen fallen. »Ich liebe dieses Kind mehr als alles auf der Welt, aber warum zum Teufel kann es nicht einfach mal einschlafen, ohne dass ich drei Stunden lang Schlaflieder singen muss?«

Nele sah von ihrer Lektüre hoch und auf die alte Taschenuhr, die sie von ihrer Mutter geerbt hatte. »Es war doch nur eine knappe halbe Stunde. Du übertreibst maßlos.«

»Hast du gerade *nur* gesagt?« Franzi griff sich an den Hals. »Meine Stimmbänder sind vollkommen hinüber. Ich muss dringend was trinken.« Sie griff nach ihrem Glas und stürzte den Rotwein herunter.

Nele betrachtete sie amüsiert. »Das ist bestimmt genau das Richtige für deine Stimmbänder«, kommentierte sie.

»Das vielleicht nicht. Aber für meine Nerven. Na ja. Auch das geht vorbei. Sie bekommt ihren letzten Zahn, die arme Maus. Der quält sie ganz schön. Danach wird es bestimmt besser.« Franzi schenkte sich nach und bemerkte erst jetzt den Stapel Papier auf Neles Schoß. »Du hast die Zeit genutzt«, stellte sie fest. »Und? Wie ist es?«

Nele dachte einen Moment nach. »Eigentlich richtig spannend«, sagte sie. »Wirklich, es ist gut geschrieben. Die Hauptfigur, Lilo, wurde in den Zwanzigern geboren. Sie war ein junges Mädchen, kurz vor dem Krieg, und in den Freund ihres Bruders verknallt. Ich lese ja sowieso gerne historische Romane, aber irgendwie ist es was Besonderes, wenn man weiß, dass es wirklich genau so passiert ist. Und dass die Frau, die diese Worte geschrieben hat, tatsächlich mal dieses junge Mädchen war.«

»Und?« Franzi grinste. »Wird dieses Buch dein Leben verändern?«

Nele zuckte die Achseln und entschied sich, nicht auf den ironischen Unterton ihrer Freundin einzugehen. »Wer weiß? Vielleicht.«

»Also wirst du weiterlesen?«

»Lass es mich so formulieren«, meinte Nele und deutete mit dem Kinn in Richtung Babyfon. »Wenn Juli gleich wieder wach wird, fände ich es eigentlich gar nicht so schlimm.«

»Aber ich«, sagte Franzi mit gespielter Verzweiflung und senkte die Stimme, »also sag so was nicht, bitte. Manchmal habe ich das Gefühl, sie kann uns hören.«

Das Babyfon knackte. Franzi riss die Augen auf, noch bevor das lang gezogene *Maaaaammiiii* ertönte. Sie warf Nele einen Blick zu, der diese schief grinsen und den Kopf einziehen ließ.

»Tschuldigung«, sagte sie.

»Maaaaamiiii!«, rief Juli.

»Ich komm ja schon«, seufzte Franzi.

7.

Hamburg, Mai 1941

Seit fast zwei Jahren befand sich das Deutsche Reich im Krieg. Mit wem, darüber hatte Lilo inzwischen die Übersicht verloren. Ihr war nicht klar, welches Ziel Adolf Hitler verfolgte. Polen, Frankreich, Großbritannien, Norwegen, Dänemark, er schien jedes Land als Feind zu begreifen. Vor wenigen Tagen hatten die Niederlande kapituliert.

Lilo lag im weichen Sand am Elbufer, mit geschlossenen Augen lauschte sie dem Lärmen und Planschen ihrer BDM-Freundinnen im nahen Wasser. Bis jetzt war es ein kühler Frühling gewesen, doch heute brannte die Sonne förmlich vom Himmel herunter und lockte die Jugendlichen an den Elbstrand. Lilo genoss die Wärme auf ihrer Haut und versuchte, ein wenig Schlaf nachzuholen.

Seit den ersten Bomben auf Hamburg im Mai des vergangenen Jahres hatte es fast hundert weitere Angriffe gegeben und deutlich mehr Fliegeralarme. Bei jedem Heulen der Sirenen mussten die Bürger ihre warmen Betten verlassen und Unterschlupf in den Bunkern suchen. Lilos Familie hatte noch Glück. Das Haus der Wiegands war im Gegensatz zu vielen anderen unterkellert, sodass sie dort unten ihren eigenen Luftschutzraum hatten einrichten können. Die Zerstörung durch die Bombardierungen hielten sich bislang in Grenzen, doch die ständige Bedrohung, die unterbrochenen Nächte, der Schlafmangel zehrten an den Kräften.

Noch schwerer als der Schlafmangel wog die Einberufung von Lilos Bruder Hinrich an die Front. Er war gerade zwanzig Jahre alt geworden und damit im wehrpflichtigen Alter. Vor wenigen Wochen war er mit Hunderten anderen jungen Soldaten ins Balkangebiet gebracht worden, von wo aus Deutschland den Feldzug gegen Jugoslawien und Griechenland gestartet hatte. Lilo machte sich Sorgen um Hinrich. Ja, sie vermisste ihn sogar.

Irgendwann in den letzten zwei Jahren hatte sich zwischen ihr und den Brüdern etwas verändert. Sie war nicht mehr unentwegt Zielscheibe ihrer Streiche und ihres Spotts geworden. Stattdessen hatten sie begonnen, ihr mit einer Art Ritterlichkeit zu begegnen. Am Anfang hatte sie das irritiert, und sie hatte sich gefragt, was das nun für eine neue Form der Schikane sein sollte. Doch die ständigen Drangsalierungen hatten tatsächlich aufgehört. Sie unterhielten sich mit ihr, als wäre sie ihr Freund.

Und nun das. Der Krieg. Ihre drei Brüder waren alle im Alter von achtzehn bis zwanzig Jahren. Es war nur eine Frage der Zeit, wann es auch Hans und Herbert treffen würde.

Lilo betete jeden Tag zu Gott, dass dieser Krieg vorher beendet sein möge. Sie betete um ein starkes deutsches Heer. Dass es die Feinde überrollen und genug Lebensraum erobern möge, um Hitler endlich zufriedenzustellen. Und dann bat sie meistens noch um eine friedliche Nacht ohne Unterbrechung durch die Sirenen, denn sie war müde, so müde.

Kalte Wassertropfen spritzten auf ihre nackten Oberschenkel. Die Haut war so heiß von der Sonne, dass sie mit einem zischenden Geräusch verdampften.

Lilo stieß einen leisen Schrei aus und schlug die Augen auf. Elsa stand lachend über ihr und schüttelte die nassen Locken, dass die Tropfen nur so flogen.

»Hoch mit dir«, rief sie gut gelaunt. »Komm endlich mit rein, es ist herrlich!«

Lilo spähte zum Wasser hinüber, in dem sich die anderen Mädchen tummelten. Eine Gruppe Jungs war hinzugekommen, das hatte sie gar nicht mitgekriegt. Ein Teil von ihnen lag etwa zwanzig Meter weiter im weißen Sand, ein paar andere standen im Wasser und spritzten die kreischenden Mädchen nass.

Warum schreien sie bloß so, wenn sie doch sowieso schon nass sind?, fragte sich Lilo im Stillen und grinste in sich hinein.

»Nun komm schon.« Elsa lief voraus.

Eigentlich hatte Lilo keine Lust. Es war einer der ersten warmen Tage und das Wasser sicher noch schrecklich kalt. Viel lieber hätte sie weiter im Sand gelegen und vor sich hin geträumt. Dennoch stand sie auf, um ihrer Freundin zu folgen. In dem Moment traf etwas sie im Rücken.

»Au«, sagte sie reflexhaft, obwohl es gar nicht weh getan hatte, und wandte sich um. Einer dieser aufblasbaren Bälle, die seit Neuestem überall an den Stränden zu sehen waren, lag zu ihren Füßen. Sie wollte danach greifen, als ein junger Mann in Badehose auf sie zulief. Erst jetzt bemerkte sie eine weitere Gruppe Jugendlicher, die es sich hinten am Strand gemütlich gemacht hatte.

»Entschuldigung, das war ganz sicher keine Absicht. Ich wollte Sie nicht abschießen!« Er bückte sich und schnappte sich den Ball, dann richtete er sich auf. Seine Augen weiteten sich.

Lilo erstarrte, als sie ihn ebenfalls erkannte.

»Lottchen«, sagte Ludwig. »Ja, bist du es wirklich?«

Dann wanderte sein Blick an ihr hinunter. Musterte ihren Körper, von dem der dunkelblau und weiß gestreifte Badeanzug, geschnitten nach der neuesten Mode, nicht allzu viel verbarg.

Lilo wurde feuerrot und war froh, dass er es nicht bemerkte. Ihr Gesicht schien das Letzte zu sein, was ihn in diesem Moment interessierte. Seine Augen saugten sich fest an ihren langen Schenkeln, den letzten Endes doch endlich breiter gewordenen Hüften, der schmalen Taille und den Brüsten, die zwar nicht üppig, aber doch voller waren, als Lilo es je zu hoffen gewagt hatte.

Ludwig sog hörbar die Luft ein. »Nein.« Er schüttelte langsam den Kopf, riss seinen Blick von ihrem Körper los und sah ihr in die Augen. »Nein, ein Lottchen bist du wahrhaftig nicht mehr.«

Mal wieder wusste sie nicht, was sie sagen sollte, aber das machte nichts, denn er redete sofort weiter.

»Wie lange haben wir uns nicht gesehen? Es muss eine Ewigkeit her sein. Seit Hans und ich …« Er brach ab. Ein Schatten flog über sein Gesicht.

Lilo nickte. Sie hatte keine Ahnung, weshalb ihr Bruder sich vor über zwei Jahren mit seinem besten Freund überworfen hatte. Er hatte nie darüber gesprochen, sondern Ludwig kommentarlos aus seinem Leben gestrichen. Ihn einfach nie wieder erwähnt – und in der Familie durfte das auch niemand.

Wie um die düsteren Gedanken zu vertreiben, ließ Ludwig erneut den Blick über ihren Körper wandern. »Du siehst fantastisch aus«, brach es aus ihm heraus, und es klang so überrascht, dass Lilo sich Mühe geben musste, nicht beleidigt zu sein.

Doch sie konnte ihn ja verstehen. Nie würde sie ihr eigenes Spiegelbild von damals vergessen. Wie sehr hatte sie es gehasst, ein Besenstiel zu sein, von niemandem beachtet, es sei denn, um das Ziel von Hohn und Spott zu werden. Es war ihr selbst wie ein Wunder vorgekommen, dass aus dem ungelenken Körper mit den Spinnenbeinen, an dem man jeden Knochen, jede Rippe einzeln hatte zählen können, schließlich das hier geworden war. Sicher, sie war immer noch groß, größer als die meisten Mädchen, aber sie hatte Rundungen an den richtigen Stellen bekommen, und das harte Training beim BDM hatte dafür gesorgt, dass ihr einst so magerer Körper schlank und athletisch geworden war.

»Danke«, sagte sie und lächelte.

Ludwig sah ihr in die Augen, mit schief gelegtem Kopf. Dann streckte er die Hand aus und fasste einen ihrer blonden Zöpfe an, die ihr geflochten auf die Schultern fielen. Sie konnte sich gerade noch davon abhalten, vor ihm zurückzuweichen. Wenn er ihr jetzt wieder den Kopf tätschelte wie an jenem Tag vor über vier Jahren, den sie in ihrem ganzen Leben nicht vergessen würde, dann würde sie ihn ohrfeigen.

Doch Handgreiflichkeiten waren nicht notwendig. Er ließ ihr Haar, von der Sonne weißblond gebleicht, sanft durch die Finger gleiten.

»Du solltest es mal offen tragen«, sagte er leise. »Das würde dir gut stehen.«

Mit offenem Mund starrte Lilo ihn an. Die Haare offen tragen? Was war das denn für eine seltsame Idee?

»So wie du, meinst du?«, gab sie zurück und biss sich gleich darauf auf die Lippen. Das war ein bisschen frech gewesen. Hoffentlich war er nicht beleidigt, weil sie ihn darauf aufmerksam gemacht hatte, dass sein letzter Friseurbesuch augenscheinlich schon Monate zurücklag. Dass er ziemlich – anders konnte man es nicht ausdrücken – verwahrlost aussah.

Doch er fuhr sich mit der Hand durch die dunkelblonden welligen Haare, die weit über die Ohren und bis in den Nacken fielen und wirkte dabei sehr zufrieden.

»Ja. So wie ich. Was machst du eigentlich heute Abend?«, wechselte er unvermittelt das Thema.

»Wieso?«, fragte sie zurück und kam sich sofort unglaublich dämlich vor. Ihr Körper sah ja vielleicht endlich aus wie der einer Frau, aber in ihrem Inneren war sie eben doch noch das dumme Lottchen, das in seiner Gegenwart keinen klaren Gedanken zu fassen vermochte.

»Ich schreibe einen Bericht für den Führer über das Freizeitverhalten deutscher Mädel«, sagte er, ohne ihren Zopf loszulassen.

»Wirklich?«

»Nein.« Er lachte leise. »Ich möchte mich mit dir verabreden!«

»Wirklich?«

»Wirklich.« Er legte den Kopf schief, seine grünen Augen blitzten. »Tatsächlich würde ich dir gerne etwas zeigen.«

8.

Lilo fixierte die große Standuhr im Salon. Schon seit einer Viertelstunde saß sie hier in dem Lesesessel aus dunklem Leder, in dem ihr Vater am Wochenende die Zeitung zu studieren pflegte, und versuchte, ihren wilden Herzschlag zu beruhigen. Der Minutenzeiger rutschte auf die Zwölf, und der Gong schlug sechsmal, hallte durch das leere Zimmer. Lilo hielt es nicht mehr auf ihrem Sessel. Sie rutschte herunter, jede Sekunde musste die Türglocke läuten.

Doch es wurde zwei Minuten nach sechs, dann drei Minuten nach. Mit bemüht ruhigen Schritten ging Lilo in den lang gestreckten Flur und stellte sich vor den goldgerahmten Spiegel. Musterte kritisch ihr wadenlanges Sommerkleid, dessen hellblaues Blumenmuster ihre Augen strahlen ließ. Es war das schönste Kleid, das sie im Schrank hatte. Plötzlich fragte sie sich, ob es klug war, sich für die Verabredung mit Ludwig so offensichtlich herzurichten …

Ach was, sicher wusste er es längst. Sie konnte sich nicht vorstellen, dass er in all den Jahren nicht mitbekommen hatte, wie sehr sie für ihn geschwärmt hatte. Und vermutlich genügte auch heute noch ein einziger Blick in ihre Augen, um ihre Gefühle für ihn zu lesen.

»Schick siehste aus, Lilo«, sagte Helga, die mit einem Stapel Bügelwäsche in der Hand den Flur entlangkam. »Was hast du vor?« Scherzhaft drohte sie ihr mit dem Zeigefinger. »Hab deinen Eltern versprochen, gut auf dich aufzupassen, solang se in Berlin sind.«

Karl und Wilhelmine Wiegand waren seit gestern in der Reichshauptstadt, um die Deutschen Kriegsmeisterschaften der Leichtathleten zu besuchen. Die beiden noch nicht eingezogenen Söhne hatten sie mitgenommen, Lilo hatte dankend abgelehnt. Sportveranstaltungen interessierten sie nicht sonderlich, und da sie mittlerweile sechzehn Jahre alt und zudem Helga da war, durfte sie alleine zu Hause bleiben.

»Ich habe bloß eine Verabredung mit Ludwig«, sagte sie betont gleichgültig.

»Ludwig? Den hab ich ja ewig nicht gesehen. Schade. So'n netter Junge.«

»Ja«, sagte Lilo und spürte, dass sie rot wurde. Zum Glück klingelte es nun endlich an der Tür. »Ich geh schon«, sagte sie hastig, und Helga nickte lächelnd.

»Geh du man. Ich werd euch bestimmt nicht stören. Bin im Bügelzimmer den ganzen Abend beschäftigt.«

Sie erklomm die Treppe zum zweiten Stockwerk, während Lilo zur Wohnungstür eilte und die Treppe hinunter zum Hauseingang lief, der neben dem Eisenwarengeschäft lag.

Hinter dem Glas der zweiflügeligen Tür erkannte sie die schemenhafte Gestalt. Erst jetzt bemerkte sie, dass sie nicht nur gerannt war, sondern gleichzeitig vor Anspannung die Luft angehalten hatte. Sie keuchte wie eine alte Dampflok und war damit das Gegenteil der entspannten, jungen Dame, als die sie Ludwig zu gerne begrüßt hätte. Mit einer Hand hielt sie sich an dem geschwungenen Treppengeländer fest und nahm ein paar tiefe Atemzüge, um ihren Herzschlag zu beruhigen.

»Willst du mich nicht reinlassen?«, erklang es von der anderen Seite der Tür, und sie zuckte zusammen. Natürlich, er konnte sie ebenfalls sehen.

»Doch, doch«, rief sie zurück und trat langsam auf die Tür zu. Machte sich unnötig lange am Schloss zu schaffen. Öffnete. Und dann verschlug sein Anblick ihr für einen Moment die Sprache.

Ludwig trug einen karierten Anzug mit Hemd und passender Weste, einen langen, eleganten Mantel, dazu einen schwarzen, leicht schräg auf dem Kopf sitzenden Hut und einen Regenschirm über dem Arm.

»Hallo, schöne Frau«, sagte er und trat ein.

Für eine Sekunde dachte Lilo, er werde sie küssen, so dicht standen sie voreinander. Dann machte sie einen Schritt zurück. Musterte ihn von oben bis unten, so wie er sie am Strand gemustert hatte.

»Erwartest du Regen?«, fragte sie und warf einen Blick aus der Tür in den noch immer strahlend blauen Frühlingshimmel.

Ludwig grinste nur, ohne zu antworten.

»Willst du reinkommen?«

»Lieber nicht.« Er schüttelte den Kopf. »Hans ist …«

»Nicht da«, sagte sie schnell. »In Berlin. Meine Eltern auch. Sie sehen sich die Leichtathletik-Meisterschaft an.«

»Wenn das so ist.« Er ging an ihr vorbei und stieg die Stufen zum ersten Stock hinauf. Lilo folgte ihm.

Als sie in den Flur trat, hatte er bereits Hut und Mantel abgelegt und ordentlich an die Garderobe gehängt.

Lilo sah ihn ratlos an. »Wollten wir nicht ausgehen?«

»Schon«, sagte er, »aber mir ist gerade was eingefallen. Ich muss noch etwas holen. Bin gleich zurück.« Er wandte sich zu der Treppe, die in den zweiten Stock führte und sprang sie hinauf, immer zwei Stufen auf einmal nehmend.

Perplex sah Lilo ihm hinterher. Er war schon fast oben, als ihre Lebensgeister zurückkehrten.

»He, warte!«

Er blieb jedoch nicht stehen, selbst als sie ihm hinterherlief. Erst kurz vor dem Zimmer, das ihre Brüder Hans und Herbert bewohnten, holte sie ihn ein.

»Was soll das?«, fragte sie, und seine Hand, die gerade die Türklinke herunterdrücken wollte, hielt inne.

Er wandte sich ihr zu und blickte auf sie herunter.

»Hans hat noch was, das mir gehört«, sagte er, »und das würde ich mir gerne zurückholen.«

Sie starrte ihn an, wollte ihn daran hindern, das Zimmer zu betreten. »Aber du kannst doch nicht einfach da reingehen und seine Sachen durchwühlen.«

»Ich muss nichts durchwühlen«, erklärte er, und sie hörte die unterdrückte Ungeduld in seiner Stimme. »Ich weiß, wo sie ist.«

»Aber ...«

»Bin gleich zurück.«

Ohne auf ihre Einwände zu achten, betrat er das Zimmer. Er schaute weder nach links noch nach rechts, als er geradeaus auf den schmalen Kleiderschrank zusteuerte, die Türen öffnete und sich davor kniete. Von ihrer Position aus konnte Lilo nicht sehen, was genau er tat, doch nach nicht einmal einer Minute stieß er einen triumphierenden Laut aus. Er rappelte sich auf und kam auf sie zu, winkte ihr mit einem Gegenstand zu. Einer Schallplatte. Das Bild darauf konnte sie nicht erkennen.

»Da haben wir sie ja«, sagte Ludwig gut gelaunt, verließ das Zimmer und schloss die Tür. Als er ihren Gesichtsausdruck bemerkte, wurde er ernst. »Du glaubst doch nicht, dass ich Hans beklauen würde, oder? Das ist meine, ehrlich!«

Es war Lilo ziemlich egal, wem die Platte gehörte.

»Bist du bloß deshalb hergekommen?«, fragte sie mit rauer Stimme und schlug die Augen nieder, damit er nicht die Tränen sehen konnte, die darin glitzerten. Was war sie doch für eine dumme Kuh. Zu glauben, er könnte sich tatsächlich für sie interessieren!

»Natürlich nicht«, sagte er und klang so erschrocken, dass sie unwillkürlich zu ihm aufsah. »Das darfst du nicht denken. Ach, Lilo ... es tut mir leid.« Plötzlich wirkte er ganz zerknirscht. »Wie blöd von mir. Ich hab doch gar nicht mehr an die Platte gedacht – bis du mich reingebeten hast. Ich schwöre es dir. Und sie ist auch nicht so wichtig, ehrlich. Wenn du willst, lege ich sie einfach zurück, und wir fangen noch mal von vorne an. Einverstanden?«

Beinahe flehend sah er sie an, und sie schüttelte den Kopf. Unendliche Erleichterung durchströmte sie, und ihr wurden die Knie weich.

»Nein, schon gut. Wenn es deine ist, dann solltest du sie mitnehmen.«

Er betrachtete sie lange, dann griff er nach ihrer Hand. »Ich habe eine bessere Idee.«

Im Salon bat er sie, mitten im Raum stehen zu bleiben, und eilte zum Grammofon. Sie beobachtete ihn dabei, wie er die Schallplatte vorsichtig aus der Hülle nahm, sie zwischen den Händen drehte, ihre Oberfläche prüfte und sanft darüber pustete, um sie von Staub zu befreien. Dann legte er sie auf den Plattenteller, schaltete den Apparat ein und wollte gerade die Nadel aufsetzen, als er zögerte. Über die Schulter warf er Lilo einen unsicheren Blick zu.

»Das hier bleibt doch unter uns?«, fragte er.

Lilo hob die Schultern, unsicher, was *das hier* überhaupt war oder werden sollte.

Ludwig setzte die Nadel zurück in die Halterung. Die Schallplatte kreiste und kreiste. Er trat auf Lilo zu und nahm ihre Hand. »Möchtest du tanzen?«, fragte er, und sie nickte nervös.

Während er zum Grammofon zurückging, versuchte sie fieberhaft, sich all die Schritte ins Gedächtnis zu rufen, die sie in der Tanzstunde gelernt hatte. Sie war gar keine schlechte Tänzerin, war aber dennoch sicher, sich vor Ludwig bis auf die Knochen zu blamieren. Ihre Knie waren immer noch ganz wackelig, und das Denken fiel ihr schwer. Worauf hatte sie sich bloß eingelassen? Warum konnte er sie nicht einfach ins Kino einladen? Oder zu einem Spaziergang?

Der Rhythmus, der Sekunden später aus dem metallenen Trichter schallte, war etwas vollkommen anderes als die braven Walzerklänge, die sie aus dem Tanzunterricht kannte. So etwas hatte sie noch nie gehört. Es war ein Takt, der einem direkt ins Blut ging. Sie erwischte ihren Kopf dabei, wie er zu nicken, ihren Fuß, wie er zu zucken begann. Sie erstarrte und rief ihren Körper zur Ordnung. Als die rauchig-verruchte Stimme auf Englisch zu singen begann, wusste sie, was sie da hörten. Swing. Entartete Musik. *Negermusik*, wie die Nazis sie nannten und schon im Jahre 1935 für alle deutschen Radiostationen verboten hatten.

Diese Musik werden wir hier im Salon ganz gewiss nicht spielen, hörte sie die Stimme ihrer Mutter in ihrem Kopf.

Erschrocken sog sie die Luft ein und sah zu Ludwig hinüber, der noch immer mit dem Rücken zu ihr stand. Sein linker Fuß klopfte im Takt auf das dunkle Parkett, die Finger der linken Hand schnipsten den Rhythmus. Dann wandte er sich langsam zu ihr um, und sie erkannte ihn kaum wieder. Ein Fremder war das, der da auf sie zutanzte, den Körper erfüllt von der verbotenen Musik, mit blitzenden grünen Augen und einem übermütigen Lächeln im Gesicht.

Den Oberkörper locker vornübergebeugt, eine Hand über den Kopf erhoben, flogen seine Beine in alle Richtungen, als wären sie aus Gummi, er wirbelte um die eigene Achse, sein ganzer Körper schien wie besessen.

Mit offenem Mund starrte Lilo ihn an. Das hier hatte nichts zu tun mit dem steifen Eins-Zwei-Drei, das sie gelernt hatte.

Ludwig tanzte auf sie zu, ließ die Hüften kreisen und reichte ihr die Hand. Erschrocken wich sie zurück. Er folgte ihr. Sie wich erneut zurück. Stieß mit der Wade gegen den Fußschemel, der vor dem Lesesessel stand. Ludwig schlang den Arm um ihre Taille, ohne mit dem Tanzen aufzuhören. Sein Körper prallte auf ihren, sie spürte ihren eigenen Widerstand.

»Tanz mit mir«, raunte er an ihrem Ohr, so leise, dass sie es wegen der Musik kaum verstehen konnte. »Ich seh doch, dass du es willst.«

Wollte sie das? Noch bevor ihr Kopf eine Antwort fand, begann ihr Körper, seine Gegenwehr aufzugeben. Ließ sich allmählich mitreißen von diesem seltsamen Lied, von den Klängen von Trompeten, Saxofon und Klavier, und von der samtigen Stimme, deren Worte sie nur teilweise verstand, obwohl in der Schule Englisch unterrichtet wurde. Und als sie es schließlich nicht mehr unterdrücken konnte, überließ sie ihrem Körper, den sie so lange gehasst hatte, die Kontrolle.

Ludwig entließ sie aus seiner Umklammerung, streckte ihr beide Arme entgegen, und sie tanzten miteinander wie zwei Kinder an einem schönen Sommertag. Plötzlich war es Lilo egal, dass ein deutsches Mädchen die Beine stets geschlossen halten sollte und dass ihr Rock hochflog, bis die Unterwäsche sichtbar wurde.

Als die Musik verstummte, hielten sie beide mitten in der Bewegung inne. Hand in Hand, nach Atem ringend. Es war vollkommen still, einzig das gleichförmige *Schrabschrabschrab* der Grammophonnadel auf der sich leer drehenden Schallplatte war zu hören.

»Noch mal«, wollte Lilo sagen, doch das hätte bedeutet, dass sie seine Hände hätte loslassen müssen. Und sie war nicht sicher, ob sie das jemals wieder tun konnte.

»Singt sie von Liebe?«, fragte sie stattdessen atemlos.

Ludwig nickte. »Du musst ein wenig lachen und ein wenig weinen«, übersetzte er für sie, »musst die Wolken vorüberziehen lassen, denn, Baby, das ist die Herrlichkeit der Liebe.« Und dann beugte er sich zu ihr hinunter und küsste sie auf den Mund.

9.

Gemeinsam fuhren sie in die Innenstadt, wo sie sich mit Freunden von Ludwig vor dem Alsterpavillon trafen. Mit seinen neuen Freunden. Swing-Kids, die sich genauso englisch kleideten wie er, die Frauen mit offenem Haar und kurzen Kleidern, oder sogar – Lilo wusste kaum, wo sie hingucken sollte – in langen Hosen wie ein Mann. Die Swing-Girls, wie sie sich selbst nannten, schminkten sich Lippen und Augen und lackierten ihre Fingernägel blutrot. Sie waren all das, was ein deutsches Mädel nach nationalsozialistischer Ideologie eben nicht sein sollte.

An diesem Abend jedoch waren sie in der Überzahl. Und sie, Lilo, die doch ganz normal aussah in ihrem wadenlangen Kleid, flachen Schuhen, ungeschminkt und mit geflochtenem Haar, wurde von ihnen betrachtet wie etwas Fremdes, Unnatürliches, während Ludwig mit lautem Hallo und freundlichen Umarmungen begrüßt wurde. Noch immer berauscht von dem ersten Kuss ihres Lebens klammerte Lilo sich an seine Hand, während eine hübsche Dunkelhaarige an Ludwig herantrat, den Arm um ihn schlang und einen Kuss auf seine Wange drückte.

»Hey, Teddy«, sagte sie mit einem strahlenden Lächeln. »Swing Heil!«

»Swing Heil«, antwortete er. Ihr roter Lippenstift hatte einen Abdruck auf seinem Gesicht hinterlassen.

»Nanu? Du stehst auf Hitlermädel?« Sie zog eine ihrer kohlschwarzen Augenbrauen in die Höhe und musterte Lilo geringschätzig. Die war froh, dass Ludwig ihr den Arm um die Schultern legte und sie dicht an sich heranzog.

»Das ist Lilo.« Er sprach ihren Namen komisch aus, es klang, als hätte er eine heiße Kartoffel im Mund. Die englische Aussprache, wie sie gleich darauf begriff.

»Lilo«, korrigierte sie ihn automatisch. Die andere wandte sich desinteressiert von ihr ab, um den nächsten Swing-Boy zu begrüßen.

»Du bist also Teddy?«, fragte Lilo und wunderte sich, dass es ihr gelang, ihrer Stimme einen neckenden Klang zu verleihen. Eigentlich fühlte sie sich schrecklich unwohl in ihrer Haut. Die offensichtliche Ablehnung der anderen hatte sie gekränkt, und sie war unsicher, was sie hier sollte. Was konnte Ludwig schon von ihr wollen, wenn er sonst von solchen Frauen umgeben war?

»Wir haben alle englische Namen. Das gehört dazu«, erklärte er ihr und küsste ihre Wange. »Du wirst auch einen abkriegen.«

Sie schüttelte den Kopf und empfand plötzlich eine tiefe Traurigkeit. »Ich gehöre nicht hierher«, sagte sie mit belegter Stimme.

Er schüttelte den Kopf, drehte sie ganz zu sich herum. Legte den Zeigefinger unter ihr Kinn und hob es sanft, bis sie ihm in die Augen sehen musste.

»Du kannst alles sein, was du willst, Lilo. Verstehst du denn nicht? Darum geht es uns. Dass wir frei sein wollen und individuell. Swing, das ist getanzte Freiheit! Egal, wie sehr sie uns in den Gleichschritt zwingen wollen, beim Hotten brechen wir aus. Wir marschieren nicht. Wir tanzen.«

Sie nickte schwach.

Er lächelte auf sie herab. »Dolly«, sagte er leise und nickte. »Das ist ein guter Name für dich. Dolly.«

»Ich gehe lieber nach Hause.«

Er wirkte überrascht. »Aber warum denn?«

»Das hab ich doch gerade gesagt. Ich passe nicht hierher«, sagte sie unglücklich.

Ludwig schüttelte den Kopf, ein Schatten flog über sein Gesicht, als er sie losließ und einen Schritt zurücktrat. »Du meinst, du *willst* nicht zu uns passen. Zu mir.« Er blickte zu Boden. »Natürlich. Wie du willst. Es tut mir leid, dass ich dich hergebracht habe. Das war ... vielleicht nicht richtig von mir.« Er hob den Blick. »Ich dachte, es würde dir gefallen. Und dass du gerne noch mal mit mir tanzen würdest.«

Sie starrte ihn an. Er hatte ja keine Ahnung. Wusste nicht, dass sie bis ans Ende der Welt mit ihm tanzen wollte.

»Ich komme beim nächsten Mal mit rein, okay?« Fast flehentlich sah sie ihn an. Wünschte, er könnte verstehen, was in ihr vorging, obwohl sie es doch selbst kaum verstand. Ein Stein fiel ihr vom Herzen, als er lächelte.

»Das wäre schön.«

»Also dann.«

»Nein, warte. Ich bringe dich nach Hause.« Er machte Anstalten, ihr zu folgen, aber sie schüttelte den Kopf.

»Bitte bleib hier«, sagte sie. »Nur weil ich es mir anders überlegt habe, will ich dir nicht den Abend verderben.«

»Mir den Abend verderben?« Er lachte ungläubig, dann schüttelte er den Kopf. Machte einen Schritt auf sie zu, hob die Hand und streichelte ihre Wange. »Ach, Lilo.« Er küsste sie erneut, und sie fragte sich, warum sie nicht einfach bei ihm blieb. Mit ihm tanzte, sich küssen ließ. Die vergangenen Stunden waren die besten ihres Lebens gewesen, warum nur lief sie vor ihm weg?

Zu Hause angekommen, fühlte sie sich vollkommen leer. Es war still in der Wohnung, Helga hatte sich schon in ihr Zimmer zurückgezogen. Im Flur stellte Lilo sich vor den Spiegel und verglich sich mit den eleganten Girls, mit denen Ludwig sich offenbar so gern umgab. Sie schnitt dabei schlecht ab und streckte ihrem fleckigen Gesicht mit den tränenfeuchten Wangen die Zunge heraus. Wie ein verheultes kleines Mädchen sah sie aus.

Sie griff nach den Gummibändern, die ihre Zöpfe zusammenhielten. Zerrte so heftig daran, dass sie einige Haare mit ausriss. Mit den Fingern löste sie die Flechten, bis das hellblonde Haar ihr in großen Locken über die Schultern fiel. Probeweise nahm sie die Vorderpartie und hielt sie so zusammen, dass eine weiche Welle über ihrer Stirn entstand, so wie sie es bei dem Mädchen gesehen hatte, das Ludwig geküsst hatte. Überrascht registrierte sie, was das mit ihrem Gesicht machte: Erwachsener sah sie aus und gleichzeitig weicher. Sie ließ die Haare los, wischte sich die Tränen aus dem Gesicht und lief schnell ins obere Stockwerk, wo sie das Schlafzimmer ihrer Eltern betrat. Sie hatte einen Entschluss gefasst und musste schnell handeln, bevor sie Angst vor der eigenen Courage bekam.

Eine Viertelstunde später erkannte sie sich kaum wieder. Ihr Atem stockte, während sie sich vor dem Spiegel hin und her drehte. In der Frisierkommode ihrer Mutter hatte sie alles gefunden, was sie brauchte, um sich in ein Swing-Girl zu verwandeln. Heutzutage schminkte Wilhelmine Wiegand sich nicht mehr, ihr Mann war schließlich Parteimitglied, und für eine deutsche Frau gehörte es sich nicht, sich aufzudonnern. Doch in den Zwanzigerjahren war Wilhelmine nur unwesentlich älter gewesen als ihre Tochter heute, und da sie nie etwas wegwarf, lagen die Lippenstifte, Wimperntusche und Kajal immer noch in der Schublade.

Lilo beugte sich vor und betrachtete fasziniert ihre dunkel umrandeten blauen Augen, deren weißblonde Wimpern nun kräftig schwarz getuscht waren, sodass sie viel größer wirkten und zu strahlen schienen wie zwei Scheinwerfer in dunkler Nacht. Der rote Lippenstift bildete einen interessanten Kontrast zu ihrer blassen Haut. Das blonde Haar fiel ihr, locker auf einer Seite festgesteckt, auf die Schulter des schwarzen Kleides, das sie sich aus dem Schrank ihrer Mutter geborgt hatte. Wilhelmine war fast einen ganzen Kopf kleiner als ihre hochgewachsene Tochter, weshalb das Kleid ihr gerade bis zu den Knien reichte und auf anstößige Art und Weise über ihrem Oberkörper spannte. Der Ansatz ihrer Brüste war deutlich zu erkennen. Hochhackige Schuhe hatte sie nicht gefunden, aber das machte nichts. Ihre nackten Unterschenkel wirkten auch ohne dieses Hilfsmittel lang, schlank und – sie stellte es mit Genugtuung fest – ziemlich elegant.

Sie holte tief Luft. Wenn ihr Vater sie jemals so sah, würde er einen Wutausbruch bekommen. Oder einen Herzanfall. Oder beides. Wollte sie wirklich so auf die Straße gehen? In diesem Aufzug und um diese Uhrzeit? Sie nickte ihrem Spiegelbild zu, und Dolly nickte ein bisschen unsicher zurück.

Als sie den Alsterpavillon betrat, schien die von Rauch geschwängerte Luft förmlich zu brennen. Voller Leidenschaft spielte die Kapelle die von den Nazis so verpönte Swing-Musik. Auf der Tanzfläche drängten sich die Jugendlichen und tanzten sich die Seele aus dem Leib, andere saßen an den runden Tischen, rauchten, tranken Alkohol. Pärchen küssten einander ohne Hemmungen.

Lilo stand wie erstarrt. Die Musik dröhnte in ihren Ohren, hilflos sah sie sich in dem Gewusel um und fühlte sich trotz ihrer Verkleidung noch immer vollkommen fehl am Platz. Wie sollte sie Ludwig bloß finden? Für einen Moment glaubte sie, ihn entdeckt zu haben. Er stand an der Wand, in inniger Umarmung mit einem Mädchen in langen schwarzen Hosen und enger Bluse. Doch als der Mann den Kuss unterbrach, um einen Zug aus seiner Zigarette zu nehmen, erkannte sie, dass es nicht Ludwig war. Erleichterung durchströmte sie.

»Hey, Girl, komm mit. Let's dance.« Der Fremde war plötzlich vor ihr aufgetaucht. Er hatte ihre Hand ergriffen und sie durch die Menge in Richtung Tanzfläche gezogen. Inmitten der swingenden Leute stand sie zunächst da wie zur Salzsäule erstarrt, bis die Musik wieder von ihr Besitz ergriff, so wie vor ein paar Stunden mit Ludwig im Salon. Sie begann, mit dem Mann zu tanzen, und es machte Spaß, doch es war nicht dasselbe. Ihre Augen flogen unablässig durch den Raum, suchten nach Ludwig.

Und dann plötzlich sah sie ihn.

Er lehnte an einer Säule am Rande der Tanzfläche, und es schien, als hätte er sie schon vor einer ganzen Weile entdeckt. Er ließ sie nicht aus den Augen, sein Mund verzog sich zu einem Lächeln, und er tippte grüßend an seinen Hut. Sofort ließ sie die Hand ihres Tanzpartners los, murmelte eine Entschuldigung und verließ die Tanzfläche. Der junge Mann sah ihr etwas irritiert hinterher, zuckte die Achseln und tanzte alleine weiter.

Als sie endlich vor Ludwig stand, kam sie sich plötzlich dumm vor in ihrer Verkleidung. Was musste er von ihr denken, in diesem unanständig kurzen und engen Kleid und angemalt wie eine Prostituierte? Er kannte sie, seit sie ein Kind gewesen war. Er wusste, wie sie wirklich war.

Ludwig musterte sie stumm von oben bis unten. Lilo spürte, wie sie unter dem hellen Puder rot anlief, und erwog gerade, sich einfach umzudrehen und den Pavillon fluchtartig zu verlassen, als er sich von der Säule abstieß und dicht vor sie hinstellte. Er nahm ihr Gesicht in beide Hände.

»You look gorgeous. Du siehst fantastisch aus«, rief er über die laute Musik hinweg und küsste sie überschwänglich. Sie ließ es vollkommen überrumpelt geschehen. Dann zog er sie auf die Tanzfläche.

10.

Hamburg, 2019

Als es an der Tür klingelte, sah Nele verwirrt von ihrer Lektüre auf. Sie brauchte einen Moment, um in die Gegenwart zurückzukehren. Es war Sonntag, und sie saß im Bademantel mit vom Duschen feuchten Haaren in dem Lesesessel in ihrem kleinen Wohnzimmer, das Manuskript auf dem Schoß. Der Blick auf die Uhr versetzte ihr einen Schreck. Schon halb drei. Wo war die Zeit geblieben? Es schellte erneut.

»Ja doch«, rief sie laut, was natürlich Unsinn war. Julian stand unten vor der Haustür, während ihre Wohnung sich im Dachgeschoss befand. Sie hechtete in den Flur und drückte auf den Türsummer. Es war Schlag halb drei und Julian wie immer absolut pünktlich. Ganz im Gegensatz zu Nele. Sie ließ die Wohnungstür angelehnt und stürmte in ihr winziges Schlafzimmer, in dem das ungemachte Bett unter der Dachschräge stand. Sie warf einen flüchtigen Blick in die verspiegelte Front ihres Kleiderschranks. Mist. Die Wimperntusche des Vortages – sie hatte gestern mal wieder vergessen, sich abzuschminken – hatte beim Duschen schwarze Schlieren unter ihren Augen hinterlassen. Sie sah aus wie Marilyn Manson. Also erst mal ins Badezimmer.

Sie schnappte sich ein Abschminkpad und entfernte die

Bescherung. Aus dem Treppenhaus drangen Geräusche zu ihr hinauf. Wenn sie sich jetzt nicht sputete, würden sie noch den Film verpassen. Sie ärgerte sich über sich selbst. Zweimal hatten sie die Kino-Verabredung schon verschieben müssen. Erst war Mika krank gewesen, dann Diana. Nele war darüber so sauer gewesen, dass sie auch Julian den Magen-Darm-Virus der beiden an den Hals gewünscht hatte. Nicht im Ernst natürlich. Heute, am Sonntagnachmittag, war jedenfalls die letzte Möglichkeit, den neuen Ryan-Gosling-Film im Kino zu sehen. Sie hörte Schritte und das Klappen ihrer Wohnungstür.

»Ich komme gleich«, rief sie hinaus in den Flur und schnitt sich im Spiegel eine Grimasse. Sie hatte nicht die geringste Lust, Julian ungeschminkt und im Bademantel zu empfangen. Sie liebte es, sich schick zu machen, wenn sie verabredet waren.

Doch als sie sich so im Spiegel sah, hatte sie plötzlich einen Einfall. Dann würden sie den Film eben verpassen. Sie ließ den Bademantel von den Schultern gleiten. Kam sich fast ein wenig verrucht vor und fragte sich, ob das etwas mit ihrer Lektüre über verbotene Tanzveranstaltungen zu tun haben mochte. Wie so oft, wenn sie ganz in ein Buch versunken gewesen war, fühlte sie sich nachher beinahe körperlich mit der Hauptfigur verbunden.

»Nele?« Das war Julian aus dem Flur.

Sie griff nach dem Lippenstift auf der Ablage und schminkte sich die Lippen blutrot. »Ich komme schon.« Ihr Herz begann zu klopfen, und der Gedanke an das, was sie vorhatte, verursachte ein aufregendes Prickeln auf ihrer Haut.

Sie setzte ein strahlendes Lächeln auf, öffnete die Badezimmertür und schritt, nackt wie sie war, in den Flur. »Da bist du ja endlich«, sagte sie mit ihrer verführerischsten Stimme – um sich gleich darauf mit einem Schrei zurück ins Bad zu flüchten.

Sie hockte auf den kalten Fliesen, den Rücken an die Tür gelehnt, und mit, wie sie wusste, hochrotem Kopf.

»Nele.« Es klang fast ein bisschen so, als müsste Julian sich das Lachen verbeißen.

Sie vergrub das Gesicht in den Händen. Ja, vielleicht war es sogar lustig. Für ihn zumindest. Und möglicherweise würde sie selbst irgendwann einmal diese Anekdote zum Besten geben und darüber lachen können. Aber im Moment war das Ganze ziemlich peinlich. Sie war splitterfasernackt in den Flur getreten. Vor Julian. Und seinen fünfjährigen Sohn, der sie mit einer Mischung aus Schreck und Faszination angestarrt hatte.

»Nele, bist du da?« Sie spürte das Klopfen seiner Fingerknöchel durch die Tür an ihrem Rücken.

Wo soll ich denn sonst sein?, fragte sie sich.

»Nele, bitte.«

Sie brachte kein Wort heraus.

»Es tut mir leid, weißt du, die Babysitterin ist krank geworden und ...«

Und warum passt dann deine Ex-Frau nicht auf Mika auf, so wie du es schon tausendmal für sie getan hast, wenn der Babysitter abgesprungen ist?, wollte sie fragen. Und warum warnst du mich nicht vor?

»Ich hatte dir eine WhatsApp geschrieben«, fuhr er fort, als hätte er ihre Gedanken erraten.

Mist, sie hatte vor lauter Lektüre gar nicht mehr auf ihr Handy geschaut.

»Du hast sie wohl nicht gelesen.« Er klang ratlos und irgendwie niedlich.

Nele atmete tief durch. Den ganzen Nachmittag konnte sie nicht hier auf dem Kachelboden sitzen bleiben. Das war albern. Außerdem wurde es langsam kalt. Sie stand auf und griff nach ihrem Bademantel, der zerknüllt mitten im Raum lag.

»Hör mal, Mika hat schon öfter eine nackte Frau gesehen.«

»Schon tausendmal«, trompetete der Knirps, und Nele musste lächeln.

»Siehst du. Es ist also gar nicht so schlimm. Kommst du jetzt bitte wieder raus?«

Nele zog den Bademantel an und verknotete sorgfältig den Gürtel vor ihrem Bauch. Nun konnte sie es tatsächlich schon ein bisschen lustig finden und war froh darüber.

»Papa«, hörte sie Mika sagen, »warum hatte Nele gar nichts an?«

»Sie ... hat wahrscheinlich gerade geduscht.«

»Aber es ist doch Nachmittag.«

»Man kann auch am Nachmittag duschen.«

»War sie denn schmutzig?«

»Ich ...«

Nele öffnete die Badezimmertür. »Hallo, Mika«, sagte sie, »hallo, Julian.«

Julian lächelte entschuldigend und küsste sie.

Mika sah von einem zum anderen. »Seid ihr fertig? Gehen wir jetzt ins Kino?«, fragte er ungeduldig.

Nele musterte Julian mit fragendem Blick.

»Ähm«, sagte der und hob die Schultern, »Lust auf *Der kleine Drache Kokosnuss?* Soll richtig super sein.«

»Der ist cool. Echt.« Mika blinzelte sie treuherzig von unten herauf an und nickte bekräftigend. »Tyler hat den schon zweimal geguckt, und er hat's gesagt.«

»Na, wenn Tyler das sagt.« Nele musste lachen. »Dann komm ich natürlich mit.«

»Prima«, freute sich Mika, doch dann verdüsterte sich seine Miene. Er schüttelte den Kopf. »Aber so kannst du nicht mitkommen.« Er wies auf ihren Bademantel.

»Da hast du recht. Ich zieh vielleicht doch lieber was anderes an.« Sie warf Julian einen Seitenblick zu, bevor sie im Schlafzimmer verschwand. Die Erleichterung war ihm deutlich anzumerken. Seine Lippen formten tonlos das Wort *Danke*.

Sie schlüpfte in die Klamotten und ging dann zu der altmodischen Frisierkommode, die sie von ihrer Oma geerbt hatte, um wenigstens noch ein bisschen Wimperntusche aufzutragen. Plötzlich musste sie an Lilo denken, die vielleicht vor einem ganz ähnlichen Schminktisch gesessen und sich in Dolly verwandelt hatte. Vor so vielen Jahrzehnten.

Draußen vor der Tür hörte sie Julian und Mika miteinander sprechen, konnte aber nicht verstehen, was sie sagten.

»So, von mir aus können wir.« Mit diesen Worten trat sie in den kleinen Flur und hielt abrupt inne.

Julian kniete vor seinem Sohn. Der verbarg das Gesicht an seinem Hals. Die schmalen Schultern zuckten. Weinte er?

»Was ist denn los?«

Schon wieder ein entschuldigender Blick. »Also, wenn du nichts dagegen hast, dann schauen wir lieber Tabaluga.«

Nele zuckte mit den Achseln. »Na klar«, sagte sie. »Dann eben Tabaluga. Darf ich fragen, warum?«

Mika hob den Kopf. Seine Augen glänzten feucht, und er sah schrecklich unglücklich aus. »Mama mag Drache Kokosnuss so gerne«, sagte er mit erstickter Stimme, »sie ist bestimmt traurig, wenn wir ohne sie gehen.«

Am Ende gingen sie gar nicht ins Kino. An der Kasse war Mika aufgefallen, dass Tabaluga ebenfalls ein Drache war – genau wie Kokosnuss. Er war sich nicht sicher gewesen, ob es Diana nicht auch traurig machen würde, diesen Film zu verpassen, und sie hatten die Karten wieder zurückgegeben.

Auch wenn Nele sich den Nachmittag anders vorgestellt hatte, beschloss sie, sich ihre gute Laune nicht verderben zu lassen. Sie nutzten das ausnahmsweise trockene Wetter für einen Spaziergang durch das Grindelviertel mit seinen kleinen Geschäften und den in Pastellfarben getünchten Altbauten. Auf dem Langschläfer-Flohmarkt am Hallerplatz verlor Mika sein Herz an einen Stoffdrachen, der fast so groß war wie er selbst, während Julian am Nebenstand antike Espressotassen begutachtete.

»Bitte nicht«, sagte er und verdrehte die Augen, als Nele und Mika ihm den Familienzuwachs präsentierten. »Dein Zimmer platzt doch sowieso schon aus allen Nähten.«

»Zurückgeben geht nicht«, sagte Mika und drückte das Ungetüm an sich. Julian gab sich geschlagen.

Nun saßen sie in einem hippen Eiscafé im Grindelhof, das lauter komische Sorten anbot. Erdnussbutter, Limette-Ingwer, Rosenwasser. Mika wollte unbedingt ein Lakritzeis probieren und ließ sich auch nicht durch die Warnungen seines Vaters, dass es ihm vermutlich nicht schmecken würde, davon abbringen. Stolz hielt er das Hörnchen mit der seltsamen grauen Eiscreme in der Hand und begutachtete es von allen Seiten. Julian reichte Nele einen Kaffee.

»Einmal Latte Macchiato mit Sojamilch«, sagte er und verbeugte sich formvollendet.

»Danke.« Nele lächelte. Sie hatte ihm noch immer nicht gesagt, dass sie Sojamilch scheußlich fand, und nun, nach über sechs Monaten, war es dafür einfach zu spät.

Julian setzte sich neben sie und wollte gerade damit beginnen, sein Schokoladeneis zu essen, als Mika den Kopf hob. »Du sollst hier sitzen, Papa«, sagte er und deutete auf den freien Platz neben sich. »Mein linker, linker Platz ist leer, da wünsch ich mir den Papa her.«

»Na gut.« Julian stand auf und setzte sich neben seinen Sohn und ihr gegenüber. »Das ist aber rechts.«

»Wieso?«

»Schau, das hier ist doch deine rechte Hand. Das merken wir uns an dem Leberfleck am Daumen, weißt du noch?«

»Wieso hast du keinen Leberfleck am Daumen, Papa?«

»Ich habe dafür einen auf der Wange, siehst du?«

»Aber wie merkst du dir, wo links und rechts ist? Da musst du ja immer in den Spiegel gucken.«

Julian sah ein bisschen angestrengt aus, was Nele schändlicherweise amüsierte. Sie lehnte sich zurück und trank einen Schluck Kaffee. Allmählich gewöhnte sie sich sogar an den Geschmack.

»Iss dein Eis, Mika. Schau, es tropft schon«, sagte Julian.

Mika konzentrierte sich wieder auf das Hörnchen in seiner Hand und leckte an dem schmelzenden Eis. Sofort verzog er das Gesicht. »Bäh. Schmeckt eklig.«

Julian schloss kurz die Augen. »Das habe ich dir doch vorher gesagt. Aber du wolltest es ja unbedingt haben.«

»Ich mag das aber nicht.«

Julian zuckte mit den Schultern. »Da kann ich dir jetzt leider auch nicht weiterhelfen.«

Mika starrte vor sich hin, dann leuchteten seine Augen auf. »Papa?«

»Ja?«

»Wollen wir tauschen?«

Nele musste grinsen.

Julian schüttelte den Kopf und leckte demonstrativ an seinem Eis. »Nein. Ich mag kein Lakritzeis.«

»Ich aber auch nicht.«

»Tja.«

»Dann will ich ein neues.«

»Nein, tut mir leid.«

»Bitte, Papa.«

»Ich habe Nein gesagt.«

Mika begann zu weinen. »Ich will Schokolaaaaade!«

»Herrgott noch mal«, fluchte Julian, und Nele blickte ihn überrascht an. Er wirkte gestresst, so hatte sie ihn noch nie gesehen. »Mika, hör zu«, wandte er sich mit betont ruhiger Stimme an seinen Sohn. »Ich hatte dir doch gesagt ...«

Mika hielt sich die Ohren zu. »Ich will Schokolade!«

»Jetzt hör mir bitte mal zu«, sagte Julian und griff nach Mikas Hand.

Der Junge entwand sich ihm und presste die Hände nur umso fester auf die Ohren.

Nele schaute sich um und registrierte, dass bereits diverse Gäste des Cafés auf sie aufmerksam geworden waren. Und zwar nicht die dauergewellten alten Damen, von denen sie das am ehesten erwartet hätte. Von denen gab es in diesem Laden mit seinem Lakritzeis und den Superfood-Smoothies sowieso nicht allzu viele. Nein, es waren Menschen in ihrem Alter. Solche mit Laptops und Kaffeetassen vor sich, die genervt herüberspähten. Und dann noch die jungen Familien, bei denen selber ein, zwei oder drei Kinder mit am Tisch saßen. Nele bemerkte den selbstzufriedenen, ja triumphierenden Blick in den Augen der Mütter und Väter, deren eigene Brut vermutlich ausnahmsweise gerade mal keinen Terror machte. Sie schienen ungemein stolz auf sich zu sein.

»Mika, bitte, ich möchte doch nur mit dir reden.«

Julian und Mika rangelten inzwischen miteinander. Der Junge brüllte immer lauter, während Julian vollkommen nutzlos auf ihn einredete. Mikas Frust hatte sich inzwischen in echten Kummer verwandelt. Er schluchzte heftig, ließ es aber immerhin zu, dass Julian ihn zu sich heranzog. Die Tränen versiegten, und er starrte zu Boden.

»Ich will zu Mama«, flüsterte er.

Julian wirkte, als hätte man ihm soeben das Herz gebrochen. Hilflos hielt er seinen Sohn in den Armen.

Entschlossen stand Nele auf und marschierte zum Tresen.

Als sie zwei Minuten später zurückkam, saßen Vater und Sohn noch immer schweigend beisammen. Nele hielt Mika ein Schokoladeneis hin.

»Hier«, sagte sie, »ich tausche mit dir.«

Mika starrte auf das Hörnchen, das er noch immer in der Hand hielt. Die graue Eismasse war schon zur Hälfte weggeschmolzen und tropfte auf den Boden und seinen Ärmel. Nele schnappte sich eine Serviette, wischte die Bescherung notdürftig ab und griff nach dem unansehnlichen Eis.

Mika strahlte und machte sich sofort über das Schokoladeneis her. »Danke«, sagte er.

»Gern geschehen.« Nele lächelte, nahm all ihren Mut zusammen und leckte an der Restkugel. Der scharf-herbe Geschmack zog ihr die Geschmacksknospen zusammen.

»Bäh«, sagte sie. »Schmeckt ja gar nicht. Tauschst du mit mir?«

Mika kicherte und schüttelte den Kopf, dass seine blonden Locken nur so flogen. »Nee.«

»Ach, so ein Mist! Du vielleicht?« Sie hielt dem Stoffdrachen das Eis hin, der auf dem Stuhl ihr gegenüber saß und sie aus seinen Plastikaugen anschielte.

»Drachen dürfen kein Eis. Das löscht ihr Feuer«, erklärte Mika.

»Ja. Das macht Sinn.« Nele legte das Eis auf den Unterteller ihrer Kaffeetasse und warf Julian einen Blick zu. Das Lachen blieb ihr im Hals stecken, als er sie finster anstarrte. Er schien überhaupt nicht amüsiert.

11.

Hamburg, Juni 1941

Sie hatten einen Alsterspaziergang gemacht und sich schließlich auf der Alsterwiese Schwanenwik niedergelassen. Nebeneinander lagen sie auf der Decke, die Ludwig mitgebracht hatte, die Gesichter einander zugewandt. Seine Hand lag auf ihrer Hüfte und ihre auf seiner.

Die Sonne schien warm vom Himmel, die Geräusche der Spaziergänger, das Schreien der Möwen und das leise ans Ufer plätschernde Wasser – Lilo glaubte, noch nie einen herrlicheren Moment erlebt zu haben. Fliegeralarm, rationierte Lebensmittel, ihr ältester Bruder an der Front – alles, was ihr Leben in letzter Zeit so schwer machte, schien in weite Ferne gerückt.

Sie schob sich näher an Ludwig heran, legte ihm die Hand an die Wange, strich ihm das lange Haar hinters Ohr. Dann lehnte sie sich vor und presste ihre Lippen auf seine. Sie küssten sich lange, und als sie schließlich aufhörten, wirkte er irritiert.

»Was ist?«, fragte sie unsicher, als sie seinen Gesichtsausdruck bemerkte.

Ludwig grinste und fuhr sich mit einer verlegenen Geste durchs Haar. »Ach, nichts«, sagte er, »ich bin nur überrascht.«

»Worüber denn?«

»Das hast du noch nie gemacht«, sagte er. »Mich geküsst.«
Nun war es an ihr, irritiert zu sein. »Was redest du da?«
Er nahm eine Strähne ihres hellblonden Haares und ließ sie durch seine Finger gleiten. »Normalerweise *lässt* du dich küssen«, erklärte er, »und nimmst dir nicht einfach, was du willst.«
Sie spürte, wie ihr das Blut in die Wangen schoss. »Tut mir …«, begann sie, doch er unterbrach sie sofort.
»Nein! Nicht entschuldigen! Es gefällt mir!« Er rollte sich auf den Rücken und streckte die Arme von sich. Dann schielte er zu ihr hinüber, ein spitzbübisches Grinsen auf den Lippen. »Kannst du das noch mal tun?«
Lilo zögerte. Machte er sich etwa über sie lustig? Sie war sich nicht sicher.
»Bitte«, sagte Ludwig. Dann schloss er die Augen.
Lilo beugte sich über ihn. Betrachtete sein jungenhaftes, von dunkelblonden Locken umrahmtes Gesicht. Die schmale Nase, die vollen Lippen, den dichten Wimpernkranz.
Ludwig öffnete ein Auge und sah sie fragend an.
Sie lachte leise. »Nur Geduld«, flüsterte sie und neigte sich noch einen Millimeter auf ihn zu.
»Hab ich nicht«, sagte er leise und kam ihr entgegen.

»Ludwig«, sagte sie eine ganze Weile später, als er mit dem Kopf auf ihrem Schoß dalag und sie seine Haare streichelte.
»Hm?«
»Was ist damals passiert zwischen Hans und dir?« Kaum hatte sie die Frage ausgesprochen, spürte sie, wie sein Körper sich anspannte. Sein Gesicht verschloss sich.
»Nichts«, antwortete er kurz.
Zweifelnd musterte sie ihn.

»Nichts«, wiederholte er mit Nachdruck, rollte sich von ihr weg und setzte sich auf. »Ich möchte nicht darüber sprechen.«

Lilo bereute schon fast, ihn gefragt zu haben. Doch dann hob sie plötzlich den Kopf. »Wieso darf ich das nicht fragen? Er ist mein Bruder. Und nach eurem Streit, worum auch immer es dabei ging, hatte er ein halbes Jahr lang schlechte Laune. Ihr wart die besten Freunde, und plötzlich warst du verschwunden und Hans todunglücklich. Ich frage mich einfach, was passiert ist.«

Ludwig sah sie nachdenklich an, dann zuckte er mit den Schultern. »Was denkst du wohl, was passiert ist? Wir sind erwachsen geworden. Nur dass er ein Hitlerjunge geworden ist und ich ein Swing-Boy. Das passt eben nicht zusammen.«

»Aber ihr wart doch immer noch dieselben Menschen.«

»Was kennzeichnet denn einen Menschen?«, fragte er. »Seine Handlungen und seine Überzeugung. Irgendwann ist man alt genug, und dann kann man sich nicht mehr dahinter verstecken, dass man nur tut, was die Eltern einem vorschreiben.«

»Aber ich bin auch beim BDM«, sagte Lilo.

Ludwig blickte sie ernst an. »Der Tag wird kommen, an dem du es nicht mehr allen recht machen kannst, Lilo. An dem du eine eigene Meinung entwickeln und dazu stehen musst. Man kann sich nicht durchs ganze Leben lavieren, ohne Position zu beziehen. Nicht in diesen Zeiten.«

Sie spürte, wie ihr ganzer Körper kalt wurde, trotz der warmen Sonnenstrahlen. War es das, was er von ihr dachte? Dass sie sich durchs Leben lavierte? Er hatte doch keine Ahnung, unter welchem Druck sie stand. Er war das einzige Kind seiner Eltern, ihr Prinz, konnte tun und lassen, was er wollte. Er wusste nicht, dass es Lilo bereits all ihre Kraft kostete, einfach nur mit ihm zusammen zu sein, dem offenkundigen Missfallen ihrer Eltern zum Trotz.

»Heil Hotler«, rief jemand in diesem Moment frech. Ludwig wandte den Kopf und entdeckte die Gruppe Swing-Kids, die an sie herangetreten war.

»Hoppla, stören wir?«

»Nein.« Ludwig schüttelte den Kopf.

Lilo war anderer Meinung, aber sie schwieg. Vielleicht war es sogar ein Glück, dass die anderen in diesem Moment aufgetaucht waren, sodass sie das Gespräch nicht vertiefen konnten.

Jemand hatte ein Koffergrammofon dabei und legte Musik auf. Mehrere Paare tanzten, unter den missbilligenden Blicken der Spaziergänger, die mehr oder weniger deutlich ihren Unmut über die verwahrloste Jugend kundtaten.

Irgendwann stand auch Ludwig auf, deutete eine Verbeugung in ihre Richtung an und streckte ihr die Hand entgegen. Lilo schüttelte den Kopf, und er sah überrascht auf sie hinunter.

»Und wenn ich bitte sage?«, fragte er, und seine grünen Augen blitzten.

Lilo betrachtete die anderen Tanzpaare, lauschte dem Rhythmus der Musik. Es musste herrlich sein, sich ihm hinzugeben, am helllichten Tag, unter den warmen Strahlen der Sonne, ohne einen Gedanken daran zu verschwenden, was die Leute dachten. Doch sie brachte es nicht fertig, über ihren Schatten zu springen. Ludwigs Hand zu ergreifen und sich nicht darum zu scheren, dass möglicherweise ein Parteigenosse ihres Vaters vorbeikam und sie erkannte.

Langsam ließ Ludwig die Hand sinken und wandte sich von ihr ab. Als er mit einer anderen tanzte, traten ihr die Tränen in die Augen.

Dankbar akzeptierte sie eine Zigarette, die jemand ihr anbot, und rauchte in hastigen Zügen, den Blick starr auf die Alster gerichtet. Irgendwann ließ sich die Gruppe wieder nieder und begann, hitzig zu diskutieren. Lilo saß dabei, rauchte noch mehr Zigaretten und fragte sich, ob all das wirklich stimmte, was sie da hörte. Natürlich hatte sie mitbekommen, dass die Nazis Juden drangsalierten. Mehrere ihrer Mitschüler kamen nicht mehr zum Unterricht, einige hatten mit ihren Eltern Deutschland verlassen, anderen war der Schulbesuch mittlerweile verboten worden. Sie fand es schrecklich, fragte sich aber auch, was es bringen sollte, ständig darüber zu reden. Man konnte ja doch nichts dagegen tun.

Auf dem Heimweg spürte sie Ludwigs Blick auf sich, doch sie wich ihm aus.

»Du hast gar nichts gesagt«, sagte er. »Findest du's etwa in Ordnung, was Hitler tut? Was mit den Juden passiert?«

Lilo schüttelte den Kopf. Nein, natürlich fand sie es nicht in Ordnung.

»Du läufst im Gleichschritt durch den Wald und lässt dich dressieren wie ein Hündchen«, warf er ihr vor, und die plötzliche Wut in seiner Stimme erschreckte sie. »Wo ist dein Protest?«

»Immerhin gehe ich auf verbotene Tanzveranstaltungen, oder etwa nicht?«, fragte sie zurück, doch er schüttelte nur den Kopf.

»Aber nicht aus Überzeugung, sondern meinetwegen. Es wird nicht mehr lange dauern, und du bist eine brave deutsche Hausfrau. Schenkst dem Führer fünf Kinder als Kanonenfutter und trägst stolz das silberne Mutterkreuz!«

Lilo brach in Tränen aus. Sie wusste gar nicht genau, worüber sie weinte. Über die Vorstellung, eines Tages ihre eigenen Söhne in den Krieg ziehen lassen zu müssen? Über seine verächtliche Angriffslust ihr gegenüber? Oder doch über die Tatsache, dass er zumindest teilweise recht hatte mit dem, was er sagte? Ihre nächtliche Verwandlung in das Swing-Girl Dolly war kein Ausdruck politischen Protests. Sie tat es bloß, um dem Mann, den sie liebte, nah zu sein. Das musste sie sich eingestehen. Er wusste es auch, und anscheinend war ihm das nicht genug.

Sie liefen schweigend bis zu ihr nach Hause.

»Danke fürs Bringen«, murmelte sie und wandte sich ab, doch er hielt sie zurück.

»Warte, Lilo.« Er drehte sie zu sich herum, holte ein kariertes Taschentuch aus seiner Sakkotasche. »Es tut mir leid«, sagte er, während er ihr die Tränen abwischte.

»Schon gut.«

»Nein«, widersprach er. »Es ist nicht gut. Wie kannst du zulassen, dass ich so mit dir spreche? Warum wehrst du dich nicht?«

Sie zuckte mit den Schultern und wusste nicht, was sie sagen sollte. Er steckte das Taschentuch weg und nahm ihr Gesicht in beide Hände. »Ach, Lilo ...«

»Ja?«

»Nichts.« Er schüttelte den Kopf. »Schlaf gut.«

»Sehen wir uns morgen?«, fragte sie und hasste den flehenden Unterton in ihrer Stimme.

Aber er nickte. »Ja«, sagte er. »Gerne.«

Sie küssten sich, und Lilo verschwand im Haus.

12.

Hamburg, Juli 1941

Weiße Schäfchenwolken zogen über den tiefblauen Himmel, die Sonne schien, und ein lauer Wind milderte die Hitze. Am Morgen hatte Helga sie geweckt, die Rollläden ihres Fensters geöffnet und wie so oft verkündet: »Wach auf, Lottchen. Es verspricht ein herrlicher Tag zu werden.«

Lilo konnte sich das nicht recht vorstellen. Sie war unglücklich.

Auch ihr zweiter Bruder Herbert war inzwischen eingezogen worden, und es war nur noch eine Frage der Zeit, bis es auch den nächstjüngeren Jahrgang treffen würde. Ludwig. Und Hans.

Ihr jüngster Bruder konnte es kaum erwarten, endlich Soldat zu werden und für Führer und Vaterland an der Front zu kämpfen. Wäre ihr Vater nicht gewesen, der darauf bestand, dass Hans die Schule beendete, er hätte sich längst freiwillig gemeldet.

Lilo konnte die Kriegsbegeisterung ihres Bruders, seine fast fanatische Verehrung Hitlers, nicht nachvollziehen. Im letzten Monat hatte der Feldzug gegen die Sowjetunion begonnen. Lilo hatte sich das Land in ihrem Atlas angesehen und fragte sich im Stillen, ob Hitler eigentlich wusste, was er sich da vorgenommen hatte. Das Land war riesig. Selbst das in den letzten beiden Jahren so rasant gewachsene Deutsche Reich wirkte im Vergleich geradezu kümmerlich. Wie viele Menschen mochten dort leben? Wie viele Männer im wehrfähigen Alter?

All dies war schlimm, verblasste jedoch hinter Lilos wahrem Kummer. Ludwig hatte begonnen, sich vor ihr zurückzuziehen. Immer seltener forderte er sie auf, mit ihm auszugehen, und sie hatte den Verdacht, dass sie nicht mehr das einzige Swing-Girl war, das er in dunklen Hauseingängen küsste. Sie zerbrach sich den Kopf darüber, was sie falsch machte. Sie liebte ihn doch und gab sich alle Mühe, sich in seine Welt einzufügen. Ihre Eltern würden sie vermutlich für den Rest ihres Lebens einsperren, wenn sie mitbekamen, dass ihre Tochter sich abends regelmäßig in ein Swing-Girl verwandelte. Sogar ihr Englisch war inzwischen fast besser als das von Ludwig, sie hatte nächtelang Vokabeln gepaukt. Wieso nur schien sein Interesse an ihr mehr und mehr zu erlahmen? Seit einer Woche war er ihr nun vollkommen aus dem Weg gegangen, und sie weinte sich nachts deswegen in den Schlaf.

Fast noch schwerer als sein Desinteresse wog die offensichtliche Erleichterung ihrer Eltern darüber, dass dieser Junge, der ihrer braven Tochter Flausen in den Kopf setzte, wohl nun endlich von der Bildfläche verschwunden war.

»So kleidet sich kein deutscher Mann. Er sieht aus wie ein warmer Bruder«, hatte sie ihren Vater einmal zur Mutter sagen hören.

»Dann brauchen wir uns ja keine Sorgen zu machen«, hatte diese erstaunlich humorvoll geantwortet, doch in ihrer Gegenwart hielten die Eltern eisern zusammen. Wie immer.

Am späten Nachmittag schaute Lilo in den Salon, wo ihr Vater den Völkischen Beobachter las und ihre Mutter Strümpfe für die Soldaten an der Ostfront strickte, obwohl doch alle Welt behauptete, der Krieg gegen Russland werde lange vor dem Wintereinbruch gewonnen sein. Wilhelmine hob den Blick, als sie die Tochter in voller HJ-Uniform erblickte.

»Wo willst du denn jetzt noch hin?«, erkundigte sie sich.

»Altmetallsammlung«, antwortete sie. Das Einsammeln von Altmetall und Papier zur Wiederverwertung in der Wirtschaft gehörte zu den Aufgaben der Hitlerjugend. »Danach gehe ich noch zu Elsa zum Hausaufgabenmachen.«

»Komm nicht zu spät nach Haus«, sagte ihr Vater, ohne von seiner Lektüre aufzublicken.

»Werd ich nicht.«

Sie lief in den Flur, schnappte sich die dort bereitliegende Tasche und beeilte sich, aus dem Haus zu kommen. Unten im Laden war alles still. Es war Samstag und das Geschäft schon seit vierzehn Uhr geschlossen. Sie schlich in den hinteren Lagerraum, schloss leise die Tür und öffnete den Beutel. Wie immer war es ein seltsames Gefühl, wenn sie den Reißverschluss nach unten zog, er auseinanderklaffte und den Blick auf eine andere Welt eröffnete.

Das Kleid mit dem blauen Tüllrock hatte Ludwig ihr geschenkt. Dazu hochhackige schwarze Schuhe. Obenauf lag eine elegante Zigarettenspitze. Hastig entledigte sich Lilo ihrer HJ-Uniform. Der lange, dunkle Rock, die quadratische weiße Bluse und das schwarze Halstuch landeten in der Tasche, die sie unter einen der Tische schob. Routiniert verwandelte sie sich in Dolly, ein kleiner Handspiegel, den sie ebenfalls in der Tasche verstaut hatte, half ihr beim Auftragen des Make-ups.

Auf Zehenspitzen verließ sie den Laden durch die Hintertür, aus Angst, das Klackern ihrer Absätze könnte sie verraten. Im Hinausgehen warf sie sich ihren Mantel über. Eigentlich war es viel zu warm dafür, doch im Gegensatz zu den anderen Swing-Kids, die ihr Outfit und damit ihre Einstellung nur zu gerne öffentlich zur Schau stellten, brachte Lilo das nicht über sich. Mit gesenktem Kopf lief sie eilig über das Kopfsteinpflaster, in der Hoffnung, von keinem Nachbarn erspäht und erkannt zu werden.

Je weiter sie sich von ihrem Zuhause entfernte, desto mehr entspannte sie sich. Sie nahm die Bahn nach Sankt Pauli. Eine berühmte Schweizer Swing-Band sollte dort heute im Café Heinze auftreten, einem beliebten Treffpunkt von Ludwig und seinen Freunden. Lilo war davon überzeugt, dass er dort sein würde, und es war ihr egal, dass er ihr unerwartetes Auftauchen vermutlich nicht gerade begrüßen würde. Sie musste ihn einfach sehen. Ihre Sehnsucht nach ihm brannte derart stark, dass sie sie zu verzehren drohte.

Schon von Weitem erkannte sie den großen, von oben bis unten angestrahlten Glasturm mit den schwarzen Lettern und die Leuchtschrift über dem Eingang des Cafés am Millerntorplatz.

Mit klopfendem Herzen trat sie unter das Vordach und auf den Concierge neben der goldenen Kordel zu. Auf ihn kam es an. Ludwig hatte sich schon oft beschwert, dass der Türsteher völlig willkürlich über Einlass und Ablehnung bestimmte. Doch als Frau ohne Begleitung sollte sie keine Probleme haben.

Als sie nur noch zwei Meter von dem Torhüter in der eleganten Livreé entfernt war, blieb sie stehen. Zog langsam ihre

Zigarettenspitze hervor, platzierte eine Lasso, ihre bevorzugte Zigarettenmarke, darin und sah sich suchend um. Fand den Blick des Concierge und warf ihm ein entschuldigendes Lächeln zu. Mit bedächtigen Schritten trat sie auf ihn zu, legte den Kopf schief und fragte: »Haben Sie vielleicht Feuer für mich?«

Er nickte. Sie spürte seinen Blick auf sich ruhen, während er das Feuerzeug aufschnappen ließ. Sie beugte sich näher zu ihm, ihre roten Lippen umschlossen die Zigarettenspitze und sogen daran. Sie stieß den Rauch aus, ohne ihn aus den Augen zu lassen.

»Danke«, hauchte sie.

»Gern geschehen.«

Sie stand einfach nur da und wartete ab.

»Möchten Sie eintreten?«, fragte er schließlich, und sie wiegte kurz den Kopf, als müsste sie erst überlegen. Nickte dann.

»Warum nicht?«

Er hakte die Kordel aus ihrer Verankerung und ließ sie passieren.

Auf der im Vergleich zum Alsterpavillon kleinen, dafür aber von unten beleuchteten Tanzfläche, direkt vor der Band gelegen, tummelten sich die Tänzer. Als Lilo eintrat, fing sie den Blick des Schlagzeugers auf, der ein wenig erhöht saß und die Eingangshalle im Auge behielt. Er fungierte als Wachposten.

Seit Anfang des Jahres gingen die Nazis mit neuer Härte gegen die Swing-Jugend vor, die entartete Musik hörte, den HJ-Dienst verweigerte und sich alles andere als linientreu verhielt. Immer häufiger gab es Razzien und Verhaftungen, um die Bewegung zu zerschlagen.

Doch die Jugendlichen waren auf der Hut und hatten ihre eigenen Methoden entwickelt, um der Gestapo ein Schnippchen zu schlagen. Einmal hatte Lilo es selbst erlebt, dass auf einen unvermittelten Trommelwirbel des Schlagzeugers plötzlich sanfte Walzerklänge durch den Raum schwebten und die vor Sekunden noch ausgelassen swingenden Jugendlichen in steifem Eins-Zwei-Drei über die Tanzfläche glitten. Die hereindrängenden Braunhemden hatten unverrichteter Dinge wieder abziehen müssen.

Sie lächelte dem Schlagzeuger zu, der sich daraufhin wieder seinem Rhythmus hingab.

Das Lächeln noch auf den Lippen, schritt sie weiter in das Tanzlokal hinein, ließ den Blick suchend über die Massen schweifen, hinauf zu den Logen, die, wie in einem Theater, den Gästen die Gelegenheit boten, sich das Spektakel von oben zu betrachten. Und dann entdeckte sie ihn.

Lilo erkannte Ludwig sofort. Doch das aufgeregte Kribbeln, das jedes Mal, wenn sie ihn ansah, über ihren Körper lief, währte nur kurz und wich einem Gefühl unerbittlicher Kälte.

Er war nicht allein. Sie war klein, mollig und trug die dunklen Haare kurz geschnitten, in perfekten Wasserwellen eng an den Kopf frisiert. Sie war alles, was Lilo nicht war. Ludwig redete ununterbrochen auf sie ein, was, das konnte sie natürlich nicht verstehen, aber sie begriff, dass er sein Bestes gab. Die andere lachte schallend, legte ihm dabei eine Hand auf die Brust und lehnte sich gegen ihn. Der Blick, mit dem Ludwig auf die Brünette heruntersah, verursachte Lilo körperliche

Übelkeit. Die Musik, eben noch laut und beinahe ohrenbetäubend, schien sich zu entfernen. Verschwand hinter einer Wand aus Watte, während der Boden unter ihren Füßen zu schwanken begann. Sie griff nach irgendjemandem, hielt sich an einem Arm fest, um nicht umzufallen.

»Alles in Ordnung, Dolly?« Ein Freund von Ludwig, er nannte sich Bobby. »Weiß Teddy, dass du hier bist?« Er folgte ihrem Blick, hoch zu den Balustraden, und verstummte.

Sie ließ ihn los und wankte davon. In Richtung Ausgang. Überlegte es sich dann unvermittelt anders und nahm die Treppe nach oben. Sie hatte keine Ahnung, was sie vorhatte, was sie ihm sagen würde. Aber sie konnte jetzt nicht einfach gehen.

Als sie das Pärchen erreichte, hatte Ludwig zu sprechen aufgehört. Die beiden standen dicht voreinander, ihre Nasenspitzen berührten sich fast.

»Nicht«, schrie Lilo und rannte auf sie zu.

Die Brünette riss den Kopf herum, und ihre Augen weiteten sich entsetzt, als die große, blonde Frau wie eine Furie auf sie zustürzte. Sie wich einen Schritt zurück. Vor Lilo, aber auch vor Ludwig, wie diese befriedigt feststellte.

Der wirkte fast noch erschrockener als sein Gegenüber. »Lilo, was machst du denn hier?«, fragte er. Lilo. Nicht Dolly.

»Was ich hier mache? Das sollte ich wohl eher dich fragen«, fauchte sie, und die Wut auf ihn überdeckte für den Moment sogar den Schmerz.

Die Brünette verdrehte die Augen und schürzte die Lippen. »Vielleicht klärt ihr das erst mal«, sagte sie und verließ den Balkon.

Ludwig starrte ihr hinterher, wandte sich dann wieder an

Lilo. »Hör mal«, sagte er, doch sie hob die Hand, um ihm das Wort abzuschneiden.

»Ich glaube nicht, dass ich wirklich hören will, was du als Nächstes sagen wirst«, sagte sie. Ihr Mund fühlte sich staubtrocken an. Sie standen voreinander. Schweigend, und ohne eine Ahnung, was jetzt passieren sollte. Lilo wich seinem Blick aus, ließ ihn stattdessen über die Tanzfläche gleiten, über die ausgelassen feiernden Jugendlichen, sie hörte die Musik, entdeckte das Mädchen von eben. Es lehnte lässig an einer Säule und ließ sich von einem anderen jungen Mann umgarnen.

Es schien sie nicht im Geringsten zu interessieren, was oben auf der Galerie vor sich ging. Sie warf den Kopf in den Nacken und lachte über eine Bemerkung ihres Galans, dann schüttelte sie den Kopf, wandte sich um und ging in eine andere Richtung davon. Der Mann folgte ihr auf dem Fuß, drängelte sich durch die Menge, um mit ihr Schritt zu halten, redete unermüdlich auf sie ein, während sie ihm kokett die kalte Schulter zeigte. Lilo wandte den Blick ab und sah wieder hoch zu Ludwig. Er hatte die Hände in den Taschen vergraben und wirkte ebenso schuldbewusst wie trotzig.

Am liebsten hätte sie sich in seine Arme geworfen, ihm gesagt, wie sehr sie ihn liebte. Aber in dieser Sekunde begriff sie, dass sie ihn damit nur umso weiter von sich fortgetrieben hätte. Sie schluckte den Schmerz zusammen mit ihren Minderwertigkeitsgefühlen hinunter, rief sich den bewundernden Blick des Concierge in Erinnerung und machte einen Schritt auf Ludwig zu. Mit den hohen Absätzen war sie fast so groß wie er, ihre Lippen dicht vor seinen. Sie sah ihm direkt in die Augen. Warum tust du das?, fragte sie stumm. Wieso bin ich bereit, dir alles zu geben und nichts dafür zu bekommen? Warum?

Natürlich sprach sie es nicht aus. Lehnte sich stattdessen noch ein Stück näher in seine Richtung, bis ihr Mund den seinen fast berührte. Fast.

Der Ausdruck seiner Augen veränderte sich ein weiteres Mal. Sie hatte nicht geweint und auch keine Szene gemacht. In seinem Blick lag etwas Neues, sie hatte ihn wirklich beeindruckt. Er legte den Kopf auf die Seite, seine Hände schmiegten sich um ihre Taille. Als er sie an sich ziehen wollte, schüttelte sie den Kopf.

»Ach, Ludwig«, flüsterte sie, »das war wirklich dumm von dir.«

Sie tat einen Schritt zurück, drehte sich um und strebte in Richtung Treppe. Den Kopf hoch erhoben. Ihre versteinerte Miene veränderte sich auch nicht, als sie seine eiligen Schritte hinter sich hörte. Als er ihr die Treppe hinunter und zum Ausgang folgte. Sie drehte sich nicht nach ihm um.

Erst auf der Straße holte er sie ein.

»Lilo«, rief er, nachdem er zu ihr aufgeschlossen hatte, »he, jetzt warte doch mal.«

»Worauf denn?«, entgegnete sie, ohne ihre Schritte zu verlangsamen. Mit geradem Rücken schritt sie über das Kopfsteinpflaster, sodass ihre hohen Absätze klapperten.

»Schon gut, es tut mir leid.« Er griff nach ihrer Hand, und sie fuhr zu ihm herum. Entzog sich ihm mit einem Ruck.

»Nichts ist gut«, sagte sie.

»Es tut mir leid«, wiederholte er, und sein Gesicht spiegelte Verwirrung.

Natürlich ist er überrascht, dachte sie bitter. Ich fand immer alles großartig, was er gemacht hat. War dankbar für jede Brosame an Aufmerksamkeit, die er mir gnädig hingeworfen hat. Ihr Brustkorb hob und senkte sich, und in ihren Augen brannten die Tränen, die sie jedoch mit aller Macht zurückkämpfte. Nur nicht weinen, beschwor sie sich. Du hast ihn verloren, jetzt gib dir nicht auch noch diese Blöße. Geh! Nimm die Bahn nach Hause, zieh dieses lächerliche Kleid aus und wisch dir die Schminke aus dem Gesicht. Und dann vergiss, dass du jemals versucht hast, ihm zu gefallen.

Sie wandte sich abrupt von ihm ab. Sie hätte gerne Auf Wiedersehen gesagt, wenigstens das, doch dann würde sie anfangen zu weinen, und diesen Triumph gönnte sie ihm nicht. Wortlos stolzierte sie die Straße hinunter.

»Warte!«, rief Ludwig.

Sie tat, als hörte sie ihn nicht.

»Komm zurück.«

Ihr Körper wollte ihm gehorchen, so wie sie immer getan hatte, was er von ihr wollte. Trag das Haar offen! Zieh das Kleid an! Tanz mit mir!

Ihr Geist gewann, zwang ihre Beine fortzuschreiten. Weg von ihm. Ihre Augen standen jetzt so voller Tränen, dass sie kaum noch etwas sah. Blind stakste sie vorwärts, bog in die Glacischaussee ein, zu deren rechter Seite sich die Wallanlagen von Planten un Blomen, der riesigen Parkanlage inmitten von Hamburg, befanden. Doch der betörende Blütenduft, den der warme Sommerwind von dort aus zu ihr hinüberwehte, ließ sie kalt. Genau wie das Rascheln der Blätter in den Baumkronen und das unwirkliche Blau des Himmels, mit dem der Tag in die Nacht überging.

13.

Lilo fror, trotz des zu warmen Mantels und der Hitze, die noch vom Tage im Boden gespeichert war. Sie zog die Schultern hoch, verschränkte die Arme vor der Brust und beschleunigte ihre Schritte.

Plötzlich hörte sie ein Geräusch hinter sich, und ihr Herz begann schneller zu schlagen. Jemand war hinter ihr, sie konnte seine Schritte auf dem Bürgersteig hören. Sie ging schneller, er tat es ihr gleich. Sie wurde sich der vollkommenen Einsamkeit bewusst, durch die sie lief. Niemand war zu sehen. Sie war allein mit ihrem Verfolger.

Alle Kraft schien aus ihrem Körper zu weichen. Lilo wusste, dass am Abend HJ-Streifen durch die Stadt zogen und dass sie nicht zimperlich mit den sogenannten Swing-Kids umgingen. Verstohlen blickte sie sich um, doch es war klar, dass sie in ihren hohen Schuhen keine Chance hatte, dem Verfolger zu entfliehen.

Im nächsten Moment hatte er sie eingeholt. In Erwartung einer harten Hand, die sie packen und herumschleudern würde, spannte sie die Muskeln an. Sie hörte sein schweres Atmen. Aus dem Augenwinkel sah sie, wie er den Arm hob, umschloss fest den Griff ihrer Handtasche und schnellte herum. Sie erkannte Ludwig in derselben Sekunde, als die Tasche mit voller Wucht gegen seine Schläfe prallte.

»Ludwig!« Er war getaumelt und zu Boden gestürzt, Lilo kniete neben ihm und starrte voller Entsetzen auf das Blut, das aus seiner Augenbraue quoll. Die Schnalle ihrer Tasche hatte die Haut aufgerissen. »O Ludwig, es tut mir so leid.« Sie schaute sich suchend nach ihrer Schlagwaffe um, zog ein Taschentuch daraus hervor und drückte es gegen die Wunde. »Ich wusste nicht, dass du es bist, ehrlich nicht. Es tut mir leid, bitte sag doch was.«

»Aua«, sagte er.

»Es tut mir leid.«

»Schon gut.«

»Nein, ist es nicht.« Sie brach in Tränen aus, während sie weiter an seiner Augenbraue herumtupfte.

»Doch.« Er grinste sie an und gab einen weiteren Schmerzenslaut von sich. »Würdest du das bitte lassen? Ich weiß, dass ich es verdient habe, aber du tust mir wirklich weh damit.«

»Entschuldige.« Erschrocken zog sie die Hand zurück.

»Es ist in Ordnung, Lilo. Wirklich.« Er nahm ihr Gesicht in beide Hände. Sie wagte kaum, ihn anzusehen, doch als sie es tat, bemerkte sie einen völlig neuen Ausdruck in seinen Augen. »Ich habe mich schlecht benommen«, sagte er. »Das tu ich manchmal. Meine Großmutter sagt, es liegt daran, dass ich ein Einzelkind bin. Vollkommen verzogen.«

Lilo lächelte unter Tränen.

In dieser Nacht schliefen sie zum ersten Mal miteinander. Niemals hätte sie erwartet, dass das unaussprechlich Peinliche, über das sie und Elsa kichernd hinter vorgehaltener Hand gemutmaßt hatten, so schön sein würde. Sich so natürlich und richtig anfühlte. Hand in Hand waren sie in den fast menschenleeren Park gegangen, und hinter einer mächtigen Hecke aus blühenden Rhododendren hatte Ludwig seinen Mantel ausgezogen und auf dem Boden ausgebreitet, damit sie sich daraufsetzen konnte. Kein Wort hatten sie gesprochen. Ludwig hatte sie angesehen wie eine unbekannte exotische Blume. Er hatte sie geküsst, entblättert und verführt.

Nachher lag sie in seinem Arm, den Kopf auf seine Brust gebettet. Sie lauschte seinem Herzschlag und glaubte, niemals in ihrem Leben glücklicher gewesen zu sein als in diesem Moment. Sie schaute zu ihm auf und sah im hellen Schein des Mondes seine linke Gesichtshälfte in allen erdenklichen Rot- und Blautönen schimmern.

»Du bist wirklich ein abenteuerlicher Anblick«, sagte sie und verkniff sich eine weitere Entschuldigung, die sich ihr automatisch auf die Lippen drängte.

»Ich werde erzählen, dass die Gestapo mich geschnappt hat«, sagte er und grinste. »Klingt besser, als zuzugeben, dass mich ein kleines Mädchen verhauen hat!«

Seit der Nacht im Park war Ludwig wie verwandelt. Er ließ nicht mehr tagelang nichts von sich hören, sondern war aufmerksam und liebevoll. Wenn sie ausgingen, hielt er stets ihre Hand, was er vorher nie getan hatte. Er präsentierte sie stolz als *sein Girl* und wurde eifersüchtig, wenn sie mit anderen Männern tanzte.

Lilo hätte so etwas natürlich nicht getan. Dolly hingegen schon. Sie ließ sich von jedem über die Tanzfläche wirbeln, der höflich darum bat, und wenn sie zu Ludwig zurückkehrte, weidete sie sich an seinem wütenden Blick. Sie genoss es, dass er sie an sich zog, ein bisschen zu fest, und seinen Mund besitzergreifend auf ihren presste. Es war wie ein Rausch, in dem sie alles vergessen konnte. Das starre Korsett, in das ihr Leben, bestimmt von Schule, HJ-Dienst und nächtlichem Fliegeralarm, gepresst war, fiel von ihr ab, wenn sie zu Dolly wurde, und irgendwann nahm sie es Ludwig nicht einmal mehr übel, dass er sie der braven Lieselotte vorzog.

14.

Hamburg, 2019

Nele fröstelte und zog ihre dünne Jeansjacke fester um sich. Sie musste sich endlich entscheiden. Seit einer halben Stunde stand sie nun schon hier neben ihrem Fahrrad, mit einer Hand eine Flasche Rotwein umklammernd, mit der anderen ihr Telefon. Ihr Blick wanderte die Fassade des Rotklinkers hoch, in dem Julian seit seiner Trennung von Diana wohnte. Hinter dem Fenster mit den orangefarbenen Vorhängen – Mikas Kinderzimmer – war schon lange das Licht erloschen. Er schlief. Dennoch spürte Nele eine seltsame Scheu, sich wie schon so häufig bei Julian per SMS anzukündigen. Er war den ganzen Nachmittag komisch zu ihr gewesen und hatte zugleich sämtliche ihrer Versuche, ihn darauf anzusprechen, abgeschmettert. Er war geradezu unfreundlich gewesen, und das kannte sie von ihm nicht. Es hatte sie verletzt, sodass sie sich schließlich ihrerseits zurückgezogen hatte.

Vater und Sohn hatten den Tag dann alleine beendet, während Nele aufgewühlt durch ihre Wohnung getigert war. Immerhin hatte das Manuskript, von dem sie mittlerweile fast ein Viertel gelesen hatte, sie ein bisschen ablenken können. Sie war fasziniert von der Welt, die sich ihr darin offenbarte, und wenn sie ganz ehrlich war, hätte sie die Nacht eigentlich ganz gerne lesend verbracht. Eingetaucht in die Liebesgeschichte zwischen Lilo und Ludwig mit all ihren Hindernissen und Problemen – die sie wunderbar von ihren eigenen ablenkten. Sie war *nicht gerade konfliktfreudig*, wie Franzi es ausdrückte, und die unausweichliche Auseinandersetzung mit Julian lag ihr schwer im Magen. Zu guter Letzt hatte sie sich aber doch einen Ruck gegeben, den Roman zur Seite gelegt und sich aufs Rad geschwungen. Unterwegs hatte sie noch eine Flasche veganen Rotwein gekauft – erst durch Julian hatte sie erfahren, dass die meisten Weine mit Gelatine geklärt wurden – und war dann zu ihm gefahren.

Und nun stand sie hier und traute sich nicht vor und nicht zurück. Die Sonne war inzwischen untergegangen, und Nele kam sich zunehmend lächerlich vor, wie sie hier in der Dunkelheit herumstand.

Kann ich hochkommen, tippte sie in ihr Telefon und sandte die Nachricht ab, ohne noch länger darüber nachzudenken.

Ja, kam es knapp zurück.

Sie umfasste den Hals der Rotweinflasche fester und trat zur Haustür. Im selben Moment ertönte der Summer. Nele drückte gegen die Tür und lief langsam die Stufen hinauf in den zweiten Stock.

In dem warmen Treppenhaus roch es nach Putzmittel und nassem Hund, und das, obwohl niemand im Haus ein Tier besaß. Nele wusste, dass Julian nicht besonders glücklich mit seiner Wohnsituation war. Zuvor hatte er mit Diana und Mika in einer schönen Altbauwohnung ein paar Straßen weiter gelebt, im Zentrum von Winterhude. In diesen Sechziger-Jahre-Bau hier mit seinen niedrigen Decken und den kleinen Zimmern war er aus der Not heraus gezogen. Der Hamburger

Wohnungsmarkt war eine Katastrophe, und er war froh gewesen, überhaupt irgendetwas in der Nähe seiner Familie gefunden zu haben. Da Mika Woche für Woche nach dem sogenannten Wechselmodell zwischen seinen Eltern hin- und herpendelte, hatte die räumliche Nähe den Ausschlag gegeben.

Julian erwartete sie in der Tür und legte einen Finger auf die Lippen, noch bevor sie etwas sagen konnte. Das ärgerte sie. Für wie blöd hielt er sie denn? Nele war schon öfter bei ihm zu Besuch gewesen, wenn Mika gerade bei ihm wohnte. Glaubte er, sie würde laut in die Wohnung trampeln und aus voller Kehle *Neunundneunzig Luftballons* grölen?

»Hallo«, sagte Julian, als sie vor ihm stand.

»Hallo«, flüsterte sie, und er grinste.

»Schon gut. Er schläft. Schön, dass du da bist.« Er schloss die Tür hinter ihr. Der Flur war so winzig, dass man kaum zu zweit darin stehen konnte, ohne sich zu berühren. Sobald sie ihre Sneakers abgestreift und neben den Wust an Kinder- und Männerschuhen gestellt hatte, trat Nele in das kleine Wohnzimmer mit der offenen Küchenzeile. Auf der Arbeitsfläche stapelten sich noch die Teller und Töpfe vom Abendessen. Sie wandte sich zu Julian um und hob die Weinflasche.

»Möchtest du Wein?«

Er nickte. »Gern.«

Sie trat an den Küchenschrank und holte zwei Gläser heraus. Sah sich suchend nach dem Flaschenöffner um.

»Wo …?«, begann sie, als Julian ihr die Flasche auch schon aus der Hand nahm.

Er warf einen Blick darauf, grinste und öffnete den Schraubverschluss.

»Oh.«

Er schenkte Wein ein, und Nele nahm einen tiefen Schluck, bevor sie zum Sofa hinüberging und sich darauf fallen ließ.

Warum nur war sie so angespannt?

Natürlich wusste sie es genau. Sie hatte etwas getan, was ihm missfallen hatte. Und nun ärgerte sie sich darüber, dass sie sich schuldig fühlte, obwohl sie doch nur das Beste gewollt hatte.

Statt sich zu ihr zu gesellen, blieb Julian am Küchentresen stehen und schaute sie an. Schwenkte das Glas in seiner Hand, trank. Schwenkte erneut. Es machte sie wahnsinnig.

»Willst du dich nicht setzen?«, fragte sie schließlich, und es klang viel gereizter als geplant.

»Doch, natürlich.« Er seufzte, dann hockte er sich neben sie. »Schön, dass du da bist.«

»Das sagtest du bereits.« Liebe Güte, was machte sie denn da? Am liebsten hätte Nele sich auf die Zunge gebissen. Sie benahm sich wie eine Zicke.

»Kann man doch nicht oft genug sagen.«

»Nur wenn man es auch so meint«, gab sie zurück und beschwor sich gleichzeitig, doch bitte endlich den Mund zu halten.

»Ich sehe schon«, sagte er, und obwohl er sich keinen Millimeter gerührt hatte, merkte sie, wie er von ihr abrückte, »du willst dich streiten.«

Sie spürte, wie ihr das Blut in die Wangen schoss. Er hatte ja recht. Sie benahm sich, als wollte sie mit ihm streiten, dabei lag ihr nichts ferner als das. »Ich will nicht streiten«, sagte sie, ohne ihn anzublicken.

»Aber?«

»Aber«, sie machte eine Pause, »aber vielleicht sollten wir den pinken Elefanten im Raum nicht völlig unbeachtet lassen«, sagte sie dann. »Er wird uns sonst zerquetschen.«

Julian starrte auf seine Finger, die immer noch das Weinglas drehten. »Na schön«, sagte er schließlich, »dann möchte ich dir gerne was sagen.«

»Ja?« Sie sah ihn an. Abwartend. Gleichzeitig zog sich ihr Magen schmerzhaft zusammen. Er würde doch nicht ... Auf einmal war sie nicht mehr so sicher, ob sie wirklich hören wollte, was er zu sagen hatte.

»Hör mal, Nele«, begann er, und die Sanftheit in seiner Stimme beruhigte sie ein bisschen. Er nahm auch ihre Hände, ein gutes Zeichen. »Dich in meinem Leben zu haben ist ein großes Geschenk. Ein Geschenk, von dem ich nie gedacht hätte, dass ich es noch einmal bekommen würde.«

Nele wollte schlucken, doch ihr Mund fühlte sich mit einem Mal staubtrocken an. Was tat er denn da? Sie war vollkommen aus dem Konzept gebracht. Vor zehn Sekunden hatte sie noch geglaubt, er werde mit ihr Schluss machen. Ihr sagen, dass es nicht funktionieren würde zwischen ihnen, und nun setzte er an ... zu was eigentlich? Einer Liebeserklärung? Gar einem ...? Sie wagte nicht, das Wort Heiratsantrag auch nur zu denken. Das war doch lächerlich! Sie kannten sich erst seit etwas über einem halben Jahr. Zudem *war* er schließlich noch verheiratet. Was also tat er da?

»Du bist eine tolle Frau, Nele, ich wünsche mir so sehr, dass du in meinem Leben bleibst.«

O Gott, tu es nicht, sprich es nicht aus, flehte Nele innerlich, denn in diesem Moment wurde ihr klar, dass sie nicht wusste, was sie ihm antworten sollte. Ja oder Nein, beides fühlte sich nicht richtig an. Denn sie wollte ihn, war verliebt in ihn, aber für solch eine weitreichende Entscheidung war es doch viel zu früh. Ganz grundsätzlich. Und vor allem mit ihm. Wenn sie ihn heiratete, bekam sie nicht nur einen Ehemann. Sondern ein Stiefkind und eine Ex-Frau mit dazu. Was nicht heißen sollte, dass sie nicht dazu bereit gewesen wäre, ihn mitsamt seiner Vergangenheit zu akzeptieren. Bloß wollte so was doch wohlüberlegt sein ...

»Aber, Nele«, sagte er, gerade als sie überlegte, ihn einfach zu küssen, um ihn am Weiterreden zu hindern, »du kannst Mika nicht die Mutter ersetzen, und ich will auch nicht, dass du das versuchst.«

Sie starrte ihn fassungslos an. Für einen Moment glaubte, ja hoffte sie, sich verhört zu haben. Hatte er das wirklich gerade gesagt? Der Blick aus seinen braunen Augen, kühler als sonst, schien das zu bestätigen. Nele spürte es in sich brodeln. Ihr erster Impuls war, ihm das Glas Rotwein ins Gesicht zu schütten, das sie so fest umklammert hielt, dass der Stiel vermutlich nicht mehr allzu lange durchhalten würde. Zum Glück war es ihr erstes Glas, sodass sie darauf verzichtete, sich wie ein gekränkter Teenager aufzuführen. Noch während sie überlegte, was sie erwidern sollte, knackte es im Babyfon, das wie immer auf dem Couchtisch stand und das Mika längst in *Kinderfon* umgetauft hatte. *Ich bin nämlich kein Baby mehr.*

»Maaamaaa«, erklang seine schluchzende Stimme aus dem Lautsprecher. »Maaaaamaaa.«

Julian erhob sich. »Bin gleich zurück«, sagte er und verschwand.

»Ich will Mama«, kreischte Mika kurz darauf durch den kleinen Lautsprecher.

»Alles gut, mein Süßer, Mama ist zu Hause. Im anderen Zuhause. Und morgen Abend siehst du sie schon wieder. Jetzt bist du bei mir, alles ist in Ordnung.«

»Aber ich will bei euch beiden sein«, schniefte Mika.

»Ich weiß. Das geht leider nicht.«

»Wieso, Papa?«

»Weil ...« Nele konnte hören, wie Julian unterdrückt seufzte. »Das haben wir dir doch erklärt, Mika.«

»Kannst du mir das noch mal erzählen?«

»Du sollst doch jetzt schlafen.«

»Bitte, Papa.«

»Na gut, also ...«

Plötzlich war es Nele unangenehm, als heimliche Zuhörerin dem Gespräch zwischen Vater und Sohn zu lauschen. Gleichzeitig ergriff eine innere Spannung von ihr Besitz. Wie erklärte er seinem Sohn wohl die Trennung von der Mutter? Und konnte ihr, Nele, gefallen, was sie hören würde? Sie wusste schließlich, dass Diana sich von Julian getrennt hatte und nicht umgekehrt. Hastig griff sie nach dem Kinderfon und drückte den Knopf an der Seite. Mit einem Dreiklang schaltete sich das Gerät ab.

Nele setzte ihr Glas an die Lippen und trank es in einem Zug leer. Es war ein guter Wein und natürlich nicht dafür gedacht, auf ex heruntergestürzt zu werden. Ihre Geschmacksnerven wehrten sich, und die letzten Schlucke musste sie mit Gewalt herunterwürgen. Sie schüttelte sich und stellte das Glas so heftig ab, dass der Stiel nun tatsächlich abbrach.

»Mist«, sagte sie laut in den leeren Raum hinein und meinte damit die gesamte Situation.

Sie hatte doch nur nett sein wollen. Ein Mann, der schon Vater war, hatte nun wirklich nicht an oberster Stelle ihrer imaginären *Wünsche-für-mein-Leben*-Liste gestanden. Sie hatte sich auf Julian eingelassen – trotz allem. Trotz Kind und Frau und gemeinsamem Sorgerecht und der Tatsache, dass sie immer wieder würde zurückstecken müssen. Sie versuchte stets, ihren Groll zu überwinden oder ihn sich wenigstens nicht anmerken zu lassen. Sie liebte Kinder und gab sich wirklich alle Mühe, mit Mika Freundschaft zu schließen. Was hatte sie denn schon getan? Sie hatte ihm ein Schokoladeneis gekauft, na und? Daraus machte Julian jetzt, dass sie ihm die Mutter ersetzen wollte? Wie kam er nur auf so einen Gedanken? Hielt er sie wirklich für so dämlich, zu denken, dass das überhaupt möglich wäre?

Nele spürte, wie ihr der Wein zu Kopf stieg. Es fühlte sich gut an. Die quälenden Gedanken verloren ihre Schärfe und wurden zu einer diffusen Masse. Entschlossen schenkte sie sich Wein in das kaputte Glas nach und trank erneut. Gleichzeitig war ihr klar, dass sie sich albern benahm. Und dass sie in der Unterhaltung mit Julian, die doch schließlich unausweichlich kommen würde, mit jedem Tropfen Alkohol schlechtere Karten hatte.

Im selben Moment kam Julian zurück. Er sah mitgenommen aus. »Er schläft wieder.« Sein Blick fiel auf das Kinderfon, dann sah er fragend zu ihr herüber.

»Ich habe es ausgemacht«, sagte sie, »ich dachte, das ist dir lieber so.«

»Danke.« Er wirkte erleichtert. Was hatte er Mika gesagt? War es auch um sie gegangen?

Sie starrte auf die Scherben auf dem Tisch. »Ich brauche

ein neues Glas«, stellte sie fest. »Aber ich sollte nichts mehr trinken.«

Er nahm die halb leere Flasche und hob die Augenbrauen. »Hab ich was Falsches gesagt?«, fragte er.

»Ja«, antwortete sie. »Etwas ganz Falsches.«

»Das tut mir leid.«

»Ich will Mika nicht die Mutter ersetzen«, platzte es aus ihr heraus, »wie kannst du bloß so was sagen?«

»Du hast dich in seine Erziehung eingemischt«, sagte er und klang plötzlich ebenfalls wütend. »Die Sache mit dem Eis. Ich hatte ihm gesagt, dass er es nicht mögen würde. Er ist alt genug, um auch mal die Konsequenzen auszuhalten. Ich war gerade dabei, es ihm zu erklären.«

»Aber ich habe mit Mikas Erziehung nichts zu tun«, sagte Nele laut, »denn ich *bin* nicht seine Mutter. Ich kann ihm ein Eis holen, wenn er mir leidtut. Was willst du eigentlich von mir?«

»Ich will, dass du meine Autorität nicht untergräbst.«

»Damit ist es wohl nicht weit her, wenn man die so leicht untergraben kann.«

Julian öffnete den Mund, schloss ihn wieder. Die Kampfeslust schien aus ihm zu entweichen wie aus einem angepieksten Luftballon. Schwer stützte er den Kopf in die Hände. »Ach verdammt«, murmelte er, »wieso ist das alles so schwierig?«

Die Mauer, die Nele um sich herum errichtet hatte, brach bei diesem Anblick zusammen. Sie rückte ein Stück näher zu ihm. »Ich will es nicht noch schwerer für dich machen, ehrlich nicht«, sagte sie. »Du hast vollkommen recht, ich bin nicht Mikas Mutter, und das will ich auch nicht sein. Aber als böse Stiefmutter fühle ich mich auch nicht wohl. Also bleibt nur die Rolle der coolen, neuen Freundin von Papa.« Er hob den Blick, und sie lächelte. »Die einem dann doch das Eis kauft, weil sie eben keinen Erziehungsauftrag hat.«

»Hm.« Er musterte sie, und seine Gesichtszüge entspannten sich. »Der Kleine hat eigentlich echt Glück, dass Papa so eine coole, neue Freundin hat.«

»Ja«, Nele nickte, »das hat er wirklich.«

»Und ich habe auch Glück«, sagte Julian und lehnte sich zu ihr hinüber. Er legte ihr eine Hand an die Wange. »Weil sie nicht nur cool und neu ist. Sondern auch klug. Und hübsch.«

»Und sexy?« Nele grinste.

»Sehr«, sagte Julian.

Während er sie küsste, schoss es Nele durch den Kopf, dass sie Julian mehr mochte als irgendeinen Mann vor ihm. Und dass sie heute seine Achillesferse kennengelernt hatte. Das Thema, bei dem sein Verstand aussetzte und das den liebenswerten, nach außen so tief in sich ruhenden Mann vollkommen aus dem Gleichgewicht bringen konnte.

15.

Hamburg, Oktober 1941

Es war fast sieben Uhr am Morgen, Lilo war mal wieder spät dran. Fast noch im Halbschlaf, mit blassem Gesicht und dunklen Ringen unter den Augen, stand sie vor dem Spiegel und flocht ihr langes Haar zu zwei Zöpfen. Sie verstand gar nicht, warum sie so müde war. Auch wenn sie gerne die Nächte durchgetanzt hätte, so war das doch nicht möglich. Sie war noch nicht einmal siebzehn Jahre alt, und Jugendliche dieses Alters durften nach neun nicht mehr auf die Straße. Ludwig achtete peinlich genau darauf, dass sie pünktlich nach Hause ging, ja, er brachte sie sogar höchstpersönlich bis zur Haustüre.

Auch der Fliegeralarm ließ die Hamburger Bürger in dieser Zeit weitestgehend in Ruhe. Sie bekam also genug Schlaf – und dennoch fühlte sie sich erschöpft, vor allem am Morgen kam sie nicht aus dem Bett. Dazu hatte sie ständig Hunger, und ihr war übel.

Sie seufzte und stieg in ihren dunkelblauen Rock, zog ihn hoch und versuchte, den Knopf über dem Bauch zu schließen. Es ging nicht. Verwundert sah sie an sich hinunter und war von einem Moment auf den anderen hellwach.

An diesem Abend merkte Ludwig sofort, dass etwas mit ihr nicht stimmte. Sie hatten sich vor dem Alsterpavillon getroffen, der schwedische Jazzmusiker Arne Hülphers würde heute die Kapelle dirigieren und für ein rauschendes Tanzfest sorgen. Doch Lilos Augen blitzten nicht wie sonst vor Vorfreude. Sie vergaß auch ganz, Ludwig mit Anlauf in die Arme zu fliegen, damit er sie herumwirbeln, den weiten Rock ihres Kleides fliegen lassen und sie innig küssen konnte.

»Was ist los?«

Sie schaute zu ihm auf, in das jungenhafte, unbekümmerte Gesicht, das sie so liebte. Seine schönen grünen Augen, die sie besorgt musterten.

»Ich ...«, begann sie und brach schon nach dem ersten Wort ab. Sie musste es ihm sagen, natürlich, doch wie konnte sie das? Sie würde alles zerstören. Die schillernde Seifenblase, in die sie sich gemeinsam geflüchtet hatten, in der sie zusammen dahinschwebten, unbehelligt vom Krieg und seinen Auswirkungen. Sie würde unweigerlich zerplatzen und mit ihr Dolly und Teddy, das Traumpaar der Swing-Szene.

»Ja?«, fragte er und griff nach ihrer Taille. Zog sie an sich.

Lilo hielt den Atem an, doch er schien nichts zu bemerken. Schien nicht zu spüren, dass das Kleid um ihren Bauch herum ein wenig spannte.

»Ach, nichts.« Sie schob die trüben Gedanken beiseite, legte ihm die Hand mit den sorgfältig rot lackierten Fingernägeln in den Nacken und zog ihn zu sich heran. Auf ein paar Stunden mehr oder weniger kam es nun wirklich nicht an. Was brachte es, wenn sie ihnen den Abend verdarb? Später kann ich es ihm immer noch sagen, dachte sie, während ihre Lippen seine fanden, auf dem Nachhauseweg werde ich mit ihm sprechen.

»Vielleicht kann ich dich ein bisschen aufmuntern«, sagte er, nachdem sie sich voneinander gelöst hatten. Seine Hand glitt in die Tasche seines karierten Sakkos und holte ein kleines Päckchen hervor. Es war unbeholfen in weißes Papier eingewickelt und mit einer Schleife verziert. »Für dich.«

»Aber ich hab doch gar nicht Geburtstag.«

»Mach es auf«, drängte er, und sie zerriss die Verpackung. Ließ das schwarze Kästchen aufklappen und starrte auf die schmale Goldkette mit dem Perlenanhänger. Er griff nach der Kette. »Do you like it?« Er drehte sie mit dem Rücken zu sich, und sie hob ihr Haar, das wie immer offen über ihre Schultern fiel, damit er ihr die Kette umlegen konnte.

»I love it«, sagte sie.

Er lehnte sich zu ihr, bis sein Mund dicht an ihrem Ohr war. »And I love you.«

Noch niemals zuvor hatte sie die Musik so intensiv empfunden, die Stimmung im Tanzcafé als so betörend erlebt. Obwohl sie keinen Alkohol trank, befand sie sich in einem Rausch, tanzte bis zur Erschöpfung, obwohl der Boden unter ihr schwankte und helle Sterne vor ihren Augen tanzten.

Sie hatte sich gerade erst wieder auf ihren Stuhl fallen lassen, da kam schon wieder ein Boy auf sie zu, deutete eine Verbeugung an und streckte gleichzeitig die Hand aus. Sie griff danach, doch Ludwig war schneller.

»She's taking a break«, sagte er, und der andere trollte sich achselzuckend.

Lilo hob gekonnt eine ihrer Augenbrauen. »Und das entscheidest du?«, fragte sie. »I don't think so.«

Sie gab ihrem Körper den Befehl aufzustehen, doch er

gehorchte ihr nicht. Ihre Beine waren schwer wie Blei, und die latente Übelkeit, die sie seit Wochen begleitete und bei der sie sich nun, da sie die Wahrheit kannte, fragte, warum sie sie nicht viel früher richtig diagnostiziert hatte, wallte plötzlich in ihr auf. Erschöpft lehnte sie sich zurück. Ludwig beugte sich über sie.

»Was ist los, Dolly? Talk to me.«

Sie sah zu ihm auf und erkannte, dass der Abend für sie sowieso zu Ende war. Sie konnte es ihm ebenso gut jetzt gleich sagen. Sie tastete nach der kleinen Perle, die genau in der kleinen Kuhle zwischen ihren Schlüsselbeinen lag, umschloss sie mit den Fingern. Er hatte gesagt, dass er sie liebte. Sie konnte nur hoffen, dass er es auch so gemeint hatte.

Als sie gerade den Mund öffnete, um die Worte auszusprechen, die vielleicht alles zwischen ihnen verändern würden, hallte ein Ausruf durch den Raum.

»Gestapo!«

Lilos Blick flog zur Kapelle, zu dem erhöhten Platz hinter dem Schlagzeug, auf dem in diesem Moment niemand saß. Der Musiker würde vermutlich auf ewig seine Blase verfluchen, die ihn gezwungen hatte, seinen Wachposten genau zu diesem Zeitpunkt zu verlassen.

Ein wahrer Tumult brach los.

Die Musik endete abrupt, nur das Saxofon, dessen Spieler ganz versunken gewesen war und den Aufschrei nicht gehört hatte, spielte einsam vier weitere Takte, bevor es ebenfalls abbrach. Frauen schrien, Männer brüllten.

Lilo sah in Richtung Eingangshalle, aus der die Braunhemden wie eine alles niederwalzende Schlammlawine über das Lokal hineinbrachen.

»Scheiße«, sagte Ludwig und griff nach ihrer Hand. »Komm schnell, wir müssen weg.«

Das Adrenalin, das durch ihre Adern pulsierte, ließ sie jede Schwäche vergessen. Sie sprang auf und folgte ihm. Vor dem Eingang hatte sich eine Menschentraube gebildet, alle Gäste drängten auf einmal hinaus, doch an den bewaffneten Polizeitruppen kamen sie nicht vorbei. Einige konnten der Vorhut entwischen, wurden jedoch vor dem Alsterpavillon abgefangen, der umstellt worden war. Es gab kein Entrinnen.

Hilfesuchend sah Lilo zu Ludwig, dessen Blick auf der Suche nach einem Ausweg durch den Raum flog. Er packte ihre Hand fester und ging schnellen Schrittes direkt auf die geschlossene Linie der Uniformierten zu, die einen Gast nach dem anderen festnahmen und dabei nicht eben zimperlich vorgingen. Lilo registrierte, dass Ludwig sich den kleinsten und schmalsten Kontrahenten ausgesucht hatte, um sich direkt vor ihm aufzubauen.

»Aus dem Weg!«, bellte er, und Lilo hielt erschrocken die Luft an. Was zum Teufel tat er denn da? Der Mann starrte Ludwig an. »Mach Platz, Mann!«, brüllte der, und für den Bruchteil einer Sekunde sah es so aus, als wollte der andere gehorchen. Ein Zucken ging durch seinen Körper, doch dann veränderte sich der überraschte Ausdruck in seinem Gesicht und verwandelte sich in Wut. Lilo begriff es noch vor Ludwig, und sie wollte den Mund öffnen, um ihn zu warnen, doch es war schon zu spät. Der Schlagstock des Gestapo-Manns traf ihn seitlich am Kopf.

Ohne einen Laut sackte Ludwig zu Boden. Hilflos sah Lilo auf ihn hinunter. Die Haut an seiner Schläfe war aufgeplatzt, und rotes Blut sickerte aus der klaffenden Wunde, lief ihm in die Augen und übers Gesicht. Instinktiv wollte sie sich über ihn beugen und ihm aufhelfen, da traf sie ein Stoß in die linke Seite, der ihr die Luft nahm. Sie taumelte rückwärts, strauchelte, konnte gerade noch verhindern, dass sie zu Boden ging. Sie wandte sich nach Ludwig um, wo der Mann in Uniform, der ihn geschlagen hatte, soeben einen Schritt nach vorne machte und den am Boden Liegenden mit seinem schweren Stiefel heftig in die Seite trat. Ludwig stöhnte auf und krümmte sich, versuchte, sich vor weiteren Tritten zu schützen.

»Hören Sie auf«, hörte Lilo sich schreien.

Der Mann warf ihr einen Blick zu, setzte ein böses Grinsen auf, hob den Fuß und trat Ludwig noch einmal in den Bauch. Er gab jemandem ein Zeichen, zwei andere Männer rissen Ludwig nach oben und schleiften ihn weg, während sein Peiniger auf Lilo zukam, ohne sie aus den Augen zu lassen.

Sie spürte, wie der Boden unter ihr zu schwanken begann. Vor ihrem inneren Auge lief wieder und wieder die Szene ab, wie der Mann Ludwig in den Unterleib trat – und plötzlich hatte sie nur noch den einen Gedanken: *Ich muss mein Kind beschützen. Niemand darf ihm wehtun.*

Im Bruchteil einer Sekunde beurteilte sie die Lage. Flucht war absolut zwecklos. Noch ein Schritt, und der Mann würde sie erreichen. Sie konnte erkennen, wie seine Fingerknöchel sich weiß verfärbten, als er den Griff um den Schlagstock verstärkte. Gleich würde er ausholen und sie niederstrecken. Sie riss die Arme in die Höhe, die Handflächen in der universellen Geste des Aufgebens nach vorn gewandt.

»Bitte«, flehte sie, »ich komme freiwillig mit.«

Sein Blick zeigte die ganze Bandbreite von Überraschung, Verachtung und Enttäuschung. Sie konnte förmlich spüren, wie gerne er sie geschlagen hätte.

»Bitte«, wiederholte sie und musste all ihre Willenskraft aufbringen, um die Hände über dem Kopf zu halten, anstatt sie schützend vor ihren Bauch zu legen. »Bitte.«

Er starrte sie finster an, schien dann aber zu beschließen, dass es an diesem Ort noch genug widerspenstige Jugendliche gab, an denen er seine Aggressionen auslassen konnte. Deshalb begnügte er sich damit, sie hart am Handgelenk zu packen und einem seiner Kollegen in die Arme zu schubsen.

»Bring die Judenhure raus«, bellte er, und der andere stieß sie vor sich her.

Vor dem Alsterpavillon herrschte das nackte Chaos. Einsatzfahrzeuge der Gestapo standen kreuz und quer vor dem Eingang, dazwischen, umringt von Braunhemden, mehrere Dutzend Jugendliche, in deren Mitte jetzt auch Lilo landete. Die Arme noch immer erhoben – sie wollte keinerlei Risiko eingehen –, schaute sie sich nach Ludwig um, konnte ihn aber nirgends entdecken. Die Swing-Kids um sie herum waren leichenblass, einige trugen Spuren von Schlägen im Gesicht.

Ein paar Meter von sich entfernt erkannte sie die Brünette, mit der Ludwig vor ein paar Monaten geflirtet hatte. Sie blickte starr geradeaus, getrocknete Tränenspuren verliefen über ihr Gesicht. Über dem linken Ohr sah Lilo eine kahle Stelle auf ihrem Kopf. Einer der Männer musste sie an den Haaren gepackt und dabei ein großes Büschel ausgerissen haben. Teile der Kopfhaut hingen in Fetzen, ein dünner Blutfaden lief ihr die Wange hinunter über den Hals.

Mit Gewalt riss Lilo sich von diesem Bild los. Noch während sie versuchte, einen Überblick zu gewinnen, bemerkte sie am Rande des Geschehens etwas, das ihr den Atem stocken ließ. Da stand ein Trupp der Hitlerjugend. Etwa zwanzig waren es; in Uniform und mit zufriedenem Lächeln beobachteten sie, wie immer mehr Jugendliche aus dem Club getrieben und verhaftet wurden. Ein paar von ihnen kannte Lilo, sie waren in ihrem Jahrgang, und man traf sich öfter bei Veranstaltungen oder auf dem Sportplatz.

Lilo hatte natürlich davon reden hören, dass HJ-Streifen gezielt Jagd auf *Hosenweiber* und *Langhaarige* machten, wie sie die Swing-Jugend nannten. Aber sie hatte ehrlich gesagt nicht genau hingehört. Schließlich war sie selbst, wenn auch gezwungenermaßen, Teil der Hitlerjugend. Obwohl sie in letzter Zeit immer häufiger Ausreden erfand, um dem Dienst fernbleiben zu können.

Von wegen Ausreden, dachte sie in diesem Moment, und ein hysterisches Lachen drohte ihre Kehle hinaufzusteigen. Es war ihr tatsächlich nicht gut gegangen. Sie war schwanger.

Einer der Hitlerjungen bemerkte ihren Blick. Sie erkannte ihn sofort. Es war Erich aus ihrer Parallelklasse. In der Grundschule hatten sie manchmal miteinander gespielt, Lilo erinnerte sich, dass er ein Ass im Klickern gewesen war und ihr regelmäßig ihren gesamten Bestand an Murmeln abgenommen hatte. Sie lächelte zaghaft. Erich musterte sie, dann löste er sich aus seiner Gruppe und trat näher. Sie wagte nicht, sich zu rühren oder ihm gar entgegenzukommen. Sie waren zwar nicht lückenlos von der Gestapo umzingelt, doch ein loser Kreis Bewaffneter um sie herum hielt die Verhafteten an Ort und Stelle. Erich war nun fast bei ihr.

»Erich«, sagte sie und sah ihn hilfesuchend an, obwohl sie keine Ahnung hatte, wie er ihr hätte helfen können. Möglicherweise hatten ja ausgerechnet er und seine Kumpane der Gestapo den entscheidenden Tipp gegeben. Vielleicht hatte sich einer von ihnen in die Veranstaltung eingeschlichen und dann Meldung gemacht, dass man im Alsterpavillon verbotenerweise *Negermusik* spielte. Selbst im besten Falle waren sie Handlanger der Polizei. Glaubte sie wirklich, irgendwer würde auf ihn hören, wenn er sagte, dass er sie, Lilo, vom HJ-Dienst kannte?

»Erich«, wiederholte sie, aber weiter kam sie nicht.

Sie hörte ein widerliches, grunzendes Geräusch und vermochte es nicht zuzuordnen, bis sein Kopf vorschnellte und er ihr mitten ins Gesicht spuckte. Während sie vor Entsetzen erstarrte, machte er auf dem Absatz kehrt und schlenderte zu seinen johlenden Kameraden zurück. Ihr Hals zog sich zusammen, und sie musste ein Würgen unterdrücken, als sie spürte, wie etwas Schleimiges ihre Wange hinunterlief.

Lilo begann zu zittern. Da tauchte wie aus dem Nichts ein weißes Taschentuch vor ihrer Nase auf. Ungläubig musterte sie das gestickte Monogramm und die hellblaue, sorgfältig umsäumte Kante.

Mit bebenden Fingern nahm sie es und wischte sich damit übers Gesicht. Ihr Blick traf den der Brünetten, die sich bis zu ihr durchgekämpft hatte, um ihr zu helfen.

»Vielen Dank«, sagte Lilo leise, doch als sie ihr das Taschentuch zurückgeben wollte, schüttelte die andere den Kopf.

»Throw it away. Disgusting.«

Lilo nickte und ließ es zu Boden fallen. »Thank you!«, sagte sie.

»Schnauze da vorne«, brüllte ein Uniformierter sie an und machte ein paar Schritte auf sie zu.

Lilo zuckte zusammen. Ihr lag eine Entschuldigung auf den Lippen, aber sie hatte das ungute Gefühl, dass er ihr selbst daraus einen Strick drehen würde. Schließlich hatte er ihr befohlen, still zu sein. Deshalb nickte sie nur stumm.

Dicht vor ihr blieb er stehen und musterte sie von oben bis unten. »Aufladen«, brüllte er im nächsten Moment, und sofort kam Bewegung in die Männer um sie herum. Offensichtlich hatte ihr Gegenüber eine leitende Position inne. Die Verhafteten wurden in die Fahrzeuge getrieben. Der Mann packte sie am Arm und schubste sie zu einem der Lastwagen. Die Gefangenen mussten sich auf den Boden setzen, während ihre Bewacher auf den Bänken Platz nahmen, die die Ladefläche umstanden. Immer mehr Menschen drängten nach, bis sich Lilo vorkam wie eine Ölsardine in der Dose. Sie schloss die Augen, versuchte, das Gefühl der Klaustrophobie zu überwinden, das sie wie eine Welle zu überrollen drohte. Niemand sagte ein Wort. Ruckelnd setzte der Wagen sich in Bewegung.

16.

Die Fahrt war kurz, dennoch war Lilo schweißgebadet, als sie endlich um eine Kurve bogen und das Motorengeräusch erlosch. Die Plane wurde angehoben.

»Na los, alle raus, aber dalli! Bewegt euch! Oder braucht ihr dafür etwa eure Negermusik?«, höhnte einer ihrer Bewacher und stand auf. Die Gefangenen beeilten sich, aus dem Wagen zu kommen. Mit zitternden Beinen kletterte Lilo von der Ladefläche und spähte an dem mächtigen Rotklinker-Gebäude empor, vor dem sie gehalten hatten.

»Welcome to Florida«, sagte ein junger Mann neben ihr. Sofort sprang einer der Gestapo-Leute auf ihn zu und drosch ihm ohne Vorwarnung die Faust ins Gesicht. Lilo hörte ein knirschendes Geräusch, und Blut schoss aus seiner gebrochenen Nase. Der Swing-Boy taumelte und fiel gegen sie. Instinktiv versuchte sie, ihn am Fallen zu hindern, doch er war zu schwer. Unter seinem Gewicht kam auch sie ins Straucheln, und sie stürzten beide der Länge nach hin. Das Blut des Mannes tropfte ihr auf Hals und Schultern.

»Aufstehen!«, brüllte der Uniformierte sie an.

Lilo rappelte sich auf und stellte sich zurück in die Reihe.

Der Mann am Boden hatte die Hände vors Gesicht geschlagen und stöhnte leise. *Steh auf,* beschwor sie ihn stumm, *bitte steh auf.*

»Na, wird's bald?«

Der Verletzte rollte sich auf den Bauch, zog die Knie unter sich, stützte sich mit den Händen auf dem Kiesweg ab. Es dauerte quälend lange, bis er sich aufgerappelt hatte.

Lilo atmete erleichtert aus, als er schwankend, aber aufrecht neben ihr stand.

»Na also!«, brüllte der Beamte. »Und jetzt vorwärts.«

Während sich die Truppe dem Gebäude näherte, rasten Lilos Gedanken. *Welcome to Florida.* Florida, so nannte man in Swing-Kreisen das Polizeigefängnis Fuhlsbüttel. Sie hatte Geschichten darüber gehört von jenen, die schon früher einmal bei einer Razzia der Gestapo in die Hände gefallen waren. Und nun war sie also auch hier gelandet. Selbst schuld, Lilo, sagte sie sich. Oder hast du etwa gedacht, du kämst ewig damit davon?

Sie hörte den Mann hinter sich schwer durch den Mund atmen, gurgelnde Geräusche ließen darauf schließen, dass seine Nase noch immer stark blutete und ihm das Luftholen erschwerte.

Würde man auch sie schlagen? Ohne dass es ihr richtig bewusst war, legte sie sich schützend die Hand auf den Unterleib. Erneut stieg das Bild von Ludwig in ihr auf, wie sein Peiniger ihn wieder und wieder in den Bauch getreten hatte. Wo war er bloß? Ging es ihm gut? Er war nicht in ihrem Transport gewesen. Im selben Moment, als sie durch die Eingangstür ins Innere des Gefängnisses getrieben wurden, hörte sie Motorengeräusche hinter sich und Reifen auf dem Kies. Eine weitere Ladung Gefangener kam gerade an.

Seit Stunden standen sie auf dem kalten Steinfußboden. Lilo hatte Schmerzen im Rücken und in den Füßen. Dennoch wagte sie nicht, ihre hochhackigen Schuhe auszuziehen. Sie wagte es überhaupt nicht, sich zu rühren. Niemand tat das. Sie alle standen stumm und starr wie die Ölgötzen und warteten. Worauf, das wussten sie nicht. Ihre Bewacher saßen auf Stühlen, gingen auf und ab, unterhielten sich leise miteinander. Die Stunden verstrichen. Lilo spähte zur großen Wanduhr hinüber. Es war fast zwei Uhr in der Nacht.

Sie hätte um neun Uhr zu Hause sein müssen.

Absurderweise erschrak Lilo darüber so sehr, dass ihr das Blut in die Füße sackte. Gleich darauf stieg ein hysterisches Lachen in ihr hoch, und sie brauchte all ihre Willenskraft, um es zu unterdrücken. Was war sie doch für ein braves Mädchen. Machte sie sich tatsächlich Sorgen darum, dass sie nicht pünktlich zu Hause erschienen war? Als hätte sie im Moment keine anderen Probleme!

Dennoch, ihre Eltern waren bestimmt krank vor Angst um sie. Und sie wussten nicht einmal, wo sie nach ihr suchen sollten. Im Normalfall hätte Lilo einen der Polizeibeamten angesprochen. Ihm gesagt, dass sie minderjährig war und er bitte ihre Eltern anrufen möge. Aber hier war nichts mehr normal. Sie war so verängstigt, dass sie es nicht wagen würde, den Mund aufzumachen, bevor ihr jemand eine Frage stellte. Dann allerdings, so nahm sie sich vor, dann würde sie darum bitten, ihre Eltern zu informieren. Was ja vermutlich sowieso geschehen würde. Sie versuchte den Gedanken zu verdrängen, was ihr Vater sagen würde, wenn die Polizei mitten in der Nacht bei ihm auftauchte und ihm sein jüngstes Kind zurückbrachte. Weil es auf einer verbotenen Veranstaltung verhaftet worden war. Lilo schloss die Augen. Er würde einen Tobsuchtsanfall bekommen. Bei dem Gedanken daran begann ihr

Herz zu rasen. Gleichzeitig legte sich eine sonderbare Ruhe über sie.

Sie kam aus einer angesehenen Hamburger Kaufmannsfamilie. Zudem war ihr Vater Parteigenosse. Ihr würde nichts geschehen.

»In einer Reihe aufstellen«, befahl einer der Gestapo-Beamten, und es kam Leben in die Menge. Alle waren erleichtert, dass endlich etwas geschah. *Irgendetwas.*

»Und Schnauze, sonst gibt's auf die Fresse«, brüllte der Mann. Sofort senkte sich Totenstille über die Halle. Man reihte sich ordentlich auf. Einer nach dem anderen musste vortreten, sich ausweisen und etwaige Wertgegenstände abgeben.

»Lilo Wiegand«, sagte sie, als sie an der Reihe war, und korrigierte sich gleich darauf. »Lieselotte Henriette Selma Wiegand.« Voller Unbehagen beobachtete sie, wie ihr Name auf einer langen Liste vermerkt wurde.

»Den Schmuck«, verlangte der Beamte mit schnarrender Stimme und hielt auffordernd die Hand auf. Lilo erschrak. Unwillkürlich griff sie sich an den Hals, berührte die Kette, die Ludwig ihr erst vor ein paar Stunden geschenkt hatte. Als Zeichen seiner Liebe zu ihr. Tränen stiegen ihr in die Augen, während der Mann ungeduldig mit den Fingern wackelte.

»Na, wird's bald?«

Sie nahm die Kette ab, und ihre Hände zitterten so stark, dass sie kaum den filigranen Verschluss öffnen konnte. Als sie es endlich geschafft hatte, reichte sie ihm das Schmuckstück und konnte nicht verhindern, dass ihrer Kehle ein unterdrücktes Schluchzen entfuhr.

»Wolltest du was sagen?«, fragte der Beamte lauernd.

Sie schüttelte den Kopf. »Nein.«

»Dann ist es ja gut.« Er ließ die Kette in die bereitgestellte Kiste fallen, in der Uhren, Ringe und Ketten durcheinanderlagen. Lilo schluckte schwer.

»Da lang.«

Sie ging zu der bereits registrierten Gruppe hinüber.

Als alle Personalien aufgenommen waren, trennte man die Männer von den Frauen und steckte sie in zwei nebeneinanderliegende Gemeinschaftszellen. Weil eine Mauer und nicht etwa nur ein Gitter zwischen ihnen aufragte, gab es keine Möglichkeit, Kontakt zu den Männern aufzunehmen. Zudem war hier viel zu wenig Platz für alle Frauen, nur einige von ihnen konnten sich auf eine Pritsche setzen, die anderen mussten mit dem nackten Steinfußboden vorliebnehmen. An Schlaf war nicht zu denken. Die Gittertür fiel krachend zu, der Schlüssel drehte sich im Schloss.

Eine ganze Weile wagte niemand zu sprechen. Dann begannen einige der Frauen zu flüstern. Sie organisierten für die Verletzten Plätze zum Liegen und diskutierten, wie es jetzt weitergehen würde.

»Keine Panik«, sagte eine so laut, dass Lilo sie verstehen konnte, »ist schon mein drittes Mal. Spätestens übermorgen sind wir wieder draußen.«

Übermorgen, dachte Lilo entsetzt. Sie war überzeugt, dass sie es keine Stunde mehr hier aushalten würde, ganz zu schweigen von zwei ganzen Tagen.

Trotz der Panik, der Kälte und der unbequemen Position – zusammengekauert, mit angezogenen Beinen, den Rücken an den Pfosten von einer der Pritschen gelehnt – musste sie irgendwann eingenickt sein. Als sie hochfuhr, zuckte ein stechender Schmerz durch ihren Nacken, sie stöhnte leise auf und massierte die verkrampfte Muskulatur.

»Frühstück«, brüllte ein Uniformierter, während zwei Männer einen schweren Topf und Blechgeschirr hereintrugen. Jemand reichte Lilo eine nicht einmal zu einem Drittel gefüllte Schale. Beim Anblick der schleimig-gräulichen Masse wurde ihr sofort speiübel. Sie biss die Zähne zusammen, schüttelte den Kopf und griff lediglich nach dem Becher mit Wasser. Ihre Nachbarin zuckte die Schultern und nahm den Haferbrei an sich.

Lilo lehnte den Kopf zurück, schloss die Augen und versuchte, sich weit fort zu denken. Doch es wollte ihr nicht gelingen. Das leise Schmatzen ihrer Mitgefangenen dröhnte unnatürlich laut in ihren Ohren, sie hätte schreien mögen. Nachdem alle gegessen und getrunken hatten, ging eine der Frauen herum, um das Geschirr einzusammeln. Es war dieselbe, die gestern versichert hatte, man würde sie nach spätestens zwei Tagen entlassen. Bloß ... was würde in diesen zwei Tagen alles geschehen?

Plötzlich hörte Lilo ein leises Klirren und spürte gleichzeitig das leichte Vibrieren der Pritsche hinter sich.

Tack, tack, tack, tack.

Die Frau, die direkt hinter ihr auf der Liege saß, klopfte mit ihrem Löffel gegen das Metall.

Tack, tack, tack, taaack, tacktack.

Die wenigen, im Flüsterton geführten Unterhaltungen verstummten. Eine angespannte Stille legte sich über die Zelle, unterbrochen nur von dem metallischen Klirren.

Tack, tack, tack, taaack, tacktack.

Jemand begann leise zu singen.

»Yeah, yeah, yeah, byah, oh baby! Yeah, byah, byah, oh, baby!«

Tack, tack, tack, taaack, tacktack.

Immer mehr Frauen fielen ein, wurden vom Sog der Musik ergriffen, sangen aus voller Kehle.

»Yeah, byah, byah, oh, baby! Yeah, byah, byah!«

Lilo sah sich um, ebenso entsetzt wie fasziniert. Aus der Nachbarzelle dröhnte eine laute Männerstimme. »Whenever your cares are chronic«, sang sie.

»Just tell the world, go hang«, antworteten die Frauen im Chor.

»You'll find a greater tonic, if you go on swingin' with the gang«, summte Lilo leise mit und wippte mit dem Fuß. Der Druck auf ihrer Brust verschwand, sie ergab sich dem Rhythmus und dem Gefühl der Gemeinschaft. Zum ersten Mal verstand sie wirklich, was Ludwig gemeint hatte. *Swing, das ist getanzte Freiheit! Egal, wie sehr sie uns in den Gleichschritt zwingen wollen, beim Hotten brechen wir aus.*

»Flat foot floogie with a floy, floy, flat foot floogie with …«

Der Gesang brach jäh ab.

Das Trampeln schwerer Stiefel auf nacktem Beton, mehrere Gestapo-Beamte mit erhobenen Schlagstöcken stürmten die Zellen, zerrten wahllos Frauen vom Boden hoch, um sie gleich darauf niederzuschlagen.

Panik brach aus. Schreie aus der Nachbarzelle zeugten davon, dass bei den Männern in diesem Moment dasselbe geschah.

Lilo versuchte, rückwärts zu kriechen, sich vielleicht unter der Pritsche zu verbergen, aber die war zu niedrig. Sie registrierte erst, dass sie schrie, als ihre Kehle zu schmerzen begann. Mit weit aufgerissenen Augen starrte sie zu dem Mann hoch, der sich über sie beugte. Seine große Hand griff nach ihr, es fühlte sich an, als würde ihr der Arm ausgekugelt, als er sie nach oben zog. Sie sah, wie er den Schlagstock hob, hielt den Atem an, ihr Schrei erstarb.

In dem Moment verwandelte sich sein Ausdruck sadistischer Entschlossenheit in etwas anderes. Überraschung? Schock? Er kniff die Augen zusammen, betrachtete sie eingehend. Ringsum gingen weiter Frauen zu Boden oder wurden aus der Zelle geschleift, es herrschte das reinste Chaos. Doch Lilo und ihr Angreifer standen stumm voreinander, noch immer musterte er sie irritiert, dann ließ er den Knüppel sinken. Packte ihr Handgelenk und zog sie hinter sich her.

17.

Er lief so schnell, dass Lilo ihm kaum folgen konnte. Nach der Nacht auf dem Steinboden fühlte sich ihr Körper steif und wund an, mehrmals strauchelte sie, während er sie durch lange Gänge hinter sich herschleppte, an Dutzenden von Türen vorbei. Sie verlor das Gleichgewicht, schrie auf, als sie auf dem harten Beton landete. Er zerrte sie nach oben, noch immer ohne ein Wort.

»Bitte«, sagte sie leise und ohne große Hoffnung, ihn zu erreichen.

Endlich waren sie am Ziel. Er öffnete die schwarz lackierte Metalltür und schob sie vor sich her.

Ein fast quadratischer Raum, hohe, schmale Fenster, ein Schreibtisch, zwei Stühle. Der eine bequem, ein Drehsessel mit weichem Lederbezug, der andere aus hartem Holz. Darauf dirigierte er sie nun, drückte sie nieder, nicht brutal, aber bestimmt. Mit demselben Nachdruck schloss er die Tür hinter sich und sah sie mit undurchdringlichem Blick an.

Panik erfasste Lilo, und sie begann, am ganzen Leib zu zittern. Was würde mit ihr geschehen? Würde sie jetzt verhört werden? Gefoltert? Aber sie hatte doch gar keine Informationen. Und sie würde freiwillig zugeben, dass sie auf der Tanzveranstaltung gewesen war. Es gab überhaupt keinen Grund für ihn, sie zu schlagen.

Die brauchen keine Gründe, um einen Hotter zu verprügeln,

hörte sie Ludwig in ihrem Kopf sagen. *Das Einzige, was die brauchen, ist eine gute Gelegenheit.*

Der Mann trat auf sie zu, blieb dicht vor ihr stehen, verschränkte die Arme vor der Brust und musterte sie unverwandt. Dann schüttelte er langsam den Kopf.

»Bitte«, stöhnte sie erstickt, »bitte, lassen Sie mich gehen. Ich bin schwanger.«

Sie hatte nicht geplant, das zu sagen, es war einfach aus ihr herausgebrochen.

Er starrte sie an, seine Miene verfinsterte sich. »Schwanger?«, fragte er leise, und sie nickte. Sein Blick flog hinunter zu ihrem Bauch.

»Noch nicht sehr lange«, flüsterte sie.

Seine Hand schnellte vor, packte ihre Rechte. Sie schrie erschrocken auf, als er sie dicht zu sich heranzog und den Ringfinger betrachtete. Wo sich nicht der leiseste Hauch eines Abdrucks zeigte.

»Ich … bin nicht verheiratet«, gestand sie zögernd, und er ließ die Hand los.

Wandte sich von ihr ab, ging langsam um den Tisch herum und setzte sich ihr gegenüber.

Lange sah er sie an, schüttelte erneut den Kopf, kratzte sich an der Stirn.

»Was zum Teufel soll ich bloß mit dir machen, Lottchen?«, fragte er. Es fühlte sich an, als hätte jemand einen Kübel Eiswasser über ihr ausgegossen. Er lehnte sich vor. »Sag bloß, du kennst mich nicht mehr?«

Und da, ganz plötzlich, meinte sie, in diesen graublauen Augen unter den geraden Brauen und dem glatten, hellbraunen Haar etwas vage Vertrautes zu erahnen.

»Werner?«, fragte sie unsicher.

»In diesen Räumen nennst du mich Herr Kriminalsekretär Huber«, sagte er, »aber ja, der bin ich.«

Trotz ihrer Furcht musterte sie nun ihrerseits ihr Gegenüber, versuchte, den großen, breitschultrigen Mann mit dem zurückweichenden Haaransatz und dem stechenden Blick in Einklang zu bringen mit dem Patensohn ihres Vaters, den sie von so manchem Sommerpicknick kannte.

Sie war damals noch ein Kind gewesen, ein kleines Mädchen, und er ein schlaksiger Junge, unsicher und mit furchtbarer Pubertätsakne gestraft. Ihre Brüder hatten ihn darüber bis aufs Blut verspottet, und schon damals hatte sich Lilo gewünscht, sie würden ihn in Ruhe lassen. Jetzt wünschte sie sich das noch viel mehr.

Beim Anblick der vernarbten Haut auf seinen Wangen verfluchte sie Hinrich, Hans und Herbert für ihre Grausamkeit. Auch sie waren jünger gewesen als Werner, richtige Buben noch, aber im Trio konnten sie brutal sein, das wusste niemand besser als Lilo selbst. Wie alt war Werner damals gewesen? Vierzehn? Dann musste er heute ... etwa Anfang oder Mitte zwanzig sein.

Offenbar war er gerade mit ähnlichen Überlegungen beschäftigt. »Du bist noch minderjährig, oder? Sechzehn?«

»Bald siebzehn«, antwortete sie.

»Du warst ein süßes kleines Mädchen, Lottchen. Ich erinnere mich noch genau, wie du in deinem weißen Kleidchen über die Wiese gelaufen bist und Blumen gepflückt hast. Ein braves, deutsches Kind. Was ist passiert, frage ich mich.«

Lilo schwieg.

»Steh auf«, sagte er, und sie gehorchte.

Er kam um den Schreibtisch herum auf sie zu, umkreiste sie. Er war viel zu nah, wie sie fand, doch sie wagte nicht, sich zu rühren. Oder auch nur Luft zu holen. Als er hinter ihr stand, lehnte er sich vor, sie konnte seinen Atem an ihrem Ohr spüren.

»Was wird bloß Onkel Karl dazu sagen?«, fragte er, und sie konnte nicht verhindern, dass ihr die Tränen in die Augen schossen. »Seine einzige Tochter hört Negermusik und hat einen Bastard im Bauch. Es wird ihm das Herz brechen, denkst du nicht auch?«

Er ging noch einmal um sie herum, sah ihr jetzt direkt in die Augen. »Hm? Antworte.« Er sagte es sanft und leise, und doch klang es wie ein Befehl.

»Ja, das denke ich auch«, sagte sie leise.

»Dann hättest du dir das vielleicht früher überlegen sollen«, brüllte er so unvermittelt, dass sie heftig zusammenzuckte.

Mit den Kniekehlen stieß sie gegen die Kante ihres Stuhls, verlor das Gleichgewicht und landete hart auf der Sitzfläche. Sofort war Werner über ihr, stützte seine Hände auf ihren Schultern ab und brachte sein Gesicht dicht vor ihres.

»Weißt du eigentlich, in welchen Schwierigkeiten du steckst, Mädchen? Alleine die Tatsache, dass du als Minderjährige auf einer Tanzveranstaltung erwischt wurdest, ist ein Verstoß gegen die Jugendbestimmungen. Deutsche Mädchen haben abends nicht irgendwo herumzulungern. Schon dafür können wir dich ins Jugendschutzlager stecken. Hinzu kommt sexuelle Verwahrlosung.«

»Ich bin nicht ...« Weiter kam sie nicht.

Werner hob die Hand und schlug ihr mit voller Kraft ins Gesicht. Sie rutschte vom Stuhl, prallte auf dem Boden auf.

Der Schmerz in ihrer Hüfte überstrahlte sogar den in ihrer Wange. Hasserfüllt starrte sie zu ihm hoch. Breitbeinig stand er über ihr und grinste.

»Ein bisschen mehr Respekt, wenn ich bitten darf«, sagte er so ruhig, als befänden sie sich mitten in einer gepflegten Konversation. »Vielleicht denkst du, dass ich noch immer der verpickelte, hässliche Werner bin, den deine feinen Brüder drangsalieren können, wie es ihnen passt.«

Ja, du bist immer noch hässlich, dachte sie in einem armseligen Versuch, sich nicht vollkommen ausgeliefert zu fühlen. Es nützte leider gar nichts. Sie hockte vor ihm wie das Kaninchen vor der Schlange.

»Tja, der bin ich schon lange nicht mehr, kleines Lottchen«, fuhr er fort. »Ich habe eine glänzende Karriere bei der Gestapo gemacht und werde in wenigen Wochen zur Schutzstaffel versetzt.«

»Herzlichen Glückwunsch«, stieß Lilo zwischen den Zähnen hervor und wünschte gleich darauf, sie hätte es nicht getan. Welcher Teufel ritt sie, die am Boden lag, Werner zu reizen? Ihr Blick fiel auf seine schweren, schwarzen Stiefel, und sie spannte unwillkürlich alle Muskeln an. War gerade im Begriff, sich für ihren unverschämten Tonfall zu entschuldigen, doch er lächelte. Anscheinend war ihm der Zynismus in ihrer Stimme gar nicht aufgefallen.

»Danke«, sagte er. »In der SS kann ich Führer und Vaterland am besten dienen, und das ist es, was ich in diesem Leben tun möchte. Verstehst du?«

Sie blieb stumm.

»Natürlich verstehst du das nicht«, sagte er, ohne ihr Zeit für eine Antwort zu lassen. »Du vergeudest dein Leben lieber, indem du zu Negermusik tanzt und dich von jedem besteigen lässt, der deinen Weg kreuzt.«

Lilo musste sich hart auf die Unterlippe beißen, um nicht zu widersprechen. Sie würde ihm keinesfalls von Ludwig erzählen. Oder dass sie in ihrem Leben nur mit einem einzigen Mann zusammen gewesen war. Er würde ihr ohnehin kein Wort glauben. Sie schmeckte Blut.

Werner trat ans Fenster und schaute hinaus. Inzwischen war die Sonne aufgegangen.

»Sie bringen deine Freunde weg«, berichtete er ihr, da sie selbst, noch immer am Boden kauernd, nicht sehen konnte, was draußen im Hof geschah. »Sie treiben sie zum Wagen. Wer nicht schnell genug ist, dem wird nachgeholfen.« Abrupt wandte er sich zu ihr um. »Der Reichsführer der SS, Heinrich Himmler, und der Führer selbst haben uns befohlen, aufs Brutalste durchzugreifen gegen die degenerierte Jugend, die sich in ihrer Faulheit suhlt, statt dem Vaterland in der Hitlerjugend zu dienen, wie es ihre Pflicht wäre.«

»Ich bin im BDM«, wagte sie zu widersprechen. Es war das Einzige, was sie zu ihrer Verteidigung vorbringen konnte.

Werner blickte auf sie herab, und sie wusste, was er sah. Alles, nur kein Hitlermädchen. Die von der Nacht in der Zelle auf dem Gesicht verlaufene Schminke, das zu kurze Kleid, die offen über die Schultern wallende Haarmähne.

»Ach ja?« Er zog eine Augenbraue in die Höhe. »Mit Verlaub, so siehst du gar nicht aus.« Er drehte sich wieder zum Fenster. »Der Wagen fährt an. Und auf geht es ins Arbeitserziehungslager.«

Lilo zog scharf die Luft ein.

»Aber …«, sagte sie, doch er unterbrach sie erneut.

»Wir gehen gnadenlos gegen Feinde des deutschen Volkes vor, und damit meine ich *alle* Feinde, auch gegen die im Inneren.« Er wandte sich um, deutete mit dem Zeigefinger hinaus, fuchtelte wild damit herum. »Eigentlich solltest du mit ihnen fahren, denn du bist keinen Deut besser als sie. Ich sollte dieses Fenster öffnen und sie aufhalten. Damit sie dich ebenfalls wegbringen.« Er hatte sich in Rage geredet, sein Gesicht war puterrot angelaufen, und die Adern pochten sichtbar in seinen Schläfen. »Willst du das?«, schrie er sie an.

Lilos Augen füllten sich mit Tränen, und sie schüttelte den Kopf. »Nein«, flüsterte sie.

Werner trat zu ihr. »Was hast du gesagt?«

»Bitte, ich …« Die Stimme versagte ihr. Auf einmal musste Lilo an Ludwig denken. Saß auch er gerade in einem Büro wie diesem? Oder war er schon auf dem Weg in ein Lager? Ob er heulte und um Gnade flehte wie sie? Vermutlich nicht. Sie presste die Lippen fest aufeinander, damit die Worte nicht herausschlüpften, mit denen sie Werner anbetteln wollte, sie zu verschonen. Aber die Tränen konnte sie nicht abstellen, sie rannen ihr unaufhörlich übers Gesicht, verharrten zitternd am Kinn, tropften in ihren Ausschnitt.

Werner hockte sich vor ihr nieder, und sie widerstand dem Impuls, vor ihm zurückzuweichen. Aufmerksam betrachtete er sie. Lilo konnte ihn riechen. Kernseife, Zigarrentabak und ein herbes Rasierwasser. Sein kühler Duft mischte sich mit dem ihres eigenen Angstschweißes.

»Du hättest es wohl gerne, dass ich für dich beide Augen zudrücke. Hm? Um der alten Zeiten willen. Schließlich ist dein Vater mein Patenonkel, und als Kinder haben wir zusammen gespielt, richtig?«

Sie nickte wie hypnotisiert. Noch immer flossen die Tränen.

»Nicht richtig«, sagte er. »Du hast dich nicht im Geringsten für mich interessiert.«

»Ich war doch erst acht«, verteidigte sie sich.

»Ganz im Gegensatz zu deinen Brüdern«, fuhr er fort, ohne ihrem Einwand Beachtung zu schenken. »Oh, wie waren die interessiert an mir. Und was für schöne Namen sie für mich hatten. ›Pickelfresse‹ und ›Eiterbirne‹ haben sie mich genannt. Einmal haben sie mich fast im See ertränkt. Kannst du dir das vorstellen? Sie wollten mir *das Gesicht waschen* und hätten mich dabei um ein Haar ersäuft wie einen jungen Hund!«

Lilo wurde blass. Dass es so schlimm gewesen war, hatte sie nicht gewusst.

»Und weißt du, was mein Vater dazu gesagt hat?«

Sie schüttelte den Kopf, ziemlich sicher, dass sie es gar nicht wissen wollte.

»Er sagte, wer sich nicht gegen drei Knaben zur Wehr setzen kann, der *gehört* vielleicht auch ertränkt.« Obwohl er sie weiterhin ansah, hatte sie das Gefühl, dass er weit weg war. In einer anderen Zeit, in der er selbst das Opfer von Grausamkeit gewesen war. Ausgeliefert und ohne Schutz, nicht mal vom eigenen Vater. Sie konnte sich vorstellen, dass er damals beschlossen hatte, nie wieder der Schwächere zu sein.

Ihre Tränen waren versiegt. Es lag ihr auf der Zunge, ihm zu sagen, dass es ihr leidtat, doch sie hielt sich zurück. Ihr Mitgefühl war vermutlich das Letzte, was er wollte.

Sein Blick wurde wieder klarer, der verletzte Junge, den sie irgendwo hinter der Fassade für einen Moment hatte erkennen können, verschwand. Er lächelte kalt. »Du siehst also, dass ich wenig Grund habe, deiner Familie einen Gefallen zu tun.«

Sie nickte ergeben. Den hatte er weiß Gott nicht.

»Und doch ...« Er hielt inne, legte den Kopf ein wenig schief und musterte sie eingehend. Lilo hielt den Atem an. »Lieselotte.« Zum ersten Mal sprach er sie mit ihrem richtigen Namen an. »*Heilig soll uns sein jede Mutter guten Blutes.* Weißt du, wer das gesagt hat?«

Sie schüttelte den Kopf.

»Reichskommissar Heinrich Himmler hat das gesagt. Und du siehst genau so aus, wie der Führer sich seine deutschen Frauen wünscht. Groß, blond, blauäugig. Du hast gutes Blut. Arisches Blut.«

Abrupt richtete er sich auf. »Warte hier.« Mit schnellen Schritten verließ er den Raum. Sie hörte von außen, wie der Schlüssel sich im Schloss drehte. Dann war sie allein.

18.

Zunächst blieb Lilo, wo sie war, doch Werner kam und kam nicht zurück. Irgendwann wagte sie es, sich aufzurappeln. Trat ans Fenster, sah hinaus in den strahlend blauen Himmel. *Es verspricht ein herrlicher Tag zu werden*, fuhr es ihr durch den Kopf. So wie Helga es immer sagte, wenn sie sie morgens weckte, die geblümten Vorhänge des kleinen Giebelfensters in ihrem Zimmer zur Seite schob, um das Sonnenlicht einzulassen. *Wach auf, Lottchen, es verspricht ein herrlicher Tag zu werden.*

Lilo zog eine Grimasse. Wie konnte das Wetter in solch hartem Kontrast zu ihrer eigenen Situation stehen? Helga, ihr Elternhaus, all das schien so unendlich weit weg, und dabei war sie doch erst vor einem halben Tag von dort fortgegangen. Schon wieder erschrak sie, als sie an ihre Eltern dachte. Sie hätte Werner bitten sollen, sie zu verständigen. Sicher waren sie mittlerweile krank vor Sorge und davon überzeugt, ihre Tochter sei einem Gewaltverbrechen zum Opfer gefallen.

Plötzlich registrierte sie, dass sich kein Schloss an dem Fenster befand, und die Möglichkeit einer Flucht baute sich in ihren Gedanken auf. Lilo blickte hinunter in den menschenleeren Hof. Sie befand sich im vierten Stock. Hatte sie eine Chance? Konnte sie hinausklettern und über die Balustraden balancieren? Nun, vielleicht. Aber wohin? Zum nächsten Fenster, hinter dem ein weiterer Nazi-Scherge in seinem Büro auf sie wartete?

Noch während sie überlegte, wurde die Tür aufgestoßen, und Werner trat ein. Schnell machte sie einen Schritt rückwärts, er grinste.

»Na?«, frage er. »Wolltest du aus dem Fenster fliegen wie ein Vögelchen?«

Sie schüttelte den Kopf. »Natürlich nicht.«

»Das will ich stark hoffen.« Er legte mehrere Zettel auf den Schreibtisch und bedeutete ihr mit einer herrischen Handbewegung, näher zu treten. Er drückte ihr einen Stift in die Hand.

»Was ist das?«

»Deine Entlassungspapiere«, antwortete er.

Sie starrte ihn an.

»Unterschreiben!«, befahl er.

Sie versuchte, die eng beschriebenen Seiten zu lesen. Die Stimme ihres Vaters hallte in ihrem Kopf, der ihr wieder und wieder eingetrichtert hatte, niemals ein Dokument zu unterschreiben, ohne es sorgfältig von Anfang bis Ende durchgelesen zu haben. Andererseits fürchtete sie, Werner könnte ungeduldig werden und es sich anders überlegen, wenn sie zu lange zögerte.

»Du unterzeichnest, dass du hier gut behandelt wurdest und dass man dir deine Sachen zurückgegeben hat«, erläuterte er denn auch gereizt und warf gleichzeitig ihren Ausweis auf die Tischplatte. »Wurdest du gut behandelt?«

Unwillkürlich griff sie sich an die Wange, dorthin, wo sein Handrücken sie getroffen hatte. Dennoch nickte sie. Nahm schnell ihren Pass und verstaute ihn in der Tasche ihres Kleides. »Ich hab eine Kette getragen. Mit einem Perlenanhänger«, sagte sie.

Prompt spannte sich die Muskulatur in seinem vernarbten Gesicht an. Seine Kiefer mahlten.

»Strapazier nicht dein Glück, Mädchen«, sagte er.

Sie blätterte schnell nach hinten und unterschrieb auf der dafür vorgesehenen Linie.

»Na also.« Zufrieden griff er nach den Papieren. »Es geht doch. Gehorsam ist eine der größten Tugenden bei einer Frau.«

Sie hatte nicht übel Lust, ihm ins Gesicht zu spucken, jetzt, da sie frei und aus dem Gefängnis entlassen war. Stattdessen machte sie einen Schritt in Richtung Tür. Wo war Ludwig? Würde man auch ihn entlassen? Sie wagte es nicht, danach zu fragen.

»Also gehe ich jetzt.«

Er sah sie an, dann lachte er. »Nicht so schnell, kleines Lottchen. Ich komme natürlich mit.«

Sie spürte, wie sie blass wurde. Er trat auf sie zu, packte sie am Arm und drückte absichtlich fest zu. Lilo schrie leise auf.

»Jemand muss doch auf dich aufpassen«, raunte er ihr zu. »Damit du nicht wieder in schlechte Gesellschaft gerätst, nicht wahr? Deshalb bringe ich dich natürlich höchstpersönlich nach Hause zu deinen Eltern. Um der alten Freundschaft willen.«

»Nicht nötig, danke«, sagte sie.

»Das hast nicht du zu bestimmen.« Sein Griff verstärkte sich, und Lilo stöhnte auf.

»Aber ich bin doch entlassen worden. Ich bin frei.« Sie kämpfte stumm und ohne die geringste Chance gegen ihn an.

»Frei?« Er lachte. Es war ein künstliches, grausames Lachen, das Lilo das Blut in den Adern gefrieren ließ. »Es kostet mich ein Fingerschnippen, und schon bist du wieder verhaftet und auf dem Weg ins Jugendschutzlager.«

Da sie einsah, dass es zwecklos war, gab sie ihren Widerstand auf und ließ sich gefügig aus dem Raum führen.

Er brachte sie zu einem schwarzen Wagen, aus dem in diesem Moment ein Fahrer in Uniform sprang. Er lief um das Auto herum, öffnete die Tür zum Rücksitz.

»Steig ein«, sagte Werner. Sie kletterte auf den Rücksitz, spürte, wie er nach ihr einstieg. Die Tür fiel zu. Während der Fahrer hinter dem Lenkrad Platz nahm, registrierte Lilo die dunkle Trennscheibe, sodass sie ganz alleine im Rückraum des Autos zu sein schienen.

Sie rückte so weit wie möglich von Werner ab und sah aus dem Fenster. Sie versuchte, sich gut zuzureden. Immerhin saß sie nicht mehr in der Zelle. Ihr war auch nichts von dem passiert, wovon andere berichtet hatten, die schon früher im Gefängnis Fuhlsbüttel gelandet waren. Die hatten sehr viel Schlimmeres erleiden müssen als eine Nacht auf dem Steinfußboden und eine Ohrfeige. Es fühlte sich merkwürdig an, aber sie hatte wohl in der Tat Glück gehabt, dass es ausgerechnet Werner gewesen war, der sie sich in der Zelle ausgesucht hatte. Vermutlich war sie die einzige Insassin gewesen, die heute mit weniger als einem blauen Auge davongekommen war.

Sie schluckte. Fühlte sich mit einem Mal schuldig, weil der Nazi sie gerettet hatte, während man ihre Mitgefangenen gnadenlos zusammengeschlagen hatte.

Es stimmte wohl, was Werner ihr erzählt hatte. Die Nazis hatten begonnen, härter und gnadenloser gegen die sogenannte Swing-Jugend vorzugehen.

Sie warf ihm einen Seitenblick zu. Ob sie durch ihn etwas über Ludwigs Verbleib in Erfahrung bringen könnte?

»Der Bastard in deinem Bauch, ist das ein Judenbalg?« Die Worte trafen sie wie Faustschläge und rissen sie aus ihren Gedanken. »Antworte«, forderte Werner sie auf.

Sie schüttelte den Kopf.

»Ich habe dich nicht verstanden.«

»Nein«, sagte sie widerwillig.

»Wer ist der Vater?«

»Mein ...«, sie zögerte, »mein Freund. Er ist Deutscher.«

»Ein Tangojüngling, natürlich. Sag mir seinen Namen!«

»Nein«, sagte sie.

Werner stürzte sich auf sie, so schnell und unvermittelt, dass sie gar nicht begriff, was geschah. Sein schwerer Körper begrub sie unter sich, eine Hand fand ihre Kehle und drückte zu, sie spürte seinen Atem an ihrem Ohr. »Jetzt hör mir mal gut zu«, zischte er, »ich *muss* dir nicht helfen. Das hier tue ich aus reiner Nächstenliebe, verstehst du? Weil ich deinen Vater kenne. Und weil ich daran glaube, dass ein arisches Mädchen wie du mit ein bisschen Unterstützung doch noch den rechten Weg finden kann. Du bist schön und blond und groß. In meinen Augen wäre es ein Jammer, dir dein hübsches Gesicht zu zerschlagen und dich in ein Lager zu stecken. Der Führer braucht Kinder von Müttern wie dir. Blonde, blauäugige Kinder.« Er drehte seinen Kopf nach hinten und betrachtete sie. Aus angstgeweiteten Augen blickte sie ihn an. »Aber ich kann meine Meinung jederzeit ändern, daran solltest du denken, wenn du mir beim nächsten Mal die Antwort verweigerst. Besser, du kooperierst ...« Er nahm die Hand von ihrem Hals, legte sie stattdessen an ihre Wange. Sein Daumen berührte ihre Lippen, strich grob darüber. »Und erweist mir deine Dankbarkeit.«

Lilo war starr vor Angst.

Werner ließ sich zurück in seinen Sitz fallen und streckte die langen Beine von sich. »Was der Mann einsetzt an Heldenmut auf dem Schlachtfeld, setzt die Frau ein in ewig geduldiger Hingabe, in ewig geduldigem Leid und Ertragen«, erklärte er salbungsvoll.

Lilo hatte keine Ahnung, von was er da sprach. Vermutlich zitierte er wieder seinen heißgeliebten Chef in spe, Heinrich Himmler. Oder den Führer persönlich. Sie wusste es nicht.

»Jedes Kind, das sie zur Welt bringt«, fuhr Werner fort, »ist eine Schlacht, die sie besteht für das Sein oder Nichtsein ihres Volkes.« Er fuhr zu ihr herum, der andächtige Ausdruck war erneut aus seinem Gesicht verschwunden, sein Blick kalt wie Eis. »Sag mir seinen Namen«, befahl er.

»Ludwig Paulsen«, antwortete sie widerwillig.

»Er ist Deutscher?«

»Das sagte ich doch schon.« Sie wusste nicht, woher sie den Mut nahm, ihm dermaßen patzig zu begegnen.

Er kniff verärgert die Lippen zusammen und blickte stur geradeaus.

»Ich frage mich wirklich«, sagte er langsam, »warum ich dir helfe.«

Genau dasselbe fragte Lilo sich auch.

19.

Kurz nachdem Werner mit Nachdruck die Türklingel betätigt hatte, öffnete Helga. Sie stieß einen Schrei aus und schlug sich die Hand vor den Mund. Der Anblick von Lilo – die sie kannte, seit sie ein Baby gewesen war –, abgerissen, in zerknitterten Kleidern und mit tiefen Ringen unter den Augen, einen breitschultrigen Polizeibeamten neben sich, versetzte ihr einen Schreck.

»Ja, Kind, wo warst du bloß? Jesus, Maria und Josef!« Sie stürzte auf Lilo zu und zog sie an ihren mächtigen Busen. »Wir haben uns solche Sorgen gemacht.«

Lilo spürte, wie die letzten Kräfte, die sie aufrecht gehalten hatten, sie verließen. Sie versank in der Umarmung, legte ihren Kopf auf Helgas Schulter und schluchzte.

»Kind, Kind, was hast du nur getan?« Die Haushälterin streichelte ihren Kopf und wiegte sie sanft hin und her.

»Heil Hitler«, sagte Werner in diesem Moment. Er sagte es so laut, dass Helga zusammenzuckte und eingeschüchtert zu ihm aufschaute.

»Heil Hitler«, grüßte sie zurück, »entschuldigen Sie bitte. Treten Sie doch ein!«

Gemeinsam gingen sie die Treppen zum ersten Stockwerk hinauf, Lilo hielt Helgas Hand fest umklammert. Sie betraten den Flur der herrschaftlichen Wohnung. Ihre Eltern standen nebeneinander in der Flügeltür, die zum Salon führte, und sahen ihr entgegen. Ihr Vater war blass, das Gesicht der Mutter völlig erstarrt. Sie schnappte nach Luft, als Werner hinter Lilo und Helga hereinkam.

»Heil Hitler!« Werner hob den Arm.

»Heil Hitler«, antwortete Wilhelmine und musterte ihre Tochter entsetzt.

Aber es schien weniger deren Zustand als ihr seltsamer Aufzug zu sein, der sie irritierte. Lilo hatte immer darauf geachtet, die Kleidung, die sie zum Tanzen anzog, unter einem langen Mantel zu verbergen, wenn sie das Haus verließ. Dem Mantel, der vermutlich noch immer in der Garderobe des Alsterpavillons hing.

»Wie siehst du denn aus?«

Lilo schwieg.

»Was ist geschehen?«

»Ich bringe Ihnen Ihre Tochter zurück.«

»Und wer sind Sie, wenn ich fragen darf?«

»Werner Huber«, antwortete Karl an seiner Stelle. Im selben Moment erkannte auch Wilhelmine den Patensohn und gab einen überraschten Laut von sich.

»Genau der! Ich würde gerne mit euch über Lilo sprechen. Wo sind wir ungestört?«

Karl machte eine Handbewegung in Richtung des Salons und ging voran.

»Du bleibst hier«, beschied Wilhelmine ihre Tochter streng, dann folgte sie den beiden Männern. »Helga, bereite uns einen Kaffee!«

Lilo stand stocksteif mitten im Flur, ihre Arme hingen herab. So stand sie noch immer, als Helga mit dem schweren Tablett an ihr vorbeieilte, auf dem das gute Porzellan leise klirrte. Sie spürte den irritierten Blick der Haushälterin, und erst da fiel ihr ein, wo sie sich befand. Sie war nicht mehr im Gefängnis, wo sie strammstehen und sich nicht rühren durfte, bis jemand ihr die Erlaubnis dazu gab.

Unendlich langsam streifte sie die Schuhe von den Füßen und nahm sie in die Hand. Sie hatten keinen Platz in der Kommode, wo die anderen Familienmitglieder ihr Schuhwerk aufbewahrten. Lilo verstaute sie stets unter ihrem Bett und holte sie nur hervor, wenn sie zum Tanzen ging.

Tanzen. Würde sie das jemals wieder können?

Sie machte einen zögernden Schritt, wusste nicht, was sie als Nächstes tun sollte. Die Ereignisse der letzten Nacht hatten ihre Aufmerksamkeit vollkommen beansprucht. Jetzt ließ die Anspannung nach und schuf Raum für all die Probleme, die sie außerdem noch hatte. Zusätzlich. Die Schwangerschaft. Und die Tatsache, dass Ludwig noch immer nichts davon wusste. Wie würde es weitergehen?

Eine weiche Hand schob sich sanft unter ihren Ellenbogen. Helga war zurückgekehrt und führte ihren Zögling nun die Treppe hinauf und dann den Flur hinunter in Richtung Badezimmer.

»Komm, Lottchen, ich lass dir ein schönes heißes Bad ein, dann sieht die Welt gleich wieder ganz anders aus. Nu komm, wird alles gut.«

Fügsam ließ Lilo sich auf dem hölzernen Hocker vor der Badewanne nieder, sah zu, wie Helga den alten Holzofen befeuerte, um das Wasser zu erhitzen. Eine angenehme Wärme breitete sich aus. Lilo wusste, dass ihre Eltern es nicht gutheißen würden, dass Helga das wertvolle Heizmaterial vergeudete, aber sie war ihr unendlich dankbar. Sie ließ es zu, dass die Haushälterin sie auszog wie ein Kind und ihr half, in das dampfende Wasser zu steigen. Aufatmend lehnte sie sich zurück und schloss die Augen, spürte, wie ihr klammer Körper allmählich die Wärme aufnahm, wie die Muskeln weich wurden und sich entspannten.

Helga nahm ein Stück Seife und den großen Badeschwamm und begann, sie zu waschen. Rote Schlieren zogen durch das Wasser. Für einen Moment erschrak Lilo, da sie glaubte, dass es sich um ihr eigenes Blut handeln musste; dann erinnerte sie sich an den Mann, den man neben ihr niedergeschlagen hatte. Der sie mit sich zu Boden gerissen hatte. Dessen Blut auf sie getropft war.

Hastig verscheuchte sie den Gedanken an ihn. Ließ sich von Helga reinwaschen von den Erfahrungen der letzten Nacht.

Als das Wasser kalt geworden war, stieg sie schließlich aus der Wanne und kuschelte sich in das Handtuch, das neben dem Ofen auf sie wartete und eine tröstliche Wärme verströmte. Barfuß tapste sie die Treppe hinauf bis unters Dach in ihr Zimmer. Sie legte sich ins Bett und schlief sofort ein.

Als sie erwachte, wusste sie im ersten Moment nicht, wo sie sich befand. Verwirrt setzte Lilo sich auf, starrte zu dem kleinen Fenster in der Mansarde, dessen Vorhänge nicht zugezogen waren. Draußen brach bereits der neue Tag an. Es war fast sieben Uhr am Morgen. Sie hatte einen halben Tag geschlafen und die ganze Nacht.

Sie fragte sich, was Werner mit ihren Eltern zu besprechen gehabt hatte. Hatte er sie womöglich beschwichtigt? Anders war es kaum zu erklären, vor allem bei dem hitzigen Temperament ihres Vaters, dass sie sie einfach hatten schlafen lassen.

Lilo stieg aus dem Bett und öffnete die Kommode. Zog ihre HJ-Uniform hervor, zögerte kurz. War es nicht ein bisschen zu offensichtlich, ihren Eltern das brave deutsche Mädel vorzuspielen, nach allem, was geschehen war, und nach allem, was sie vermutlich von Werner über sie gehört hatten? Ja, vermutlich war es das, dennoch entschied sie sich dafür. Zog den dunkelblauen, züchtig die Knie bedeckenden Rock an, die gerade weiße Bluse, knotete das schwarze Fahrtentuch um den Hals. Da sie mit nassen Haaren ins Bett gegangen war, standen ihre hellblonden Locken in alle Richtungen ab, und es kostete sie Zeit und Mühe, sie glatt zu bürsten und zu zwei ordentlichen Zöpfen zu flechten.

Als es Zeit für das Frühstück war, stieg sie die Treppen zum ersten Stock hinunter. Das Esszimmer war menschenleer, Helga trug soeben das Geschirr auf, und Lilo verteilte die Teller. Dann setzte sie sich aufrecht auf ihren Platz, faltete die Hände in ihrem Schoß und wartete.

Hans erschien und haute ihr unsanft auf die Schulter. »Na, Schwesterchen, wieder da? Du traust dich was, muss ich sagen. In deiner Haut will ich nicht stecken.«

Sie schwieg. Was hätte sie auch sagen sollen? Ihr Bruder, der spürte, dass sie mit den Gedanken sowieso woanders war und es deshalb wenig Spaß machen würde, sie weiter zu ärgern, setzte sich achselzuckend auf den Platz ihr gegenüber. Hungrig ließ er den Blick über den nicht allzu reich gedeckten Tisch schweifen, hob den Deckel der Kaffeekanne und spähte hinein.

»Schon wieder Muckefuck?«, stöhnte er. »Wann gibt es denn mal wieder richtigen Kaffee? Mann!« Mit unzufriedenem Gesicht schenkte er sich ein, nahm einen Schluck und verzog das Gesicht. »Plörre!«

Lilo beobachtete ihn und musste plötzlich daran denken, wie er und ihre anderen Brüder Werner im See untergetaucht hatten. *Um ihm das Gesicht zu waschen.* War das wirklich so passiert? Ihr drehte sich der Magen um, obwohl sie seit sechsunddreißig Stunden nichts gegessen hatte. Sie wollte Hans nicht danach fragen. Wahrscheinlich fürchtete sie sich zu sehr vor der Antwort.

Ihre Eltern traten gleichzeitig ein.

»Guten Morgen«, sagte Lilo schüchtern.

Karl und Wilhelmine nahmen jeweils am Kopfende des langen Tisches Platz. Niemand sprach ein Wort. Hans feixte.

»Vati …«, begann Lilo, nachdem sie von ihrer Mutter nur einen eisigen Blick geerntet hatte.

Karl schaute sie an, schüttelte nur den Kopf. Er sah müde aus. Die Enttäuschung in seinem Blick schmerzte tausendmal mehr, als wenn er losgepoltert und sie beschimpft hätte.

Lilo kämpfte mit den Tränen. Griff nach ihrer Tasse mit dem dampfenden Muckefuck, nahm einen Schluck, aber das Gebräu schmeckte lasch und bitter. »Ich …«, begann sie mit dem Mut der Verzweiflung erneut, doch da ergriff ihre Mutter das Wort.

»Nach dem Frühstück«, sagte sie so scharf, dass Lilo verstummte. »Im Salon.«

Lilo bemerkte das neugierige Funkeln in Hans' Augen, natürlich hätte er zu gerne gewusst, was es zu besprechen gab. Sie schlug den Blick nieder.

»Nach allem, was wir für dich getan haben.« Es waren die ersten Worte, die ihr Vater an sie richtete. Die Eltern saßen nebeneinander im Salon, der Vater in seinem Lesesessel, Wilhelmine mit kerzengeradem Rücken und starrer Miene auf der eleganten Chaiselongue, die man, seit Frankreich der Feind war, nur noch »Liegesofa« nennen durfte. Lilo stand vor ihnen, mitten im Raum. Man hatte sie nicht gebeten, sich zu setzen. Sie wusste nicht, wohin mit ihren Händen, verschlang schließlich die Finger hinter dem Rücken ineinander.

»Ich ...«, setzte sie an, ohne zu wissen, was sie eigentlich sagen, wie sie sich verteidigen sollte. Aber ihr Vater ließ sie sowieso nicht zu Wort kommen.

»Die Gestapo hat dich auf einer verbotenen Tanzveranstaltung verhaftet«, sagte er, und seine Stimme wurde mit jedem Wort lauter. »Ein minderjähriges Mädchen. Tochter eines Parteigenossen. Hast du eine Ahnung, wie ich jetzt dastehe?«

Lilo sah betreten zu Boden. Es tat ihr leid, den Eltern Kummer zu bereiten, doch neben ihrer Scham machte sich auch ein anderes Gefühl in ihr breit. Wut. Warum dachte er zuallererst an sich und daran, was die Parteigenossen von ihm halten würden? War es nicht sie gewesen, die man in eine Zelle mit Dutzenden anderen Gefangenen eingesperrt hatte? Die auf dem Boden hatte schlafen und zuschauen müssen, wie Frauen und Männer ohne ersichtlichen Grund verprügelt wurden? Die selbst von Werner ins Gesicht geschlagen worden war? Hatte er auch nur die leiseste Vorstellung davon, was sie durchgemacht hatte?

»Wer ist dieser Ludwig Paulsen?« Die Worte knallten wie Pistolenschüsse.

Lilo hob erstaunt den Kopf, doch statt ihrer antwortete Wilhelmine dem aufgebrachten Vater. »Er war ein Freund von Hans. Erinnerst du dich? Bis vor ein paar Jahren war er oft zum Abendessen bei uns.«

Karls Augenbrauen zogen sich über der Nasenwurzel zusammen, während er angestrengt nachdachte. Dann gab er auf, schüttelte den Kopf. Er hatte sich nie sonderlich für die Freunde seiner Kinder interessiert, wenn er auch ein offenes und gastfreundliches Haus führte.

»Hat er dich mitgenommen zu dieser ... Veranstaltung?«

»Ja, schon, aber ...«

»Und außerdem bist du von ihm ...« Sie konnte förmlich spüren, wie Karl mit sich rang, wie er es nicht schaffte, das Unfassbare auszusprechen. Seine Tochter, minderjährig und, noch schlimmer, ledig schwanger von einem Volksfeind.

»Ich bin schwanger, ja«, sprach Lilo es aus, entschlossen, sich dieses Mal nicht unterbrechen zu lassen. »Ihr tut gerade so, als wäre das ein Weltuntergang.«

»Das ist es auch«, brüllte ihr Vater, doch sie ließ sich nicht beirren.

»Ludwig weiß noch nichts davon. Vielleicht wird alles gut. Vielleicht werden wir heiraten.« Mit jedem Wort wurde Lilo ein wenig leichter ums Herz. Sie hatte nicht darüber nachgedacht, aber natürlich war das die Lösung. Die einzig denkbare Lösung, die aus der Katastrophe herausführte. Und sie vielleicht zu etwas ganz Wunderbarem machen würde. Sicher, sie wurde erst siebzehn, aber die Vorstellung, Frau Lieselotte Paulsen zu werden, erfüllte sie mit einem plötzlichen Glücksgefühl.

»Da habe ich ja wohl auch noch ein Wörtchen mitzureden«, polterte ihr Vater und unterbrach damit ihre Gedanken. »Nur über meine Leiche wirst du diesen Swingheini heiraten, verstehst du? Nur über meine Leiche!«

Lilo spürte, wie alle Farbe aus ihrem Gesicht wich. Hilflos starrte sie ihren Vater an.

»Du bist erst sechzehn«, sagte Wilhelmine mit kühler, ruhiger Stimme. »Jeder wird sofort wissen, warum du heiraten musst.«

Lilos Blick flog zu ihrer Mutter. »Na und?«, fragte sie trotzig. »Wie war es denn damals bei euch? Hat sich da keiner gewundert, dass Hinrich nur fünf Monate nach eurer Hochzeit geboren wurde?«

»Wie kannst du es wagen?« Wilhelmine stand auf, trat auf ihre Tochter zu und gab ihr eine Ohrfeige.

Es war nicht viel mehr als ein Klaps, lachhaft im Vergleich zu dem Schlag, den Werner ihr versetzt hatte, dennoch brannten Tränen in Lilos Augen. Sie griff sich an die Wange.

»Ich sage nur die Wahrheit«, stieß sie hervor.

»Genug jetzt«, ging Karl dazwischen. »Ich will kein Wort mehr hören, verstanden?«

Lilo biss sich auf die Unterlippe und schwieg.

»Wir sind nicht hier, um mit dir zu diskutieren. Oder uns gar zu verteidigen.« Er zögerte, dann erhob er sich abrupt aus seinem Sessel und verließ den Salon. Anscheinend wollte er den Rest seiner Frau überlassen, die noch immer vor Lilo stand. Hochaufgerichtet und mit starrem Blick.

»Wann war deine letzte Blutung?«, fragte sie.

»Darf ich jetzt wieder sprechen?«, antwortete Lilo patzig und wunderte sich gleichzeitig über ihren Mut.

»Du darfst sprechen, wenn du gefragt wirst«, sagte ihre Mutter, »sonst nicht.«

»Vor ungefähr drei Monaten.«

Wilhelmine trat vor und griff Lilo an den Bauch. Spannte den Rock darüber, um festzustellen, ob sich schon eine verräterische Kugel darunter abzeichnete. »Man sieht noch fast nichts, gut. Dann haben wir Zeit, um alles vorzubereiten.«

Lilo blickte ihre Mutter fragend an, wagte aber nicht, den Mund aufzumachen. Die Standuhr schlug zweimal, es war halb acht.

»Beeil dich, du kommst sonst noch zu spät zur Schule«, sagte Wilhelmine.

Lilo verließ den Salon und ging nach oben, um ihre Schultasche zu holen. Erst jetzt fiel ihr auf, dass sie keine Ahnung hatte, um was es in ihrem Gespräch mit den Eltern eigentlich wirklich gegangen war.

20.

Hamburg, 2019

Während sie bereits zum zweiten Mal in dieser Woche das Schaufenster umdekorierte, erwischte sich Nele dabei, wie ihre Gedanken immer wieder in die Vergangenheit abdrifteten. Zu Lilo, deren romantische Liebesgeschichte sich in einen Albtraum zu verwandeln begann. Bei der Erinnerung an Lilos Nacht im Gestapo-Gefängnis, den linientreuen Patensohn ihres Vaters und sein Gerede vom arischen Nachwuchs für den Führer überlief es Nele eiskalt. Sie war begierig darauf weiterzulesen, gleichzeitig fürchtete sie sich fast davor, was als Nächstes geschehen würde. Außerdem hatte sie heute Abend sowieso etwas anderes vor. Leider eine Verabredung, vor der ihr ebenfalls graute.

Es war schon wieder ein trister, grauer Tag, es nieselte in einem fort, und die Temperaturen erreichten kaum die Fünfzehn-Grad-Marke. So langsam drückte das Novemberwetter mitten im Sommer sogar Nele auf die Stimmung, und als sie an diesem Morgen fröstelnd und mit nassen Füßen ihren Laden betreten hatte, war ihr ein Einfall gekommen.

Sie drehte die Heizung hoch und verwandelte das Ladenfenster in einen Urlaubstag. Streute Vogelsand aus dem Tierbedarfsladen auf den Boden, verteilte Muscheln, Seesterne und

Papierschirmchen und präsentierte darauf Bücher mit positiven, sommerlichen Titelbildern. Als sie noch einmal nach draußen in das regnerische Wetter trat, war sie durchaus zufrieden mit dem Ergebnis. Der Anblick machte ihr gute Laune, und sie hoffte, dass es potenziellen Kunden ebenso gehen würde.

»Hey, hübsches Schaufenster«, sagte Stefanie, als sie eine Stunde später die Bücherwelt betrat, und schüttelte sich wieder einmal auf Hundeart. »Da bekommt man gleich Lust auf einen Tag am Meer.«

»Mit einem guten Buch in der Hand«, ergänzte Nele. »Das war der Gedanke dahinter. Leider scheint es nur dir so zu gehen.«

»Ach was«, versuchte Stefanie sie zu trösten, »bei dem Schietwetter geht bloß kein Mensch vor die Tür.«

Beide Frauen sahen gleichzeitig hinaus in die mit Kopfstein gepflasterte Fußgängerzone, und obwohl es stimmte, dass es dort lange nicht so voll war wie sonst, so gab es doch noch genug Passanten, die mit vollen Einkaufstaschen über dem Arm und bunten Schirmen in der Hand vorbeiliefen.

»Na ja. Also fast kein Mensch«, relativierte Stefanie ihre Aussage und zuckte entschuldigend mit den Schultern. Sie ging nach hinten in den kleinen Angestelltenraum, um Mantel und Tasche abzulegen.

»Kaffee ist schon in der Maschine«, rief Nele ihr hinterher. »Willst du auch einen?«

»Nein, danke.«

Kurz darauf gesellte Stefanie sich wieder zu ihr, stellte ihre Kaffeetasse in das eigens dafür vorgesehene Fach hinter dem Tresen. Dort konnte man sein Getränk jederzeit unauffällig verschwinden lassen, sollte ein Kunde das Geschäft betreten.

»Hast du über die Idee mit dem Kaffeeausschank nachgedacht?«, erkundigte sich Stefanie. »Ich habe mal recherchiert. Man braucht dafür keine Konzession. Und ich habe schon mal ein paar Seiten im Internet zusammengesammelt, auf denen Vollautomaten verglichen werden. Hab ich dir per Mail geschickt.«

»Danke. Du bist unbezahlbar.« Nele lächelte und atmete tief durch. »Okay, wir müssen wirklich nicht beide hier rumhängen und die Tür hypnotisieren«, sagte sie unvermittelt. »Davon geht sie auch nicht schneller auf.«

Stefanie nickte. »Klar. Was soll ich machen?«

»*Du* trinkst deinen Kaffee und hypnotisierst«, sagte Nele. »Ich geh nach hinten ins Büro und finde raus, ob wir uns einen Vollautomaten leisten können. Dazu muss ich wohl oder übel die Buchhaltung erledigen.« Sie zog eine Grimasse.

»Das kann ich doch tun«, bot Stefanie an, die BWL studierte und, wie Nele vermutete, insgeheim sogar Spaß an so lästigen Dingen wie dem Rechnungswesen hatte.

Dennoch lehnte sie dankend ab. Nicht etwa, weil sie ihrer langjährigen Mitarbeiterin nicht vertraute, sondern weil sie sie nicht durch die sinkenden Umsatzzahlen beunruhigen wollte.

Am Schreibtisch starrte sie auf den Monitor und konnte sich nicht dazu aufraffen, das Abrechnungsprogramm aufzurufen. Vermutlich würde es ihr nur allzu deutlich vor Augen führen, wie mies das Geschäft in den letzten beiden Monaten gelaufen war. Das würde sie deprimieren. Und das Letzte, was sie heute gebrauchen konnte, war schlechte Laune. Positiv und strahlend wollte sie auftreten. Vor allem heute Abend.

Sie öffnete die Facebook-Seite der Bücherwelt. *64 Personen gefällt das.* Nele lud für ihre Follower ein Foto des neuen Schaufensters hoch.

Lieber Sommer, wir wären dann so weit, schrieb sie unter den Post. *Jede Menge Strandlektüre gibt es bei uns in der Bücherwelt. Kommt vorbei!*

Sie checkte ihre Benachrichtigungen und stellte fest, dass lediglich niederschmetternden vier Personen ihr gestriger Facebook-Eintrag – *Lesen heißt, durch fremde Hände träumen* – gefallen hatte. Sie musste unbedingt zu Instagram wechseln, Stefanie hatte sie schon mehrfach darauf aufmerksam gemacht, dass Facebook auf dem absteigenden Ast war.

Nele ging auf ihre private Seite, die sie selten bis gar nicht nutzte. *Diana Hesse hat dir eine Freundschaftsanfrage gesendet.* Nele brauchte einen Moment, dann erkannte sie die Frau mit dem blonden Kurzhaarschnitt, die ihr von ihrem Profilbild entgegenlachte. Nicht dass sie ihr bereits persönlich begegnet war. Aber – und sie war nicht stolz darauf – zu Beginn ihrer Beziehung mit Julian hatte sie seine Ex-Frau ein bisschen gestalkt. Viel war dabei nicht herausgekommen. Ein Foto und ein kurzer Lebenslauf auf der Webseite des Modehauses, für das Diana als Einkäuferin arbeitete. Xing, LinkedIn, eine Erwähnung auf der Seite ihres alten Gymnasiums. Das war alles gewesen. Zum Glück. Nele hatte die pubertäre Anwandlung schnell hinter sich gelassen und sich nicht weiter damit befasst, wie Julians Ex aussah, was sie tat, wie erfolgreich sie im Beruf war. Vergleiche taten nicht gut und manchmal sogar weh. Daran musste sie sich immer wieder erinnern. Auch heute Abend.

Denn heute würde sie Diana kennenlernen. Persönlich und auf deren ausdrücklichen Wunsch. Nele hatte ziemlich perplex auf Julians Ankündigung reagiert.

»Es ist ihr wirklich wichtig«, hatte Julian gesagt und sie dabei bittend angesehen, »schließlich verbringst du viel Zeit mit Mika, und da ...«

»Na klar, verstehe«, hatte sie gesagt – und sie verstand es wirklich. Auch wenn es auf den ersten Blick ein sonderbares Ansinnen war. *Ich und er und seine Ex*. Es klang wie einer dieser Hollywoodfilme mit Adam Sandler. Aber Diana war eben nicht wirklich ex. Jedenfalls nicht im wörtlichen Sinne. Ex, das stand für aus, beendet, leer, früher. Diana hingegen würde *immer* da sein. Diana war Mikas Mutter, und sie würde nicht weggehen. Und natürlich wollte sie wissen, wer da Zeit mit ihrem Sohn verbrachte, wenn sie selbst nicht dabei war.

Also hatte sie heute Abend ein Date mit Julian und Diana. Sie würden in dieses hippe japanische Restaurant in der Schanze gehen, das gerade neu eröffnet hatte und Ramen in allen Varianten servierte.

Und vorbereitend hatte Diana ihr also eine Freundschaftsanfrage geschickt. Vermutlich um klarzustellen, dass sie in Frieden kommen würde. Das war nett von ihr, allerdings hatte Nele auch gar nichts anderes erwartet. Julian sprach stets positiv – aber nicht zu positiv – von Diana. Es hatte keine Schlammschlacht bei der Trennung gegeben, keine blöden Streitereien um die Kaffee- oder Spülmaschine. Beiden war vor allem wichtig gewesen, es für Mika so leicht wie möglich zu machen.

Nele drückte auf Bestätigen. Wollte den Laptop zuklappen, aber ihre Finger entwickelten mit einem Mal ein Eigenleben. Sie klickte auf Dianas Profilbild. Scrollte durch ihre Statusmeldungen. Auch Diana schien nicht sehr aktiv in den sozialen Netzwerken unterwegs zu sein, postete nur hin und wieder eine Filmempfehlung oder ein Sonnenuntergangsbild. Nele suchte nach Dianas Fotos und sah sie eins nach dem anderen durch. Diana lachend, Diana verträumt, Diana als Vogelscheuche geschminkt an Halloween. Genau wie Julian hütete sie sich davor, Bilder von Mika einzustellen.

Nele klickte weiter, erreichte vergangene Jahre, ohne zu wissen, wonach sie eigentlich suchte. Oder wusste sie es doch? Erwartete sie Bilder von Julian und Diana in trauter Zweisamkeit? Gar ein Hochzeitsfoto? Nichts dergleichen erschien auf ihrem Bildschirm. Nur Porträts von Diana, Blumen, Sonnenuntergänge.

Und dann etwas anderes.

Eine Männerhand. Darin eine Frauenhand, deren Daumen von einer winzigen Babyfaust umklammert wurde.

Nele schluckte. Sie fühlte sich eigenartig berührt und hatte gleichzeitig das Gefühl, in etwas eingedrungen zu sein, das sie nichts anging.

Das war natürlich albern. Sie war nirgendwo eingedrungen. Diana hatte das Bild für jeden sichtbar auf ihre Facebook-Seite gestellt. Nun, nicht für jeden sichtbar. Nur für ihre Freunde. Und für jene, die gewillt waren, in ihrer Timeline fünf Jahre zurückzugehen. Warum hatte Diana das Bild nicht gelöscht wie alles andere, das an ihr gemeinsames Leben mit Julian erinnerte?

Pling!

Nele schrak zusammen. Das Chatfenster am unteren Rand des Bildschirms öffnete sich.

Diana: *Hey, Nele, danke für die Annahme.*

Nele klickte wie panisch auf dem Bildschirm herum, um das Hände-Bild verschwinden zu lassen. Dann setzte ihr Verstand wieder ein und sie realisierte, dass Diana gar nicht wissen konnte, was sie da gerade auf ihrer Seite betrachtete. Sie entspannte sich etwas.

Diana: *Freu mich auf heute Abend.*

Nele: *Ja, ich mich auch.*

Diana: *Also dann, schönen Tag noch. Ich muss weiterarbeiten!*

Der graue Punkt neben ihrem Namen verkündete, dass Diana offline gegangen war. Etwas perplex saß Nele vor dem Computer. Ich muss weiterarbeiten? Das klang ja, als hätte sie, Nele, Diana eine Unterhaltung aufzwingen wollen. Wer hatte den Chat denn begonnen? Außerdem nagte es an ihr, dass Diana anscheinend in ihrem Job alle Hände voll zu tun hatte, während Nele hier ohne Kundschaft in ihrem Buchladen hockte.

Sie schob ihren Groll beiseite. Diana hatte sie bestimmt nicht ärgern wollen. Sie beschloss, die Buchhaltung auf einen anderen Tag zu verschieben.

Bis Geschäftsschluss gingen ganze zwei Bücher über den Ladentisch, und Nele hatte das Gefühl, ihre Stimmung könnte nicht tiefer sinken. Diese Annahme stellte sich jedoch als falsch heraus, als sie das Schaufenster der großen Buchhandlung gegenüber sah. Dort hatte man nicht nur einen echten Strandkorb mit blauweiß gestreifter Markise aufgebaut, sondern auch ein Surfbrett, Tonnen von Sand und einen ganzen Zoo aus aufblasbaren Gummitieren.

Nele stand Auge in Auge mit einem, wie ihr schien, lebensgroßen Krokodil, in dessen weit aufgerissenem Maul der neue Thriller von Fitzek steckte. Ihre eigene Auslage war im Vergleich dazu mickrig, und sie fragte sich, weshalb sie sich eigentlich überhaupt solche Mühe gab.

21.

»Oh no, not I, I will survive, oh as long as I know how to love, I know, I'll stay alive, I've got all my life to live, I've got all my love to give …«

Aus vollem Hals singend tanzte Nele durch ihre Wohnung, während Gloria Gaynor aus ihren Lautsprechern brüllte und die Bässe den Boden erzittern ließen. Ihre Nachbarn würden sie hassen, aber das war Nele im Moment egal. Sie musste ihre Stimmung hochkurbeln, sonst würde der Abend mit Diana und Julian zur Katastrophe werden. Sie spürte das. Und deshalb hatte sie, sobald sie nach Hause gekommen war, die Musik auf volle Lautstärke gedreht und war unter die Dusche gegangen. Das warme Wasser entspannte sie, es rauschte in ihren Ohren, und sie grölte extra falsch mit. Obwohl sie nicht die geringste Lust hatte zu singen. Oder zu duschen. Oder Mikas Mutter kennenzulernen.

»And I spend oh so many nights, feeling sorry for myself, I used to cry, but now I hold my head up high.«

Sie hottete durch den Flur, hüpfte auf und nieder, drehte sich wie eine Irre im Kreis, bis ihr schwindelig wurde, ihre Muskeln brannten und die Stimmbänder protestierten. Dann ließ sie sich auf ihr Bett plumpsen, alle viere von sich gestreckt und starrte an die Decke.

Besser.

Noch nicht gut. Aber besser.

Sie malte sich aus, wie sie all die trüben Gedanken an die Bücherwelt und die Zukunft mit einem Zauberstab aus ihrem Kopf heraussaugte und in einer mit Gold verzierten Truhe verstaute. Dort konnte sie sie jederzeit wieder herausholen, wenn sie gebraucht wurden. Aber wer brauchte schon düstere Gedanken?

Deutlich besser gelaunt begann Nele, sich anzuziehen. Sie hatte den größten Teil des Tages damit zugebracht, sich ein Outfit zu überlegen. Als ihr das bewusst wurde, hatte sie über sich selbst den Kopf geschüttelt. Nicht einmal vor ihrem ersten Date mit Julian hatte sie sich so viele Gedanken gemacht.

Aber er würde sie heute direkt nebeneinander sehen, die Ex und die Neue. Und da wollte Nele natürlich nicht schlechter abschneiden. War das nicht eine ganz normale Reaktion? Oder zeugte es lediglich von ihrem mangelnden Selbstbewusstsein?

Sie griff nach dem Jeanskleid, für das sie sich nach langem Hin und Her entschieden hatte. Lässig, aber feminin. Dazu Stiefel mit flachem Absatz. Ein breiter Gürtel, um die Taille zu betonen. Fertig. Nele war zufrieden.

Im Schanzenviertel herrschte wie immer lebhaftes Treiben. Horden von Jugendlichen cornerten vor den Kiosken, unterhielten sich lautstark und tranken Alkohol. Die zahlreichen Bars und Lokalitäten waren zum Bersten gefüllt, und Nele hatte Mühe, an den überfüllten Veloständern einen Platz für ihr Fahrrad zu ergattern.

Sie und Julian trafen sich vor dem Restaurant und betraten gemeinsam das mit japanischem Understatement eingerichtete Lokal. Klare Linien, dunkles Holz, elegante Deckenlampen. Diana saß an einem Ecktisch. Die Begrüßung verlief so steif und unbehaglich wie erwartet. Sie schüttelten einander die Hände und tauschten Floskeln aus.

Schön, dass wir uns kennenlernen. Ja, finde ich auch. Hab schon viel von dir gehört. Nur Gutes hoffentlich. Selbstverständlich.

Verwundert registrierte Nele, dass Julian viel angespannter zu sein schien als sie selbst. Sein Lächeln wirkte angestrengt und die Umarmung zwischen ihm und seiner Ex seltsam steif. Vielleicht befürchtete er, sie könnte sonst eifersüchtig werden? Beruhigend lächelte sie ihm zu und rutschte auf die mit Leder bezogene Bank. Julian blieb nur der unbequem aussehende Holzschemel, aber das konnte sie nicht ändern.

»Der Babysitter ist also heute gesund?«, fragte Nele, nur um irgendetwas zu sagen. Gleich darauf wünschte sie, sie hätte den Mund gehalten. Klang das nicht nach einem Vorwurf? Schließlich hatte Julian schon mehr als eine Verabredung mit ihr wegen eines ausgefallenen Babysitters abgesagt. Würde Diana möglicherweise sogar denken, sie bezichtige sie einer Lüge? Dass sie nur behauptet hatte, keine Kinderbetreuung zu haben, um ... Ja, was eigentlich? Um Julian von seiner neuen Freundin fernzuhalten?

»Ja, alles bestens.« Diana lächelte.

Nele nahm sich inständig vor, ihren inneren Dialog, die Mutmaßungen und Unterstellungen für heute Abend zum Schweigen zu bringen. Sich einfach auf das Treffen einzulassen. Sich und Diana eine faire Chance zu geben. Himmel, es war doch nur ein Abendessen!

Sie bestellten. Nele orderte Miso Ramen mit Hühnerfleisch.

»Für mich Tantanmen vegan«, sagte Julian, und Diana nickte.

»Dasselbe für mich.«

»Und für mich«, beeilte Nele sich zu sagen.

Der Kellner hob die Augenbrauen. »Zusätzlich?«

»Nein. Stattdessen. Ich habe es mir anders überlegt.« Sie schlug die Karte zu und reichte sie ihm.

Nachdem der Kellner weg war, breitete sich eine unangenehme Stille zwischen ihnen aus. Nele hatte das Gefühl, dass sie umso deutlicher zu spüren war, da es um sie herum beinahe so laut war wie am Hauptbahnhof. Die Akustik war lausig, die zahlreichen Stimmen verschwammen zu einem Geräuschteppich, der Kopfschmerzen verursachte.

»Wie geht es dir?«, fragte Julian.

Diana nickte. »Gut. Dir?«

»Auch. Sehr gut.« Er griff nach Neles Hand.

»Das freut mich.«

Irritiert sah Nele von einem zum anderen. Julian erzählte doch immer, wie freundschaftlich er und Diana miteinander verbunden waren. Und nun saßen sie hier wie zwei Fremde und führten dieses seltsame Postkartengespräch.

»Und dir, Nele?«, wandte sich Diana ihr zu.

»Äh. Gut.«

»Wie läuft der Laden?«

Nele starrte sie an. In der Truhe mit den goldenen Beschlägen und den düsteren Gedanken ruckelte es nervös.

»Gut. Danke.«

»Das freut mich.«

Nele stöhnte innerlich auf. Wenn das so weiterging, würde es ein sehr langer Abend werden. Sie schwiegen erneut. Nele überlegte, wann sie sich das letzte Mal so unwohl gefühlt hatte. Jedenfalls wusste sie nun, warum Franzi so entrüstet auf ihre heutige Abendgestaltung reagiert hatte.

»Essen mit Julian und seiner Ex? Und du glaubst echt, dass das 'ne gute Idee ist?«

»Es war nicht *meine* Idee«, hatte Nele erwidert, »aber ja, warum denn nicht?«

»Weil es total unangenehm werden wird«, hatte Franzi geantwortet. »Worüber wollt ihr euch denn unterhalten?«

»Ich schätze, über Mika. Sie will mich eben kennenlernen.«

Franzi hatte den Kopf geschüttelt und einen Moment wortlos vor sich hingestarrt. »O Gott, wenn ich mir vorstelle, dass Flo und ich uns trennen und Juli dann mit einer fremden Frau zusammenleben müsste«, sagte sie und erschauderte sichtlich bei dem Gedanken.

»Wir leben ja nicht zusammen«, hatte Nele leicht angesäuert erwidert. »Und du bist nicht sehr hilfreich.«

»Entschuldige.«

»Ich muss euch was sagen!« Mit diesen Worten, die förmlich aus ihr herausplatzten, holte Diana sie zurück in die Gegenwart. »Auch wenn das so eigentlich nicht geplant war. Ich habe um dieses Treffen gebeten, um dich kennenzulernen, Nele, aber nun … hat sich was ergeben, das ich mit Julian besprechen muss. Und weil es uns irgendwie alle betrifft, kann ich es auch gleich sagen.«

Aus dem Augenwinkel nahm Nele wahr, wie Julian alarmiert den Kopf hob. *Sie hat einen Neuen*, schoss es ihr zugleich durch den Kopf. *Oder ist wieder schwanger. Wahrscheinlich beides zusammen.*

Sie wusste gar nicht so genau, warum sie nach Julians Hand griff. Eigentlich konnte ihm die Neuigkeit doch nichts ausmachen, oder? Er hatte schließlich sie.

»Mein Arbeitgeber hat mir eine Beförderung angeboten«, sagte Diana und brachte Nele damit vollkommen aus dem Konzept.

Aha. »Herzlichen Glückwunsch«, sagte sie.

»Danke.« Diana schenkte ihr ein kurzes Lächeln, richtete ihren Blick aber gleich wieder auf Julian. Der musterte sie forschend.

»Eine Beförderung«, wiederholte er.

»Ja. Ich werde Senior Buyer für alle Premiumhäuser unserer Kette.«

»Verstehe.« Julians Begeisterung schien sich in Grenzen zu halten. »Ich nehme an, das bedeutet noch mehr Arbeit und noch mehr Geschäftsreisen? Was hast du doch für ein Glück, dass der Vater deines Sohnes freiberuflicher Drehbuchautor ist. Aber du scheinst zu vergessen, dass ich irgendwann auch mal arbeiten muss. Dass ich Abgabetermine habe und ...«

»Das weiß ich natürlich alles«, sagte Diana, und ihre eben noch betont fröhliche Haltung bekam erste Risse. »Und ich verlange *nicht* mehr Betreuungszeit von dir.«

»Sondern?« Julian saß jetzt nur noch auf der Kante seines Stuhls.

Nele war nicht ganz klar, was ihn so dermaßen aufregte. Er und Diana hatten das gemeinsame Sorgerecht. Woche für Woche pendelte Mika zwischen den Wohnungen hin und her, sah aber den jeweils anderen Elternteil trotzdem an mindestens zwei Nachmittagen.

»Dann bekommst du sicher auch eine Gehaltserhöhung?«, fragte sie, um die Stimmung ein bisschen aufzulockern.

»Ja, natürlich.« Es klang ungeduldig, und Diana schaute sie bei der Antwort nicht einmal an.

Nele schloss den Mund und bemühte sich, nicht allzu beleidigt zu sein. Sie fragte sich, warum sie überhaupt hier war.

»Sondern?«, wiederholte Julian und durchbohrte seine Ex förmlich mit Blicken. »Komm schon, Diana, ich kenne dich seit zehn Jahren. Du hast eine Bombe in der Hand. Lass sie platzen!«

»Der Job ist in München«, sagte Diana.

Während Nele mit den Stäbchen und dem eigenartigen Keramiklöffel, bei dem man immer die Hälfte danebenkleckerte, kämpfte, dampften Julians und Dianas Schüsseln unberührt vor sich hin.

»Wie stellst du dir das vor? Das geht nicht!«, sagte Julian nun bereits zum wiederholten Male. »Mika kommt bald in die Schule.«

»Erst nächstes Jahr.«

»Das ist in vierzehn Monaten. Willst du bis dahin wieder zurück sein?«

Diana schüttelte den Kopf. »Natürlich nicht.«

»Diana, es ist völliger Blödsinn, was du da redest. Es geht nicht. Ich verstehe überhaupt nicht, warum du mir von dem Angebot überhaupt erzählst. Dir muss doch klar sein, dass du nur ablehnen kannst. Also warum ziehst du mich da überhaupt mit rein? Soll ich dir vielleicht dankbar sein für das große Opfer, das du für Mika bringst? Okay, von mir aus. Vielen Dank!«

Dianas Blick wurde hart. »Ich habe nicht vor, dieses Opfer zu bringen.«

»Ach nein? Und auf wessen Kosten? Soll der arme Junge etwa jede Woche zwölf Stunden im Zug sitzen, nur damit du dich verwirklichen kannst?«

»Was soll das?«, fuhr Diana ihn so scharf an, dass Nele den Kopf einzog. Vollkommen unnötig, denn keiner der beiden schenkte ihr Beachtung. »Warum soll ich beruflich zurückstecken? Weil ich die Frau bin?«

Julian holte tief Luft. »Ich war noch nie ein Chauvinist, das weißt du genau.«

»Das behauptest *du*.«

»Sei doch nicht so unsachlich.«

»Entschuldigung«, murmelte Nele und stand auf, »ich muss mal kurz aufs Klo.«

Die beiden würdigten sie kaum eines Blickes. Sie bekamen auch nicht mit, dass Nele ihre Handtasche mitnahm, die sie zu ihren Füßen abgestellt hatte. Sie merkten nicht einmal, wie sie zur Garderobe ging, nach ihrem Mantel griff und das Lokal verließ.

22.

Hamburg, Oktober 1941

Mehrere Tage lang sprach niemand über ihre Nacht im Gefängnis und auch nicht über die Schwangerschaft. Am Mittwoch machte Lilo sich wie gewohnt nach dem Abendessen für den wöchentlichen HJ-Heimabend fertig. Als sie den Kopf durch die Tür des Salons streckte, um sich von ihren Eltern zu verabschieden, hob Wilhelmine fragend eine Augenbraue.

»Was denkst du, wo du hingehst?«

»Heimabend«, antwortete Lilo. Die Stimmung zwischen ihr und ihrer Mutter war unverändert kühl.

»Worum geht es heute?«

»Rassenkunde und Liederabend«, sagte Lilo und ärgerte sich über das Verhör. »Kann ich jetzt gehen?«

»Nein, das kannst du ganz und gar nicht. Komm herein.«

Widerwillig gehorchte sie.

»Öffne den Mantel.«

Mit einem übertriebenen Seufzer knöpfte Lilo den Mantel auf. Er war viel zu dünn für die Jahreszeit, aber ihren warmen Mantel hatte sie in der Nacht ihrer Verhaftung verloren, und sie hätte sich lieber die Zunge abgebissen, als ihre Eltern um einen neuen zu bitten. Ganz abgesehen davon, dass das wohl sowieso keinen Zweck gehabt hätte. Kleider wurden ebenso wie Lebensmittel per Marken rationiert. Sie öffnete den Mantel weit und zeigte die BDM-Uniform.

»Heb den Rock hoch«, forderte Wilhelmine sie auf.

Lilo spürte, wie ihr das Blut in die Wangen schoss. Sie fühlte sich zutiefst gedemütigt. Ihr Vater wandte den Blick ab und vertiefte sich in seine Zeitung. Wilhelmine wartete. Wütend ergriff Lilo den unteren Saum und hob ihn bis zu den Schultern hoch, sodass ihre Unterwäsche zu sehen war und ihre Mutter sichergehen konnte, dass sie kein sündiges Tanzkleid unter der Uniform trug. Dann ließ sie den Rock fallen und stürmte ohne ein weiteres Wort aus dem Salon.

»Nachher kommst du auf direktem Weg nach Hause«, rief ihre Mutter ihr hinterher.

Als Lilo endlich auf die Straße trat, fühlte es sich an, als hätte ihr jemand eine schwere Last von den Schultern genommen. Sie konnte wieder frei atmen, und das tat sie. Breitete die Arme aus, fühlte die frische Abendluft auf ihrer Gesichtshaut und schloss für einen Moment die Augen.

In diesem Moment bog Elsa, ebenfalls in Uniform, um die Ecke und lief auf die Freundin zu. Sie umarmten sich und gingen einträchtig die Straße hinunter. Lilo widerstand der Versuchung, sich umzublicken, und dabei hätte sie darauf gewettet, dass sich in diesem Moment hinter den Fenstern des Salons die Vorhänge bewegten. Dass ihre Mutter dort stand und sie beobachtete.

Sie gingen schnellen Schrittes, schwenkten in eine Querstraße ein. Hier trennten sich ihre Wege. Elsa würde mit der Bahn zum Heimabend fahren, Lilo hatte andere Pläne. Sie drückte die Freundin an sich.

»Danke«, flüsterte sie ihr ins Ohr.

»Viel Spaß!« Die andere kicherte. Sie marschierte davon, und Lilo sah ihr nach. Sie hatte Elsa nichts von ihrer Nacht im Gefängnis erzählt. Überhaupt nichts von ihrem Doppelleben als Dolly. Auch nicht von ihrer Schwangerschaft. Sie fühlte sich schuldig dafür und außerdem sehr allein, dennoch hatte sie das Gefühl, ihre Freundin damit zu überfordern. Oder sogar zu vergraulen, sie konnte es nicht genau sagen. Elsa glaubte, dass ihre Schwärmerei für Ludwig ebenso fruchtlos wie unschuldig war. Und dabei war doch genau das Gegenteil der Fall.

Seufzend wandte Lilo sich in die andere Richtung und ging davon.

Die Paulsens wohnten im ersten Stock eines prunkvollen Hauses in Uhlenhorst. Der Vater war Arzt, die Mutter vor ihrer Heirat Krankenschwester gewesen. Eine seltsame Scheu überkam Lilo, als sie vor dem gelb getünchten Gebäude mit den Rundgauben und den verzierten Säulen stand. Sie war noch nie bei Ludwig zu Hause gewesen. Doch da er gerade sein Abitur gemacht hatte und im ersten Semester Medizin studierte, hatte sie nicht die Möglichkeit, ihm wie früher in der Schule zu begegnen. Sie traute ihm durchaus zu, dass er weiterhin in den einschlägigen Swing-Etablissements anzutreffen war, doch sie selbst hätte nicht den Mut aufgebracht, dort hinzugehen.

Lilo trat durch die mächtige Eingangstür und lief die Holzstufen hinauf. Betätigte die Türglocke, ehe sie der Mut verließ und sie doch noch Reißaus nehmen konnte. Ein junges Mädchen, kaum älter als sie selbst, in schwarzer Dienstmädchentracht mit Haube und Schürze, öffnete ihr.

»Sie wünschen?«

»Ich bin Lilo Wiegand. Ist Ludwig da?«

Das Mädchen zögerte. »Einen Moment bitte.«

»Wer ist es denn, Ilse?« Hinter dem Mädchen erschien eine Frau Mitte Vierzig in einem eleganten Kostüm mit langem Rock und kurzer Jacke. Sie betrachtete Lilo aus hellgrünen Augen. Sie glichen so sehr denen ihres Sohnes, dass Lilo sofort warm ums Herz wurde, obwohl sie die Frau noch nie in ihrem Leben gesehen hatte.

»Guten Tag, Frau Paulsen«, sagte sie und machte einen kleinen Knicks. »Ich möchte Ludwig besuchen. Ist er da?«

Ein Schatten fiel über das schöne, zarte Gesicht. »Ach«, sagte sie dann, und in ihren Augen blitzte eine Erkenntnis auf.

Lilos Herz machte einen kleinen Hüpfer. Ganz offensichtlich wusste ihr Gegenüber, wer sie war. Hieß das etwa, dass Ludwig über sie gesprochen hatte? Lilo hatte zwar keinerlei Erfahrung mit Männern, aber dass dies ein gutes Zeichen war, wusste sie.

Frau Paulsen machte ihre Hoffnung zunichte. »Du bist doch die kleine Schwester von Hans, nicht wahr? Ihr seid euch wie aus dem Gesicht geschnitten. Wie geht es deinem Bruder? Ist er gesund? Ich hoffe doch, dass er nicht eingezogen wurde.«

Lilo blinzelte. Sah sie da wirklich Tränen in den Augen der Frau? Wie merkwürdig, dass ihr der Freund ihres Sohnes so wichtig war. Der ehemalige Freund, noch dazu.

»Es geht ihm gut, sehr gut«, beeilte sie sich zu sagen. »Alles in Ordnung. Aber meine beiden älteren Brüder stehen in Frankreich an der Front.«

»Das tut mir leid«, murmelte Frau Paulsen mehr zu sich selbst. »Die armen Jungs.«

Sie schien in Gedanken versunken, sodass Lilo sich gezwungen sah, sich in Erinnerung zu rufen.

»Ludwig«, wiederholte sie, »ist er da?«

»Ach so, natürlich, ja.« Die Frau nickte zerstreut. »Er ist da.«

»Wo ...?«

»Ilse, führe Ludwigs Gast doch zu seinem Zimmer.« Sie musterte Lilo einen Moment eindringlich, bevor sie leise hinzufügte: »Er kann jetzt jede Aufmunterung gebrauchen.«

Obwohl Lilo das Herz bis zum Halse schlug, während sie Ilse den langen Flur hinunter folgte, fragte sie sich, was Frau Paulsen damit gemeint haben mochte. Wieso konnte Ludwig Aufmunterung gebrauchen? Und war die Nachricht von einer ungewollten Schwangerschaft dafür wirklich geeignet? Vermutlich nicht. Ilse hob die Hand und klopfte an eine weiß lackierte Tür am Ende der Wohnung. Niemand antwortete.

»Besuch«, krähte Ilse durch die geschlossene Tür und hämmerte erneut dagegen.

Sie hörten Schritte, dann wurde die Tür mit einem Ruck aufgerissen. Ludwig erschien.

»Verdammt, Ilse, ich ...« Als er Lilo sah, verstummte er.

Ilse nutzte den Moment der Überraschung, knickste nachlässig und machte, dass sie davonkam.

»Hallo!«, sagte Ludwig rau. Dann wandte er sich um und ging wortlos in sein Zimmer zurück. Die Tür ließ er offen, ließ sich auf das ungemachte Bett fallen.

Lilo blieb im Türrahmen stehen, doch als er keine Anstalten machte, sie hereinzubitten, trat sie ein. Sie hatte keinen Blick für das Chaos im Zimmer, für die zahlreichen Swing-Platten, die sich über den Boden verteilten, die verbotenen Poster an den Wänden. Sein Anblick zerriss ihr das Herz. Sie kniete vor dem Bett nieder und nahm seine Hände.

»Ludwig«, hauchte sie.

Sie hatten ihm sein schönes Haar abgeschnitten und das Gesicht zerschlagen. Ein tiefer Riss lief durch seine Unterlippe, das rechte Auge war vollkommen zugeschwollen, der Bluterguss darum beinahe schwarz.

»O mein Gott«, flüsterte sie, und Tränen traten ihr in die Augen.

»Schon gut«, murmelte er.

»Nein, das ist es nicht«, widersprach sie heftig.

»Lass gut sein.« Sein Ton war so unfreundlich, dass sie zurückwich. Was hatte er denn? Sie machte sich doch nur Sorgen um ihn. »Dich scheinen sie ja nicht erwischt zu haben«, stellte er fest.

»Doch, schon, aber …« Sie wusste nicht, was sie sagen, wie sie es erklären sollte. Dass sie das Glück gehabt hatte, in der Zelle auf Werner zu stoßen? Sie sagte gar nichts.

Ludwigs Blick wurde plötzlich weich. Er hob die Hand und legte sie an ihre Wange, ließ sie zu einem ihrer Zöpfe wandern. Sofort spürte sie, wie ihr das Blut in die Wangen schoss.

»Meine Eltern …«, begann sie, um ihm zu erklären, warum sie in diesem Aufzug vor ihr stand.

»Ich weiß schon«, sagte er.

Ihr war es trotzdem peinlich. Immer hatte sie darauf geachtet, ihm perfekt geschminkt und in hübschen Kleidern gegenüberzutreten. Was hatte sie sich dabei gedacht, als die graue Maus, die sie war, herzukommen? Sicher fragte er sich in diesem Moment, was aus seiner Dolly geworden war. Unsicher blinzelte sie zu ihm hoch, wollte sich erneut erklären, da griff er mit beiden Händen nach ihr. Umfasste ihr Gesicht und küsste sie. Sein Arm glitt um sie herum, umschlang sie, zog sie zu sich aufs Bett, wo er sie auf den Rücken drehte und sich über sie beugte.

»Ludwig«, flüsterte sie, während er ihren Hals mit Küssen bedeckte, ungeduldig die Knöpfe ihrer Bluse öffnete.

Lilo dachte an seine Mutter, die nur ein paar Zimmer von ihnen entfernt im Wohnzimmer saß. An Ilse, der sie durchaus zutraute, einfach so hier hereinzuplatzen.

»Was machst du denn?«, fragte sie, als er ihren Rock nach oben schlug und ihr die Unterhose herunterzog. Er stützte sich auf die Unterarme und sah auf sie hinab.

»Wonach fühlt es sich denn an?«, fragte er. Seine Augen funkelten spitzbübisch, und für einen Moment wirkte er wieder so unbekümmert und unversehrt, wie sie ihn gekannt hatte.

Das geht doch nicht, wollte sie sagen, während ihr Arm sich schon um seinen Hals schlang. Nicht hier, nicht jetzt. Aber natürlich sagte sie nichts.

23.

Danach lag sie neben ihm, den Kopf auf seine Brust gebettet, und lauschte dem Schlagen seines Herzens. Es war anders gewesen als sonst, und sie fragte sich, ob sie sich eben zum ersten Mal wirklich begegnet waren. Ohne die Masken, die sie sonst trugen. Sie hatte sich nicht bewertet gefühlt oder dazu genötigt, jemand zu sein, der sie nicht war. Sie waren einfach sie selbst gewesen. Ein Junge und ein Mädchen. Ludwig und Lilo.

Sie nahm seine Hand und küsste sie. *Ich liebe dich*, dachte sie, *und du liebst mich auch.*

Es war ein glücklicher Moment. Plötzlich hatte sie das sichere Gefühl, dass alles gut werden würde. Und dass genau jetzt der richtige Zeitpunkt gekommen war, um Ludwig von ihrer Schwangerschaft zu erzählen.

»Ludwig, ich ...«, begann sie zaghaft, als ihr Blick auf den aufgeklappten Koffer fiel, der neben seinem Kleiderschrank lag. Sie unterbrach sich und runzelte irritiert die Stirn. »Willst du verreisen?«

Noch bevor sie zu Ende gesprochen hatte, wünschte sie sich, sie hätte es nicht getan. Sein Körper unter ihrer Wange wurde hart. Er entzog ihr seine Hand.

»Verreisen? Nein, so würde ich das nicht nennen. Und von *wollen* kann auch nicht gerade die Rede sein.«

»Aber warum ...«

Ludwig schob sie von sich herunter. Rückte von ihr ab und schloss die Knopfleiste seiner Hose. Dann setzte er sich auf den Bettrand, ohne sie anzusehen. Obwohl sie begriff, dass der Moment vollkommener Harmonie zwischen ihnen vorbei war, wollte Lilo es nicht wahrhaben. Sie schmiegte sich an ihn, presste ihren Oberkörper an seinen Rücken, umschlang ihn mit den Armen. Zwar wehrte er sich nicht, trotzdem spürte sie, dass er weit weg war.

»Ich wurde eingezogen«, sagte er rau. »Sie schicken mich in den Osten.«

Lilo erstarrte.

Natürlich, er war fast neunzehn. Viele junge Männer waren inzwischen eingezogen worden, dennoch hätte sie niemals erwartet, dass es ihn treffen würde. Studenten wurden im Moment noch vom Wehrdienst zurückgestellt. Außerdem studierte er Medizin, und Ärzte wurden immer dringend gebraucht.

»Aber dein Studium …«

»Mein Studium interessiert die einen Dreck«, erwiderte er heftig. »Ich bin ein Volksfeind, verstehst du? Nur weil ich englische Musik mag und lange Haare habe. Hatte«, korrigierte er sich, und ein Ausdruck von Schmerz trat in seine Augen. Plötzlich sah er müde aus und viel älter, als er war. Schwer stützte er den Kopf in die Hände. »Meine arme Mutter«, sagte er leise. »Sie ist vollkommen verzweifelt.« Lilo fiel der unglückliche Ausdruck in Frau Paulsens Augen wieder ein, und plötzlich verstand sie. »Wenn ich falle, wird sie das umbringen.«

Ein eisiger Schauer lief Lilo über den Rücken. Ohne ihr Zutun formten sich schreckliche Bilder in ihrem Kopf. Ludwig in einem Schützengraben liegend, mit gebrochenen Augen und von Gewehrkugeln durchsiebt. Zerfetzt von einer Granate, mit abgerissenen Gliedmaßen. Sie musste würgen und schlug sich die Hand vor den Mund. Atmete tief durch die Nase ein und aus. Nichts davon würde geschehen. Die Deutschen siegten an allen Fronten. Natürlich gab es auch auf ihrer Seite Opfer zu beklagen, da machte sich Lilo nichts vor, doch es würde nicht Ludwig treffen. Nicht ihre große Liebe, den Mann, dessen Kind sie unter dem Herzen trug.

Sollte sie ihm unter diesen Umständen überhaupt von ihrer Schwangerschaft erzählen? Würde der Gedanke an ein gemeinsames Kind ihn aufmuntern, bestärken in dem unbedingten Willen, den Krieg zu überleben und nach Hause zurückzukehren? Zu der neuen Familie, die hier auf ihn warten würde? Oder wäre es nur eine zusätzliche Sorge, mit der sie ihn nicht belasten sollte? Lilo war ratlos.

»Wann fährst du?«, fragte sie leise.

»Morgen früh.«

Diese Antwort versetzte ihr den nächsten Schock. Hatte er überhaupt vorgehabt, sie von seiner Einberufung in Kenntnis zu setzen? Vielleicht war es ja egoistisch von ihr, das zu erwarten … Nein, eigentlich nicht, fand sie. Schließlich war sie sein Girlfriend, wie er immer wieder verkündet hatte. Die Mutter seines Kindes, auch wenn er das nicht wusste.

»Wolltest du dich nicht verabschieden?«, fragte sie.

»Wie?« Er schien im ersten Moment nicht zu verstehen, was sie meinte. »Ach so, doch. Natürlich.«

Sie glaubte ihm kein Wort. Kalt umfasste die Faust der Ernüchterung ihr Herz. Abrupt ließ sie ihn los.

Ludwig wandte sich zu ihr um, schnell und aggressiv wie ein getretenes Tier. »Entschuldige, dass ich im Moment ein paar andere Probleme habe, als mich um deine Gefühle zu kümmern«, sagte er scharf. »Meine Güte, kannst du vielleicht auch mal über den Tellerrand deiner kleinen Welt schauen? Das ist so typisch für dich! Du hast keine Ahnung, was um dich herum vorgeht, passt dich einfach nur jeder Situation an und lavierst dich durchs Leben. Hitlermädel bei Tag, weil Vati das so will. Swing-Girl bei Nacht, weil ich das will. Es wäre wirklich mal interessant zu wissen, was *du* eigentlich willst, Lilo. Aber vermutlich weißt du das selbst nicht.«

Sie war blass geworden, während sein plötzlicher Wutausbruch auf sie niederging. Das war es also, was er von ihr dachte? Aber warum hatte er sich dann überhaupt mit ihr abgegeben, wenn er sie so verachtete? Er hatte ihr eine Kette geschenkt und gesagt, dass er sie liebte. Und was war das eben zwischen ihnen gewesen? Wie hatte er sie so ansehen, sie auf diese Weise lieben können? Lilo spürte, wie ihr die Tränen kamen. Hastig stand sie vom Bett auf und strich ihren Rock glatt.

»Es ... tut mir leid«, murmelte sie.

Er blickte zu ihr auf. Die Wut war so schnell verschwunden, wie sie gekommen war. Er zuckte die Schultern und seufzte. Stand ebenfalls auf, und es schien ihn unendliche Kraft zu kosten. Als er vor ihr stand, überkam sie ein Gefühl von Zärtlichkeit. Trotz allem, was er ihr an den Kopf geworfen hatte. Er wirkte so verloren, mit seinem geschorenen Haar und den Wunden im Gesicht; als hätte man ihn seiner selbst beraubt, all dessen, was ihm vorher wichtig gewesen war. Er hob die Hand, legte sie an ihre Wange. Sie ließ es geschehen, schmiegte ihre Haut an seine. Schloss die Augen. Er hat es nicht so gemeint, dachte sie erleichtert. Was zwischen uns ist, bedeutet ihm etwas.

»Ludwig«, flüsterte sie, »ich muss dir was sagen.«

»Mir tut es auch leid«, sagte er leise. Sie öffnete die Augen, sein Gesicht war jetzt nah an ihrem. Sie hob ihm die Lippen entgegen, doch er nahm das Angebot nicht an. »Du kannst ja nichts dafür«, sagte er. »Ich vergesse immer, wie jung du noch bist.« Sie wollte protestieren. Ihm sagen, dass er selbst nur zwei Jahre älter war als sie. »Ich hätte dich in all das nicht mit reinziehen dürfen«, sagte er. »Es war nicht richtig von mir. Du bist so schön. Ich werde nie deinen Anblick vergessen, im Frühling am See. Deine Haare waren wie Gold in der Sonne und dein Körper in diesem Bikini ... Du hast so verführerisch ausgesehen, und ich konnte nicht widerstehen. Du warst so rein, so gänzlich unschuldig. Und Männer lieben nun mal die Eroberung.« Er lachte bitter. »Und nun führt mich genau diese Tatsache vermutlich in den Tod.«

Die Tränen begannen so unvermittelt zu fließen, dass sie keine Chance hatte, sie zurückzudrängen. Was sagte er denn da? Dass sie ihm nichts bedeutete? Dass sie nur eine Herausforderung für ihn gewesen war?

»Weine nicht. Ich bin es nicht wert. Verstehst du mich?« Er trat einen Schritt von ihr zurück. Sein Gesicht war reglos, er starrte an ihr vorbei ins Leere. »Ich habe dich benutzt, Lilo. Ich ... war wütend auf Hans, weil er mir die Freundschaft gekündigt hat. Ich dachte, es ist eine gute Retourkutsche, wenn ich seine Schwester ...«

»Hör auf!« Sie hatte es schreien wollen, aber es kam nur ein heiseres Flüstern hervor. Dennoch verstummte Ludwig. Er ging zur Tür, griff nach der Klinke und drückte sie herunter.

»Geh nach Hause, Lottchen«, sagte er.

Sie taumelte mehr durch den Flur, als dass sie ging. Ludwig wartete nicht einmal ab, bis sie die Wohnung verlassen hatte. Sie hörte das Zuklappen seiner Zimmertür. Tränenblind hastete sie an Ilse vorbei, die sie neugierig musterte, schaffte es nicht einmal mehr, ein Abschiedswort an Frau Paulsen zu richten, die plötzlich aufgetaucht war. Sie wollte nur weg.

Kaum war sie draußen auf der Straße, begann sie heftig zu schluchzen. Sie plumpste mitten auf den Bürgersteig, Schmerz schüttelte ihren Körper. Wie hatte sie so dumm sein können? Hatte sie ernsthaft geglaubt, dass Ludwig irgendetwas für sie empfand? Er hatte nur mit ihr gespielt. Und dabei hatte sie sich so sehr angestrengt, ihm zu gefallen. Hatte sich so benommen, wie er es mochte, und damit doch nicht sein Herz gewinnen können. Schlimmer noch, er hatte sie verachtet für ihre fruchtlosen Bemühungen. *Ein Swing-Girl, weil es mir gefiel.*

Sie wusste nicht, wie lange sie geweint hatte. Ihr ganzer Körper fühlte sich steif, wund und durchgefroren an, als sie sich endlich aufrappelte, um nach Hause zu gehen. Sie lief zu Fuß, obwohl es ein langer Marsch war. Die Nacht brach herein. Es war viel zu spät, als sie endlich bei ihrem Elternhaus anlangte. In den Fenstern brannte noch Licht. Man wartete auf sie, doch es war Lilo gleichgültig. Alles war ihr gleichgültig. Sie würden wissen, dass sie gelogen hatte. Dass sie nicht zum Heimabend, sondern wer weiß wohin gegangen war.

Sie schleppte sich die Stufen zur Wohnung hinauf, öffnete die Tür. Sofort hörte sie eine Bewegung im Salon, und Sekunden später stand Wilhelmine vor ihr.

»Wo warst du?«, fragte sie scharf. »Und sag jetzt nicht, du warst beim Heimabend, der ist schon lange …«

»Das sag ich gar nicht«, unterbrach Lilo sie und zog ihren Mantel aus. Ihr Herz schmerzte so sehr, dass es ihr nur recht war, wenn sie ihre Mutter zur Weißglut brachte. Vielleicht würde sie ihr wieder ins Gesicht schlagen und so die Qual ein wenig lindern, die in ihrem Inneren tobte.

Tatsächlich kam Wilhelmine auf sie zu, fasste sie an den Schultern und drehte sie zu sich herum. Sie musterte ihre Tochter, die trotzig zurückschaute.

»Verstehe«, sagte sie. Mehr nicht. Lilos Unterlippe begann zu zittern. »Geh in dein Zimmer«, sagte ihre Mutter, und es klang beinahe sanft. »Morgen wird ein anstrengender Tag für dich.«

Sie war so in Gedanken versunken, dass sie die Veränderungen in ihrem Zimmer gar nicht bemerkte, als sie es betrat. So wie sie war, legte sie sich auf ihr Bett, drückte das Gesicht in die Kissen und schrie ihren Schmerz heraus. Immer wieder und wieder, bis sie erschöpft einschlief.

24.

Am nächsten Morgen spürte sie als Erstes das dumpfe Pochen hinter den Augen und die zugeschwollene Nase, die ihr das Atmen erschwerte. Lilo richtete sich auf, nur einen kurzen gnädigen Augenblick lang verwirrt über den eigenen desolaten Zustand. Dann kam die Erinnerung. Ludwig liebte sie nicht, hatte es nie getan. Während sie sich ihrer Trauer hingab, erwachte eine Stimme in ihr. War es nicht das, wovon er gesprochen hatte? Dass sie immer nur ihr persönliches Leid sah, ohne auf das große Ganze zu schauen? Ludwig musste in den Krieg ziehen, vielleicht kehrte er nicht mehr zurück. Ihr Kind würde seinen Vater niemals kennenlernen. War die größte Katastrophe im Moment tatsächlich, dass sie von ihren romantischen Kleinmädchen-Fantasien Abschied nehmen musste?

Die Tränen versiegten abrupt. Sie zog die Schublade ihres Nachtschränkchens auf, holte eines der sauber gebügelten Taschentücher hervor. Trocknete ihr Gesicht und putzte sich die Nase.

Das Tageslicht brach durch die hellen Vorhänge herein, und plötzlich bemerkte sie, was ihr gestern Nacht entgangen war. Ein geöffneter Koffer, darin sorgfältig gestapelt Unterwäsche, Kleider und Strümpfe. Der Anblick, obwohl vollkommen anders als die chaotisch übereinandergeworfenen Klamotten von Ludwig, erinnerte sie so sehr an ihre gestrige Begegnung, dass sie erschauderte.

Morgen wird ein anstrengender Tag für dich, hatte ihre Mutter gesagt. Sie hatte das Zuspätkommen ihrer Tochter, ihren offen zur Schau getragenen Ungehorsam, einfach übergangen. *Morgen wird ein anstrengender Tag für dich.* O Gott, wo würden sie sie hinbringen?

Eine unbestimmte Panik stieg in Lilo auf, während sie noch immer auf den Koffer neben der Kommode starrte. Ohne darüber nachzudenken, wanderte ihre Hand unter die Bettdecke, legte sich auf ihren kaum gewölbten Bauch. Sie würden doch nicht ihr Kind wegmachen wollen? Das konnte nicht sein. Abtreibungen waren verboten. Lilo wusste, dass es sogenannte Engelmacherinnen gab, die Frauen halfen, ihre ungewollten Babys loszuwerden. Doch das Deutsche Reich brauchte Kinder, Frauen wurden für ihre Gebärleistungen sogar mit dem Mutterkreuz ausgezeichnet. Lilo konnte sich einfach nicht vorstellen, dass ihre Eltern als treue Anhänger Hitlers und seiner Ideologie sie zu einem Schwangerschaftsabbruch zwingen würden.

Mitten in ihre Überlegungen hinein klopfte es an der Tür. Wie immer ohne ihre Antwort abzuwarten, betrat Helga das Zimmer.

»Guten Morgen, Kindchen, bist ja schon wach!« Sie ging an Lilo vorbei, zog die Vorhänge zur Seite und öffnete das Fenster, sodass die frische, klare Morgenluft hereinströmte. »Dann mal raus aus den Federn. Es verspricht ein herrlicher Tag zu werden.«

»Wirklich?«

Helga wandte sich um. »Was meinst du, Lottchen?«

»Wird es ein herrlicher Tag für mich werden, Helga?« Angstvoll sah sie zu der Haushälterin auf, die sie schon von klein auf kannte. Die sich um sie gekümmert hatte und die sie liebte wie eine zweite Mutter. Sie wies in Richtung des Koffers und konnte nicht verhindern, dass ihre Hand dabei zitterte. »Wo soll ich denn hinfahren?«

Ihr Gegenüber wich ihrem Blick aus, was die Angst in Lilo noch verstärkte. »Ja nun, Kindchen, ich weiß es auch nicht. Woher soll ich denn das wissen? Bin doch nur die Haushälterin, das weißt du doch.«

»Aber du hast meine Sachen gepackt?«

Helga nickte.

»Wie lange werde ich fortbleiben?«

»Ach, Kindchen.« Helga kam auf sie zu, tätschelte ihr die Wange und betrachtete sie lange und liebevoll. »Da sprichst du am besten mit deiner Mutter.«

Lilo hatte beschlossen, so zu tun, als wäre es ein ganz normaler Tag. Hatte sich angezogen und ihre Schultasche gepackt. Den Koffer ließ sie einfach stehen, wo er war. Sie würde nicht fragen, schwor sie sich, bevor sie das Frühstückszimmer betrat. Würde es ihren Eltern so schwer wie möglich machen.

Ihr Herz tat einen freudigen Hüpfer, als sie die Tür öffnete und bemerkte, dass der Stuhl rechts neben ihrem eigenen besetzt war. Hinrichs Stuhl. Er trug eine Uniform, sie konnte nur seinen Rücken sehen. Ganz automatisch stürzte sie auf ihn zu, für einen Moment von ihren Sorgen abgelenkt, doch kaum hatte sie ihm die Hand auf die Schulter gelegt, erkannte sie ihren Irrtum. Noch bevor der Mann sich zu ihr umdrehte, hatte sie begriffen, dass das nicht ihr Bruder war, auch wenn er auf seinem Platz saß. Hinrichs Schultern waren viel schmaler, sein Körper nicht so gedrungen. Er hatte einen schmalen

Nacken, und sein kurz geschnittenes Haar war heller als das des Mannes, der seinen Platz am Tisch eingenommen hatte. Der ihr jetzt ins Gesicht blickte. Graublaue Augen, von Narben zerfurchte Wangen.

»Das ist ja eine nette Begrüßung«, sagte Werner, und Lilo wich zurück. Sofort verfinsterte sich das Gesicht ihres Gegenübers.

»Was ...« Ihr Blick flog zwischen Werner und ihren Eltern hin und her.

»Guten Morgen«, begrüßte Karl sie statt einer Antwort und bedeutete ihr, Platz zu nehmen.

Sie wollte sich weigern, wagte es aber nicht. Stand einen Augenblick ratlos da, zog dann den am weitesten von Werner entfernten Stuhl vom Tisch und setzte sich.

Wilhelmine zog eine Augenbraue in die Höhe. »Du kennst ja Werner Huber«, sagte sie, und da es nicht als Frage formuliert war, verzichtete Lilo auf eine Antwort.

Natürlich kannte sie ihn. Aber was wollte er hier?

»Oberscharführer Huber«, ergänzte der und schien beinahe zu platzen vor Stolz.

Ihr Blick streifte das Rangabzeichen auf seiner Uniform. Er war also tatsächlich zur SS gewechselt. Sie wandte den Blick ab, schenkte sich Kaffee ein und trank so schnell, dass sie sich die Zunge verbrannte und unwillkürlich einen leisen Schmerzenslaut ausstieß. Dann griff sie nach einer Scheibe Brot und beschmierte sie mit Margarine. Ihre Bewegungen waren hölzern, die Spannung am Tisch beinahe mit Händen zu greifen, jeder schien zu erwarten, dass der andere mit dem Reden beginnen würde.

»Nun gut.« Karl räusperte sich unbehaglich. »Du fragst dich

sicher, warum wir Werner ... ich meine, Oberscharführer Huber, also, weshalb er hier ist.«

Lilo nickte. Ihr Mund war staubtrocken. Sie schob den Bissen Brot darin mit ihrer Zunge hin und her, außerstande, ihn herunterzuschlucken.

»Oberscharführer Huber ist bereit, uns einen Gefallen zu tun. Und dir aus der misslichen Lage herauszuhelfen, in die du dich gebracht hast«, verkündete Wilhelmine.

Lilo starrte ihre Mutter an. Dann ihren Vater, zuletzt Werner, der zufrieden lächelte und ihr begütigend zunickte. Sie würgte die trockenen Krümel herunter, bekam einen Hustenanfall, griff nach der Serviette. Tränen stiegen ihr in die Augen, während sie keuchend nach Luft rang. Hilfreich lehnte Werner sich zu ihr herüber, um ihr auf den Rücken zu klopfen. Sie wich ihm aus, noch immer hustend. Seine Miene verfinsterte sich erneut.

Lilo schüttelte heftig den Kopf. »Auf keinen Fall«, brachte sie endlich hervor. »Auf keinen Fall werde ich ihn heiraten.« Obwohl es in ihrem Hals noch immer kratzte, brachen die Worte jetzt wie ein Sturzbach aus ihr hervor. »Das könnt ihr nicht machen, ihr könnt mich nicht dazu zwingen. Es ist Ludwigs Kind. Ich liebe ihn und werde auf keinen Fall ...«

»Und liebt er dich auch?«, unterbrach Wilhelmine ihren Redeschwall, und Lilo verstummte abrupt. »Das habe ich mir gedacht. Du hast gestern Abend nämlich nicht so ausgesehen, als hätte er dir gerade einen Heiratsantrag gemacht. Eher das Gegenteil.«

»Sie haben ihn eingezogen. Er muss noch heute an die Front.« Niemand hier schien sich für Ludwigs Schicksal auch nur im Geringsten zu interessieren. Lilos Augen füllten sich mit Tränen, und sie schlug den Blick nieder, damit Werner nicht die Verzweiflung darin sah.

»So oder so, ich werde Werner nicht heiraten«, wiederholte sie und hasste es, wie schrill ihre Stimme dabei klang. Wie das hysterische Kreischen eines kleinen Mädchens.

»Das verlangt auch keiner von dir«, sagte Karl knapp, und die Überraschung kam noch vor der Erleichterung.

»Nein?« Sie sah unsicher von einem zum anderen.

Werners Stirn hatte sich gerötet, eine Ader pulsierte sichtbar in seiner Schläfe, die Kiefermuskulatur trat hervor. Ganz offensichtlich hatte ihr Ausbruch ihn verärgert. Vielleicht sogar verletzt. Jetzt, da die unmittelbare Gefahr gebannt schien, möglicherweise ihr Leben mit diesem Mann verbringen zu müssen, tat er ihr fast leid. Schon wieder musste sie an den verpickelten Jungen denken, den ihre Brüder bis aufs Blut gequält hatten.

»Nein, du musst mich nicht heiraten«, sagte Werner, und die ihn überziehende Röte vertiefte sich. Ließ die Narben auf seiner Haut noch deutlicher hervortreten. »Das war nicht der Vorschlag, den ich deinen Eltern unterbreitet habe. Ganz offensichtlich überschätzt du deine Wirkung auf Männer maßlos. Auf echte Männer zumindest.«

Lilo schluckte, sagte aber nichts.

»Oberscharführer Huber hat sich bereit erklärt …«

»Ich denke nicht, dass Lilo über die Einzelheiten unserer Vereinbarung informiert werden muss«, fuhr Werner mit so schneidender Stimme dazwischen, dass Wilhelmine, sonst keine Frau, die sich den Mund verbieten oder auch nur unterbrechen ließ, augenblicklich verstummte. »Ich bin nämlich nicht gewillt, mir noch weiteres Gejammere anzuhören oder gar Überzeugungsarbeit leisten zu müssen. Das versteht ihr sicher.« Er sprach jetzt in bellendem Kommandoton, der das Porzellan auf dem Tisch zum Klirren brachte. »Ich mache das hier ausschließlich Lieselotte zuliebe, und wenn ich dafür schon keine Dankbarkeit bekomme, so erwarte ich doch wenigstens Gehorsam.«

Sein Blick durchbohrte sie, und sie fühlte sich zu schwach, um ihm standzuhalten. Sie sah auf die Tischplatte vor sich. Was ging hier vor? *Was* tat er ihr zuliebe? Und warum wollte ihr niemand etwas sagen? Sie hob den Kopf, öffnete den Mund, doch ihr Vater hob die Hand.

»Schweig«, sagte er. »Du hast gehört, was Werner gesagt hat.«

Der Oberscharführer lächelte zufrieden und nickte Karl zu. Endlich verstand man sich.

»Aber ich …«

»Du sollst den Mund halten!«

Lilo sprang so heftig auf, dass der Stuhl, auf dem sie gesessen hatte, nach hinten kippte und mit einem lauten Krachen auf dem Parkett landete.

»Ich muss zur Schule«, sagte sie.

»Geh auf dein Zimmer«, befahl Wilhelmine in einem Ton, der keinen Widerspruch duldete.

Lilo stürmte hinaus.

In ihrem Zimmer traf sie auf Helga, die sich abmühte, den übervollen Koffer zu schließen. Wie angewurzelt blieb Lilo im Türrahmen stehen, dann trat sie langsam auf die Haushälterin zu, die vor Anstrengung keuchte und zusammenschrak, als ihr Schützling vor ihr auftauchte.

»Schon fertig mit dem Frühstück?«, fragte sie.

Lilo nickte und setzte sich dann auf den Koffer, der unter ihrem Gewicht ächzend um ein paar Zentimeter nachgab. Helga ließ die Schnallen einschnappen und nickte zufrieden. »Danke, Kindchen.«

Lilo richtete sich auf und zuckte mit den Schultern. Sie würde nirgendwo hinfahren, solange man ihr nicht sagte, wohin. Konnte man sie zwingen, das Baby wegmachen zu lassen? Ohne ihre Einwilligung? Sicher, sie war noch minderjährig, dennoch konnte sie sich nicht vorstellen, dass irgendjemand, weder eine *Engelmacherin* noch ein Arzt, den Werner vielleicht aufgetrieben hatte und der bereit war, auch gegen das Gesetz eine Abtreibung vorzunehmen, dies bei einer sich mit Händen und Füßen wehrenden Frau tun würde. Oder doch? Ludwigs Verletzungen fielen ihr wieder ein. Und die Polizisten mit ihren Schlagstöcken. Lebte sie in einer Illusion, zu glauben, dass für irgendetwas ihr Einverständnis nötig war?

»Ich gehe weg«, flüsterte sie, mehr zu sich selbst.

Helga hatte es dennoch gehört. »Ja, Kindchen«, sagte sie und tätschelte Lilos Arm, »aber du kommst ja wieder.«

Da war Lilo sich nicht so sicher. Sie nickte abwesend, in ihrem Kopf formte sich schon der Plan für ihre Flucht. Sie musste schnell handeln. Wo war der Rucksack, den sie für die Ausflüge mit der HJ immer dabeihatte? Den würde sie packen, sie wäre damit unauffälliger und könnte sich leichter bewegen als mit dem schweren Koffer.

Mitten in ihre Gedanken platzte ihre Mutter.

»Helga, lassen Sie uns allein«, befahl Wilhelmine, und die Angesprochene verschwand.

Lilo verschränkte die Arme vor der Brust, doch die Kampfeslust wich aus ihr wie aus einem angepieksten Luftballon. Was bildete sie sich ein, es alleine schaffen zu können? Wie denn? Was sollte sie tun, ohne Mann, ohne Geld, ohne einen Beruf, aber dafür mit einem neugeborenen Kind, von dessen Pflege sie ebenso wenig Ahnung hatte wie von allem anderen? Sie hatte ja nicht einmal jüngere Geschwister gehabt. Vielleicht war es tatsächlich besser, wenn sie einfach nachgab? Sich in die Hände der anderen begab, das Kind wegmachen ließ. Sie wusste gar nicht, warum sie es so unbedingt behalten wollte. Gerade in diesen Zeiten. Und von einem Mann, dem sie gleichgültiger nicht sein konnte.

»Mutti«, sagte sie, und Tränen traten ihr in die Augen. »Bitte hilf mir. Ich will es nicht totmachen lassen. Bitte.«

»Keine Sorge, Lilo.« Ihre Mutter trat zu ihr, nahm sie in die Arme und tätschelte ihr den Rücken. »Es wird alles gut.«

25.

Hamburg, 2019

Es war mitten in der Nacht, als die Türglocke klingelte. Nele warf einen verschlafenen Blick auf ihren Radiowecker und stellte erstaunt fest, dass sie wohl doch eingeschlafen sein musste. Dabei war sie überzeugt gewesen, dass ihre rasenden Gedanken sie die ganze Nacht lang wachhalten würden. Schließlich hatte sie sich das Manuskript gegriffen, von dem ein Blatt jetzt an ihrer Wange klebte. Sie sammelte die teilweise zerknickten Papiere vom Kopfkissen auf und legte sie auf den Nachttisch. Anscheinend hatte sie gelesen, bis ihr die Augen zugefallen waren, und Lilos Geschichte hatte sie bis in ihre Träume begleitet.

Halb vier. Es klingelte erneut.

Nele tapste zur Tür und griff nach dem Hörer der Gegensprechanlage. »Wer ist da?«, fragte sie.

»Julian.«

Das hatte sie natürlich erwartet. Er klang schrecklich.

»Komm rauf.« Sie drückte den Summer und öffnete die Wohnungstür. Lehnte sich an den Türrahmen, die Arme gegen die nächtliche Kälte vor der Brust verschränkt, und wartete, dass er die Stufen bis in den vierten Stock erklomm. Es dauerte lange. Auf bloßen Füßen trat sie ins Treppenhaus und lehnte sich über das Geländer. Er schwankte bei jedem Schritt. Als er schließlich vor ihr stand, fiel er ihr wie ein nasser Sack in die Arme.

»Julian!«

Er roch intensiv nach Alkohol.

»Was ist passiert?«, fragte sie.

Julian antwortete nicht. Er weinte. Bestürzt umfing Nele ihn mit den Armen, sein Gewicht lastete auf ihren Schultern, und er schluchzte so laut, dass Nele fürchtete, er würde das ganze Haus aufwecken.

»Schon gut«, murmelte sie und zog ihn in den winzigen Flur ihrer Wohnung. »Komm erst mal rein.«

Willenlos ließ er sich mitziehen. Sein tränenüberströmtes Gesicht berührte sie auf eigenartige Weise. Vielleicht weil er sonst immer so fröhlich war. Nie hatte sie ihn anders als gut gelaunt und heiter erlebt. Das höchste der schlechten Gefühle war bei ihm eine leichte Genervtheit über Babysitter-Engpässe oder über einen Strafzettel von einer ihm längst bekannten Radarfalle. Und nun stand er hier in ihrer Wohnung und schien totunglücklich.

Sie streckte die Hand aus und streichelte ein bisschen hilflos seine Wange. »Es wird schon wieder gut«, sagte sie und fühlte gleichzeitig, wie hohl diese Worte klingen mussten.

Sein Gesicht verzerrte sich. »Diana«, spie er den Namen seiner Frau aus, »sie ist eine Hexe. Sie will mir Mika wegnehmen!«

Ungläubig starrte Nele ihn an. »Das ... will sie sicher nicht.«

»Doch! Genau das will sie. Aber damit kommt sie nicht durch, das sag ich dir! Ich werde vor Gericht ziehen. Ich beantrage das alleinige Sorgerecht. Dann kann sie ja nach München gehen und diesen tollen Job machen.«

»Moment mal.« Nele verstand nicht einmal die Hälfte von dem, was Julian sagte. Er hatte sich in Rage geredet, und aufgrund seines sicher erheblichen Alkoholkonsums kam seine Zunge den Gedanken nicht mehr hinterher.

»Verlass dich drauf«, sagte er und stolperte in ihr Schlafzimmer. »Ich werde gewinnen. Und dann wird Mika Vollzeit bei mir wohnen.« Er wandte sich zu Nele um. »Bei uns.« Sie zuckte zusammen, als er ihre Hände ergriff. »Wir können doch eine Familie sein. Es wird total schön, versprochen. Dieses ganze Wechselmodell«, mit den Fingern malte er fahrige Anführungszeichen in die Luft, »ist doch sowieso Schwachsinn.«

»Ach ja?« Unsicher musterte sie ihn.

»Ja.« Er ließ sie los, trottete weiter, bis er vor ihrem Bett stand. Dort stieß er sich den Kopf an der Dachschräge, sog zischend die Luft ein und griff sich an die Stirn. »Au. Verdammt.« Er ließ sich auf die Matratze sinken und betastete die Stelle. »Blutet es?«

Nele trat näher und schüttelte den Kopf. »Alles in Ordnung.«

Düster blickte er zu ihr auf. »Nein«, sagte er. »Nichts ist in Ordnung.« Dann kippte er einfach zur Seite und schlief auf der Stelle ein.

Sie hatte zunächst versucht, Julian unter die Bettdecke zu wuchten, doch da er obenauf lag und in seinem Tiefschlaf plötzlich schwer wie ein Sack Zement war, warf sie ihm schließlich einfach eine Wolldecke über.

Er schnarchte laut, aber das empfand sie nicht als unangenehm. Auch nicht seinen Alkoholatem. Es rührte sie, ihn so aufgebrochen und zerstört zu sehen. Manchmal hatte sie sich so unzulänglich in seiner Gegenwart gefühlt, neben ihm, dem erfolgreichen Drehbuchautor, Vater eines entzückenden Kindes, der selbst die Trennung von seiner Frau undramatisch über die Bühne gebracht und die perfekte Lösung für das gemeinsame Kind gefunden hatte.

Doch nun lag er hier in ihrem Bett und wirkte so verletzlich. Wobei Nele natürlich noch immer nicht recht wusste, was denn nun eigentlich vorgefallen war, nachdem sie das Lokal verlassen hatte. Was redete er da von alleinigem Sorgerecht und Diana, die ihm seinen Sohn wegnehmen wollte?

Nele seufzte. Er würde es ihr morgen erklären, wenn er wieder nüchtern war. Sie selbst konnte nicht mehr schlafen. Fürsorglich stellte sie ihm eine Flasche Wasser auf den Nachttisch und einen Blister Paracetamol, auch wenn sie bezweifelte, dass er, sollte er überhaupt noch einmal vor dem Morgen wach werden, geistesgegenwärtig genug sein würde, um zwei Tabletten zu nehmen.

Im Wohnzimmer setzte sie sich in den Sessel, verkroch sich in ihrem flauschigen Bademantel und zog die Füße unter sich. Erst jetzt spürte sie, wie sehr die Situation auch sie selbst aufgewühlt hatte. Ihr Herz schlug wild in der Brust.

Wir können doch eine Familie sein, hatte er gesagt. *Es wird total schön, versprochen.*

Was sollte das? Sie fühlte sich unangenehm berührt, dachte an ihren letzten und einzigen Streit, in dem er ihr vorgeworfen hatte, Mika die Mutter ersetzen zu wollen. *Wir können doch eine Familie sein.*

Sie schüttelte heftig den Kopf. Sie musste aufhören, darüber nachzudenken, sonst würde sie wahnsinnig werden. Entschlossen ging sie noch einmal zurück ins Schlafzimmer, um das Manuskript zu holen.

26.

Hamburg, Oktober 1941

Sie ließ es zu, dass man ihr Gepäck zu dem wartenden Auto hinunterbrachte und es im Kofferraum verstaute. Dann kam ihr Vater mit einer Aktentasche aus braunem Leder, die er Lilo reichte. Doch bevor sie zugreifen konnte, ging Werner dazwischen.

»Die nehme am besten ich«, sagte er und schlug die Deckelklappe auf. Lilo sah diverse Schriftstücke und Dokumente, konnte aber nicht erkennen, um was genau es sich handelte. Werner blätterte die Papiere flüchtig durch. »Scheint alles da zu sein. Ein Lichtbild?«

»In dem Umschlag«, erläuterte Karl, und Werner nickte knapp. »Also dann.« Er verabschiedete sich mit Handschlag, warf die Aktenmappe auf den Rücksitz und nahm hinter dem Steuer Platz. Lilo würdigte er keines Blickes.

Sie stand neben dem Auto, passiv, mit hängenden Armen. Was würde als Nächstes geschehen? Ihre Eltern traten auf sie zu, gaben ihr jeder einen Kuss auf die Wange, dann führte Karl sie in Richtung Beifahrersitz. Öffnete die Tür, schob sie hinein. Sie setzte sich und fühlte sich vollkommen leer. Die Tür schlug zu, Werner drehte den Zündschlüssel, hupte zum Abschied und drückte aufs Gaspedal. Lilo starrte aus dem

Fenster und sah ihre Eltern winken. Sie wollte die Hand heben, schaffte es aber nicht. Sie dachte an Ludwig. Saß er in genau diesem Moment im Zug nach Polen? Standen auch seine Eltern am Bahnhof, so wie ihre auf dem Bürgersteig? Winkte er? Oder dachte er an sie, genau wie sie an ihn? Vermutlich nicht.

»Du kannst dich ruhig anlehnen«, bemerkte Werner mit einem Seitenblick.

Sie fuhren schon eine ganze Weile. Längst waren die Eltern ihren Blicken entschwunden. Lilo schaute starr geradeaus, und erst in diesem Moment fiel ihr auf, dass sie stocksteif mit geradem Rücken auf dem Beifahrersitz saß, jeden Muskel ihres Körpers angespannt, bereit zur Flucht.

»Wir haben über drei Stunden Fahrt vor uns«, sagte Werner, »vielleicht auch länger. Das könnte auf die Dauer ganz schön unbequem werden.«

Lilo entspannte sich ein wenig und lehnte sich in dem Sitz zurück.

»Siehst du. So ist es doch viel besser, nicht wahr?« Er lächelte sie an, doch sie erwiderte das Lächeln nicht. Werner seufzte. »Hast du vor, überhaupt nicht mit mir zu sprechen?«, fragte er ungehalten. Sie antwortete nicht, und er kniff die Lippen zusammen. »Ganz wie du willst.«

Sie fuhren schweigend. Je weiter sie sich von Hamburg entfernten, desto größer wurde Lilos Angst. Was passierte mit ihr? Wohin fuhren sie? Sie saß hier mit einem SS-Mann im Auto, der seit Jahren einen tiefen Groll gegen ihre Familie hegte. Eine Tatsache, von der ihre Eltern vermutlich gar nichts wussten. Ihnen konnte er viel erzählen. Nur sie, Lilo, wusste

Bescheid. Was, wenn er sich für die durch ihre Brüder erlittenen Qualen nun an ihr rächen wollte? Kalter Schweiß brach ihr aus allen Poren, und unter halb geschlossenen Lidern warf sie ihm einen gehetzten Blick zu. Er spürte es sofort.

»Möchtest du vielleicht was trinken?«, fragte er, und sie war so perplex, dass sie nickte und sogar antwortete.

»Gerne.«

»Gut. Ich könnte auch einen Kaffee gebrauchen.«

Sie bogen von der Reichsautobahn ab und fuhren in einen kleinen Ort. Vor einem Wirtshaus hielten sie an, betraten die dunkle Gaststube, in der es nach Kohl und Zwiebeln roch. Die wenigen Gäste blickten kurz auf, um sich gleich darauf noch tiefer über ihre Teller zu beugen. Einem Mann von der SS wollte hier, genau wie überall, niemand auffallen.

Was die Leute sich wohl dachten, fragte sich Lilo und wurde sich zugleich Werners Griff um ihren Oberarm schmerzlich bewusst. Sie mussten ja glauben, sie sei eine Kriminelle. So unauffällig wie möglich entwand sie sich ihm, indem sie ihren Schritt beschleunigte und zu einem kleinen Tisch an der Wand trat.

»Hier?«

Er nickte und setzte sich ihr gegenüber. Die Aktentasche ihres Vaters stellte er neben seinem Stuhl ab, lehnte sich zurück und streckte die Beine von sich. Entweder entging ihm die angespannte Atmosphäre in dem Lokal, oder er genoss es, diese Wirkung auf seine Mitmenschen zu haben. Lilo tippte auf Letzteres.

Eine üppige Frau in den Vierzigern eilte mit roten Wangen an ihren Tisch. »Heil Hitler«, grüßte sie überlaut und hob den rechten Arm.

»Heil Hitler«, antwortete Werner.

Lilo murmelte etwas Unverständliches.

»Zwei Tassen Kaffee bitte.«

»Hab nur Muckefuck, leider, Herr ...« Ihr Blick streifte das Rangabzeichen auf seiner Schulter. »Herr ... äh, Herr ...«

»Oberscharführer«, half Werner ihr nur allzu gerne auf die Sprünge.

»Herr Oberscharführer«, wiederholte die Frau gehorsam, »Kaffee haben wir keinen da, Sie wissen ja, der Krieg.«

»Ja?« Seine Augen verengten sich zu Schlitzen, während er die Wirtin von unten herauf musterte. Sofort erschienen an ihrem Hals hektische rote Flecken.

»Ja, nun, wir müssen alle unseren Teil beitragen. Zum Endsieg, nicht wahr, Herr Oberscharführer. Für Führer und Vaterland.«

»Sie sagen es. Na gut. Was gibt es zum Mittagessen?«, erkundigte sich Werner.

»Steckrübeneintopf, Herr Oberscharführer.«

»Ein gutes deutsches Essen.«

»Jawohl, Herr Oberscharführer.«

Lilo wurde das Gefühl nicht los, dass ein Großteil von Werners Propagandageschwätz eben das war – Geschwätz. Ganz offensichtlich genoss er es, wie die Frau mit der üppigen Oberweite vor ihm strammstand und ihm alles nachplapperte.

»Wir nehmen zweimal den Eintopf.«

»Jawohl, Herr Oberscharführer.« Deutlich erleichtert verschwand die Frau hinter ihrem Tresen und durch die Tür dahinter, die vermutlich in die Küche ging. Werner grinste Lilo an, die ausdruckslos zurückstarrte. Sofort wurde er wieder ernst.

»Weißt du, Lottchen«, sagte er, »es wird Zeit, dass du ein wenig freundlicher zu mir bist. Ich habe schließlich vor, dir den Hals zu retten.«

Lilo hatte keine Ahnung, wovon er sprach. Die Frage nach dem Warum brannte ihr auf der Zunge, aber da sie überzeugt war, sowieso keine ehrliche Antwort von ihm zu bekommen, verzichtete sie darauf, sie zu stellen.

Er musterte sie noch für ein paar Sekunden, dann griff er mit einem unzufriedenen Laut in die Aktentasche und zog ein leeres Blatt Papier und einen Füllfederhalter heraus. Beides legte er vor Lilo auf den Tisch.

»Dann fangen wir jetzt mal mit den Hausaufgaben an«, sagte er. »Schreib.«

Fragend sah sie ihn an. Seine Hand schnellte vor und griff nach ihrer, drückte ihr mit Gewalt den Stift in die Hand.

»Aua«, sagte sie.

Er lächelte. »Schreib«, wiederholte er.

»Aber was soll ich denn schreiben?«, fragte sie gereizt.

»Du schreibst, was ich dir diktiere. Ich, Lieselotte Selma Henriette Wiegand ...« Er nickte auffordernd, und sie schrieb. »Geboren am 19. November 1924 in Hamburg, versichere an Eides statt, durch meine Unterschrift, Folgendes: Der SS-Oberscharführer Werner Huber, geboren am 3. Januar 1918 in Kiel, ist der Vater meines ungeborenen Kindes und ... Was ist?«

Sie hatte zu schreiben aufgehört, ihr Kopf war hochgeruckt, und sie starrte ihn fassungslos an.

Er starrte ungerührt zurück, warf einen Blick auf den Zettel vor ihr und wiederholte langsam: »Ist der Vater meines ungeborenen ...«

»Nein!«, sagte sie, und es klang atemlos, weil sie sich fühlte, als hätte jemand sämtliche Luft aus ihrem Körper gepresst.

Im selben Moment trat die Wirtin zurück an ihren Tisch und stellte zwei Tassen vor ihnen ab, aus denen es dampfte. Ein schmächtiger Mann wartete geduldig hinter ihr, bis er zwei Teller mit Essen servieren konnte.

»Wohl bekomm's.« Das Paar trollte sich.

»Na gut, dann essen wir erst mal, bevor wir weitermachen.« Werner nahm ihr Papier und Stift weg und schob ihr einen der Teller hin. Fettaugen schwammen auf dem Eintopf, und obenauf lag ein Stück Schweineschwarte. Offensichtlich hatte die Wirtin es gut mit ihnen gemeint. Fleisch war nicht leicht zu bekommen, und Lilo hätte wetten mögen, dass gewöhnliche Gäste nicht in den Genuss eines solchen Luxus kamen. Ihr allerdings drehte es bei dem Anblick beinahe den Magen um.

Werner, der bereits mit gutem Appetit zu löffeln begonnen hatte, nickte ihr aufmunternd zu. »Iss«, sagte er, »eine werdende Mutter muss bei Kräften bleiben.«

Lilo lehnte sich auf ihrem Stuhl nach hinten. Verschränkte die Arme vor der Brust. »Ich werde essen«, sagte sie langsam und sah ihm dabei fest in die Augen, »sobald ich weiß, was hier vor sich geht. Wo fahren wir hin? Was hast du vor, und warum soll ich behaupten, das Kind sei von dir?«

Ihre Stimme war mit jedem Wort lauter geworden, sodass sich eine Frau an einem der näher stehenden Tische bereits neugierig nach ihr umdrehte.

Unwirsch zischte Werner sie nieder. »Schscht, würdest du bitte nicht so schreien?«

»Dann sag mir, was los ist«, forderte sie erneut und reckte das Kinn vor. Sie würde nicht essen. Sie würde auch sonst nichts tun, sich nicht vom Fleck rühren, bevor sie nicht wusste, was für ein Spiel er trieb.

Die Sekunden dehnten sich endlos, während sie so dasaßen und einander fixierten, keiner von ihnen bereit, nachzugeben oder den Blick zu senken. Jeder Muskel in Lilos Körper war zum Zerreißen gespannt. Rede schon, beschwor sie ihn stumm, gleichzeitig entschlossen, augenblicklich die Flucht zu ergreifen, sollte er ihre schlimmsten Befürchtungen bestätigen. Dass er sie zu einem Arzt bringen würde, der ihr Problem schnell und ohne Fragen *beseitigen* sollte.

»Na schön«, sagte Werner schließlich, »du hast es zwar nicht verdient, aber ich werde es dir trotzdem erzählen.«

Sie wartete stumm.

»Ich habe es dir schon einmal gesagt«, begann er, »unser Land braucht Frauen wie dich. Arische Frauen, die blonde, blauäugige Kinder bekommen.«

»Für den Führer«, sagte sie, und wie auf der Wache entging ihm auch diesmal die Ironie in ihrem Kommentar. Was wahrscheinlich ein Glück war.

»Für den Führer«, bestätigte er. »Aber täusche dich nicht, Lilo. Du hast dich von einem Swing-Boy schwängern lassen, du giltst als sexuell verwahrlost, und wenn ich nicht eingegriffen hätte, säßest du jetzt vermutlich in einem Jugendschutzlager vor einem sehr viel kärglicheren Mahl als diesem hier.«

Unwillkürlich sah sie auf das fette Stück Fleisch auf ihrem Teller und unterdrückte ein Würgen.

»Dass wir uns wiedergetroffen haben, war vermutlich das größte Glück deines Lebens. Ich kann dir helfen. Ich bringe dich in ein Entbindungsheim, wo du fern der Öffentlichkeit dein Kind zur Welt bringen kannst. Du wirst dort vorzüglich versorgt.«

Sie öffnete den Mund, um eine Frage zu stellen, doch er ließ sie nicht zu Wort kommen.

»Vielleicht hast du schon einmal von der SS-Organisation Lebensborn gehört oder gelesen?«

Lilo schüttelte den Kopf.

»Der Verein wurde gegründet, um ledige, deutsche Mütter zu unterstützen. Diese Häuser sind jedoch bei Weitem nicht jedem zugänglich. Nur rassisch einwandfreie Mütter mit ebensolchen Babys erhalten einen der begehrten Plätze. Verstehst du?« Er flüsterte jetzt, beugte sich näher zu ihr. »Der Ariernachweis ist eine Grundvoraussetzung, um in die SS aufgenommen zu werden. Wenn du mich als Vater angibst, brauchst du nur noch deine eigene Reinrassigkeit zu beweisen.«

»Und wie mache ich das?«, fragte Lilo.

Werner lächelte und deutete auf die Aktentasche zu seinen Füßen. »Alles schon erledigt. Deine Eltern haben sämtliche erforderlichen Unterlagen zusammengetragen. Im Heim erfolgt noch eine ärztliche Untersuchung, aber da wird es keine Probleme geben. Man wird dich aufnehmen. *Sofern* du mich als Vater des Kindes angibst.«

Ihrem Gesicht war es wohl anzusehen, was sie von dieser Vorstellung hielt, denn er fügte mit schlecht verhülltem Zorn hinzu: »Die Erzeuger der Lebensborn-Kinder bleiben anonym. Alles wird streng vertraulich behandelt, die Unterlagen liegen sicher unter Verschluss. Du brauchst dir also keinerlei Sorgen zu machen, dass irgendwer mich mit dir in Verbindung bringt.«

Er nahm die Mahlzeit wieder auf und löffelte den Eintopf in sich hinein, während Lilo versuchte, das eben Gehörte zu verarbeiten. Ihr vorherrschendes Gefühl war grenzenlose Erleichterung. Sie wollten sie nicht zu einem Abbruch zwingen! Schon wieder wanderte ihre Hand wie automatisch zu ihrem Unterleib, legte sich schützend auf die kleine Wölbung. Ihr Kind würde leben. War das nicht eigentlich alles, was zählte?

»Warum kann ich nicht Ludwig als Vater angeben?«, wagte sie zu fragen, obwohl sie wusste, dass ihn die Frage ärgern würde. Und tatsächlich zogen sich augenblicklich seine Brauen zusammen. »Er ist Deutscher«, fuhr sie hastig fort. »Mit hellen Augen und blondem Haar.« Blonder als du, hätte sie beinahe hinzugefügt, biss sich aber im letzten Moment auf die Unterlippe.

»Er ist ein Volksfeind«, versetzte Werner knapp. »Und hat Glück gehabt, dass wir ihn an die Front geschickt haben anstatt ins Arbeitslager.«

Lilo spürte, wie alle Farbe aus ihrem Gesicht wich. Hatte er gerade tatsächlich *wir* gesagt?

Werner war die Wirkung seiner Worte nicht entgangen. Er nickte gewichtig. »Hast du etwa gedacht, seine Einberufung zu genau diesem Zeitpunkt war der reine Zufall? Mitnichten. Es war schon das zweite Mal, dass wir Paulsen auf einer Negertanz-Veranstaltung verhaftet haben.«

Lilo erschrak. Davon hatte er ihr nichts erzählt. Warum denn bloß?

»Es gibt klare Anweisungen vom Reichsführer Himmler, wie mit der verwahrlosten Jugend umzugehen ist. Straflager oder sofortige Einberufung. Der Widerstand muss gebrochen werden, bevor er sich ausbreitet.«

Lilo schluckte alle Beschimpfungen herunter, die sie Werner in diesem Moment gerne an den Kopf geworfen hätte. »Aber ich bin ein Swing-Girl. Also auch eine Volksfeindin.«

Das Flackern in seinen Augen entging ihr nicht. Da war sie, die Achillesferse in seiner Argumentation. Die ganze Zeit gab er sich als regimetreuer SS-Mann aus, der ganz im Sinne des Führers handelte. Und doch saß er hier mit ihr, einer Abtrünnigen, war sogar bereit, für sie zu lügen. Sie verstand es einfach nicht.

Wahrscheinlich verstand er es selbst nicht. »Die deutsche Mutter muss beschützt werden«, spulte er eine weitere Plattitüde ab, doch ohne ihr dabei in die Augen sehen zu können.

Sie musterte ihn, während sie langsam begann, ihren Eintopf zu verzehren. Sie konnte sich nicht überwinden, das Fleisch zu essen, aber das Gemüse schmeckte gut. Die Wärme der Mahlzeit weckte ihre Lebensgeister. »Wie geht es dann weiter?«, fragte sie.

»Du kannst im Heim bleiben, bis du das Kind geboren hast. Und auch darüber hinaus. Man hilft dir dort bei der Kinderpflege.«

Das klang fast zu schön, um wahr zu sein. Zugleich blieb ein schaler Beigeschmack. Das Ganze passte doch überhaupt nicht zusammen. Wieso tat Werner all das für sie? Mit Sicherheit gefährdete er seine Stellung in der SS, indem er sich fälschlicherweise als der Kindsvater ausgab. Und diese Stellung, so viel hatte sie schon begriffen, war ihm doch das Wichtigste im Leben.

Tief in ihrem Inneren hatte Lilo durchaus eine Ahnung, warum er ihr half. Sie erinnerte sich, wie seine Hand sich um ihren Hals gelegt hatte, als er sie vom Gefängnis nach Hause gebracht hatte. Spürte noch immer seinen Daumen, der über ihre Lippen strich. Und genau das war auch der Grund, warum sie ihn nicht danach zu fragen wagte. Weil die Antwort ihr Angst machte.

Er hatte fertig gegessen, schob den Teller beiseite und legte den beschriebenen Zettel wieder vor sie hin.

»Schreib«, forderte er sie auf.

Sie zögerte. »Wenn ich dich als Vater angebe ...«, begann sie.

Er unterbrach sie. »Es ist deine einzige Chance, einen Platz im Heim zu bekommen.«

»Ja, das hab ich verstanden. Aber ... wir werden nicht dort ... heiraten. Oder?«

»Nein«, sagte er knapp. »Keine Sorge.« Allerdings konnte sie an der pulsierenden Ader auf seiner Stirn sehen, dass er nicht so gleichgültig war, wie er sich gab.

27.

Klosterheide in der Gemeinde Lindow, Oktober 1941

Als das Auto zwei weitere Stunden später in die Auffahrt einbog und den lang gezogenen, von Linden gesäumten Weg nahm, konnte Lilo kaum ihren Augen trauen. Sie waren über die Autobahn in Richtung Osten gefahren, befanden sich nun in Brandenburg. Nach einer kurzen Fahrt über Land waren sie schließlich hier gelandet.

Die Bezeichnung *Heim* hätte nicht unpassender sein können für das stattliche Herrenhaus, vor dessen prächtigem, dreigeteiltem Eingang Werner nun den Wagen parkte. Staunend stand Lilo vor dem riesigen Gebäude, spähte an der eindrucksvollen Fassade hoch, bewunderte die Spitzgiebel und die kuppelförmige Turmspitze auf dem Dach. Ein ausgedehnter Park umsäumte das gesamte Gelände, von irgendwoher hörte sie Kindergeschrei und Frauenstimmen.

»Na?«, fragte Werner nicht ohne Stolz, nachdem er ebenfalls aus dem Auto gestiegen war. »Ist es nicht schön hier?«

»Wunderschön«, sagte Lilo und gab für einen Moment sogar die Feindseligkeit auf, die sie wie eine Mauer um sich hochzog, wann immer sie mit Werner sprach. Sie spürte die Kälte der klaren Luft auf ihrer Haut, vernahm das Rascheln der herbstlich gefärbten Blätter in den Bäumen. Von dem

Haus ging ein unerwarteter Frieden aus – und was mehr konnte man sich von dem Ort wünschen, an dem man sein Kind zur Welt bringen wollte? Zumal in diesen Zeiten.

Lilo schaute sich um. Weit und breit war kein anderes Gebäude zu sehen, nur Bäume und Grünflächen mit sauber geharkten Kieswegen dazwischen, die zum Spazierengehen einluden. Sollte es möglich sein, dass sie dem Krieg entflohen war? Wer sollte sich schon hierher verirren, um eine Bombe auf das Anwesen zu werfen? Niemand. Vielleicht würde sie endlich wieder schlafen können, tief und fest, statt unruhig und immer mit einem Ohr auf das Warnsignal der Sirenen lauschend.

Zu diesem Zeitpunkt wusste Lilo noch nicht, dass die Luftangriffe auf die Hansestadt, die sie bisher erlebt hatte, nur ein leises Vorspiel gewesen waren. Dass sie nichts gewesen waren im Vergleich zu dem, was im Jahr 1943 niedergehen sollte, in dem die Alliierten Hamburg in wenigen Nächten dem Erdboden gleichmachen würden. Sie wusste nichts von den kommenden Ereignissen, dem Feuersturm, den vielen Tausend Toten, die die Operation Gomorrha von fast jeder Familie fordern würde. Auch von ihrer eigenen.

Lilo hatten schon die bisher erlebten Bombardierungen gereicht, und nun fühlte sie tatsächlich so etwas wie Dankbarkeit in sich aufsteigen. Dankbarkeit gegenüber Werner, der sie an diesen friedvollen Ort gebracht hatte, der den Krieg aussperrte und eine reine Schönheit ausstrahlte.

Eine Frau Mitte Fünfzig, klein und mollig, die schon ergrauten Haare zu einem Dutt am Hinterkopf zusammengesteckt und mit einer blütenweißen Schürze über dem schlichten, grauen Kleid, trat aus dem Eingangsportal.

»Herzlich willkommen«, sagte sie und schüttelte erst Werner und dann Lilo die Hand. Letztere musterte sie dabei von oben bis unten, und aus irgendeinem Grund kam sich Lilo plötzlich vor wie ein Pferd, das von einem potenziellen Käufer in Augenschein genommen wird. Die Frau lächelte wohlwollend. »Fräulein Wiegand und Herr Huber, nehme ich an? Kommen Sie doch bitte herein.«

Sie ging voran, Werner trug Koffer und Aktentasche, Lilo folgte den beiden.

Das Innere des Lebensbornheims Kurmark in der Klosterheide wirkte mit seinen hohen Decken und den tiefen Fenstern imposant, war jedoch spartanisch eingerichtet. An geschlossenen Türen vorbei wurde Lilo sogleich in ein Untersuchungszimmer gebracht, wo sie sich auf einen Stuhl setzen sollte.

»Der Doktor wird gleich bei Ihnen sein«, erklärte die Frau, die sich als die Hauswirtschafterin Fräulein Lisbeth Seifert vorgestellt hatte, und wandte sich dann an Werner. »Sie haben natürlich alle Unterlagen dabei?«

Er nickte.

»Dann erledigen wir das in der Zwischenzeit.«

Geh nicht weg, hätte Lilo Werner am liebsten hinterhergerufen, und das wunderte sie, empfand sie seine Nähe doch stets als äußerst unangenehm. Aber sie hatte Angst in dieser fremden Umgebung und ohne die leiseste Ahnung, was als Nächstes geschehen würde.

Werner und die Hauswirtschafterin verließen den Raum, und Lilo sah sich um. Merkwürdige Gerätschaften lagen auf dem Tisch, Maßband und Lineal, eine Art Zirkel, ein schmaler Kasten aus Edelstahl mit bunten Steinen darin. Erst auf den zweiten Blick erkannte Lilo, dass es sich um Glasaugen handelte, die sie aus dem Kästchen heraus anstarrten, von allen erdenklichen Blau- über Grau- und Grüntöne bis hin zu Braun und fast Schwarz. Ein Schauer überlief Lilo, und sie wandte dem gruseligen Anblick den Rücken zu.

Im gleichen Moment betrat, ohne anzuklopfen, ein Mann im weißen Kittel den Raum. Er war ungefähr so alt wie Lilos Vater, trug die rotblonden Haare kurz geschnitten und einen kleinen Oberlippenbart, dem des Führers sehr ähnlich.

»Heil Hitler, mein Fräulein«, sagte er, und sie registrierte unbehaglich, wie sein Blick über ihren Körper glitt.

»Heil Hitler«, murmelte sie und schaute zu Boden.

»Dann wollen wir mal.« Er trat zu dem Tisch und griff sich ein Maßband, begann ohne ein weiteres Wort, ihren Kopf zu vermessen, die Nase, die Ohren. Sie fand, dass er ihr dabei viel zu nahe kam. War es wirklich nötig, dass er seinen Unterleib gegen ihren Nacken drückte, während er ihren Nasenrücken vermaß? Sie wagte nicht aufzubegehren, wünschte sich nur sehnlichst, dass die Prozedur schnell beendet sein würde.

Der Arzt, der seinen Namen nicht genannt hatte, trug die Ergebnisse in ein Heft ein. »Bitte treten Sie ans Fenster, mein Fräulein«, sagte er.

Ich bin nicht Ihr Fräulein!, schrie es in ihr.

Indessen stellte er sich mit dem Glasaugen-Kasten neben sie und hielt ihn neben ihr Gesicht. Seine Hand griff nach ihrem Kinn, sie musste sich zwingen, nicht vor ihm zurückzuweichen.

»Ein bisschen weiter nach rechts den Kopf«, sagte er und drückte sie gleichzeitig in die angegebene Richtung. Sie beob-

achtete, wie sein Blick mehrmals zwischen ihren Augen und dem Kästchen hin- und hersprang. Dann nickte er zufrieden, ließ ihr Kinn jedoch nicht los. Mit dem Daumen strich er über ihren Kieferknochen und beugte sich unnötig weit zu ihr vor.
»Schöne blaue Augen haben Sie, mein Fräulein.«

Lilo konnte nicht anders, sie drehte den Kopf, entwand sich damit seinem Griff und machte einen hastigen Schritt zurück. Bemerkte die Zornesröte, die sein Gesicht von einer Sekunde auf die andere verfärbte und klammerte sich instinktiv an der Fensterbank fest.

»Entschuldigung«, sagte sie, »mir ist plötzlich so schwindelig geworden. Ich glaube, ich muss mich setzen.«

»Tun Sie das.« Er musterte sie misstrauisch, entschied sich dann offenbar, ihr Glauben zu schenken.

Lilo nahm mit übertriebener Leidensmiene auf dem Stuhl Platz.

»Wie Sie wissen, ist uns hier beim Lebensborn jede Mutter guten Blutes heilig. Ob Sie verheiratet sind, interessiert uns nicht. Der Vater bleibt anonym, ich sehe hier …«, er warf einen Blick in seine Unterlagen, »dass er Mitglied der SS ist und damit den erforderlichen Ariernachweis schon erbracht hat.«

»Ja«, sagte sie. Ihr Mund fühlte sich mit einem Mal staubtrocken an, und sie war froh, dass sie einen Schwächeanfall vorgeschoben hatte, denn jetzt fühlte sie sich tatsächlich elend. Als würde sie Ludwig verraten. Und ihre Liebe zu ihm. Im nächsten Augenblick vertrieb sie die düsteren Gedanken. Er empfand nichts für sie, das hatte er ihr nur allzu deutlich zu verstehen gegeben. Wahrscheinlich wäre er sogar erleichtert, wenn er wüsste, wie die Dinge liefen. Dass ein anderer

Mann sich ihrer angenommen, sein Kind als seines ausgegeben hatte.

»Die Untersuchung haben Sie bestanden. Natürlich. Sofern mit den Papieren alles in Ordnung ist, können Sie hierbleiben.« Erwartungsvoll sah er sie an.

Lilo wusste für einen Moment nicht, was er von ihr wollte, dann lächelte sie pflichtschuldigst. »Vielen Dank.«

28.

Eine halbe Stunde später saß Lilo auf dem frisch bezogenen Bett in einem der sogenannten Mütterzimmer, wie Gretel, die freundliche, aber unentwegt plappernde Schwesternschülerin, es genannt hatte. Das Mädchen hatte Lilo vor dem Untersuchungszimmer in Empfang genommen, ihren Koffer – nein, eine werdende Mutter dürfe auf gar keinen Fall so schwer tragen – die breite Treppe hinauf in den zweiten Stock geschleppt, und dabei so viel geredet, dass Lilo ganz schwindelig geworden war. Sie hatten die Schlafsäle passiert, wo dicht an dicht die kleinen Korbbetten auf Rollen standen, in denen die Babys schliefen. Von Kleinkindern war jedoch weit und breit nirgendwo etwas zu sehen.

»Die sind draußen im Garten, zusammen mit den Muttis«, gab Gretel bereitwillig Auskunft. »Bei dem schönen Wetter, nicht wahr, ist es nicht herrlich draußen? Was für ein goldener Herbsttag.«

»Ja«, pflichtete Lilo ihr bei und fragte sich gleichzeitig, wo Werner eigentlich war. Hatte er sie nur hier abgeliefert und war dann gleich wieder nach Hause gefahren? Ohne sich zu verabschieden? Nun, ihr sollte es recht sein.

»So, hier ist es.« Gretel riss sie aus ihren Gedanken, als sie eine der zahlreichen weiß gestrichenen Türen aufstieß und den Blick auf ein Dreibettzimmer freigab. Sie ging voran, wuchtete den Koffer auf die einzige noch freie Schlafstätte. Auf den

Nachtschränkchen der beiden anderen Betten entdeckte Lilo Bücher, Süßigkeiten und gerahmte Fotografien. Der von ihr war ganz leer, und sie fragte sich, wessen Bild sie dorthin stellen sollte. Das ihrer Eltern, die sie hierhergeschickt hatten, ohne sie auch nur darüber zu informieren? Die einfach über ihren Kopf hinweg entschieden hatten, was mit ihr geschehen sollte? Oder das von Ludwig, der sie nicht liebte, der sie ausgenutzt und ihr ins Gesicht gelacht hatte? Sie spürte einen schmerzhaften Stich im Herzen, als sie an ihre letzte Begegnung dachte. *Ich war wütend auf Hans*, hatte er gesagt. *Ich dachte, es ist eine gute Retourkutsche. Geh nach Hause, Lottchen.* Wie hatte er bloß so mit ihr sprechen können? Sie besaß gar kein Foto von ihm, aber selbst wenn, hätte sie es nicht aufgestellt – das hatte er einfach nicht verdient. Ohnehin hätte es wohl auch etwas merkwürdig angemutet, wenn ein langhaariger Swing-Boy ihren Schlaf bewachte, wo sie doch angeblich das Kind eines SS-Mannes unter dem Herzen trug.

Gretel hatte ungefragt ihren Koffer geöffnet und damit begonnen, die wenigen Kleider in den hohen, schmalen Schrank an der Wand zu räumen. Sie redete noch immer ohne Unterlass. Die Worte rauschten an Lilo vorbei, hüllten sie ein, ohne dass sie ihre Bedeutung verstand. Gretel war ein nettes Mädchen, sicher. Sie mochten ungefähr gleich alt sein, wobei die Schwesternschülerin fast einen ganzen Kopf kleiner war als sie. Doch sie beide unterschied mehr als nur die Körpergröße. Sie trennten Welten.

Lilo beobachtete Gretel, bemerkte das unschuldige Lächeln, das Blitzen in ihren Augen, während sie Klatschgeschichten aus dem Heim zum Besten gab. Der jungen Frau kam gar nicht in den Sinn, dass Lilo diese Anekdoten vermutlich wenig interessierten – zum einen, weil sie die Namen der betreffenden Frauen noch nie gehört hatte, zum anderen, weil sie ihre eigenen Probleme hatte.

Just in diesem Moment hörte Gretel auf, wie ein aufgezogener Brummkreisel zwischen Koffer und Schrank hin- und herzueilen. Sie setzte sich neben Lilo aufs Bett und legte ihr den Arm um die Schultern.

»Das kommt schon alles in Ordnung«, sagte sie und sah ihr offen in die Augen, »das hier ist ein guter Ort, wirklich. Die meisten sind ein bisschen verschreckt, wenn sie hier eintreffen, aber das gibt sich. Sobald du erst mal die anderen Frauen kennengelernt hast und die Kinder ... Oh, so süße Babys. Glaub mir, wenn du so 'nem Lütten in die blauen Augen schaust, dann vergisst du deine Sorgen ganz schnell.«

Zweifelnd sah Lilo die andere an, doch die nickte bekräftigend. »Wirst schon sehen. Spätestens wenn deine Kleine geboren ist.«

»Meine ...«, begann sie, doch Gretel unterbrach sie.

»Schöne Frauen kriegen immer erst mal ein Mädchen«, erklärte sie im Brustton der Überzeugung. »Um die Schönheit weiterzuvererben.«

Lilo starrte sie an. »Ich bin doch gar nicht schön.«

Gretel lachte. Dann, als sie spürte, dass es Lilo ernst war, hielt sie abrupt inne. Legte beide Hände an Lilos Wangen. »Die Schönste von allen hier«, sagte sie mit Nachdruck.

In diesem Moment wurde die Tür aufgerissen, und eine Frau mit dunkelblonden, über den Ohren zu Schnecken aufgedrehten Haaren betrat das Zimmer. Sie warf nur einen einzigen Blick auf die beiden Frauen, dann schüttelte sie den Kopf.

»Nein!«, sagte sie laut.

Gretel zog die Hände zurück und sprang auf. »Guten Tag, Frau Heidrun.« Sie deutete einen Knicks an.

»Nein«, wiederholte diese und deutete zu Lilos Überraschung mit dem Finger auf sie. »Das kommt nicht infrage.«

Ratlos sah Lilo zu ihr auf, doch bevor sie etwas sagen konnte, erschien eine weitere Frau im Türrahmen. Ihr blaues Wollkleid spannte über dem riesigen Bauch, und sie schob sich, beide Hände in den Rücken gestützt, ächzend ins Zimmer. Ohne die anderen eines Blickes zu würdigen, watschelte sie zu einem der Betten und ließ sich aufatmend darauf nieder. Streckte die Füße von sich, deren Fesseln rot und geschwollen waren. »Ah, besser! Wirklich, diese Treppen bringen mich noch um. Eines Tages werde ich stürzen und wie eine Lawine hinunterkugeln. Und wehe denen, die dann unter mir stehen.« Sie bemerkte Lilo, schenkte ihr ein strahlendes Lächeln. »Ach, hallo!«

»Was heißt hier Hallo?«, fragte die Frau, die noch immer im Türrahmen stand und sich keinen Millimeter vom Fleck gerührt hatte, aufgebracht. »Das geht nicht. Was macht die hier?« Die Frage richtete sich an Gretel, die erschrocken den Kopf einzog.

»Ich ... ich«, stammelte sie, riss sich dann aber zusammen. »Sie wurde von der Verwaltung für dieses Zimmer eingeteilt. Das ist Frau Lilo.«

»Fräulein ...«, korrigierte Lilo automatisch und wünschte sich im nächsten Moment, es nicht getan zu haben.

»Das habe ich mir gedacht«, fauchte die Dunkelblonde wütend. »Aber das lasse ich mir nicht gefallen. Ich werde mich beschweren!« Sie machte auf dem Absatz kehrt und verschwand.

Hilflos schaute Lilo ihr hinterher. »Was hat sie denn?«, fragte sie ratlos.

»Die leidet bloß an Standesdünkel«, erklärte die Schwangere trocken und streckte sich mit einem Seufzer auf ihrem Bett aus. »Frau Heidrun ist die Ehefrau eines SS-Gruppenführers, deshalb glaubt sie, dass sie was Besseres ist. Sie hat wochenlang gemeckert, weil sie kein Einzelzimmer abgekriegt hat. Denkt, ihr stünde eine Sonderbehandlung zu. Aber so was gibt's hier nicht. Nun wird sie sich nicht nur mit einer, sondern mit gleich zwei anderen Müttern das Zimmer teilen müssen. Und zwar mit ledigen.« Ein kleines, schadenfrohes Lächeln umspielte ihre vollen Lippen. »Hier sind alle gleich, ob verheiratet oder nicht. Deshalb reden wir uns auch mit Frau an. Ich bin Frau Anni.«

»Aber ich dachte, das hier sei ein Heim für ledige Mütter«, wagte Lilo einzuwenden.

Die andere nickte bestätigend. »Ja, das ist es in der Hauptsache auch. Aber mittlerweile haben auch ein paar verheiratete Frauen davon Wind bekommen, wie gut es uns hier geht. Keine Bombenangriffe. Reichlich zu essen. Und Kinderbetreuung.«

»Hoffentlich beschwert sie sich nicht über mich«, murmelte Gretel, doch Anni schüttelte heftig den Kopf.

»Wieso sollte sie? Du hast doch nichts Falsches getan. Die fängt sich schon wieder.« Sie lächelte erst Gretel, dann Lilo aufmunternd zu, bevor sie das Gesicht verzog und sich an den schwellenden Leib griff. »Es wird nicht lange dauern, dann seid ihr sowieso nur noch zwei hier auf dem Zimmer. Der kleine Racker lässt bestimmt nicht mehr lange auf sich warten.«

Lilo rang sich ein gequältes Lächeln ab. Die Vorstellung, mit dieser Frau Heidrun alleine in diesem Zimmer zu leben, behagte ihr gar nicht.

Anni hatte recht gehabt. Trotz Frau Heidruns lautstarkem Protest blieb es bei der neuen Zimmerverteilung. Sie kehrte mit rot geflecktem Gesicht zurück und würdigte ihre neue Zimmergenossin keines Blickes, sondern nahm ein Buch aus ihrem Nachttisch und verschwand erneut.

»Machen Sie sich nichts draus«, sagte Anni, atmete tief ein und schwang die Beine aus dem Bett. »Kommen Sie mit. Ich führe Sie ein wenig herum. Und wenn es Ihnen nicht zu kalt ist, können wir auch zum See hinuntergehen.«

»Gerne.«

Anni holte eine grob gewebte Decke aus ihrem Schrank und bedeutete Lilo mit einem Kopfnicken, ihr zu folgen.

Sie liefen durch die Gänge.

»Da oben geht es zur Entbindungsstation«, erklärte Anni und wies die breite Treppe hinauf, »dort dürfen wir aber nicht hin, bevor wir selbst so weit sind.«

»Warum nicht?«, fragte Lilo, und Anni schnitt eine Grimasse.

»Sie sagen, die Schreie der Frauen vergisst man nie mehr«, sagte sie mit gesenkter Stimme. »Wahrscheinlich wollen sie verhindern, dass wir Angst vor der Geburt bekommen.«

Lilo verzog nun ihrerseits das Gesicht. »Zu spät«, flüsterte sie.

Anni lachte. »Sie sind lustig, Frau Lilo. Keine Sorge. Bis jetzt haben es alle gut überstanden. Sogar Frau Heidrun.«

»Sie hat ein Baby?«, fragte Lilo überrascht. Irgendwie hatte die Frau mit den strengen Gesichtszügen und der schlechten

Laune auf sie so gar nicht den Eindruck einer glücklichen Mutter gemacht.

»Es ist schon ihr viertes«, erklärte Anni, »die älteren drei hat sie auch mitgebracht. Sie leben im Kindergarten. In ein paar Wochen gehen sie alle nach Hause, und Frau Heidrun trägt stolz das bronzene Mutterkreuz.« Sie verdrehte die Augen und winkte Lilo, ihr zu folgen.

Sie durchquerten den großen Speisesaal und nahmen den Hinterausgang in den Park. Von hier an ging es bergab, und Lilo beobachtete besorgt die unsicheren Schritte ihrer Begleiterin, die unbeholfen vorwärtstapste, über Wurzeln im Boden stolperte und mehr als einmal gefährlich aus dem Gleichgewicht geriet. Entschlossen griff Lilo nach dem Arm der anderen und hakte sie unter. Arm in Arm liefen sie über den unebenen Trampelpfad, passierten die Gärtnerei mit dem großen Gewächshaus, in dem, wie Anni ihr erzählte, Obst, Gemüse und Salat für die Mütter und Kinder im Heim angepflanzt wurde, und gelangten schließlich an das Ufer eines Sees.

Die Herbstsonne spiegelte sich glitzernd in der Wasseroberfläche, hellgrünes Schilf wiegte sich sanft im Wind, und eine Entenfamilie schwamm schnatternd vor ihnen davon.

»Es ist wunderschön«, sagte Lilo und breitete die Arme aus, als wollte sie dieses Bild vollkommenen Friedens umfangen und in sich aufnehmen.

»Ich weiß.« Anni breitete die Decke auf dem schmalen Sandstrand aus, Lilo half ihr dabei. Stöhnend ließ ihre Begleiterin sich erst auf ein Knie nieder, dann auf das zweite, und stützte sich mit den Händen ab, um mit einer abrollenden Bewegung in eine sitzende und schließlich in eine liegende Position zu gelangen. Mit einem schelmischen Grinsen sah sie zu Lilo hoch. »Und Sie sollten mich erst mal beim Aufstehen erleben.«

Lilo setzte sich neben sie, schaute hinauf in den stahlblauen Himmel. Keine Wolke war zu entdecken. Lilo war froh über ihren dicken Wintermantel und warf Anni einen besorgten Blick zu, die sich nur ein wollenes Tuch um die Schultern gelegt hatte.

»Ist Ihnen das nicht zu kalt?«, erkundigte sie sich, doch die andere schüttelte den Kopf.

Tatsächlich wirkte sie alles andere als verfroren. »Im Gegenteil, meine Liebe«, antwortete sie. »Mir ist eigentlich immer zu warm. Sie werden das auch noch erleben.« Mit der Hand strich sie über ihren prallen Bauch.

Lilo legte sich auf den Rücken und spürte, wie die Anspannung langsam aus ihrem Körper wich. Die Muskeln ihrer Schultern lockerten sich, sie schloss die Augen und sank tiefer und tiefer in den Boden …

Leise schwappte das Wasser gegen das Ufer, ihre Freundinnen lachten und kreischten in weiter Entfernung, ein leiser Wind streichelte Lilos Haut. Als sein Schatten über sie fiel, begann sie zu lächeln, noch bevor sie die Augen aufschlug. Da stand er, beugte sich über sie, und das lange Haar fiel ihm in die Stirn.

»Du siehst fantastisch aus«, sagte er, und dann kniete er neben ihr nieder. Er hielt eine Kette in die Höhe, ließ sie vor ihren Augen hin- und herpendeln. Die kleine, tropfenförmige Perle funkelte im Sonnenlicht. »I love you«, sagte Ludwig.

Sie hob ihm das Gesicht entgegen, und er beugte sich vor. Sie roch seinen Duft, spürte, wie sich seine Lippen auf die ihren legten, und in ihr brannte die Sehnsucht.

»Ludwig«, murmelte sie, als sein Mund den ihren freigab.

»Lilo«, sagte er scharf, und sie erschrak. Sein Gesicht verschwamm. »Lilo, wach auf!«

Das war nicht Ludwigs Stimme. Und es war auch nicht seine Hand, die heftig an ihrer Schulter rüttelte. Sie schlug die Augen auf.

»Hier steckst du also.« Werner richtete sich auf und zog die Jacke seiner Uniform glatt. Anni, die neben ihr lag, würdigte er keines einzigen Blickes. »Steh auf.«

Ihre Beine gehorchten, noch bevor sie ihnen etwas anderes befehlen konnte. Anni beobachtete verwundert, wie sie mit hochrotem Kopf vor ihm stand wie ein Schulmädchen, und der Ausdruck in ihren Augen machte Lilo noch deutlicher, wie würdelos die Situation war. Was fiel ihm ein, auf diese Weise mit ihr zu sprechen? Noch dazu vor einer Fremden?

»Ich habe dich überall gesucht«, versetzte er. Sie schwieg. Was sollte sie auch dazu sagen? »Und jetzt will ich mich von dir verabschieden.«

»Auf Wiedersehen«, sagte sie kühl, doch er schüttelte den Kopf. Griff nach ihrem Handgelenk, so schnell, dass sie sich ihm nicht entziehen konnte. Er zerrte sie den kleinen Weg hinauf in Richtung des Waldstücks dahinter.

»He, was soll das?«, protestierte sie, während sie hinter ihm herstolperte. Sie warf einen Blick zurück zu Anni.

»Wartet«, rief diese, »ich schaffe es unmöglich, alleine aufzustehen.«

Ob das der Wahrheit entsprach, oder ob sie bloß Werner aufhalten wollte, Lilo wusste es nicht.

»Sie kommt gleich zurück«, bellte Werner, und Lilo blieb nichts anderes übrig, als ihm zu folgen.

Ihr Handgelenk brannte, als er sie hinter dem mächtigen Stamm einer Kastanie endlich losließ. Sie umfasste es mit der anderen Hand, rieb die schmerzende Haut, sagte aber nichts. Trotzig blickte sie zu ihm hoch.

»Nun«, sagte er, »bist du offiziell aufgenommen und kannst dein Kind unbehelligt von der Außenwelt gebären.«

»Und dann?«, fragte Lilo, ehe sie sich auf die Zunge beißen konnte.

»Du kannst auch nach der Geburt hierbleiben. Du und das Kind werdet ausgezeichnet versorgt. Und danach sehen wir weiter.«

Die offensichtliche Frage lag Lilo auf der Zunge, aber sie wagte nicht, sie auszusprechen. Vielleicht hatte sie auch zu große Angst vor der Antwort. Was sollte geschehen, wenn sie das Kind bekommen hatte? Niemals würden ihre Eltern sie mit dem ungewollten Enkel bei sich aufnehmen. Nie und nimmer.

Sie drängte die Frage nach der Zukunft in ihrem Kopf weit nach hinten. Darum ging es jetzt nicht. Sie war hier. Das Heim schien nicht der schlechteste Platz für eine junge Frau in ihrer Lage zu sein, und um das, was später womöglich kam, konnte sie sich ein anderes Mal Gedanken machen. Eigentlich musste sie Werner sogar dankbar sein für das, was er für sie tat.

»Willst du dich nicht bei mir bedanken?«, fragte er genau in diesem Moment, und in Lilo stieg ein leichter Unwille auf, weil er sie so von oben herab behandelte. Nichtsdestotrotz hatte er ihr geholfen und verdiente dafür ihre Dankbarkeit.

»Doch«, sagte sie rasch und sah zu Boden. »Vielen Dank, Werner.«

Er machte einen Schritt auf sie zu, sodass sie unwillkürlich zurückwich. Ihr Rücken prallte gegen den Baumstamm.

Werner rückte nach. Sein Gesicht war dicht vor ihrem. »Wie wäre es dann mit einem Kuss?«, fragte er.

Sie sog scharf die Luft ein. Was sollte das?

Plötzlich wurde Lilo sich der Einsamkeit des kleinen Waldstücks bewusst, in das er sie gezogen hatte. Hier umgab sie nichts als das Rauschen der Blätter, das Knacken der Äste und das Zwitschern der letzten Vögel, die sich noch nicht in Richtung Süden aufgemacht hatten. Sie dachte an Anni, die nur wenige Meter entfernt und doch unendlich weit weg wie gestrandet auf dem Sandboden lag und ihr mit Sicherheit nicht zu Hilfe kommen konnte. Sie war auf sich allein gestellt.

Lilo schluckte ihre Angst hinunter, blickte fest in Werners erwartungsvoll blitzende Augen und schüttelte den Kopf. »Nein«, sagte sie und streckte die Hand aus. Sie traf seinen Bauch, was ihn dazu bewegte, einen Schritt zurückzutreten. »Kein Kuss, Werner.« Auffordernd starrte sie ihn an, bis er ihre dargebotene Rechte ergriff. Zögernd und mit finsterer Miene. Sie schüttelten sich die Hände. »Ich danke dir, dass du mich hergebracht hast. Auf Wiedersehen.«

Sie bemerkte die Röte, die seinen Nacken hinaufwanderte, und obwohl sie sich furchtlos gab, klopfte ihr das Herz bis zum Hals. Plötzlich fiel ihr wieder ein, wie sie ihm im Verhörraum gegenübergesessen und wie er sie ins Gesicht geschlagen hatte. Was sollte ihn daran hindern, es wieder zu tun? Ihr ganzer Körper spannte sich an, machte sich bereit, zu kämpfen. Oder zu fliehen.

Zum Glück war beides nicht nötig.

Mit einem Ruck entzog Werner ihr seine Hand. Hob den Arm.

»Heil Hitler«, stieß er hervor.

»Heil Hitler«, gab sie zurück. Er machte auf dem Absatz kehrt und lief den Weg zurück zum Haupthaus, ohne sich noch einmal nach ihr umzudrehen.

Lilo schaute ihm nach, aufrecht und mit hoch erhobenem Haupt, bis er aus ihrem Blickfeld verschwand. Dann wurden ihr plötzlich die Knie weich, und sie lehnte sich gegen den Baumstamm. Sie fühlte sich vollkommen leer und erschöpft. Eine ganze Weile stand sie so, bis sie plötzlich eine weibliche Stimme ihren Namen rufen hörte.

»Frau Lilo, Frau Lilo!«

Sie eilte zurück zum Ufer. Anni kniete auf allen vieren und sah ihr entgegen. Lilo beugte sich zu ihr herunter und half ihr auf die Beine.

»Danke«, ächzte Anni und hielt sich den Bauch. »Ich glaube, bis zur Geburt bleibe ich lieber stehen.«

Lilo legte die Decke zusammen, hakte Anni unter und führte sie den Weg hinauf.

»Der Vater?«, fragte Anni, und instinktiv schüttelte Lilo heftig den Kopf. Dann erschrak sie. Was tat sie da?

»Schon gut.« Beruhigend tätschelte ihr Anni, die ihr offensichtliches Entsetzen falsch deutete, den Arm. »Die Namen der unehelichen Väter tauchen nirgendwo auf. Und ich werde schweigen wie ein Grab.« Wie zum Beweis legte sie sich einen Finger auf die Lippen.

Lilo lächelte unsicher.

Als sie das Heim erreichten, nahm Lilo zum ersten Mal die Beflaggung am hinteren Teil des Haupthauses wahr. Dort flatterte die schwarze SS-Fahne im lauen Sommerwind.

29.

Hamburg, 2019

Nele schreckte hoch, als aus dem Nebenzimmer laute Musik erklang. Wie jeden Morgen um sieben Uhr schallte »Paperback Writer« von den Beatles in ohrenbetäubender Lautstärke aus ihrem Telefon, das neben dem Bett lag.

Wieder einmal wurde Nele bewusst, warum Bücher von jeher ihre besten Freunde gewesen waren. Wann immer sie als Kind Kummer und Sorgen gehabt hatte, ob aus Angst vor der nächsten Mathearbeit, weil sie sich mit ihrer besten Freundin gestritten oder weil sie keine Mutter hatte wie die anderen Kinder – dann konnte nichts sie besser trösten als Geschichten. In diesen Momenten flüchtete sie sich in ihr Bett und in das Leben anderer Menschen, um Tränen oder Glückseligkeit zu teilen, in der angenehmen Gewissheit, dass all diese Gefühle nur eine Momentaufnahme waren. Dass sie sie mit dem Zuschlagen des Buches einfach zurückgeben konnte. Auch wenn das manchmal eine Weile dauerte.

Auch jetzt brauchte sie ein paar Sekunden, um wieder in der Realität anzukommen und ins Nebenzimmer zu eilen, wo Julian noch immer tief und fest schlief und mit offenem Mund auf ihr Kissen sabberte. Nele wandte den Blick ab, sicher wollte er nicht, dass sie ihn so sah.

Sie stellte die Musik aus und zog ein paar Kleidungsstücke aus dem Schrank. Dann verließ sie auf Zehenspitzen das Schlafzimmer.

Als sie geduscht und angezogen war, machte sie Kaffee. Mit heißer Sojamilch. Sie nahm einen kleinen Schluck und ging mit Julians Becher ins Schlafzimmer. Er schien keinen Muskel gerührt zu haben, seit er heute Nacht in diesen komaähnlichen Schlaf gefallen war.

»Julian?« Sie rüttelte leicht an seiner Schulter.

»Hmmpfh«, ächzte er. »Mach dir noch ein Hörspiel an.«

Irritiert sah Nele auf ihn hinab, bis ihr einfiel, dass das vermutlich der Satz war, den er morgens in der Regel als Erstes sagte. Zumindest, wenn er Mika bei sich hatte. Julian hatte ihr erzählt, dass sein Sohn Frühaufsteher war. Ganz im Gegensatz zu ihm, dessen Berufswahl als Drehbuchautor nicht unwesentlich mit der Tatsache zu tun hatte, dass man so lange schlafen konnte, wie man wollte. Jedenfalls wenn man nicht gerade einen Sohn hatte, der mit der Sonne aufstand. Oder sogar noch früher.

»Äh, ich bin es«, sagte sie leise. »Ich muss in den Laden.«

Er knurrte etwas Unverständliches, ohne die Augen zu öffnen.

»Schon gut, schlaf weiter.« Sie stellte die Kaffeetasse ab. Neben die unberührte Flasche Wasser und die Kopfschmerztabletten. »Ich verschwinde dann jetzt. Zieh die Tür einfach hinter dir zu, wenn du gehst.«

In diesem Moment schlug er die Lider auf. Musterte sie verwirrt. »Bitte sag, dass ich alles nur geträumt habe«, murmelte er.

Nele zuckte hilflos mit den Achseln.

»Diana zieht nach München?« Er sah sie flehend an, doch Nele blieb nichts anderes übrig, als erneut die Schultern hochzuziehen.

»Ich weiß es wirklich nicht«, antwortete sie.

Julian richtete sich auf, nur um gleich darauf mit einem Schmerzenslaut in die Kissen zurückzusinken.

»Dein Kopf?« Mitfühlend sah Nele ihn an.

Er blickte düster zurück. »Mein Herz.«

Das schöne Wetter war zurückgekehrt, aber leider nicht die Kundschaft. Da sie sowieso müde und schlecht gelaunt war, beschloss Nele, sich endlich dem ganzen Drama ihrer finanziellen Misere zu stellen. Der heutige war so gut wie jeder andere Tag und ohnehin nicht mehr zu verderben.

Entschlossen setzte sie sich ins Büro und rief das Buchhaltungsprogramm auf.

Eine gute Stunde später stand fest, dass dringend etwas passieren musste. Sie war noch nicht pleite, aber der Umsatz sank kontinuierlich. Sie musste etwas unternehmen. Kreativ werden. Seltsamerweise fühlte sie sich wie gelähmt. Es war nicht so, dass es an Ideen fehlte – was vor allem Stefanie zu verdanken war. Aber die Umsetzung ... Plötzlich wurde Nele klar, wie viel Zeit und Mühe sie bereits in die Bücherwelt investiert hatte. Ja, sie hatte den Traum ihres Vaters am Leben erhalten, aber dafür ihren eigenen aufgegeben.

Bei diesem Gedanken stiegen Schuldgefühle in ihr hoch. Er hatte sie schließlich zu nichts gezwungen, es war ihre eigene Entscheidung gewesen. Und die Bücherwelt war es schlicht wert gewesen, gerettet zu werden.

Nele trat hinaus in den Verkaufsraum und sah sich um. Die

Sonne strahlte hell durchs Schaufenster herein und tauchte alles in ein warmes Licht. Nele ließ den Blick über die Mixtur aus modernen und antiken Möbeln gleiten, sog den vertrauten Duft nach gebohnertem Parkett und Papier ein. Sie erinnerte sich an die vielen Nachmittage ihrer Kindheit, die sie hinten in der Ecke mit den Kinderbüchern verbracht hatte, bäuchlings auf dem Boden, die Nase in einem Buch. Sie liebte die Geschichten von Astrid Lindgren, Erich Kästner und Enid Blyton. Und später natürlich J.K. Rowling. Die Bücher über Harry Potter hatte sie regelrecht verschlungen, fühlte sie doch eine starke Verbindung zu dem Jungen, der seine Mutter im Alter von nur einem Jahr verloren hatte. Genau wie sie selbst. Doch anders als Harry hatte sie einen Vater gehabt, der ihr fürsorglich eine Decke überlegte und sich, wann immer gerade kein Kunde im Laden war – damals sehr viel seltener der Fall –, zu Nele setzte, um ihr ein paar Seiten vorzulesen.

Die Gedanken an die Vergangenheit ließen ihr die Tränen in die Augen steigen, und sie blinzelte sie schnell weg.

Sie durfte nicht einfach aufgeben. Gleich nächste Woche würde sie sich mit Stefanie zusammensetzen und beraten, wie man die Bücherwelt wieder auf Vordermann bringen konnte. Ihre Mitarbeiterin wartete wahrscheinlich sowieso nur auf den Startschuss, um den Laden vollkommen umzukrempeln.

Andererseits war Stefanie in einem Semester mit ihrem Wirtschaftsstudium fertig und würde den Job in der Bücherwelt dann vermutlich nicht mehr brauchen. Nele fiel auf, dass sie ihre Angestellte noch nie gefragt hatte, was sie nach der Uni mit ihrem Leben anfangen wollte. Stefanie verkaufte mit solcher Leidenschaft Bücher, dass Nele sich kaum etwas anderes für sie vorstellen konnte.

Das Bimmeln der Türglocke riss sie aus ihren Gedanken.

»Guten Tag.« Das war Stefanies muntere Stimme.

»Hallo«, sagte Julian heiser.

Nele ging ihm entgegen. Er sah besser aus als heute Morgen, aber das war auch nicht schwer. In seinen Augen lag eine Verzweiflung, die sie erschreckte.

»Alles okay?«, fragte sie automatisch und biss sich gleich darauf auf die Zunge. »Entschuldige. Eine blöde Frage.«

»Schon gut.«

»Hallo Julian«, rief Stefanie ihm zu, »ich nehme an, du willst kein Buch kaufen?«

»Leider nein.« Er hob bedauernd die Schultern und wandte sich wieder Nele zu. »Ich würde dich gerne zum Mittagessen ausführen. Falls du Zeit hast.«

Es klang, als wollte er sie zu einer Beerdigung einladen.

Mit einer ausholenden Handbewegung umfasste sie den leeren Verkaufsraum. »Tja, ich schätze, ich bin hier entbehrlich.«

Er hob nicht einmal die Mundwinkel.

»Sie hat *was* vorgeschlagen?« Fassungslos starrte sie Julian an.

Im selben Moment brachte die Kellnerin das Essen. Pasta alla puttanesca. Nele betrachtete die dampfenden Nudeln und dachte, dass das Überbringen schlechter Nachrichten oder auch nur das Sprechen über Probleme beim Essen eigentlich verboten werden müsste. Ihr Magen war wie zugeschnürt. Sie konnte sich entscheiden, die Mahlzeit stehen zu lassen oder aber Bauchschmerzen zu bekommen.

»Sag das noch mal«, bat sie und schob den Teller von sich.

»Diana will, dass ich mit nach München gehe«, wiederholte Julian gehorsam, und sie stellte fest, dass er fast ein bisschen erleichtert wirkte.

Nele griff nach ihrem Wasserglas und trank einen Schluck, um sich zu sammeln. »Mit ihr zusammen etwa?«, fragte sie dann.

»Wie meinst du das?« Er zuckte verständnislos die Schultern. »Gleichzeitig. Also im August eben.«

»Ich meine, ob Diana dir angeboten hat, zu ihr zurückzukommen.« Sie sprach langsam und bedächtig und starrte auf sein Kinn, um ihm nicht in die Augen sehen zu müssen. Ihre eigenen brannten.

»Was? Nein!« Er griff nach ihrer Hand. »Wie kommst du denn darauf? Natürlich nicht. Hör zu, ich verstehe, dass das für dich alles nicht einfach ist. Diana und ich haben stundenlang geredet. Wir haben jede Variante durchgesprochen, aber gemeinsames Sorgerecht funktioniert eben nur, wenn man in derselben Stadt wohnt. Klar könnte einer von uns Mika am Wochenende und in den Ferien haben, und der andere hätte ihn den Rest der Zeit, aber das wäre für ihn mit unglaublich viel Reiserei verbunden. Und ausschließlich mit einem Elternteil den Alltag zu teilen und mit dem anderen nie – da sind die Probleme vorprogrammiert.«

»Aha«, sagte Nele.

»Diana hat dann vorgeschlagen, dass auch ich nach München ziehe. Meinen Beruf kann ich schließlich überall ausüben, außerdem wäre ich näher bei meinen Eltern, die mich vielleicht auch irgendwann mal mehr brauchen werden.«

Nach Neles Wissensstand erfreuten sich seine Eltern, die in Rosenheim lebten, bester Gesundheit.

»Darüber hast du dir bis gestern aber keine Sorgen gemacht«, bemerkte Nele. »Und jetzt willst du mir ehrlich erzählen, dass du erwägst, dein gesamtes Leben hier aufzugeben? Nur, weil deine Ex-Frau das gerne so hätte?«

»Es geht ja nicht um Diana. Sondern um Mika«, entgegnete er hilflos. »Und es gibt einfach keine andere Möglichkeit.«

»Äh, entschuldige, wenn ich dir da widerspreche, aber die gibt es durchaus. Diana könnte den Job absagen und hierbleiben, und alle Probleme wären mit einem Schlag verschwunden. Wenn ich richtig informiert bin, hat sie hier eine sehr gute Stelle mit einem üppigen Gehalt.«

Warum war Diana bloß so undankbar? Ihre Existenz war gesichert, und für ihr Kind hatte sie einen liebevollen Vater, der sich, wenn nötig, beide Beine für den Kleinen ausriss.

Julian schloss für einen Moment die Augen. »Versetz dich doch mal kurz in ihre Lage. Wie würdest du es finden, wenn du ein Kind hättest, von dessen Vater du getrennt bist – und du bekommst den Job deines Lebens angeboten, aber er verdirbt dir diese Chance, obwohl es nicht sein müsste? Obwohl er nicht an Hamburg gebunden ist.«

Sein letzter Satz versetzte ihr einen heftigen Stich. So war das also. Das war es, was er ihr eigentlich sagen wollte. Dass er sich nicht an sie gebunden fühlte.

»Ehrlich gesagt, fällt es mir schwer, mich in ihre Lage reinzudenken«, brachte Nele mühsam hervor. »Das könnte daran liegen, dass mir meine eigene Situation in dieser ganzen Angelegenheit zu schaffen macht.«

»Es tut mir ehrlich leid, dass du in die ganze Sache mit reingezogen wirst. Und das, obwohl wir uns noch gar nicht so lange kennen.«

Ja, ja, wollte sie ihn am liebsten anschreien. *Schon kapiert. Du wirst nach München gehen, und ich muss sehen, wie ich damit klarkomme. Schon in Ordnung.*

Sie war nicht seiner Meinung. Sie fand, dass sie nach immerhin sechs Monaten Beziehung durchaus das Recht hatte, in seine Überlegungen mit einbezogen zu werden. Ein halbes Jahr, das war vielleicht nicht lange. Nicht im Vergleich zu den zehn Jahren, die er mit Diana verbracht hatte. Aber dennoch. Hatte es ihm denn gar nichts bedeutet?

Sah ganz so aus.

Nele atmete tief durch, um ihre aufgewühlten Emotionen unter Kontrolle zu bekommen. Sie wollte keine Szene machen. Sondern die Sache in Würde zu Ende bringen.

»Na gut«, sagte sie und starrte auf die Tischplatte vor sich, »du willst mir also sagen, dass du nach München ziehst. In Ordnung. Das muss ich wohl akzeptieren. Ich …« Die Stimme drohte ihr zu versagen, doch sie zwang den Kloß in ihrem Hals hinunter. Setzte neu an. »Ich wünsche dir alles Gute.«

»He, Moment mal.«

Sie hob den Blick.

Er sah verwirrt aus. Und erschrocken. »Darum bin ich nicht hier«, sagte er.

»Sondern?«

»Ich will dir nicht sagen, dass ich nach München ziehe. Sondern dich fragen, ob du mitkommst.«

30.

Klosterheide in der Gemeinde Lindow,
Oktober 1941 bis März 1942

Lilo konnte kaum fassen, wie schnell das Lebensbornheim ihr ein Zuhause wurde. Das Zusammensein mit den Frauen, von denen ihr die meisten freundschaftlich begegneten, und vor allem mit den vielen Kindern, deren Unschuld und Liebesbedürftigkeit ihr Herz wärmten, gab ihr ein nie da gewesenes Gefühl von Geborgenheit und Zusammengehörigkeit. Inmitten der Mütter, Kleinkinder und Babys fühlte sie sich wie in einer großen Familie. Die Attacken Heidruns, zumal die sich auf schiefe Blicke oder die hartnäckige Anrede als Fräulein beschränkten, konnten Lilo nichts anhaben. Sie war mit drei Brüdern aufgewachsen, und ihre Kindheit, hier in der friedlichen, fast ausschließlich weiblich geprägten Umgebung, kam ihr rückblickend wie ein ständig währender Kampf vor.

Zum ersten Mal in ihrem Leben konnte sich Lilo wirklich entspannen. Ihre Schultern, sonst stets in einer Art Schutzhaltung in Richtung Ohren gezogen, sanken herab, ihre Gesichtszüge wurden weich, alles an ihr sanft. Da es ihre erste Schwangerschaft war, ahnte sie nichts von der Macht der Hormone, die sie fest in ihrem Griff hatten, sondern lebte tatsächlich in dem Gefühl, in der Kurmark eine Heimat gefunden zu haben.

Die ständige Angst vor den Fliegeralarmen und die Schlaflosigkeit fielen von ihr ab. Sie fühlte sich ganz und gar in Sicherheit. Der Krieg mit seinen Bomben war weit weg, auch von den Rationierungen der Lebensmittel bekamen sie hier nichts mit. Die Mütter und ihre Kinder wurden gut versorgt durch die hauseigene Gärtnerei und die umliegenden Bauernhöfe. Lilos Tage glitten in einem beruhigenden Gleichmaß dahin, der streng ritualisierte Tagesablauf mit seinen festen Mahlzeiten, den Kursen in Hauswirtschaft und Kinderpflege, politischen Vorträgen und leichten hauswirtschaftlichen Tätigkeiten gab ihr Halt und Sicherheit und ließ ihr wenig Zeit zum Grübeln.

Ihre Freizeit verbrachte sie meist im Garten, wo die Kinder spielten und die Babys in ihren Bettchen lagen.

Zwei Wochen nach ihrer Ankunft hatten bei Anni die Wehen eingesetzt, und sie war auf die Entbindungsstation gewechselt, um einem gesunden Jungen das Leben zu schenken. Da die Frauen ihr Wochenbett getrennt von den anderen auf der Wöchnerinnenstation verbrachten, hörte und sah Lilo sechs Wochen lang nichts von ihrer Freundin und vermisste sie schmerzlich. Als Anni zurückkam, war ihr Bauch verschwunden, dafür zeigte sich unter Lilos Kleid eine deutliche Kugel.

Seit fast einem halben Jahr war Lilo nun schon im Entbindungsheim. Sie war mittlerweile fast so rund wie Anni, als sie sie kennengelernt hatte. Diese war längst wieder rank und schlank. Ihr kleiner Sohn Wilhelm war im Kindergarten des

Hauses untergebracht, und Anni hatte im Haus eine Stelle als Sekretärin angetreten. Vor ihrer Schwangerschaft hatte sie die Handelsschule besucht und dort Schreibmaschine und Stenografie gelernt. Der Direktor der Schule – Wilhelms Vater – hatte sie mit einer fadenscheinigen Begründung der Schule verwiesen, als er von der Schwangerschaft erfuhr. Und auch ihre Eltern hatten ihr die Tür vor der Nase zugeschlagen. Es gab keinen Ort, an den sie sonst hätte gehen können, und so war sie hier gelandet. Lilo war froh, die Freundin bei sich zu haben, und besuchte sie häufig in den Verwaltungsräumen, die in einem Nebengebäude untergebracht waren.

»Vielleicht bekommst du nach der Geburt ja auch eine Arbeit hier. Wäre das nicht wunderbar?« Anni hatte sie fürsorglich in einen der mit dunklem Leder bezogenen Sessel geschoben und ihr eine Tasse Tee serviert.

»Eine Arbeit?« Lilo lächelte zweifelnd. »Aber ich kann doch nichts.«

»Was für ein Blödsinn! Du könntest Pflegerin im Kindergarten werden. Die Kleinen lieben dich. Oder du arbeitest in der Küche oder im Haushalt.«

»Ja, vielleicht.«

Anni musterte sie forschend. »Es sei denn, du willst heiraten?«

Mit einem Ruck hob Lilo den Kopf. »Heiraten?«, wiederholte sie. »Nein.«

»Nein?« Anni hob die Augenbrauen. »Na ja. Ich dachte ja nur.«

Lilo schwieg. Sie nippte an ihrem Tee und starrte vor sich hin. Eigentlich verbot sie sich, seit sie im Heim lebte, jeden Gedanken an Ludwig. Aber natürlich tauchte er doch immer wieder in ihrem Kopf auf. Selbst wenn es ihr gelang, ihn untertags zur Seite zu schieben, erschien er ihr nachts in ihren Träumen. Sie wusste nicht, was schlimmer war: Wenn ihr Unterbewusstes immer wieder die Szene ihres Abschieds heraufbeschwor, in der er sie verlachte und fortschickte und sie tränenüberströmt auf dem Bürgersteig vor seinem Haus zusammenbrach. Oder wenn der Traum ihr für kurze Zeit eine heile Welt vorgaukelte. In der er in ihren Armen lag, sie küsste und mit ihr tanzte bis zum Morgengrauen. Eigentlich war es einerlei. Beide Varianten hinterließen sie am Morgen wie verkatert, mit schmerzendem Herzen und brennenden Augen.

»Entschuldige«, sagte Anni laut und riss Lilo damit aus ihren Gedanken. »Ich wollte dich nicht traurig machen.«

»Schon gut.«

»Willst du das Neueste wissen?«

»Immer.« Lilo lehnte sich gespannt vor.

»Also ...«, Anni grinste verschwörerisch und senkte ein wenig die Stimme. Sie verstand es, Spannung zu erzeugen. Doch was es Neues an Klatsch im Heim gab, sollte Lilo nicht mehr erfahren. Denn plötzlich spürte sie Nässe zwischen den Beinen. In Sekundenschnelle war ihr Kleid durchtränkt. Sie stieß einen Schrei aus.

»Was ist?«, fragte Anni alarmiert.

Lilo sah verwundert in ihren Schoß und fing an zu lachen. »Ich glaube, ich habe mich nass gemacht«, prustete sie.

Anni grinste.

In der Nacht, als die kleine Annemarie geboren wurde, befand sich sonst niemand auf der Entbindungsstation. Lilo war alleine mit der Hebamme – der Arzt wurde nur in Notfällen zur Geburt hinzugerufen. Zehn Stunden lang lag sie in den Wehen, und als die elfte Stunde anbrach, glaubte sie, es keine einzige Minute länger ertragen zu können. Ihr Körper war ein einziger Schmerz, sie konnte weder liegen noch sitzen oder stehen. Sie klammerte sich an den Arm der Hebamme und wimmerte.

»Ich sterbe, ich sterbe«, flüsterte sie immer wieder.

Die Hebamme namens Hilde, eine üppige Frau in den Fünfzigern, schüttelte resolut den Kopf. Dann nahm sie Lilo in die Arme, drückte sie an ihren großen Busen.

»Du stirbst nicht«, sagte sie.

»Doch, ich sterbe. Wirklich«, stöhnte Lilo. Eine weitere Welle des Schmerzes erfasste sie, und danach sank sie in Hildes Armen zusammen, die sie wiegte wie ein kleines Kind, bis die nächste Wehe heranrollte und sie mit sich fortriss.

Eine halbe Stunde später lag das rote, verknautschte Wesen auf ihrer Brust, mit geschlossenen Augen. Verkrustetes Blut klebte an dem weichen, hellen Haarflaum. Fassungslos starrte Lilo auf das Baby.

Hilde breitete eine Decke über sie beide, und automatisch legte Lilo die Hände über dem kleinen Körper zusammen.

»Ein kleines Mädchen«, sagte Hilde. »Herzlichen Glückwunsch.«

Lilo betrachtete ihre Tochter, die in diesem Moment die Augen aufschlug. Himmelblau und voller Unschuld. Und all der Schmerz, den Ludwig ihr zugefügt hatte, löste sich in Luft auf.

31.

Klosterheide in der Gemeinde Lindow, Juni 1942

Es war ein warmer Sommertag, und Lilo schob die inzwischen zehn Wochen alte Annemarie zusammen mit einem Dutzend anderer Mütter und ihren Kindern durch die weitläufigen Parkanlagen. Sie kamen gerade von einem ausgedehnten Spaziergang zurück. Plötzlich sah sie Anni auf der Veranda erscheinen und ihr von Weitem zuwinken.

»Lilo!«, rief sie und verbesserte sich sogleich, was auf ein offizielles Anliegen schließen ließ. »Frau Lilo!«

»Ja?«, rief Lilo zurück und beschleunigte ihre Schritte.

»Besuch!«

Lilo verharrte mitten in der Bewegung. Das Herz klopfte ihr bis zum Hals, während ihr gleichzeitig das Blut in die Füße sackte. Dann fasste sie sich wieder, und die Enttäuschung traf sie genauso hart wie die eben noch empfundene Vorfreude – auch wenn diese völlig aus der Luft gegriffen war.

Natürlich war es nicht Ludwig, der sie besuchte. Sie schalt sich selbst eine alberne Gans. Er wusste doch gar nicht, dass sie hier war. Ja, er ahnte noch nicht einmal etwas von dem gemeinsamen Kind. Außerdem war er an der Front. Wie hatte sie auch nur für den Bruchteil einer Sekunde hoffen können, dass er es war, der im Besucherzimmer auf sie wartete? Dumm.

Ganz einfach dumm. Genau wie er gesagt hatte. Sie war ein dummes kleines Mädchen.

Sie setzte ihren Weg fort, schob den Kinderwagen, in dem Annemarie friedlich schlief, in Richtung Veranda, wo eine Kinderschwester sich ihrer Tochter annahm. Lilo hauchte einen Kuss auf die rosige Wange.

»Mami ist gleich wieder da, mein Liebling.«

Anni wartete bereits auf sie und tippte ungeduldig mit dem Fuß auf den Boden.

»Hallo Lilo.«

Wie schlecht er aussieht, war das Erste, was sie dachte, als sie Werner gegenüberstand. Er wirkte müde und abgespannt, aber bei ihrem Anblick lächelte er. Misstrauisch verharrte sie mitten im Raum. Doch statt wie sonst auf ihre ablehnende Haltung mit Aggression zu reagieren, hob er mit einer beschwichtigenden Geste die Hände. Das Lächeln verschwand nicht.

»Wie ich höre, hast du eine gesunde Tochter zur Welt gebracht.«

Sie nickte.

»Herzlichen Glückwunsch.« Er nahm seine Tasche, die er auf einem der mit Samt bezogenen Stühle abgestellt hatte, und schlug den Deckel auf. Griff hinein und brachte einen kleinen, braunen Teddybären zum Vorschein. Er streckte ihn ihr entgegen, doch sie starrte ihn nur an. Der Mann mit dem von Narben zerfurchten Gesicht in der schwarzen SS-Uniform mit dem flauschigen Stofftier in der Hand – das war ein absurder Anblick.

Er trat auf sie zu und reichte ihr das Geschenk. »Für die Kleine«, erklärte er unnötigerweise. Dann zog er einen Umschlag aus der Innentasche seiner Uniformjacke. »Und ein Brief von deinen Eltern.«

Sie langte hastig danach und verstaute ihn in der Tasche ihres Rocks. Was mochten sie geschrieben haben?

Je länger Lilo im Heim war, desto dringlicher stellte sie sich die Frage, was die Zukunft bringen würde. Sie konnte nicht ewig mit Annemarie hierbleiben – doch wohin sollte sie sich wenden? Sie wusste von Frauen, die fortgingen und ihre Kinder hier zurückließen. Manche kamen später, wenn sie ihre Angelegenheiten geregelt hatten, zurück, um sie abzuholen. Andere ließen sich nie mehr blicken. Die Kinder wuchsen im Heim auf, bis sie von einer deutschen Familie adoptiert wurden. Alleine bei dem Gedanken, Annemarie nie wiederzusehen, wurden Lilo die Knie weich. Nie im Leben würde sie die Kleine zurücklassen, nicht einmal für einen einzigen Tag.

Stattdessen hatte sie sich um eine Stelle als Haushaltskraft beworben und hoffte, im Heim bleiben und arbeiten zu können.

»Lilo.«

Sie schrak zusammen. In ihre Gedanken vertieft, hatte sie gar nicht registriert, wie dicht er an sie herangetreten war.

»Darf ich sie sehen?«, fragte er. »Annemarie?«

Lilo war so verblüfft über die Höflichkeit dieser Anfrage, dass sie automatisch nickte. Während sie ihn hinaus auf die Veranda führte, hatte sie das dumpfe Gefühl, einen Fehler zu machen, aber nun war es zu spät, ihm sein Anliegen zu verweigern. Gemeinsam traten sie an den Kinderwagen, in dem Annemarie lag und friedlich schlief. Ihr blonder Haarflaum leuchtete hell in der Sonne, die langen Wimpern bebten, als träumte sie. Mit einer gar nicht zu ihm passenden Scheu tat Werner einen Schritt auf sie zu. Beugte sich über das Kind.

»Ein entzückendes Mädchen«, sagte er.

Sein Schatten fiel über Annemaries Gesicht. Sie gab ein grunzendes Geräusch von sich und schlug die Augen auf.

»Ein gutes arisches Kind.« Werner nickte Lilo zu, die verkniffen lächelte. Sie mochte es nicht, dass er ihre Tochter so nannte. Für sie war Annemarie perfekt – und wäre das auch gewesen, ohne blond und blauäugig zu sein.

Erneut neigte sich Werner über den Kinderwagen. »Hallo, Kleines«, sagte er.

Annemarie verzog das Gesicht und begann zu weinen.

»Nun, nun«, murmelte Werner hilflos, »wer wird denn da weinen?«

Annemarie heulte noch lauter.

Lilo trat an den Wagen heran und schaukelte ihn sanft, doch Annemarie ließ sich nicht beruhigen. Sie streckte ihrer Mutter die Ärmchen entgegen und schrie in den höchsten Tönen.

»Ich sehe schon«, sagte Werner, und sein Gesicht wurde hart. »Ganz die Mutter.«

Lilo nahm das Baby auf den Arm und drückte es sanft an sich. Sofort hörte es auf zu schreien und gab zufriedene Gluckslaute von sich. Lilo wiegte es hin und her.

»Vielen Dank für deinen Besuch«, sagte sie zu Werner. »Auf Wiedersehen.«

»Wir sind noch nicht fertig«, erwiderte er steif und winkte eine der Kinderpflegerinnen heran. Mit einer Handbewegung bedeutete er ihr, Lilo das Kind abzunehmen. Mit einigem Widerwillen ließ sie es zu und folgte Werner zurück ins Haus.

Kaum hatte sie die Tür des Besucherzimmers hinter sich geschlossen, fuhr er zu ihr herum.

»Setz dich«, knurrte er, und es klang wie ein Befehl.

Da sie wusste, dass es keinen Sinn hatte, sich gegen ihn aufzulehnen, gehorchte sie und nahm in einem der kleinen Sessel beim runden Tisch Platz. Werner blieb stehen. Er verschränkte die Hände auf dem Rücken und begann, vor Lilo auf und ab zu marschieren.

»Dir ist sicherlich bewusst«, sagte er, »dass es mir als SS-Oberscharführer untersagt ist, eine ledige Mutter zu ehelichen. Selbst wenn es sich bei dem Bastard um mein eigenes Kind handelt.«

Bei diesen Worten zuckte Lilo zusammen. Dass er Annemarie als »Bastard« bezeichnete, tat ihr geradezu körperlich weh und brachte ihr nur umso klarer zu Bewusstsein, mit welchen Schwierigkeiten sie zu kämpfen haben würde, sobald sie das Entbindungsheim verließ. Hier war, zumindest auf dem Papier, jede Mutter gleich, ob verheiratet oder ledig. In der echten Welt sah das ganz anders aus. Sie würde auf Feindseligkeit und Verachtung treffen, was sie, wenn es nur sie allein betroffen hätte, bereit gewesen wäre, in Kauf zu nehmen. Aber was war mit ihrer Tochter? Wie schwer würde sie es in ihrem Leben haben, weil sie das Kind einer unverheirateten Mutter war?

Sie sah zu Werner auf und schwieg.

»Es ist mir jedoch gelungen, eine Sondergenehmigung zu erwirken«, fuhr er fort. »Es war nicht einfach, aber ich habe es geschafft.«

Lilo starrte ihn an. Ihr Gehirn weigerte sich, das Gehörte zu verarbeiten.

»Du bist eine Mutter«, sagte er, »und natürlich willst du nur das Beste für dein Kind. Oder möchtest du, dass es als Bastard beschimpft wird? Immerhin wirst du nicht für Annemarie sorgen können. Auch sind deine Eltern nicht bereit, dich wieder bei sich aufzunehmen, das haben sie klar und deutlich gesagt.«

Annemarie spürte den Umschlag in ihrer Rocktasche, von dem sie so sehr gehofft hatte, dass er ihr bessere Nachrichten bringen würde. Die Enttäuschung schwappte über sie hinweg wie eine Welle. Sie hatte Mühe, Werners Worten zu folgen, der sich in diesem Moment vor ihr auf ein Knie niederließ.

»Wenn du mich heiratest, sind all deine Probleme mit einem Schlag verschwunden«, sagte er. »Du kannst das Heim verlassen und als ehrbare Frau und Mutter nach Hamburg zurückkehren. Die Ehe können wir sogar hier im hauseigenen Standesamt schließen lassen. Es ist das Beste für alle.«

Ungläubig musterte sie ihn. War das also doch von Anfang an sein Ziel gewesen? Hatte er nicht gehört, wie sie ihn mehrfach abgewiesen hatte? Bildete er sich wirklich ein, dass sie ihre Meinung so einfach ändern würde?

Abwartend sah er sie an. Lilos erster Impuls war es, ihm ihre Hände, die er bei seinen letzten Worten ergriffen hatte, mit einem Ruck zu entziehen. Doch etwas ließ sie zögern.

Welche Zukunft konnte sie Annemarie bieten? Sie hatte kein Geld, keinen Beruf, keinen Mann und offensichtlich auch keine Familie, die sie unterstützte. War es nicht ausgesprochen egoistisch von ihr, Werners Angebot auszuschlagen, das doch immerhin dafür sorgen würde, dass Annemarie in geordneten Verhältnissen aufwachsen würde? Sofern in diesen Zeiten davon überhaupt die Rede sein konnte.

Sie blickte Werner an, dessen Miene Ungeduld und Missbilligung ausdrückte. Offensichtlich nahm sie sich in seinen Augen viel zu viel Zeit für ihre Antwort. Wahrscheinlich fand er, sie müsste ihm voller Dankbarkeit für sein großzügiges Angebot in die Arme fallen. Allein bei dem Gedanken wurde ihr schlecht.

»Du solltest nicht zu lange zögern«, sagte er in diesem Moment, und seine Augenbrauen zogen sich drohend zusammen. Eine steile Falte teilte seine vernarbte Stirn. »Dir ist doch klar, dass ich das alles nur für dich tue.«

»Ach ja?«, rutschte es ihr heraus, ehe sie es verhindern konnte.

»Ja«, erwiderte er wütend und stand auf. Anscheinend war er der Meinung, dass er lange genug vor ihr gekniet hatte. »Du vergisst wohl, dass dein Kind nur auf dem Papier von mir ist«, zischte er mit gesenkter Stimme, als befürchtete er, man könnte sie belauschen. »Ich bin bereit, darüber hinwegzusehen, dass sie eigentlich von diesem Swingheini ist, diesem erbärmlichen Vaterlandsverräter. Den könnte es wohl kaum weniger interessieren, was aus euch beiden geworden ist.«

Die Worte trafen sie wie Ohrfeigen. Mühsam blinzelte sie die Tränen fort, aber er hatte sie doch entdeckt.

Er schlug einen sanfteren Ton an. »Ich werde sie wie meine eigene Tochter lieben.«

Ja, weil sie blonder und blauäugiger ist als alle Kinder, die du jemals haben könntest! Am liebsten hätte sie ihm das ins Gesicht geschrien, doch sie biss sich auf die Unterlippe und schwieg.

»Sie wird einen Vater haben. Und viele Geschwister. Denn natürlich werden wir noch weitere Kinder bekommen. Mindestens vier, so wie es sich für die Familie eines Mitglieds der SS gehört.«

»Nein«, sagte Lilo und schüttelte den Kopf.

Werner erstarrte. Mit zusammengekniffenen Augen betrachtete er sie von oben herab. »Was hast du gesagt?«

Lilo stand auf. Sie war es leid, ständig zu ihm aufsehen zu müssen. »Ich habe Nein gesagt«, wiederholte sie. »Ich werde dich nicht heiraten. Und ich werde dir keine Kinder schenken. Nicht ein einziges. Von vier ganz zu schweigen.« Annemaries kleines Gesicht erschien vor ihrem inneren Auge, wie es sich zum Weinen verzogen hatte, als Werner sich über sie beugte. Sie traf die richtige Entscheidung.

Werner schien von ihrer Antwort komplett aus dem Konzept gebracht. Er öffnete den Mund, schloss ihn wieder, machte ein paar Schritte in den Raum hinein, blieb stehen, setzte erneut zum Sprechen an.

Lilo wurde klar, dass er tatsächlich nicht mit dieser Reaktion gerechnet hatte. Anscheinend war er davon überzeugt gewesen, dass nur eine Verrückte sein großzügiges Angebot ausschlagen konnte. Und nun wusste er nicht, wie er mit der neuen Situation umgehen sollte.

»Ist dir eigentlich klar«, brachte er schließlich mühsam hervor, »was ich für dich getan habe? Ohne meine Hilfe hättest du dein Balg in Hamburg irgendwo unter einer Brücke kriegen können.«

»Ich bin dir dankbar für deine Hilfe«, sagte Lilo und meinte es auch so. »Bloß deshalb kann ich dich doch nicht heiraten.«

»A-aber warum nicht?« Zum ersten Mal fiel seine Maske von ihm ab. Er war nun nicht mehr der SS-Mann in seiner Uniform, der erwartete, dass seine Befehle befolgt wurden.

Sondern ein abgewiesener Mann, der versuchte, mit der ihm zugefügten Kränkung klarzukommen.

Wieder sah sie den Jungen, dem von ihrer Familie Leid zugefügt wurde; das machte es nicht eben einfacher. »Ich liebe dich nicht, Werner«, sagte sie so sanft wie möglich.

»Aber ... vielleicht eines Tages.«

Lilo seufzte leise. Mit einem Mal waren die Positionen vertauscht. Plötzlich hielt sie die Macht in Händen – allerdings war ihr klar, dass die Situation gerade dadurch noch gefährlicher geworden war. Es konnte nicht lange dauern, dann würde Werner es bereuen, ihr seine Schwäche gezeigt zu haben. Dafür würde er sie hassen, und das konnte durchaus hässlich werden.

»Es tut mir leid«, sagte sie leise.

»Was ist denn so furchtbar an mir?«, fragte er, und es klang fast flehend. Sie wünschte, er würde damit aufhören. »Ich bin vielleicht nicht so schön wie dein Ludwig, aber wenigstens bin ich hier. Und bereit, Verantwortung für dich und deine Tochter zu übernehmen.«

»Das ist wirklich sehr großzügig von dir«, antwortete sie gequält. »Aber ich kann das nicht tun. Versteh mich doch.«

»Natürlich«, sagte er bitter, »deine Lage ist vollkommen aussichtslos, doch ein Monster wie mich zu heiraten, dazu kannst du dich nicht überwinden.«

Lilo entschied, lieber nicht darauf einzugehen. Stattdessen wechselte sie das Thema. »Ich kann vielleicht eine Stellung hier im Heim bekommen. Als Kinderpflegerin oder in der Küche. Dann könnte ich mit Annemarie hierbleiben und auch unseren Lebensunterhalt bestreiten.«

Seine Miene war undurchdringlich, und sie hätte schwören

können, dass seine Augen die Farbe gewechselt hatten. Sie waren jetzt tiefgrau und absolut kalt. »So hast du dir das also gedacht«, sagte er leise und trat einen Schritt auf sie zu. Sie zwang sich, nicht zurückzuweichen. »Und mich lässt du hier betteln, obwohl du genau wusstest, dass du mich nicht heiraten willst.« Die Selbstverständlichkeit, mit der er die Tatsachen verdrehte, machte sie sprachlos. »Du hast es wohl genossen, wie ich vor dir auf den Knien rumgerutscht bin.«

»Nein.« Sie schüttelte heftig den Kopf. »Werner, bitte ...«

Weiter kam sie nicht. Wie in Zeitlupe sah sie, dass er die Hand zum Schlag erhob. Sekundenbruchteile später prallte sein Handrücken heftig gegen ihren Mund. Lilo ging zu Boden, stieß hart mit dem Kopf auf, schmeckte Blut. Sie riss die Arme hoch, um sich vor weiteren Schlägen zu schützen, doch ihre Gegenwehr war nutzlos. Werner war wie von Sinnen. Wieder und wieder schlug er auf sie ein. Lilo schrie, so laut sie konnte. Irgendwer musste sie doch hören! Er würde sie umbringen. Schon halb benommen beobachtete sie, wie er sich aus der über sie gebeugten Haltung aufrichtete. Atmete erleichtert aus, in der Annahme, dass er nun endlich von ihr ablassen würde. Doch dann hörte sie ein Knacken, spürte den alles verschluckenden Schmerz, als er sie mit seinem schweren Stiefel in die Seite trat. Eine Rippe brach und bohrte sich tief in ihre Lunge. Sie krümmte sich keuchend, ohne zu ahnen, dass dies nicht das Schlimmste war, das er ihr antun würde.

Im nächsten Moment wurde alles schwarz.

32.

Städtisches Klinikum Brandenburg, Juni 1942

Das helle Licht einer Lampe blendete Lilo, als sie blinzelnd die Augen öffnete. Alles tat ihr weh, sie konnte kaum atmen. Ihr Blick sprang hin und her, versuchte zu erfassen, wo sie sich befand, als plötzlich Werners Gesicht auftauchte. Direkt vor ihr. Sie wollte vor ihm zurückweichen, doch das ging nicht. Sie lag auf dem Rücken, wehrlos und ausgeliefert. Ein wimmernder Laut entfuhr ihrer Kehle.

»Schon gut«, sagte Werner, »beruhige dich. Das war ein böser Sturz. Du hast dir den Kopf am Tisch aufgeschlagen und außerdem eine Rippe gebrochen. Ich habe versucht, dich aufzufangen, aber es ging alles zu schnell.«

Sie starrte ihn an. Was redete er da?

Jetzt fiel ihr alles wieder ein. Er hatte sie geschlagen. Und dann getreten, obwohl sie schon am Boden gelegen hatte.

Ein weiteres Gesicht erschien, und Lilo begriff, für wen Werner seine Geschichte erzählte.

»Wahrscheinlich ein Kreislaufkollaps«, sagte der Mann in Weiß zu Werner, »ihr Körper scheint die Geburt noch nicht ganz verkraftet zu haben.«

Die beiden Männer nickten einander in vollstem Einverständnis zu.

Lilo aber ergriff Panik. »Annemarie?«, presste sie mühsam und unter starken Schmerzen hervor.

Werner tätschelte ihr den Arm. »Alles in Ordnung. Man kümmert sich gut um sie. Du musst jetzt an dich denken. Doktor Diels wird dich gleich operieren.«

Lilo schüttelte heftig den Kopf. Sie wollte zu ihrer Tochter.

»Die gebrochene Rippe hat Ihre Lunge perforiert«, erklärte der Arzt. »Aber das kriegen wir schon wieder hin, keine Sorge.« Er wandte sich an eine dritte Person, die Lilo noch gar nicht bemerkt hatte. »Schwester Traute, lassen Sie die Patientin bitte noch die Einwilligungserklärung unterschreiben.«

Werner nahm der Frau Klemmbrett und Stift aus der Hand. »Ich bringe es Ihnen gleich zurück«, sagte er und machte sich an den Papieren zu schaffen.

Lilo kämpfte derweil darum, nicht erneut das Bewusstsein zu verlieren. Jeder Atemzug fühlte sich an, als rammte ihr jemand ein scharfes Messer in die Seite. Sie bekam kaum mit, wie Werner ihr den Stift reichte. Er führte ihre Hand, während sie mühsam ihre Unterschrift auf das Papier setzte. »Gut, gleich hast du es geschafft. Und hier noch mal.«

Kraftlos sank ihr Kopf zurück aufs Kissen. Sie war so müde. Dennoch zwang sie sich noch ein letztes Mal, die Augen zu öffnen und Werner anzusehen.

Er lächelte. Streckte die Hand nach ihr aus und streichelte über ihre Stirn. Die Stelle, an der er sie berührte, brannte, doch ihr fehlte die Kraft, um sich abzuwenden.

»Das war wirklich sehr ungeschickt von dir«, sagte Werner in sanftem, fast zärtlichem Tonfall. »Ganz und gar ungeschickt.«

Es dauerte mehr als zwei Tage, bis Lilo nach der Operation wieder vollkommen ansprechbar war. Die Ärzte erzählten etwas von einer allergischen Reaktion auf das Chloroform, das man ihr für die Vollnarkose verabreicht hatte. Nach der OP dämmerte sie in einem halbbewussten Zustand, betäubt von Morphin und Opium, vor sich hin.

Als sie zum ersten Mal wieder ganz zu sich kam, machte sich eine grauhaarige Schwester, die ihr vage bekannt erschien, an ihrem Körper zu schaffen. In einer Mischung aus Erstaunen und Verständnislosigkeit beobachtete sie, wie die Frau ihr Nachthemd öffnete und einen gläsernen Trichter mit einem Gummiball daran an ihrer Brust ansetzte. Eine Milchpumpe. So etwas hatte Lilo im Entbindungsheim gesehen. Die Schwester begann, rhythmisch zu pumpen, und erst, als das ungeheure Spannungsgefühl nachließ, registrierte Lilo, dass ihre Brüste von der gestauten Milch angeschwollen waren, die nun in Schüben in den Auffangbehälter floss.

Lilo schossen die Tränen in die Augen. Wie ging es Annemarie? Gaben sie ihr genug zu trinken? Wie lange lag sie schon hier?

In diesem Moment fing die Schwester ihren Blick auf. »Sie sind ja wach, Kindchen, das ist gut. Wie geht es Ihnen?« Sie setzte die Milchpumpe an der anderen Brust an. »Tut gut, was?«, fuhr sie fort, ohne eine Antwort abzuwarten. »Von den Ärzten hat mal wieder keiner dran gedacht.« Sie schüttelte missbilligend den Kopf. »Nur gut, dass ich Sie nach der Operation gewaschen und es bemerkt habe. Ich weiß, wie sich ein Milchstau anfühlt, das kann ich Ihnen sagen. Hab selbst drei Kinder. Aber die sind jetzt schon groß und erwachsen. Zum Glück nur Mädchen. Zum Glück. Ihr Vater war nicht so begeistert damals, dass kein einziger Bub dabei war. Aber jetzt ist er auch froh. Keiner will einen Jungen in diesen Zeiten –« Sie hielt inne und blickte sich erschrocken um, als würde ihr plötzlich bewusst, was sie da redete. »Na ja, so schlimm ist es wohl auch nicht. Wir siegen an allen Fronten, nicht wahr?« Sie nickte, wie um sich selbst von der Richtigkeit dieser Aussage zu überzeugen. »Aber trotzdem werden manche totgeschossen, so ist es nun mal. Bin einfach froh, dass ich Mädchen habe. Und Sie, mein Kind?«

»Auch ein Mädchen«, brachte Lilo hervor und begann zu husten. Ihr Hals fühlte sich wund und staubtrocken an.

»Wie schön.« Die Schwester beendete ihre Arbeit und hielt mit zufriedenem Lächeln die Pumpe hoch. »So ist es doch schon besser. Habe alle vier Stunden abgepumpt, während Sie bewusstlos waren. Und Ihr Mädchen wird sich freuen, dass die Milch noch fließt, wenn Sie sie wiedersehen. Nicht wahr?«

»Wann?«, krächzte Lilo und hustete erneut.

Die Schwester gab ihr einen Schluck Wasser vom Nachttisch zu trinken. Sofort fühlte Lilo sich besser. Sie richtete sich halb auf, was ohne allzu große Schmerzen funktionierte, und schaute sich um. Das Bett, in dem sie lag, war zu beiden Seiten mit Vorhängen vom Rest abgetrennt. Aber sie konnte die anderen Patientinnen im Zimmer hören, ebenso wie die medizinischen Geräte, die leise vor sich hin surrten.

»Ein paar Tage müssen Sie sich noch gedulden«, sagte die Schwester und tätschelte ihr den Arm. »Aber Sie werden sehen, bald sind Sie wiederhergestellt und können zu Ihrer Tochter zurück. Und wir sorgen dafür, dass Sie dann auch Milch für sie haben.« Wie zum Beweis schwenkte sie die Milchpumpe, dann wandte sie sich zum Gehen.

»Warten Sie«, sagte Lilo, und die Frau drehte sich zu ihr um. Lilo nahm all ihren Mut zusammen. »Der Mann, mit dem ich hergekommen bin ...«

»Der Oberscharführer Huber? Gewiss. Er musste zurück zu seiner Einheit.«

»Ich möchte Anzeige gegen ihn erstatten«, sagte Lilo.

»Sie hatten einen Kreislaufkollaps«, sagte der hinzugerufene Arzt und musterte Lilo streng. »Als sie das Bewusstsein verloren, haben Sie sich Kopf und Rippe unglücklich an einer Tischkante gestoßen.«

»Wie soll ich denn gleichzeitig mit der Schläfe und dem Brustkorb gegen einen Tisch fallen, können Sie mir das verraten? Und warum ist mein ganzer Körper mit blauen Flecken übersät?«, fragte Lilo und wunderte sich gleichzeitig darüber, wie unerschrocken sie mit dem Oberarzt sprach.

»Oberscharführer Huber hat uns den Verlauf des Unfalls geschildert, und Sie haben dem nicht widersprochen«, versetzte Doktor Diels.

»Natürlich nicht. Ich war so gut wie bewusstlos. Und außerdem hatte ich Angst. Werner hatte mich gerade zusammengeschlagen.«

»Hören Sie auf mit diesen Verleumdungen. Oberscharführer Huber hat mir bereits erklärt, was zwischen Ihnen vorgefallen ist.«

»Ach ja?«

»Sie wollten ihn zwingen, Sie, eine ledige Mutter, zu heiraten. Als er dies verständlicherweise ablehnte, haben Sie sich sehr aufgeregt. Sie haben sich sogar auf ihn gestürzt. Als er Sie abwehrte, kam es zu dem unglücklichen Sturz.«

Fassungslos starrte Lilo erst Doktor Diels, dann Schwester Traute an. Letztere hob in einer hilflosen Geste die Schultern.

»Nein, so war es nicht«, sagte Lilo und bemühte sich, ruhig und vernünftig zu klingen. »Es war genau umgekehrt. Er wollte mich heiraten, und als ich abgelehnt habe ...«

»Wieso sollten Sie seinen Antrag ablehnen?«, unterbrach Doktor Diels sie ungeduldig. »Das ergibt doch überhaupt keinen Sinn. Wie ich höre«, er warf einen Blick in seine Unterlagen, »leben Sie zurzeit im Lebensborn-Heim Kurmark. Sie haben ein uneheliches Kind. Keine Frau, die noch bei Verstand ist, würde in Ihrer Situation einen Heiratsantrag ablehnen. Erst recht nicht von einem Mann solchen Ranges. Sie sehen also, dass Ihre Geschichte vorne und hinten nicht stimmt. Machen wir Ihren Gesundheitszustand dafür verantwortlich. Sie haben sich neben der punktierten Lunge und der Platzwunde im Gesicht eine Gehirnerschütterung zugezogen. Da kann das Gedächtnis schon mal aussetzen.«

Lilo wollte etwas erwidern, doch er hob herrisch eine Hand, um zu verdeutlichen, dass ihre Unterhaltung beendet war.

»Ich habe nicht den ganzen Tag Zeit, auf mich warten noch andere Patienten. Heil Hitler.« Abwartend sah er auf sie hinunter, als sie seinen Gruß nicht erwiderte, zuckte er verärgert mit den Schultern und verließ ohne ein weiteres Wort den Raum.

Lilo blickte zu Schwester Traute, die an ihr Bett trat und das Kopfkissen richtete. »Aber ich sage die Wahrheit«, beteuerte sie, und mit einem Mal schossen ihr die Tränen in die Augen. Werner hatte sie geschlagen, getreten und beinahe umgebracht, und nun sollte er ungestraft davonkommen? Warum glaubte ihr niemand? »Er war es«, flüsterte sie.

Schwester Traute zog das Kissen hinter ihrem Rücken hervor, um es aufzuschütteln. Sie puffte und knuffte darauf herum, als müsste sie lange aufgestaute Aggressionen Luft machen. »Natürlich ist er es gewesen, Kindchen«, sagte sie und schlug noch einmal zu. »Das sind sie immer.«

Während Traute ihr Bettzeug glatt strich, sank Lilo in ihre Kissen zurück. Also glaubte ihr doch jemand. Es schien ihr nur leider nicht das Geringste zu nützen.

Eine Woche später wurde Lilo endlich als geheilt entlassen. Ihr Körper fühlte sich noch immer schwach und zerschlagen an, und sie kam sich vor wie eine alte Frau, als sie langsam und gebeugt die Treppen des Krankenhausportals hinunterstieg. Aber das zählte nicht. Innerlich hätte sie jubeln mögen. Endlich, endlich konnte sie nach Hause! Sie fand es nicht einmal merkwürdig, dass sie die Kurmark in Gedanken als ihr Zuhause bezeichnete. Ihre Heimat war schlichtweg dort, wo ihre Tochter war.

Trotz der kurzen Fahrt zurück nach Klosterheide fühlte Lilo sich völlig entkräftet, als sie endlich wieder vor dem mächtigen Gebäude stand. Ihre Knie zitterten vor Erschöpfung, die Operationsnarbe brannte. Außerdem hatte sie Hunger und Durst, doch anstatt als Erstes in die Küche zu gehen, um sich etwas zu trinken zu holen, lief sie um das Haus herum und auf die Veranda.

In einiger Entfernung sah sie eine Gruppe von Müttern spazieren gehen. Eine von ihnen winkte ihr zu, doch Lilo hatte nur Augen für die Bettchen, die in Reih und Glied auf dem Rasen standen. Sie schritt sie ab, so rasch sie konnte, die Vorfreude, ihre Tochter in wenigen Sekunden endlich wieder hochnehmen und in die Arme schließen zu dürfen, sprengte ihr beinahe das Herz. Manche der Babys schliefen friedlich, andere betrachteten interessiert ihre Finger oder die Blätter, die in den Bäumen über ihnen rauschten. Ein paar Kinder weinten. Lilo blickte in das hochrote, tränenüberströmte Gesicht eines rothaarigen Jungen und legte ihm die Hand auf den Bauch, was ihn aber nicht beruhigen konnte.

Sie schaute sich nach einer der Pflegerinnen um. Warum kümmerte sich hier niemand um die Kinder? Und hatte Annemarie in ihrer Abwesenheit vielleicht genauso hier gelegen, verzweifelt weinend und ohne eine tröstende Hand? Der Gedanke trieb ihr die Tränen in die Augen. Kurz entschlossen nahm sie den kleinen Jungen – Paul, wenn sie sich recht erinnerte – hoch und setzte ihn sich auf die Hüfte. Ihr Körper protestierte, aber sie biss die Zähne zusammen, wiegte das Kind, dessen Weinen langsam verstummte, in ihren Armen.

»So ist es besser«, sagte sie. »Wo ist denn meine Annemarie, kleiner Paul? In welchem Bettchen liegt sie wohl?« Gemeinsam gingen sie weiter, doch in keinem der Körbe lag Lilos Kind.

»Nanu? Wo ist sie nur?«, fragte sie Paul. Statt einer Antwort rieb sich der Kleine die Augen, und sie legte ihn behutsam wieder in sein Bettchen, wo er sich auf die Seite rollte und einschlief.

Einen Moment lang blieb Lilo ratlos stehen, dann machte sie auf dem Absatz kehrt und lief ins Haus. Vielleicht bekam Annemarie gerade ihr Fläschchen? Oder eine frische Windel?

Sie eilte durch den Flur in Richtung Treppe, die zum Säuglingssaal führte, als sie mit einem Mal Schritte hörte und gleich darauf Anni gegenüberstand.

»Lilo!«

»Anni, ich bin wieder da.« Sie fiel ihr um den Hals, doch die Freundin blieb seltsam steif in ihren Armen.

»Lilo«, sagte sie, »was hast du nur getan?«

»Gar nichts habe ich getan«, sagte sie ein wenig entrüstet und löste die Umarmung. »Du wirst doch wohl den Unsinn mit dem Sturz nicht geglaubt haben. Werner ...« Obwohl sie die Wahrheit sagte und sowieso niemand anderes zuhörte, senkte sie die Stimme. »Er hat mich zusammengeschlagen. Aber niemand glaubt mir.«

Anni war blass geworden. Lilo verstand ihre Reaktion, doch selbst, als sie das Furchtbare aussprach, konnte sie nicht das gleiche Entsetzen fühlen. Zu sehr war sie erfüllt von der Freude, ihre Tochter gleich wiederzusehen, sie endlich wieder in die Arme schließen zu dürfen.

»Aber Annemarie ...«, sagte Anni, und Lilo lächelte unwillkürlich bei der Nennung ihres Namens.

»Ich bin gerade auf dem Weg zu ihr. Sie liegt nicht bei den anderen Kindern auf der Veranda, deshalb wollte ich hoch in den Säuglingssaal. Du kannst dir gar nicht vorstellen, wie sehr ich sie vermisst habe! Entschuldige mich ...«

Sie wollte sich an der Freundin vorbeischieben, doch Anni hielt sie zurück.

»Lilo«, sagte sie, und ihre Augen waren starr und weit aufgerissen, »sie ist doch nicht mehr hier. Annemarie ist nicht hier.«

Lilo schüttelte verständnislos den Kopf. »Aber wo ist sie denn?«

»Fort. Sie haben sie mitgenommen. Du ... du hast sie doch zur Adoption freigegeben.«

33.

Hamburg, 2019

Nele schlug sich die Hand vor den Mund und gab einen erschrockenen Laut von sich. Mit dieser Wendung in der Geschichte hatte sie nicht gerechnet.

Sie blätterte weiter, doch im selben Moment bimmelte die Türglocke und kündigte einen Kunden an. Nele erhob sich aus ihrem Lesesessel und sah sich zu ihrem Erstaunen Diana gegenüber, die in einem eleganten Nadelstreifenanzug in der Tür stand und verlegen lächelte.

»Oh …« Nele trat auf sie zu. »Was machst du denn hier?«
»Na ja.« Diana zuckte mit den Schultern.

Als sie voreinander standen, verharrten beide für den Bruchteil einer Sekunde, bevor sie sich zur Begrüßung auf beide Wangen küssten. Das Unbehagen, das in Nele aufkeimte, schob sie energisch beiseite. Spätestens wenn sie mit Julian nach München gezogen war, wäre Diana ein Teil ihrer Familie. Patchwork brachte es nun einmal mit sich, dass man sich die Verwandtschaft nicht aussuchen konnte. Aber das konnte man ja streng genommen sonst auch nicht.

»Also?«, fragte sie erneut, nachdem das Schweigen entschieden zu lange gedauert hatte.

»Hm?« Irritiert sah die andere sie an. Für ihre Verhältnisse wirkte sie ziemlich neben der Spur, aber was wusste Nele schon von ihr? Sie war einfach davon ausgegangen, dass eine Frau wie Diana immer Herrin der Lage war. Dass sie keinerlei Unsicherheit kannte. Noch während ihr das durch den Kopf ging, wurde Nele klar, wie absolut unrealistisch dieses Bild war und wie stark beeinflusst von ihren eigenen Minderwertigkeitsgefühlen.

»Ich hab gefragt, was dich herführt«, wiederholte sie.

In Dianas Augen flackerte es. »Nun ja«, begann sie und strich sich mit einer verlegenen Geste eine nicht vorhandene Haarsträhne aus dem Gesicht. Dann ließ sie den Blick durch das Ladenlokal schweifen. »Ich möchte wohl ein Buch kaufen«, sagte sie, und es klang seltsam, fast wie eine Frage.

»Suchst du was Bestimmtes?«, erkundigte sich Nele, worauf ihr Gegenüber mit den Schultern zuckte.

»Weiß ich noch nicht genau. Am besten schau ich mich erst mal um. Darf ich?«

»Ja, natürlich, gerne. Wenn du Hilfe brauchst, dann bin ich hier. Oder dort.« Nele wies in Richtung des Verkaufstresens und spürte, wie ihr das Blut in die Wangen schoss.

»Ich werde dich jedenfalls finden«, sagte Diana und lächelte, wobei sie strahlend weiße Zähne entblößte. »So weitläufig ist es hier ja nicht.«

»Da hast du recht.«

»Also dann.« Diana nickte ihr zu und marschierte auf das ihr am nächsten stehende Bücherregal zu. Legte den Kopf ein wenig schief und begann, konzentriert die Buchrücken zu studieren.

Obwohl Nele natürlich wusste, in welcher Abteilung Diana sich gerade aufhielt, warf sie einen Blick auf das Schild über dem Regal. Science-Fiction. Damit hatte sie nicht gerechnet. Sie wandte sich ab und verstaute das Manuskript in einer Schublade des Verkaufstresens. Auch wenn sie liebend gerne weitergelesen hätte – jetzt war der falsche Zeitpunkt. Suchend sah sie sich nach einer anderen Beschäftigung um.

Auf keinen Fall wollte sie müßig hinter dem Verkaufstisch stehen und Däumchen drehen, während Diana im Laden war. Noch weniger behagte ihr allerdings der Gedanke, ihren ursprünglichen Plan in die Tat umzusetzen und das Schaufenster zu putzen. Nicht dass Reinigungsarbeiten in irgendeiner Form ehrenrührig waren ... aber trotzdem wollte sie den Kontrast zwischen sich selbst und Dianas eleganter Erscheinung nicht noch durch Gummihandschuhe verstärken. Kundschaft gab es wie immer keine. Eine Tatsache, die Diana sicherlich nicht neu war. Sie wusste, dass Nele ihren Laden aufgeben und mit Julian nach München gehen würde. Nele hatte deswegen ihrem Vater gegenüber ein schlechtes Gewissen, doch ihr war auch klar, dass Peter Winkler in seinem Leben vor allem eins gewollt hatte: dass seine Tochter glücklich war.

Unauffällig schielte sie zu Julians Ex hinüber, die sich mittlerweile zu den historischen Romanen vorgearbeitet hatte. Im selben Moment drehte Diana den Kopf, als hätte sie Neles Blick im Rücken gespürt.

»Möchtest du einen Kaffee?«, fragte Nele.

»Nein, danke.« Sie wandte sich wieder ab.

»Okay«, sagte Nele, »ich bin hinten im Büro, du kannst einfach rufen, wenn du was brauchst. Ist ja nicht sehr weitläufig hier.« Sie wünschte sofort, dieser Satz wäre ihr nicht herausgerutscht. Diana sollte nicht denken, dass sie Nele mit ihrer Bemerkung irgendwie beleidigt hatte. Aber Diana lächelte freundlich.

»Ich finde es sehr nett. So gemütlich.«

»Danke.« Nele floh förmlich in den hinteren Teil des Ladens.

Sie trank zwei Tassen Kaffee, obwohl in ihrer derzeitigen Verfassung Kamillentee die bessere Entscheidung gewesen wäre. Beinahe körperlich konnte sie die Anwesenheit Dianas durch die Wand spüren und fragte sich, wie das Ganze bloß funktionieren sollte, wenn sie schon bei einem harmlosen Zusammentreffen dermaßen außer Fassung geriet. Sie musste definitiv cooler werden. Und aufhören, die andere als Konkurrentin zu betrachten. Das war sie nicht. Sie war Julians Vergangenheit. Gut, sie war außerdem die Mutter seines Sohnes. Aber sie hatte sich von ihm getrennt, und das vor fast zwei Jahren. Es gab nichts, wovor Nele Angst haben musste ... Warum also hämmerte ihr Herz in der Brust und wieso zitterte die Kaffeetasse in ihrer Hand?

Zu viel Koffein, ja. Und natürlich auch die seltsame Situation. Diana kam doch nicht einfach hier herein und nahm sich – Nele warf einen schnellen Blick auf ihre Taschenuhr – fast eine ganze Stunde Zeit, um wahllos Buchrücken zu studieren. Sie arbeitete Vollzeit, laut Julian sogar deutlich mehr als vierzig Stunden in der Woche, und hatte die Hälfte der Zeit zusätzlich ein Kindergartenkind zu betreuen. Entschlossen stand Nele auf. Sie konnte nicht länger hier sitzen und darauf warten, dass die Bombe platzte. Was auch immer es für eine sein mochte. Sie würde Diana noch einmal fragen, was sie wirklich wollte.

Im Laden, direkt neben dem Verkaufstresen, stießen sie aufeinander. Diana hielt ein Buch in den Händen, den Titel gegen den Bauch gepresst, sodass Nele nicht erkennen konnte, um was es sich handelte.

»Oh«, sagte sie perplex, »du hast was gefunden?«

Die andere zuckte verlegen die Achseln. Dann schüttelte sie den Kopf. »Nicht wirklich.«

Nele streckte die Hand aus und griff nach dem Buch. Sie drehte es um, sodass sie den Titel erkennen konnte. Es stammte aus der Abteilung *Lebenshilfe*. Rosafarbener Einband, ein zerbrochenes Herz, das von einer überdimensionalen Stopfnadel zusammengeflickt wurde. *Neue alte Liebe*, stand in Schreibschrift darüber, und darunter: *Wie Sie die Beziehung zum Ex wiederbeleben können*. Nele starrte erst das Buch, dann Diana an. Die schlug zunächst den Blick nieder, hob ihn jedoch gleich darauf, sah Nele ins Gesicht. In schneller Folge wechselten sich Trotz und Angst in ihren Augen ab. Dann begann es um ihre Mundwinkel zu zucken, und auf einmal brach Diana in haltloses Kichern aus.

Nele musterte sie konsterniert, das Buch noch immer in den Händen. Was sollte das sein? Ein Witz? Wenn ja, dann war er nicht einmal halb so lustig, wie Diana ihn offensichtlich fand.

Noch bevor Nele sich entscheiden konnte, wie sie reagieren sollte, brach das Lachen ab. Eine Sekunde lang herrschte absolute Stille. Die zwei Frauen standen einander gegenüber, Dianas Gesicht wirkte mit einem Mal wie versteinert.

Nele begriff auf einmal, dass sie doch nicht so falsch gelegen hatte. Dass die Bedrohung, die sie gespürt hatte, sehr real war und nicht nur auf ihren eigenen Komplexen fußte. Erneut fiel ihr Blick auf das Buch in ihrer Hand, und sie atmete tief durch.

»Okay«, sagte sie und wunderte sich darüber, dass ihre Stimme ganz normal klang. »Ist das hier deine überaus subtile Art, mir mitzuteilen, dass du ihn ...« Mitten im Satz verließ sie dann doch die Stimme, und sie brach ab.

Diana nickte trotzdem.

Dianas Worte hallten in Neles Kopf nach, als sie in dieser Nacht neben Julian im Bett lag und keinen Schlaf fand.

»Ich weiß, dass er dich liebt«, hatte sie gesagt, »aber ich weiß auch, dass er noch bei mir wäre, wenn ich ihn nicht verlassen hätte.«

Das mochte stimmen. Aber Diana *hatte* Julian nun einmal verlassen. Er hatte sich in Nele verliebt und sie sich in ihn. Diana konnte doch nicht einfach so tun, als wäre das alles nicht passiert, und von Nele verlangen, zur Seite zu treten. Und zugunsten von Julians Familie zu verzichten. Zugunsten von Mika.

Nele presste sich eine Hand auf den Magen, der sich seit dem Gespräch mit Diana anfühlte, als hätte sie Steine gegessen. Das war genau der Punkt. Wäre es allein um Julians Ex gegangen, so hätte sie vermutlich keinen weiteren Gedanken an die Sache verschwendet. Aber was war mit seinem Sohn? Obwohl Diana vermutlich nicht wusste, dass Nele mit nur einem Elternteil groß geworden war, hatte sie zielsicher den Knopf gedrückt, der riesige Schuldgefühle in ihr auslöste.

Nele betrachtete den schlafenden Mann neben sich. Er sah jung und verletzlich aus. Sie hätte vor Wut weinen mögen. Sie hatte ihn nicht seiner Familie entrissen. Sie war sein Wunder, wie er es immer nannte. Das Versprechen einer Liebe, von der er nicht gedacht hätte, sie noch einmal erleben zu dürfen. Sie hatte alles richtig gemacht. Und nun sollte sie ihn verlieren, nur weil Diana es sich anders überlegt hatte? Weil sie nach zwei Jahren genug vom Single-Dasein hatte und meinte, es wäre vielleicht doch ganz nett, mit dem Vater ihres Kindes zusammen zu sein?

Natürlich wusste Nele, dass sie sich ganz umsonst Gedanken machte. Es war vollkommen unwichtig, wie *sie* sich in der ganzen Sache verhielt. Auch wenn Diana sie in einem Gespräch »von Frau zu Frau« gebeten hatte, sich zurückzuziehen, Julians Familienglück nicht im Weg zu stehen. Das war alles Blödsinn. Es war und blieb *seine* Entscheidung, nicht ihre.

Als Nele aufwachte, lag Julian nicht mehr neben ihr. Verwirrt blinzelte sie in Richtung Fenster. Kein Lichtstrahl drang durch die nachlässig zugezogenen Vorhänge. Es musste also mitten in der Nacht sein. Sie angelte nach ihrem Handy auf dem Nachttisch. Zwanzig nach vier.

Nele lauschte, ob sie die Schritte seiner nackten Füße auf dem Laminatfußboden hören konnte. Oder die Klospülung. Nichts. Plötzlich begann ihr Herz aufgeregt zu klopfen, und sie erinnerte sich an den Traum, aus dem sie eben hochgeschreckt war. Sie hatte am Bahnhof gestanden, mit gepackten Koffern und Julian neben sich. Doch dann war er alleine in den Zug nach München gestiegen und hatte ihr fröhlich zugewunken. Nele schüttelte den Kopf, um den Traum so schnell wie möglich wieder loszuwerden. Er hatte sie verlassen.

Aber doch nicht um diese Uhrzeit. Entschlossen richtete sie sich auf und schwang die Beine aus dem Bett. Tapste barfuß in den Flur, von dort in das kleine Wohnzimmer. Kein Julian. Sie sah in der Küche nach und fand ihn auf der Fensterbank sitzend. Er starrte in den klaren Nachthimmel hinaus. Es war Vollmond, und das bleiche Licht erhellte sein Gesicht auf gespenstische Weise.

»Hey.« Nele näherte sich ihm vorsichtig.

»Hey«, gab er zurück.

»Kannst du nicht schlafen?«

»Diana war gestern bei mir«, sagte er unvermittelt. »Sie will eine zweite Chance.«

Sie nickte. »Ja. Ich weiß.«

Er fuhr sich mit der Hand über das Gesicht, eine Geste grenzenloser Erschöpfung. »Ich will gar nicht wissen, woher du das weißt«, sagte er müde.

»Sie war bei …«, begann Nele, doch er unterbrach sie fast schon rüde.

»Ich mein's ernst. Ich will das nicht wissen.«

»Schon gut.« Sie hob abwehrend die Hände. »Ich sag nichts mehr.«

»Entschuldige.« Er wandte den Blick ab, schaute wieder hinaus in die Nacht.

Nele stand wie auf glühenden Kohlen. Ihre Handflächen wurden feucht, während sie darauf wartete, was er als Nächstes sagen würde. Aber er sagte gar nichts.

»Und … was hast du ihr geantwortet?«, fragte sie schließlich, als sie glaubte, sein Schweigen nicht eine Sekunde länger ertragen zu können.

»Dass es dafür zu spät ist«, antwortete Julian, ohne sie anzusehen. »Und dass ich dich liebe.«

Nele spürte keine Erleichterung. Seine Worte hätten sie beruhigen sollen, doch andererseits saß er hier mitten in der Nacht auf der Fensterbank und starrte in die Dunkelheit. Warum sah er sie nicht an? Und warum wirkte er so verdammt unglücklich? Sie musste es aussprechen. »Aber es wäre dir lieber, wenn es nicht so wäre.«

»Sag mal, was willst du eigentlich von mir?«, fragte er gereizt. »Ich habe eben erklärt, dass ich dich liebe, also könntest du dich bitte damit begnügen und mir nicht auch noch das Leben schwer machen? Das hat schon Diana heute Nachmittag erledigt.«

Nele wich einen Schritt vor ihm zurück. »Das war wirklich die mieseste Liebeserklärung aller Zeiten«, sagte sie und ärgerte sich über das Zittern in ihrer Stimme. »Und nein, ich kann mich nicht damit begnügen.«

Er seufzte. »Könntest du wenigstens versuchen, dich mal kurz in meine Lage zu versetzen?«, fragte er. »Heute ist etwas passiert, worauf ich über ein Jahr lang vergeblich gewartet habe. Ich habe mir nichts sehnlicher gewünscht als das, verstehst du? Und jetzt kommt es – aber zu spät.«

»Weil du mich liebst.«

»Genau.«

»Und deshalb bist du wütend auf mich.«

Auf einmal wirkte er unsicher. »Nein«, sagte er, wich ihrem Blick aber aus. »Nicht auf dich.«

Sie stand mitten in ihrer Küche, war sich plötzlich ihrer Arme unangenehm bewusst, die wie Fremdkörper an ihrem Körper herunterhingen, und verschränkte sie schnell vor der Brust. Die Kälte der Bodenfliesen kroch ihr in die Füße und die Beine hinauf. »Wenn es mich nicht gäbe, würdest du zurückgehen.«

Es war keine Frage, und er gab auch keine Antwort.

34.

Klosterheide in der Gemeinde Lindow, Juni 1942

Dieses Mal hatte sie tatsächlich das Bewusstsein verloren. Anni hatte sie aufgefangen und verhindert, dass sie sich erneut verletzte. Als Lilo erwachte, lag sie auf ihrem Bett. Etwas Kühles, Nasses berührte ihre Stirn, und als sie die Augen aufschlug, blickte sie direkt in Annis besorgtes Gesicht.

»Wo bin ich? Was ist passiert?«, fragte sie heiser. Aus dem Augenwinkel bemerkte sie, wie Gretel leise das Zimmer verließ.

»Du bist ohnmächtig geworden. Wir haben dich nach oben getragen«, erklärte Anni leise, deponierte den Waschlappen auf dem Nachttisch und ergriff Lilos Hand.

In diesem Moment kam die Erinnerung zurück, und Lilo schüttelte heftig den Kopf. »Nein, nein«, sagte sie laut und richtete sich auf. Mit einem Ruck entzog sie Anni ihre Hand. »Was redest du da? Annemarie ist hier. Sie muss hier sein. Ich habe sie natürlich nicht zur Adoption freigegeben. Du weißt, dass ich das nie tun würde!«

Annis Lippen bebten. »Das dachte ich ja auch«, flüsterte sie. »Ich konnte es einfach nicht glauben. Aber er hatte deine Unterschrift dabei. Er sagte, du hättest einen hysterischen Anfall gehabt. Dass dir alles zu viel ist und du psychisch nicht gesund bist. Dass du Annemarie loswerden …« Sie brach ab. Biss sich auf die Unterlippe. »Ich habe ihm nicht geglaubt, aber ich konnte nichts dagegen tun. Auf dem Formular war deine Unterschrift.«

Wie im Nebel erinnerte sich Lilo daran, vor der Operation etwas unterzeichnet zu haben.

»Aber … ich wusste nicht, was ich da unterschreibe«, sagte sie flehend und packte Annis Hand. Drückte so fest zu, dass die Freundin einen leisen Schmerzenslaut ausstieß. »Ich war fast bewusstlos und sollte gleich operiert werden. Er hat mir das untergeschoben. Anni, bitte …« Ihre Stimme verlor sich.

»Es tut mir leid. Da war die Unterschrift«, wiederholte Anni hilflos. »Ich konnte wirklich nichts tun.«

Lilo spürte, wie der Schmerz sie zu übermannen drohte. Sie wollte schreien, weinen und toben. Aber dafür war jetzt keine Zeit. Sie richtete sich kerzengerade im Bett auf. Ignorierte ihren schmerzenden Körper und das Reißen in ihrer Brust, dort, wo ihr gerade das Herz gebrochen war.

»Du hast gesagt, sie haben sie mitgenommen? Wer?« Das Zittern war aus ihrer Stimme verschwunden.

Anni zuckte die Schultern. »Ein Paar. Er trug die SS-Uniform. Die Frau war schon älter, mindestens dreißig. Klein und dunkelhaarig. Sehr blass. Sie sah schrecklich unglücklich aus. Bis sie …« Sie stockte.

»Ja?«, drängte Lilo.

»Bis sie ihr Annemarie in die Arme gelegt haben.« Anni weinte jetzt. »Da leuchtete ihr Gesicht plötzlich auf und …«

»Genug«, sagte Lilo heiser, und die Freundin verstummte. »Wann war das? Wann haben sie sie geholt?«

»Vorgestern«, antwortete Anni. »Es ging alles ganz schnell. Frau Seifert meinte, in dem Alter werden sie einem noch aus den Händen gerissen. Und so, wie Annemarie aussieht ...«

»Ja«, flüsterte Lilo. »Das perfekte arische Kind.«

Sie starrte ins Leere. Sah vor ihrem inneren Auge eine Fremde, die mit ihrem Kind im Arm davonging. »Wer waren diese Leute? Ich brauche ihren Namen. Und die Adresse.«

Anni wurde blass. Schüttelte den Kopf. »Ich habe wirklich keine Ahnung. Du weißt doch, alles wird streng vertraulich behandelt.«

»Aber du kannst es rausfinden.«

Erneutes Kopfschütteln. Tränen traten in Annis Augen. »Ich kann nicht ...«, stammelte sie. »Versteh doch. Ich verliere meine Stelle.«

»Und ich verliere mein Kind. Meine Tochter«, fuhr Lilo sie an. »Sie haben sie mir gestohlen. Nie im Leben hätte ich sie zur Adoption freigegeben. Das hättest du wissen müssen.«

»Ja, ich wusste es! Aber was hätte ich denn tun sollen? Den Oberscharführer der Lüge bezichtigen? Annemarie entführen? Was? Ich hätte meine Stelle verloren.«

»Es gibt Wichtigeres als das.«

»Nicht für mich«, gab Anni zurück, und zum ersten Mal klang ihre Stimme nicht mitfühlend. »Ich habe schließlich auch ein Kind. Und ich will ihn behalten. Ich darf meine Arbeit nicht verlieren.« Erneut änderte sich ihr Tonfall, als sie in Lilos verzweifelte Augen blickte. »Versteh mich doch. Ich kann nicht ...«

»Schon gut. Du kannst nicht. Ich hab's schon verstanden.« Lilo sah sie nicht an. »Lass mich bitte allein.«

Ihr gesamter Körper war taub. Sie spürte nichts, nicht einmal den rasenden Schmerz, von dem sie wusste, dass er in ihrem Inneren tobte. Lilo war wie abgeschaltet. Nur ihr Verstand arbeitete auf Hochtouren. Sie saß aufrecht in ihrem Bett und dachte nach. Versuchte, Ordnung in das Chaos zu bringen und herauszufinden, was geschehen war.

Werner musste ihr das Formular, mit dem sie Annemarie zur Adoption freigab, im Krankenhaus untergeschoben haben. Ganz offensichtlich war das die Rache für die Zurückweisung. Zudem entledigte er sich auf diese Weise des Unterhalts, den auch uneheliche Väter zu leisten hatten und auf dessen Zahlung der Lebensbornverein ein genaues Auge hielt. Warum sollte er jahrelang für ein Kind aufkommen, das nicht sein eigenes war? Vor allem, wenn dafür keine Gegenleistung von ihr zu erwarten war?

Er hatte dafür gesorgt, dass alles schnell über die Bühne ging. Während sie im Krankenhaus gelegen hatte, war Annemarie an einen SS-Offizier und seine Frau vergeben worden. Annis kurze Ausführungen ließen die Schlussfolgerung zu, dass es sich um ein Ehepaar mit unerfülltem Kinderwunsch gehandelt hatte. Immerhin. Lilo spürte einen winzigen Hauch von Erleichterung. Die Frau hatte Annemarie in die Arme genommen und dabei glücklich gewirkt. War das Hinweis genug darauf, dass sie sich gut um sie kümmern würde? So lange, bis ihre eigene Mutter es wieder würde tun können?

Die Möglichkeit, Annemarie für immer verloren zu haben, schloss Lilo kategorisch aus. Sie wusste nicht, wie sie es anstellen würde. Noch nicht einmal, wo sie anfangen sollte, nach ihrer Tochter zu suchen. Doch so viel stand fest: Sie würde nicht ruhen, bis sie Annemarie gefunden hatte. Sie würde nicht aufgeben. Niemals.

Nicht ohne Erstaunen registrierte sie ihre eigene Entschlossenheit. So kannte sie sich gar nicht. Und auf einmal wurde ihr bewusst, dass sie in ihrem gesamten bisherigen Leben tatsächlich immer getan hatte, was man von ihr verlangte. Genau wie Ludwig es ihr immer wieder vorgeworfen hatte. Sie war im Gleichschritt marschiert, dann zum Swing-Girl geworden, hatte sich schließlich klaglos in ihren Aufenthalt in Klosterheide gefügt. Man hatte sie hierhin und dorthin geschubst, und sie hatte mitgespielt, um zu gefallen. Um nur ja nicht anzuecken.

Aber nun hatten sie Lilo ihr Kind weggenommen, und damit waren sie zu weit gegangen.

Sie wusste nicht, wieviel Zeit vergangen war, und noch immer saß Lilo auf ihrem Bett. Sie hatte sich nicht gerührt. Hatte nur die Wand angestarrt und nachgedacht. Irgendwie musste sie an Namen und Adresse von Annemaries Adoptiveltern gelangen. Bloß wie? Sie würde noch einmal mit Anni sprechen. Und wenn die ihr nicht helfen wollte, würde sie schon Mittel und Wege finden, um an die Informationen zu gelangen. Notfalls würde sie nachts in das Verwaltungsbüro eindringen und die unter Verschluss gehaltenen Unterlagen durchsuchen. Von Anni wusste sie, wo der Schlüssel zu den Aktenschränken aufbewahrt wurde.

Das Klappen der Tür riss sie aus ihren Gedanken. Frau Seifert trat ein und zog überrascht die Brauen hoch, als sie Lilo bemerkte.

»Hier sind Sie«, stellte sie fest. »Ich hab mich schon gewundert. Man hatte uns aus dem Krankenhaus angerufen und Ihre Rückkehr angekündigt. Warum haben Sie sich nicht bei mir gemeldet?«

Lilo zuckte nur mit den Achseln.

Frau Seifert trat zu ihr, bückte sich und holte ihren Koffer unter dem Bett hervor. »Packen Sie bitte Ihre Sachen«, sagte sie, »ich brauche morgen das Bett für eine andere Mutter.«

Lilo starrte sie an. »Wie bitte?«, brachte sie mühsam hervor.

»Sie können natürlich nicht hierbleiben«, sagte Frau Seifert, als wäre das sonnenklar. »Wozu auch? Dies ist ein Heim für Mütter und ihre Kinder. Wenn ich richtig informiert bin, wurde Annemarie in einer Familie untergebracht?«

Lilo stand auf. »Wissen Sie zufällig, wie die Leute heißen? Und woher sie kommen?«, fragte sie so beiläufig wie möglich, während sie zu dem schmalen Schrank an der Wand ging und die Türe öffnete.

Die andere zuckte die Schultern. »Irgendwo aus dem Norden, glaube ich. Den Namen kann ich Ihnen natürlich nicht verraten, das wissen Sie ja.«

»Natürlich nicht«, sagte Lilo und starrte auf den Stapel Unterwäsche im Schrank. Obenauf lag ein Briefumschlag. Sie griff danach und betrachtete ihn verwundert, bis ihr einfiel, wo sie ihn schon einmal gesehen hatte. Werner hatte ihn ihr überreicht, kurz vor ihrem *Schwächeanfall*. War er ihr aus der Rocktasche geglitten?

In diesem Moment trat Frau Seifert, der das Packen offenbar nicht schnell genug ging, an ihre Seite.

»Den habe ich im Besucherzimmer gefunden«, erklärte sie mit Blick auf den Umschlag. »Und da Ihr Name draufstand …«

»Ja, ich muss ihn verloren haben. Danke.« Lilo nickte. »Sie können ruhig gehen, ich schaffe das hier alleine.« Sie zwang sich, nicht darüber nachzudenken, was sie tun würde, nachdem sie ihren Koffer gepackt hatte. Wohin sollte sie sich wenden? Was sollte sie tun?

»Gut«, sagte Frau Seifert und nickte knapp. »Das Mittagessen können Sie noch hier einnehmen, danach müssen Sie uns verlassen.«

»Ja, danke.« Lilo hatte das Gefühl, nie wieder in ihrem Leben auch nur einen einzigen Bissen herunterbringen zu können. Jedenfalls nicht, bevor sie Annemarie wieder bei sich hatte.

Sie sah Frau Seifert nach, wie sie das Zimmer verließ und die Tür hinter sich zuzog. Dann ging sie langsam rückwärts, bis sie das Bett in den Kniekehlen spürte. Sie ließ sich darauf nieder, den Blick noch immer auf den Umschlag in ihrer Hand gerichtet. Auf ihren Namen, geschrieben in der geschwungenen Handschrift ihrer Mutter. Lieselotte Wiegand. Kurz schloss sie die Augen. Stellte sich vor, dass ihre Eltern sie in diesem Schreiben baten, mit ihrer kleinen Tochter nach Hause zu kommen. Der Schmerz zog ihr die Kehle zusammen. Was für ein gemeiner Streich des Schicksals das wäre.

Sie öffnete die Augen wieder und riss den Umschlag auf. Ein zusammengefalteter Brief fiel heraus. Und ein Zettel mit einer kurzen Nachricht.

»Liebe Lilo, dieser Brief kam für Dich aus dem Osten. Deine Mutti.«

35.

Lilo starrte auf die Zeilen. Aus dem Osten? Etwa von Ludwig?

Ihre Hände zitterten mit einem Mal so sehr, dass sie Mühe hatte, das Papier zu entfalten. Und als sie seine Handschrift erkannte, war sie so blind vor Tränen, dass es eine Weile dauerte, bis sie den Brief lesen konnte.

Lilo, meine Liebste, stand darin, und ihre Augen weiteten sich, als sie es las. *War* sie das? Seine Liebste?

Wie oft habe ich schon damit begonnen, Dir diesen Brief zu schreiben, und wie oft habe ich es aufgegeben? Unzählige Male. Ich kann wirklich nicht erwarten, dass Du mir verzeihst, nach allem, was ich Dir angetan habe. Ich habe gelogen, Lilo. Kaum ein Wort, das ich an diesem Abend gesagt habe, entsprach der Wahrheit. Du warst mir nie egal. Du warst auch keine Eroberung oder ein Rachefeldzug gegen Hans. Im Gegenteil. Du warst das einzige Mädchen, das mir je etwas bedeutet hat. Ich weiß, dass ich es Dich zu selten habe spüren lassen. Warum? Das kann ich selbst nicht beantworten. Aber ich weiß, warum ich Dich an jenem Abend in meinem Zimmer so furchtbar behandelt habe. Weil ich es einfach nicht ertragen konnte, Dich zu verlassen. Und weil ich dachte, es würde leichter für Dich sein, wenn Du denkst, dass ich nur mit Dir gespielt habe. Und dass ich

Dich nicht liebe. Schon damals hatte ich das Gefühl, dass ich aus diesem Krieg nicht zurückkehren werde. Dieses Gefühl habe ich noch immer.

Ich habe beobachtet, wie Du auf der Straße vor unserem Haus geweint hast, und würde alles dafür geben, um es ungeschehen zu machen. Aber das kann ich nicht, und es tut mir unendlich leid.

Hier an der Front sieht man die Dinge in einem anderen Licht. Man erkennt, wie wertvoll die Liebe ist und wie kurz das Leben sein kann. Wir spielen Skat im Schützengraben, und wer gestern noch das große Kartenglück hatte, ist vielleicht morgen schon nicht mehr dabei. Am liebsten würde ich mich fernhalten von allen, denn manchmal glaube ich, dass es immer der Kamerad ist, mit dem ich Freundschaft geschlossen habe, der auf dem Schlachtfeld bleibt. Aber das ist ein dummer Gedanke. Nirgendwo auf der Welt hat man Freunde nötiger als hier. Und noch dringender brauche ich die Erinnerung an Dich. An uns. An Deine Liebe, von der ich hoffe, dass ich sie nicht für immer zerstört habe durch meine eigene Dummheit. Bitte vergib mir, Lilo, und sei gewiss, dass mein Herz nur Dir gehört.
Behüte Dich Gott, und bleibe gesund!
Innigst küsst Dich
Dein Ludwig

Wieder und wieder las Lilo seinen Brief. Er liebte sie. Sie wusste, dass diese Zeilen für sie vor der Geburt von Annemarie die Welt bedeutet hätten. Nichts hätte sie glücklicher gemacht, als von ihm zu lesen, dass es ihm leidtat und dass er sie von Herzen liebte. Was sie jetzt fühlte, hätte sie nicht annähernd in Worte fassen können. Einerseits war der Schmerz über seine Zurückweisung, über ihren vorgeblichen Irrtum, alles, aber auch alles falsch gedeutet und verstanden zu haben, mit einem Schlag gewichen.

Doch andererseits konnte nichts, noch nicht einmal seine Liebe, die Trauer darüber lindern, Annemarie verloren zu haben. Im Gegenteil. Sie war *seine* Tochter. Sie war, wie sich jetzt herausstellte, ein Kind der Liebe. Und sie, Lilo, hatte dieses Kind nicht beschützen können. Sie hatte nicht aufgepasst. Hatte zugelassen, dass man es ihr wegnahm. Wenn es ihr nicht gelang, Annemarie zu finden, dann würde diese niemals ihren Vater kennenlernen. Und auch an ihre Mutter würde sie nicht einmal eine leise Erinnerung haben.

Ihre Tochter war noch nicht einmal drei Monate alt. Sie würde Mami sagen zu jener Unbekannten mit den traurigen Augen. Ihre ersten Schritte würden zu dem SS-Mann führen, der die Arme ausbreiten, sie hochnehmen und durch die Luft wirbeln würde. Annemarie würde ihre leibliche Mutter nicht erkennen, wenn sie ihr später auf der Straße begegnete. Falls es dazu überhaupt jemals kam. Es gab so viele Straßen im Reich, und Lilo hatte keine Ahnung, auf welcher davon Annemarie in ihrem Leben gehen würde.

Wieder starrte sie auf die Zeilen in ihrer Hand. Welch schrecklichen Fehler hatte sie begangen? Wäre alles anders gekommen, hätte sie Ludwig gleich von ihrer Schwangerschaft erzählt? Sicher hätte er sie dann nicht fortgeschickt, sondern ihr vielleicht sogar einen Heiratsantrag gemacht. Sie wäre niemals mit Werner nach Kurmark gefahren, wäre auch nicht im Krankenhaus gelandet, hätte niemals im Delirium jenes Papier unterzeichnet. Stattdessen säße sie jetzt vermutlich im

Salon der Wohnung ihrer Eltern, die Verlobte eines Soldaten, mit ihrer Tochter auf dem Schoß. Sie erschauderte bei dem Gedanken an das, was hätte sein können, wenn sie damals anders entschieden hätte.

Sollte sie Ludwig schreiben? Sie drehte das Papier auf der Suche nach einer Anschrift und fand die fünfstellige Feldpostnummer. Was konnte sie sagen? *Ich liebe dich auch, Ludwig. Natürlich vergebe ich dir, doch fürchte ich, dass du umgekehrt mir nie verzeihen kannst. Denn wir haben ein Kind, und ich habe es verloren.*

Erst jetzt spürte Lilo, dass ihr schon seit geraumer Zeit die Tränen über die Wangen rannen. Ihr Blick fiel auf den noch immer geöffneten Schrank in der Ecke. Himmel, sie musste packen! Das Bett wurde gebraucht. Das hier war nicht mehr ihr Zuhause. Natürlich nicht.

Wie ferngesteuert stand sie auf und faltete ihre Wäsche ordentlich in den Koffer. Ludwigs Brief legte sie obenauf. Sie sah sich noch einmal im Zimmer um, ob sie etwas vergessen hatte. Auf dem Nachttisch einer ihrer Mitbewohnerinnen entdeckte sie eine Milchpumpe, ähnlich der, die sie im Krankenhaus benutzt hatte. Nur ganz kurz zögerte sie, dann verstaute sie die Pumpe in ihrem Koffer. Bettete sie sorgfältig zwischen die weiche Wäsche, damit sie nicht zerbrach. Zu guter Letzt klappte Lilo den Deckel mit Nachdruck zu und schloss die Schnallen. Sie packte den Griff, hievte das Gepäckstück vom Bett und wandte sich zum Gehen, gerade als die Tür von außen geöffnet wurde. Lilo fuhr zusammen. Sofort empfand sie ein schlechtes Gewissen, weil sie die Milchpumpe an sich genommen hatte. Würde man sie dafür des Diebstahls bezichtigen?

»Hallo.« Es war Anni. Lilo entspannte sich ein wenig. »Du willst gehen?«, erkundigte sich die andere.

»*Wollen* würde ich nicht gerade sagen«, antwortete Lilo, ohne ihr in die Augen zu schauen. »Für mich ist hier kein Platz mehr. Eine Mutter ohne Kind …« Sie brach ab, wollte sich an Anni vorbeidrängen. Die hielt sie zurück.

»Es tut mir leid. Wirklich«, sagte sie.

»Ja. Schon gut.« Lilo hatte inzwischen begriffen, dass es nicht gerecht war, auf Anni wütend zu sein. Nicht sie hatte ihr das angetan, sondern Werner. Es war unfair, von Anni zu verlangen, alles aufs Spiel zu setzen. Ihre Freundin musste an sich selbst denken und an ihren Sohn.

In Lilos Kopf begann sich bereits ein neuer Plan zu manifestieren. Sobald sie wieder in Hamburg war, würde sie den Familienanwalt kontaktieren. Vielleicht konnte er ihr helfen, Annemaries Adoptiveltern aufzuspüren. Auch wenn sie sich keine großen Hoffnungen machte, sie brauchte einen Strohhalm, an den sie sich klammern konnte.

»Hier. Zum Abschied.« Anni reichte ihr eine runde, orangefarbene Blechdose. »Schokolade.«

»Dankeschön.« Das war ein großzügiges Geschenk, Schokolade in diesen Zeiten eine Kostbarkeit.

»Aber erst im Zug essen.«

Lilo nickte. »Also dann.«

»Ja … Alles Gute, Lilo.«

»Dir auch.« Sie standen voreinander. Lilo konnte spüren, wie gerne Anni sie umarmt hätte, aber sie brachte es nicht über sich, auf sie zuzugehen. Denn sosehr sie auch verstand, dass Anni nicht anders hatte handeln können, so gab es doch einen Teil in ihr, der das Gegenteil erwartet hätte.

Sie beendete die unangenehme Stille, indem sie sich an Anni vorbeidrängte und das Zimmer verließ. Den Flur entlang, am Säuglingssaal vorbei, in dem Annemarie jede Nacht ihres jungen Lebens geschlafen hatte. Bis vorgestern. Die Treppe hinunter, Stimmengewirr drang aus dem Speisesaal. Es war ein Uhr und damit Essenszeit. Wie auf Kommando begann Lilos Magen zu knurren. Doch das kam nicht infrage. Sie wollte jetzt nichts essen, auch niemanden sehen, sich nicht verabschieden. Kurz überlegte sie, ob sie sich bei Frau Seifert abmelden musste. Eine Unterschrift leisten? Der Gedanke verursachte ihr körperliche Schmerzen. Nie wieder in ihrem Leben würde sie ihren Namen schreiben können, ohne sich an den größten, den verheerendsten Fehler ihres Lebens zu erinnern.

Besorgt zählte Lilo die wenigen Scheine, die sich noch in ihrer Börse befanden. Nachdem sie ein Zugticket nach Hamburg gelöst hatte, war nicht mehr genügend Geld übrig, um sich etwas zu essen zu kaufen. Sie spürte, wie ihre Beine vor Schwäche beinahe unter ihr nachgaben. Ihr wurde bewusst, dass sie sich bis heute Morgen noch im Krankenhaus befunden hatte. Dass sie sich gerade erst von einer schweren Operation erholte und vermutlich alles andere besser für sie gewesen wäre, als hungrig und durstig auf einem zugigen Bahnhof zu stehen.

Sie musste jetzt einen Schritt nach dem anderen tun. Es hatte keinen Zweck, sich von der Trauer und der Frage, wie sie ihr Kind zurückbekommen sollte, überwältigen zu lassen. Sie würde die Lösung nicht finden, wenn sie hier einfach zusammenbrach. Zum Glück fuhr in diesem Moment der Zug am

Bahnsteig ein. Mit letzter Kraft öffnete sie eine der Türen, erklomm die Stufen und wankte zu einem Abteil, wo sie sich aufatmend niederließ.

Eine weißhaarige Frau auf dem Platz gegenüber warf ihr einen besorgten Blick zu. »Geht es Ihnen gut?«

Lilo zwang sich zu einem Lächeln, obwohl ihr der Schweiß auf der Stirn stand. »Ja, danke. Alles in Ordnung.«

Die Frau musterte sie zweifelnd, zuckte dann aber mit den Schultern. »Wenn Sie meinen.«

Lilo bemühte sich, tief und gleichmäßig zu atmen. *Ein Schritt nach dem anderen*, wiederholte sie den Gedanken wie ein Mantra, *ein Schritt nach dem anderen*. Etwas Schokolade essen, um den Kreislauf zu stabilisieren. Nach Hamburg fahren. Bei den Eltern zu Kreuze kriechen. Gesund werden. Und dann ...

Mit zitternden Fingern drehte sie am Deckel der Blechdose, auf dessen Mitte ein Adler mit dem Hakenkreuz zwischen den Fängen prangte. *Scho-ka-kola. Die stärkende Schokolade.*

Na hoffentlich, dachte sie, während sie sich abmühte. Bloß wie kommt man an die Schokolade, wenn man zu schwach ist, um die verdammte Büchse zu öffnen?

Endlich spürte sie, wie das Behältnis nachgab. Sofort stieg ihr der süßlich-herbe Duft von Kakao in die Nase, und sie brach hastig ein Stück Schokolade ab. Steckte es in den Mund und kaute. Noch ein Stück. In Windeseile hatte sie die Hälfte der runden Tafel verzehrt – und entdeckte auf dem Boden der Dose einen Zettel. Sie griff danach. Unebene Kanten, wie aus einem Heft gerissen. Auf der Rückseite stand etwas.

Alfred und Helene Grossmann, Erlengrund? (vielleicht 21) in Lüneburg

Lilo starrte auf die offensichtlich in aller Eile hingeworfenen Druckbuchstaben. Ein Gefühl unendlicher Dankbarkeit überschwemmte sie. Ihre Freundin hatte sie nicht im Stich gelassen. Hatte vielmehr alles riskiert, um ihr zu helfen. Vor lauter Erleichterung brach Lilo in Tränen aus. Sie schlug die Hand vor den Mund, um das Schluchzen zu ersticken, doch vergeblich.

Ihr Gegenüber sah sie erschrocken an. »Du liebe Güte, Kindchen, was haben Sie denn?«

Lilo schluchzte noch lauter.

»Soll ich den Schaffner rufen?«

»Nein, nein, auf gar keinen Fall«, brachte Lilo hervor, während ihr die Tränen übers Gesicht liefen. *Danke, Anni, hab allen Dank der Welt.*

Die alte Dame betrachtete sie misstrauisch. »Wollen Sie vielleicht immer noch behaupten, dass es Ihnen gut geht?«, fragte sie, und Lilo nickte heftig.

Der Tränenstrom versiegte endlich, sie wischte sich mit beiden Händen über das Gesicht und lächelte. »Es geht mir einfach wunderbar«, sagte sie.

Die Frau zögerte, dann griff sie nach ihrer Handtasche und verließ kopfschüttelnd das Abteil. Lilo kicherte in sich hinein. Vielleicht hätte es ihr peinlich sein müssen, die Dame vergrault zu haben, aber sie fühlte sich in diesem Moment so leicht, so glücklich, dass sie die Situation einfach nur komisch finden konnte.

Alleine im Abteil wiederholte sie halblaut immer wieder Namen und Adresse der Menschen, die Annemarie zu sich genommen hatten. Alfred und Helene Grossmann. Alfred und Helene Grossmann. Dann zerriss sie den Zettel in winzige

Fetzen und warf sie aus dem Fenster, wo der Wind sie mit sich forttrug.

O Ludwig, dachte sie und beschwor sein Bild vor ihrem inneren Auge herauf, es wird alles gut. Ich hole sie zurück. Ich hole unsere Tochter zurück.

36.

Hamburg, Juli 1942

Lilo hatte sofort nach Lüneburg fahren wollen, doch der Zustand sowohl ihres Körpers als auch ihrer Geldbörse hatte sie schließlich umdenken lassen. Was hatte es für einen Zweck, vollkommen mittellos und ohne jeden Plan bei Annemaries Adoptiveltern aufzutauchen? Was sollte sie sagen? *Es war alles ein großes Missverständnis, bitte geben Sie mir meine Tochter zurück?* Lilo hatte das Gefühl, dass es so einfach nicht werden würde. Also fuhr sie nach Hause. Immerhin hatte ihre Mutter ihr Ludwigs Brief weitergeleitet. Lilo schien ihr also nicht vollkommen egal zu sein.

Es war bereits früher Abend, als sie endlich vor ihrem Elternhaus stand. Im Laden war noch Licht, und durch das Schaufenster erkannte sie ihren Vater, der hinter dem Verkaufstisch stand und Belege sortierte. Sogar auf die Entfernung konnte sie erkennen, wie blass und überarbeitet er aussah. Alt war er geworden, und dabei war sie doch nicht einmal ein ganzes Jahr fortgewesen. Hinter ihm, aus dem Lagerraum, tauchte jemand anderes auf, und sie stieß einen Laut der Verwunderung aus. Was machte Hinrich hier? Sie hatte angenommen, dass er noch an der Front war. Sie änderte ihren ursprünglichen Plan, sich als Erstes ihrer Mutter in der Wohnung zu zeigen, und stieß beherzt die Tür zum Geschäft auf. Die Türglocke bimmelte, und zwei Augenpaare blickten in ihre Richtung. Zunächst erwartungsvoll, dann erstaunt, schließlich fassungslos.

»Lilo, was machst du denn hier?«, fragte ihr Vater.

Hinrich hingegen hielt sich nicht mit Worten auf. Schnell kam er hinter dem Tresen hervor, sie bemerkte noch sein starkes Hinken, dann war er auch schon bei ihr und riss sie in seine Arme. »Schwesterlein«, flüsterte er ihr ins Ohr und drückte sie so fest, dass ihr beinahe die Luft wegblieb. Die ungewohnte Zärtlichkeit von einem ihrer Brüder trieb ihr die Tränen in die Augen.

»Warum bist du zu Hause?«, fragte sie und löste sich sanft aus seiner Umklammerung. Die Operationsnarbe schmerzte zu sehr, als dass sie es auch nur noch eine Sekunde länger aushalten konnte.

»Kriegsversehrt.« Er zog eine Grimasse. Dann hob er das rechte Bein und klopfte sich auf den Unterschenkel. Da Lilo offensichtlich nicht schnell genug begriff, raffte er sein Hosenbein hoch und entblößte die hölzerne Prothese.

Lilo schlug sich die Hand vor den Mund. »Nein!«, sagte sie. »Oh, Hinrich …«

»Schon gut.« Er ließ den Stoff wieder herunter und zuckte betont gleichmütig mit den Schultern. »Damit können sie mich wenigstens nicht zurückschicken. Hat auch seine Vorteile. Das Schlimmste kommt nämlich noch.«

»Hinrich«, sagte sein Vater, der eben hinzutrat, streng. »So darfst du nicht reden.«

Ihr Bruder verstummte, doch Lilo erkannte den Trotz in seinen Augen. Von der Begeisterung, mit der er für Volk und Vaterland in den Krieg gezogen war, war anscheinend nichts mehr übrig. Verständlicherweise.

Ihr Vater musterte sie, konnte sich aber offenbar nicht dazu durchringen, sie in die Arme zu nehmen.

»Du siehst elend aus«, stellte er fest und runzelte die Stirn. »Und wo …?« Sein Blick wanderte an ihr auf und ab, als erwartete er, dass sie ihr Baby irgendwo in ihrer Rocktasche versteckt hielt.

Lilo hob die Schultern. Dann begann sie doch wieder zu weinen.

Die Zeit, die Lilo brauchte, um wieder einigermaßen auf die Beine zu kommen, kam ihr vor wie eine Ewigkeit. Jede Stunde zog sich wie ein Jahr, die Intensität, mit der sie Annemarie vermisste, steigerte sich von Tag zu Tag.

Schnell wurde klar, dass sie von ihren Eltern keine Hilfe zu erwarten hatte. Sicher verstehe man ihre Trauer über die verlorene Tochter, doch sei es insgesamt doch die beste Lösung für alle Beteiligten. Nach diesem Kommentar ihres Vaters war Lilo so wütend, dass sie kein Wort mehr mit ihm sprach. Wie konnte er so etwas sagen? Niemand schien das Ausmaß der Tragödie zu begreifen. Nach einer Woche, die sie hauptsächlich in ihrem Bett verbracht hatte, raffte sie sich auf, um das Frühstück mit der Familie einzunehmen. Sie konnte nicht ewig im Bett bleiben. Sie musste etwas tun.

Nachdem sie, wie schon so oft, Milch abgepumpt hatte, stieg sie auf wackeligen Beinen die Treppen in den ersten Stock hinunter und ging zum Speisezimmer. Die Tür war nur angelehnt, und als sie ihren Namen hörte, blieb sie unwillkürlich stehen und lauschte.

»Wenn ich gewusst hätte, dass er so mit Lilo umspringt, hätte ich nach einer anderen Lösung gesucht«, sagte ihr Vater gerade aufgebracht. »Und wir haben ihm noch ein kleines Vermögen gezahlt, damit er sich um alles kümmert.«

»Sicher, ich hätte es mir auch anders gewünscht«, antwortete Wilhelmine ruhig, »aber eins müssen wir ihm lassen. Er hat die Sache geregelt.«

Lilo brauchte einen Moment, bis ihr klar wurde, wovon ihre Eltern sprachen. Dass sie mit *der Sache* ihr Baby meinten. Heftig stieß sie die Tür auf.

»Ihr habt ihn *bezahlt*?«, fragte sie, und es klang viel weniger wütend, als sie sich fühlte; eher ungläubig und verzweifelt. Noch nie war sie sich so verraten vorgekommen. »Dafür, dass er mir mein Kind stiehlt?«

Ihre Eltern zuckten bei ihrem Anblick ertappt zusammen, ganz offensichtlich war das Gespräch nicht für ihre Ohren bestimmt gewesen.

»Natürlich nicht. Werner hat lediglich eine kleine Aufwandsentschädigung bekommen, um dich in dem Entbindungsheim unterzubringen«, versuchte ihre Mutter zu beschwichtigen, doch Lilo unterbrach sie sofort.

»Ein *kleines Vermögen*«, sagte sie heftig, »das hat Vati selbst gesagt. Und offensichtlich war das ja nicht alles, was er tun sollte. Ihr wolltet, dass Annemarie wegkommt. Weil ihr keinen Bastard in der Familie haben wolltet.«

»Niemand will einen Bastard in der Familie«, erwiderte Wilhelmine mit erhobener Stimme.

»Den Nazis, die ihr so vergöttert, ist es vollkommen egal, ob eine Frau verheiratet ist oder nicht«, hielt Lilo dagegen.

»Aber uns nicht!« Karl schlug mit der Faust auf den Tisch. »Du hattest deine Chance. Du hättest heiraten können!«

Lilo spürte, wie ihr alle Farbe aus dem Gesicht wich. Sie trat einen Schritt zurück. »Ach, so ist das«, sagte sie tonlos, während sie langsam begriff. »Es war also nicht nur Werners Plan, mich zu zwingen, ihn zu heiraten. Ihr habt euch das gemeinsam ausgedacht. Und du hast sogar noch dafür bezahlt?« Sie sah ihren Vater an, der ihrem Blick auswich.

»Du hast doch Ludwigs Brief gelesen«, wandte sie sich an ihre Mutter. »Wie konntest du davon wissen und trotzdem diesen SS-Widerling auf mich loslassen? Wer tut so was? Was für eine Mutter tut so was?«

»Liebling«, sagte Wilhelmine, und die ungewohnte Anrede ließ Lilo verstummen. »Ich will nur dein Bestes. Das will jede Mutter. Und deshalb wirst auch du irgendwann verstehen, dass es für dein Kind das Beste ist, in einer intakten Familie aufzuwachsen.«

»Mein Kind heißt Annemarie«, sagte Lilo leise. »Und du hast keine Ahnung, was für sie das Beste ist!«

In dieser Nacht heulten die Sirenen, und Lilo und ihre Familie stiegen hinab in den zum Luftschutzraum umgebauten Keller. Die Menschen drängten sich auf den provisorischen Holzbänken. Auch Decken lagen bereit.

Die routinierte Art, mit der die Menschen unter dem Kommando von Wilhelmine, die als Luftschutzbeauftragte fungierte, den Keller betraten und sich ihre Plätze suchten, machte Lilo klar, dass sie das letzte Jahr in der Kurmark wie in einer Blase verbracht hatte. Dort schlief man friedlich durch die Nacht, verzehrte üppige Mahlzeiten und machte sich höchstens Gedanken über Windelausschlag und kindliche Blähungen.

Hier, mitten in Hamburg, sah es anders aus. Ganz anders. Der Krieg hatte die Heimatfront erreicht. Die zum Kriegsdienst eingezogenen Männer fehlten an allen Ecken und Enden. Die Bombardierungen durch die Alliierten hatten bereits beträchtliche Lücken ins Stadtbild gerissen, Menschen hatten ihre Häuser verloren, es gab Tote zu beklagen.

Immer mehr Nachbarn drängten in den Keller. Wegen des hohen Grundwasserspiegels waren die meisten der umliegenden Häuser nicht unterkellert. Beim Anblick der vielen Menschen fragte sich Lilo, ob es hier unten wirklich genug Sauerstoff für alle gab. Das Atmen fiel ihr jetzt schon schwer, es fühlte sich an, als läge etwas Schweres auf ihrer Brust. Sie hockte auf dem äußersten Rand ihrer Holzbank und zog ihre in aller Eile über das Nachthemd geworfene Strickjacke fester um sich. Die unmittelbare Nähe ihrer Eltern, die sie so sehr hasste, verursachte ihr zusätzliche Übelkeit. Die Detonationen kamen näher, manche so dicht, dass der Putz von der Decke rieselte. Jedes Mal, wenn es knallte, entfuhr ihr ein Schreckenslaut, was die Kinder der fünfköpfigen Familie Klemm aus dem Nachbarhaus dazu veranlasste, sie mit großen Augen anzustarren wie ein Tier im Zoo.

Ein weiterer Einschlag, so heftig, dass der Boden bebte. Erneut schrie Lilo leise auf. Die Kinder waren fasziniert. Sie waren es nicht gewohnt, dass eine Erwachsene hier unten die Kontrolle über sich verlor. Nicht dass die anderen nicht auch Angst gehabt hätten. Aber sie hatten gelernt, sich zu beherrschen. Starrten nur mit müden Augen vor sich hin. Viele Nächte im Luftschutzkeller lagen hinter ihnen, und man musste seine Kräfte sparen.

Lilo senkte den Kopf und vergrub das Gesicht in den Händen. Wenn ich jetzt sterbe, dachte sie, wenn eine Bombe das Haus trifft, was wird dann aus Annemarie? Der Gedanke zerriss ihr das Herz. Also zwang sie sich, das Ganze von einer anderen Seite zu betrachten. Ihre Tochter war in Lüneburg. Lilo konnte es zwar nicht mit Sicherheit sagen, zu wenig hatte sie im letzten Jahr vom Verlauf des Krieges mitbekommen, doch sie nahm stark an, dass die Angriffe des Feindes sich auf die großen Städte konzentrierten. Hamburg, Berlin, München und Köln.

Sie rief sich das Bild ihrer Tochter ins Gedächtnis, stellte sich vor, wie sie friedlich in ihrem Bettchen schlief. Wie ihre langen, blonden Wimpern bebten und kein Fliegeralarm sie störte. Und wenn die Frau, die neben ihr saß, auch nicht sie selbst war, so war Lilo doch froh, dass da irgendjemand war. Eine Frau mit braunen Locken und melancholischen Augen, die ihre Hand auf das Köpfchen ihrer Tochter legte und ihren Schlaf bewachte.

37.

Lüneburg, Juli 1942

Helene

Seit einer geschlagenen Stunde war Helene mit dem Baby im Arm im Kinderzimmer auf und ab gelaufen. Beinahe ebenso lange hatte die Kleine geschrien, und kein gutes Zureden, kein Schaukeln oder Rückenstreicheln hatte sie beruhigen können. Dann endlich, als Helene schon der Verzweiflung nahe war, hatte sie sich doch noch entspannt. Der kleine Körper schmiegte sich an ihre Schulter, und dann waren dem Baby die Augen zugefallen, und die leisen, gleichmäßigen Atemgeräusche verrieten, dass sie eingeschlafen war.

Helene wagte es nicht, das Kind zurück in sein Gitterbettchen zu legen, aus Angst, es könnte aufwachen und weiterschreien. Stattdessen ließ sie sich vorsichtig, wie in Zeitlupe, auf dem Sessel am Fenster nieder, lehnte sich zurück und schloss ebenfalls die Augen.

Das kleine Mädchen gab einen Grunzlaut von sich.

»Alles gut«, murmelte Helene, »schlaf, kleine Mathilda, schlaf weiter.« Sie legte ihre Hand auf das winzige Köpfchen, fühlte den weichen Flaum unter den Fingern und strich sanft darüber. Sie war müde. So müde. Dennoch konnte sie sich nichts Schöneres vorstellen, als hier mit diesem kleinen Wesen, das jetzt ihre Tochter war, im Dunkeln zu sitzen und gemeinsam zu atmen.

Alfred wäre vermutlich nicht einverstanden gewesen. Zwar vergötterte er die Kleine und schäkerte tagsüber mit ihr, wann immer er die Zeit fand, doch war er der Ansicht, dass Kinder nachts in ihr Bett gehörten und dass man sie nur verzärtelte, wenn man auf jedes Weinen sofort reagierte.

»Die Nacht ist zum Schlafen da«, hatte er schon beim ersten Mal gesagt, als Helene aus dem Bett gestiegen und ins Kinderzimmer geeilt war.

»Aber sie weint doch.«

»Damit wird sie aufhören, wenn sie merkt, dass niemand auf sie reagiert. Hast du denn das Buch noch immer nicht gelesen?« Sein Blick wanderte zu ihrem Nachttisch.

Dort lag eine Ausgabe von *Die deutsche Mutter und ihr erstes Kind*, die Pflichtlektüre für jede junge Mutter. Helene hatte sich auf die Zunge gebissen. O doch, sie hatte es gelesen. Die Autorin Johanna Haarer rief darin zu unerbittlicher Härte gegenüber dem eigenen Nachwuchs auf. *Liebe Mutter, werde hart! Fange nur nicht an, das Kind aus dem Bett herauszunehmen, es zu tragen, zu wiegen, es gar zu stillen. Nach wenigen Nächten, vielfach schon nach der ersten, hat das Kind begriffen, dass ihm sein Schreien nichts nützt, und ist still.*

Helene hatte das absolut herzlos gefunden, sich jedoch gehütet, ihre Gedanken auszusprechen. Sie war Alfred unendlich dankbar, dass er sie nun doch noch zur Mutter gemacht hatte. Wenn auch nicht auf dem Weg, den sie sich gewünscht und den sie seit über zehn Jahren, seit ihrer Hochzeit, verfolgt hatten. In der ganzen Zeit war sie nur ein einziges Mal schwanger gewesen, und das hatte nicht gehalten. Im März war sie dreißig Jahre alt geworden, hatte die Hoffnung auf ein Kind aufgegeben und war in tiefe Depressionen verfallen. Bis zu jenem Tag vor fast zwei Wochen, als sie die kleine Mathilda zum ersten Mal in die Arme hatte nehmen dürfen.

»Es ist doch alles noch fremd für sie«, hatte sie argumentiert, als Alfred ihr befohlen hatte, ins Bett zurückzukehren. Grummelnd war er alleine ins Schlafzimmer getappt, und sie war fortan jedes Mal schon beim ersten Geräusch aus dem Kinderzimmer aufgesprungen, damit er ja nicht mitbekam, dass sie nicht gewillt war, ihr Kind nachts sich selbst zu überlassen.

38.

Lüneburg, Juli 1942

Lilo bog ab und sah den Erlengrund vor sich liegen. Die Straße verlief in einem Bogen und war nicht besonders lang. Erleichtert atmete Lilo auf.

Anni hatte ein Fragezeichen hinter die Hausnummer gesetzt, sie war sich also nicht sicher. Vielleicht war die Adresse unleserlich gewesen. Auf jeden Fall war es durchaus möglich, dass Lilo auf der Suche nach dem Ehepaar Grossmann sämtliche Häuser würde abklappern und alle Klingelschilder würde lesen müssen – und da war es von Vorteil, sich nicht in einer kilometerlangen Hauptstraße zu befinden.

Es war früher Vormittag. Nach der Bombennacht hatte Lilo keinen Tag mehr warten können, sondern hatte gleich im Morgengrauen den ersten Zug nach Lüneburg bestiegen.

Mit den Augen suchte sie die Häuserfassaden nach den Nummern ab. Siebzehn, neunzehn, einundzwanzig. Fast in der gleichen Sekunde, als sie das Haus entdeckte, öffnete sich die Tür, und ein ungewöhnlich großer, kräftiger Mann trat heraus.

Lilos Herz setzte einen Schlag aus. Er trug die schwarze Uniform der SS. Hastig trat sie halb hinter einen Baum am Straßenrand, kniete nieder und machte sich an ihrem Schnürsenkel zu schaffen. War das Alfred Grossmann? Wieder und wieder band sie ihre Schleife, während sie unter gesenkten Lidern den Hauseingang im Auge behielt. Entgegen ihrer Annahme nahm der Mann nicht die vier Stufen, die zum Bürgersteig hinunterführten, sondern wandte sich zurück, um die Tür aufzuhalten. Lilos Herz hämmerte jetzt wie wild in ihrer Brust. Eine Frau mit einem Kinderwagen kam heraus. Der Mann half ihr die Treppen hinunter.

Lilo presste die Lippen aufeinander. Sie musste gar nicht hinsehen. Brauchte sich nicht eigens davon zu überzeugen, dass es sich um eine etwa dreißigjährige Frau handelte, zierlich, mit braunen Locken und schwermütigem Blick. Sie *spürte* einfach, dass Annemarie ganz in ihrer Nähe war.

Das Paar mit dem Kinderwagen – Lilo weigerte sich, sie auch nur in Gedanken als Familie zu bezeichnen – trat auf den Gehweg. Sie selbst kauerte noch immer wenige Meter von ihnen entfernt, doch man schien sie nicht zu bemerken. Sie küssten sich, wünschten einander einen schönen Tag und gingen dann in unterschiedliche Richtungen davon.

Der Mann interessierte sie nicht. Kaum war er aus ihrem Blickfeld verschwunden, dachte sie nicht weiter an ihn. Nur ganz nebenbei nahm sie das Starten eines Motors hinter sich wahr. Wie gebannt folgte sie der Frau mit den Augen, die langsam den Bürgersteig entlangwanderte, ab und zu innehielt, sich vorbeugte und leise zu dem Baby im Kinderwagen sprach.

Ein letztes Mal band Lilo ihre Schnürsenkel zu, dann erhob sie sich und folgte den beiden.

Nach wenigen Minuten Fußmarsch gelangten sie in einen weitläufigen Park. Einige wenige Spaziergänger flanierten über die schmalen, durch breite Rasenflächen verlaufenden und von Bäumen gesäumten Wege. Die Morgensonne tauchte alles in ein strahlendes Licht, ein sanfter Wind strich durch die sattgrünen Blätter, die leuchtenden Farben der Blumen und ihr zarter Duft schufen eine fast unwirkliche Atmosphäre von Frieden und Schönheit. Es war, als hätte der Krieg, in dem Deutschland sich seit fast drei Jahren befand, vor diesem Fleckchen Erde haltgemacht. Im gleichen Moment entdeckte Lilo ein Paar, das in der Nähe spazieren ging. Der rechte Ärmel des Mannes hing leer herab und strafte ihre Gedanken Lügen.

Sie wandte den Blick ab und heftete ihn wieder auf den schmalen Rücken der Frau, die in einem Abstand von gut fünfzig Metern vor ihr durch den Park wanderte. Die in aller Selbstverständlichkeit den Kinderwagen mit Annemarie vor sich herschob, als wäre es ihr Baby. Als hätte *sie* es neun Monate in ihrem Bauch getragen, es unter Schmerzen geboren und mit ihrer Milch ernährt.

Lilo biss sich beinahe die Lippen blutig. Der plötzlich in ihr aufflammende Hass auf die fremde Frau erschreckte sie.

39.

Helene

Helene schob den Kinderwagen mit Mathilda durch den von der sommerlichen Morgensonne durchfluteten Park. Hin und wieder hielt sie an und beugte sich hinunter, um das Kind zu betrachten, das jedes Mal freudig quietschte, wenn sie die Hand ausstreckte und es am Bauch kitzelte. Helene konnte gar nicht genug bekommen von diesem Geräusch, hoch und giggelnd und begleitet von einem Strahlen der hellblauen, unschuldigen Augen. Noch einmal krabbelte sie mit den Fingern über den kleinen Leib, und erneut quiekte Mathilda begeistert. Auch bei der vierten, fünften, sechsten Wiederholung schien das Spiel nicht seinen Reiz für sie zu verlieren, und so standen sie eine gefühlte Ewigkeit am selben Fleck. Kitzeln, juchzen, kitzeln, juchzen. Wie einfach das Leben doch sein konnte. Wie einfach und wie schön!

Erst als der Blick der Kleinen sich verschleierte und ihr die Lider zufielen, nahm Helene ihren Spaziergang wieder auf. Das sanfte Ruckeln wiegte Mathilda endgültig in den Schlaf, und als sie tief und gleichmäßig atmete, machte Helene an einer Parkbank halt. Sie stellte den Kinderwagen schräg, sicherte, obwohl der Weg keineswegs abschüssig war, die Vorderräder mit Steinen, sodass er nicht wegrollen konnte, und ließ sich dann aufatmend auf der Bank nieder. Die bleierne

Müdigkeit, im Spiel mit dem Kind für Minuten wie weggeblasen, legte sich erneut über sie. Sie lehnte sich zurück und beobachtete mehrere Spatzen, die wenige Meter von ihr entfernt auf dem Boden herumpickten.

40.

Lilo sah, wie der Kopf der Frau sich nach vorne neigte und auf ihre Brust fiel. Sofort schreckte sie wieder hoch, um gleich darauf erneut zusammenzusacken. Das Spiel wiederholte sich, bis sie schließlich ganz eingeschlafen war.

Lilo spürte einen beinahe unwiderstehlichen Drang in sich, zu der Parkbank zu sprinten, zu dem Kinderwagen, der direkt danebenstand, Annemarie herauszuheben und mit ihr davonzulaufen. Vor ihrem inneren Auge sah sie die Szene schon vor sich. Die schlafende Frau. Ihr Baby, das, sobald es ihrer ansichtig wurde, die Hände nach seiner Mami ausstrecken würde. Seiner wahren, seiner einzigen Mami. Wie sie es hochnehmen und weglaufen würde. So schnell, dass niemand sie verfolgen, niemand sie aufhalten konnte. Bis zum Bahnhof würde sie rennen und nicht ein einziges Mal anhalten, um zu verschnaufen. Mit Annemarie in den Zug springen und nicht zurückschauen.

Lilo blickte sich im Park um. Er war nicht gerade überfüllt, aber auch keineswegs menschenleer. Rentner führten ihre Hunde spazieren, und Mütter waren mit Kindern unterwegs. Ein paar Menschen schlenderten allein oder zu zweit dahin. Ihr war klar, dass ihr Tagtraum nichts anderes als das war – ein Traum. Nie im Leben würde sie das Baby unbemerkt mitnehmen können. Oder doch?

Wie magnetisch angezogen ging sie langsam auf die Stelle

zu, bis sie, nur noch wenige Meter entfernt, stehenblieb. Ihr Blick saugte sich an der Frau im weißen Kleid fest. Sie war unglaublich zierlich, und Lilo fragte sich, ob sie überhaupt in der Lage war, ein Kind hochzuheben, selbst wenn es noch so klein war wie Annemarie. Ihr Gesicht war zweifellos hübsch und wirkte im Schlaf tief entspannt.

Der Kinderwagen zitterte leicht, und leise gurgelnde Laute drangen daraus hervor. Mit weichen Knien trat Lilo näher. Zum ersten Mal, seit sie die beiden verfolgte, kam ihr der Gedanke, dass sie sich irren könnte. Dass vielleicht gar nicht Annemarie, sondern ein ganz anderes Kind dort im Wagen ruhte. Aber ein einziger Blick ließ sie erkennen, dass ihr Gefühl sie nicht getrogen hatte.

Da lag sie. Ihre Tochter.

Natürlich hatte sie sich verändert in den fast drei Wochen, die sie voneinander getrennt gewesen waren, ihr Gesicht war ein wenig voller, das blonde Haar länger geworden. Die Augen strahlten noch immer so blau wie der Himmel an einem wolkenlosen Tag, während sie zu ihr hochschaute.

Lilo zwang den Impuls nieder, das Kind an sich zu reißen. Stattdessen verharrte sie, und eine seltsame Scheu befiel sie, während sie voller Staunen ihre Tochter betrachtete. Was habe ich für ein Glück, fuhr es ihr durch den Kopf, dass ich sie wiedersehen darf. Um ein Haar hätte ich sie für immer verloren. Danke, Anni. Danke, Gott, danke sogar dem schrecklichen Doktor Diels, der mich operiert hat, danke einfach jedem, der irgendetwas damit zu tun hat, dass ich in diesem Moment hier stehen darf.

Annemarie gab einen kleinen Juchzer von sich und streckte die Hände aus. Noch nie hatte Lilo einen schöneren Laut gehört. Unwillkürlich reichte sie dem Kind die Rechte, und es umschloss ihren Zeigefinger mit seiner Faust.

In diesem Moment nahm Lilo aus dem Augenwinkel eine Bewegung wahr, winzig nur, aber unverkennbar. Der Kopf der Frau ruckte nach oben, und sie sah ein wenig orientierungslos um sich. Instinktiv zog Lilo die Hand zurück und machte einen Schritt rückwärts. Augenblicklich reagierte Annemarie mit lautem Protestgeschrei. Dies schien ihre Adoptivmutter aus ihrer Benommenheit zu reißen. Sie sprang auf und beugte sich hastig über den Kinderwagen.

»Ich muss eingeschlafen sein«, murmelte sie zu Lilos Überraschung in ihre Richtung. »Wie konnte mir das nur passieren? Aber die Nächte sind anstrengend, wissen Sie?« Sie nahm Annemarie hoch und lehnte sie gegen ihre Schulter.

Und ob ich das weiß, schrie es in Lilos Innerem, aber natürlich sagte sie nichts. Sie nickte nur.

»Was hast du denn, kleine Mathilda?«, fragte die Frau und wiegte das Kind auf und nieder.

Mathilda. Sie hatten ihr nicht nur die Mutter genommen. Noch nicht einmal den eigenen Namen hatten sie ihr gelassen.

»Vielleicht hat sie Hunger?«, fragte sie, und die Frau nickte.

»Da könnten Sie recht haben. Ich habe ein Fläschchen für sie dabei.« Sie blickte zu der Tasche, die am Griff des Kinderwagens hing, überlegte einen Moment, dann hielt sie Lilo das weinende Baby hin. »Würde es Ihnen was ausmachen? Nur ganz kurz, während ich die Milch …?«

»Natürlich!« Lilo streckte die Arme aus und nahm ihr das Kind ab. Vorsichtig drückte sie es an sich, und als sie den warmen, kleinen Körper an ihr spürte, überschwemmte sie eine Welle von Glücksgefühlen. Im selben Moment verstummte das Weinen, und Lilo spürte ein Ziehen in den Brüsten. Es fühlte sich an, als würden sie in Sekundenbruchteilen anschwellen, und dann begann auch schon die Milch zu fließen. Ein nasser Fleck breitete sich auf ihrem blauen Kleid aus. Das Baby in ihrem Arm drückte seine Nase gegen ihre Brust und streckte die winzige Zunge aus. Eine leise Panik ergriff von Lilo Besitz, während sich die Dunkelheit auf dem Stoff mehr und mehr ausbreitete. Gleichzeitig wollte sie nichts lieber tun, als hier und jetzt die Knopfleiste ihres Kleides zu öffnen und ihre Tochter zu stillen.

»Ah, endlich.« Triumphierend hielt die Frau eine Milchflasche hoch und trat zu ihr. Erst jetzt schien sie zu realisieren, dass das Weinen verstummt war. »Sie scheinen sich mit Kindern auszukennen«, sagte sie, »auf Mathilda haben Sie jedenfalls eine sehr beruhigende Wirkung.« Sie lächelte freundlich, und ihre Augen strahlten sanft.

Unter anderen Umständen hätte Lilo diese Frau vielleicht sogar gemocht.

»Na ja«, sagte sie hilflos, während sie fieberhaft überlegte, wie sie die feuchten Flecken auf ihrem Kleid verbergen sollte. Doch da saugte sich der Blick der anderen bereits an ihrem Oberkörper fest.

»O nein«, rief sie und schlug die Hand vor den Mund. »Sie hat wieder gespuckt, das tut mir schrecklich leid. Sehen Sie sich nur Ihr schönes Kleid an. Bitte entschuldigen Sie.«

»Aber nein, das macht doch nichts«, beeilte sich Lilo zu sagen, während grenzenlose Erleichterung sie durchströmte.

»Kleine Mathilda, das tut man doch nicht«, schimpfte die Frau milde, während sie das Kind wieder an sich nahm. »Mami darfst du anspucken, so viel du willst. Aber doch nicht eine fremde Frau.«

Ich bin ihre Mutter, und *du* bist die fremde Frau, dachte Lilo, als im selben Moment Annemarie wieder in den höchsten Tönen zu schreien begann.

»Na na, ist doch schon gut, so schlimm ist es ja nicht«, sagte die Frau. »Schau, was ich hier habe, eine schöne Milch für dich. Hast du Hunger, kleine Mathilda?«

Eine Weile lang protestierte das Baby noch heftig, Lilo bildete sich sogar ein, dass es ihr flehende Blicke zuwarf. Natürlich, es wollte die Milch seiner Mutter. Aber sie konnte nur hilflos danebenstehen und zusehen, wie ihr Kind schließlich aufgab und an der Flasche zu saugen begann. Erneut zogen sich ihre Brüste schmerzhaft zusammen, und instinktiv legte sie die Hände darauf.

Die Frau hatte ihre Bewegung bemerkt und entschuldigte sich erneut. »Es ist mir schrecklich peinlich, wirklich.«

»Das muss es nicht.«

»Doch, doch. So können Sie nicht herumlaufen. Wohnen Sie denn in der Nähe?«

Lilo schüttelte den Kopf.

»Aber wir. Nur ein paar Minuten von hier. Dort kann ich Ihnen ein Kleid von mir geben und …« Die Frau verstummte und schloss verlegen den Mund.

Lilo hätte beinahe gelacht bei dem Gedanken, ihren langen, athletischen Körper in eins der Puppenkleidchen zu zwängen, die ihr Gegenüber trug. »Ich vermute, wir haben nicht ganz dieselbe Größe.«

Bekümmert schüttelte die andere den Kopf. »Nein, vermutlich nicht. Dann wasche ich Ihnen das Kleid schnell durch.«

Nicht doch, wollte Lilo schon sagen, als es sie wie ein Blitz durchzuckte.

Was tat sie hier? Was würde geschehen, wenn sie weiterhin so vehement jede Hilfe ablehnte? Annemaries Adoptivmutter würde irgendwann schulterzuckend einwilligen, ihr Kind in den Wagen legen und auf Nimmerwiedersehen verschwinden.

»Das wäre wirklich nett. Wenn es Ihnen keine allzu großen Umstände macht?«

»Aber nein, das ist doch das Mindeste, was ich tun kann. Sie müssten dann natürlich eine Weile warten, bis das Kleid getrocknet ist. Aber wir hängen es in die Sonne, dann wird es nicht allzu lange dauern.«

»Kein Problem, ich habe nichts anderes vor.« Innerlich jubilierte Lilo. Sie würde die beiden nach Hause begleiten, Annemaries Kinderzimmer sehen und Zeit mit ihr verbringen können.

Und dann?

»Ich habe mich noch gar nicht vorgestellt. Helene Grossmann. Ich würde Ihnen die Hand reichen, aber ...« Sie deutete mit dem Kinn auf das nuckelnde Baby in ihrem Arm.

»Natürlich. Ich heiße Lilo Wiegand.« Kaum hatte sie es ausgesprochen, hätte sie sich am liebsten auf die Zunge gebissen. Doch kein überraschtes Zucken, kein Schreck war in dem lieblichen Gesicht der Frau zu entdecken. Offensichtlich war der Name der leiblichen Mutter vom Heim anonym gehalten worden. Zum Glück.

Annemarie hatte ihre Mahlzeit beendet. Helene warf das leere Fläschchen in die Tasche und machte Anstalten, das Baby zurück in den Kinderwagen zu legen.

»Sie muss erst aufstoßen«, sagte Lilo instinktiv. »Sonst bekommt sie Bauchschmerzen. Darf ich?« Wie selbstverständlich nahm sie Helene das Kind ab, lehnte es gegen ihre Schulter und streichelte sanft den Rücken mit kreisenden Bewegungen. »So, erledigt. Entschuldigung.« Erst jetzt wurde sie sich bewusst, dass man dieses Verhalten von einer Fremden durchaus als aufdringlich interpretieren konnte. Rasch reichte sie das Kind zurück. Doch ihre Sorge stellte sich als unbegründet heraus, denn Helene lächelte warm.

»Sie kennen sich wirklich gut mit Kindern aus. Sind Sie auch Mutter?«

Ja, wollte sie sagen.

»Nein«, antwortete sie stattdessen. »Ich ... habe drei jüngere Brüder.«

»Das merkt man.« Helene legte Annemarie in den Wagen, und gemeinsam traten sie den Rückweg an.

41.

Die Wohnung der Grossmanns lag im Hinterhaus. Mit vereinten Kräften wuchteten die Frauen den Kinderwagen erst vier Stufen hinauf, dann hinunter und über den Hof. Dort ließen sie das Gefährt im Treppenhaus stehen.

»Wir wohnen im vierten Stock«, erklärte Helene mit einem entschuldigenden Lächeln.

Mit großem Unbehagen beobachtete Lilo, wie sich die zierliche Frau mit dem Baby auf dem Arm an den Aufstieg machte, das Treppengeländer mit der freien Hand fest umklammernd.

Lilo nahm immer zwei Stufen auf einmal, um zu ihr aufzuschließen. »Ich nehme A…, äh, das Kind. Sie sehen ein bisschen mitgenommen aus.« Insgeheim rechnete sie mit Widerstand, doch die andere nahm das Angebot offenbar voller Dankbarkeit an.

»Wie nett von Ihnen. Sie heißt übrigens Mathilda. Nach meiner verstorbenen Schwiegermutter.«

»Aha.« Lilo konnte es beim besten Willen nicht über sich bringen, diesen Namen, der so offensichtlich und vollkommen falsch für ihre Tochter war, zu bewundern. Stattdessen drückte sie Annemarie an sich und stieg schnell die Stufen empor. Es stach und brannte in ihrer Operationsnarbe, dennoch kam sie schneller voran als Helene, die leise keuchend hinter ihr lief.

»Hier ist es«, sagte sie schließlich atemlos. Sie überholte Lilo und machte sich an dem Türschloss zu schaffen. »Und bitte entschuldigen Sie, ich fürchte, ich habe vergessen aufzuräumen.«

Tatsächlich empfing sie ein ziemliches Chaos, als Lilo den langen Flur betrat, von dem mehrere Türen abgingen.

»Das macht doch nichts«, beeilte sie sich zu sagen. »So ist es nun mal, wenn man gerade erst ein Baby bekommen hat.« Sie warf Helene einen schnellen Seitenblick zu, und tatsächlich zuckte diese bei der Bemerkung zusammen, sagte aber nichts.

Einen Augenblick standen die Frauen verlegen voreinander, dann streckte Helene die Hände aus.

Lilo wehrte ab. »Schon gut, es stört mich nicht. Wo ist denn das Kinderzimmer?« Sie schlüpfte aus ihren Schuhen und ging in die ihr gewiesene Richtung. Mit dem Ellenbogen drückte sie die Klinke herunter und betrat den Raum.

Eines musste sie Helene lassen. Wenn ihr restlicher Haushalt auch ziemlich vernachlässigt wirkte, hier hatte sie sich redlich bemüht, es für das Baby hübsch und gemütlich zu machen. Das weiße Gitterbettchen war frisch bezogen. Aus demselben geblümten Stoff wie die Bettwäsche waren auch die Vorhänge, die vor dem Fenster im warmen Sommerwind wogten. Hellrosa Tapeten zierten die Wände, auf der Wickelkommode saßen mehrere Stofftiere. Unter anderem – Lilos Herz setzte einen Schlag aus – jener Teddybär, den Werner ihr für Annemarie mitgebracht hatte.

»Schön hast du es hier, meine Süße«, murmelte Lilo und warf einen schnellen Blick über die Schulter. Da Helene sich gerade damit abmühte, ihren Mantel an den für sie viel zu hoch angebrachten Garderobenhaken zu hängen, und nicht in ihre Richtung blickte, wagte sie es, Annemarie einen Kuss auf den Kopf zu hauchen. »Mami ist wieder da«, wisperte sie, »und ich geh nicht ohne dich. Versprochen.«

Kaum war es heraus, erschrak sie. Was würde als Nächstes geschehen? Wie sollte sie ihren Schwur halten? Nun, immerhin war sie mit den beiden alleine in der Wohnung. Es war viel einfacher als noch im Park, sich ihr Kind zurückzuholen. Helene war kein wirkliches Hindernis, sie war ihr körperlich weit unterlegen. Wenn sie wollte, konnte sie leicht mit ihr fertigwerden. Sie vielleicht in eines der Zimmer sperren.

Und dann?

Sie verfluchte sich, dass sie ihren echten Namen genannt hatte. Es war genau, wie Anni gesagt hatte. Die Grossmanns hatten Annemarie adoptiert und waren damit vor dem Gesetz Annemaries Eltern. Sie würden ihr die Polizei auf den Hals hetzen. Sich das Kind per Gericht erstreiten. Lilo würde vermutlich im Gefängnis landen – absurd, wo es doch ihr eigenes Baby war, das sie stahl.

Während Helene die Flecken aus dem Kleid wusch und es danach auf dem kleinen Balkon der Wohnung zum Trocknen in die Sonne hängte, saß Lilo in Unterwäsche und einem viel zu kurzen Morgenmantel auf dem Fußboden des Kinderzimmers und sang Annemarie Lieder vor. Sie hatte sich das Baby auf den Schoß gesetzt, wiegte es hin und her und schrak heftig zusammen, als Helene plötzlich hinter ihr auftauchte.

Nachdenklich sah die kleine Frau auf sie hinab. »Sie wissen wirklich, wie man mit Kindern umgeht«, sagte sie und seufzte leise. »Vermutlich besser als ich. Und dabei habe ich mir mein

Leben lang Kinder gewünscht. Sie müssen wissen, mein Mann und ich sind schon seit über zehn Jahren verheiratet. Natürlich wollten wir sofort Kinder, aber ...« Eine tiefe Röte überzog ihr Gesicht. »Es hat einfach nicht geklappt. Das war schrecklich für mich. Jeden Tag habe ich gebetet, dass ich endlich schwanger werden kann. Es war eine harte Zeit. Aber nun«, sie schaute auf das Kind, und ihr Blick wurde zärtlich, »ist all die Traurigkeit vergessen. Ich liebe Mathilda über alles. Nur manchmal, verstehen Sie mich nicht falsch, manchmal denke ich, dass ich es nicht schaffe. Dass ich keine gute Mutter bin. Sie schläft so schlecht, und ich bin so müde. Der Haushalt bleibt liegen, und das sorgt für schlechte Laune bei meinem Mann. Ich hab schon überlegt ...« Sie verstummte abrupt und schlug sich die Hand vor den Mund. »Du meine Güte, was mache ich denn da? Sie kennen mich gar nicht, und ich jammere Ihnen die Ohren voll. Es tut mir leid.«

Lilo musste sich anstrengen, ihrem Gesicht einen zumindest neutralen, wenn schon nicht mitfühlenden Ausdruck zu verleihen. In Wahrheit war sie wütend. Zehn Jahre hatte die Frau auf ein Kind gewartet. Und es dann bekommen, indem sie es ihrer wahren Mutter gestohlen, es ihr entrissen hatte! Und nun wagte sie es, sich zu beschweren?

Lilo wusste, dass sie ungerecht war. Mit allergrößter Wahrscheinlichkeit hatte Helene nicht die geringste Ahnung, dass man Lilo das Baby gegen ihren Willen weggenommen hatte. Sie war vermutlich davon überzeugt, ein Kind aufgenommen zu haben, das sonst keiner wollte. Das zur Adoption freigegeben, im Stich gelassen worden war.

»Vielleicht sollten Sie sich Hilfe suchen«, schlug Lilo vor, und Helene hob die Schultern.

»Sicher, das wäre möglich«, meinte sie. »Aber mir einfach eine fremde Person ins Haus holen? Nein.« Sie schüttelte heftig den Kopf, und zu ihrem Erstaunen sah Lilo fast so etwas wie Panik in ihren Augen aufflackern. »Nein, das könnte ich niemals«, flüsterte sie. »Man weiß doch gar nicht, wer da kommt. Oder kennen Sie ein gutes Kindermädchen?«

»Ja«, sagte Lilo. »Mich.«

42.

Hamburg, 2019

»Du siehst irgendwie gar nicht aus wie eine glückliche Braut«, sagte Franzi, als sie mit der schlafenden Juli in der Karre und einer halben Stunde Verspätung bei ihrem Treffpunkt an der Alster ankam.

Nele lächelte nur schwach, stand von der Bank auf und umarmte ihre Freundin. »Das bin ich ja auch nie gewesen«, sagte sie.

»Glückliche Mitbewohnerin klingt einfach profan. Und glückliche Münchnerin total unrealistisch. Zumindest, wenn man aus einer Stadt wie Hamburg kommt«, grinste Franzi und ließ sich neben sie plumpsen. Aus der Tasche am Kinderwagengriff holte sie zwei Thermobecher und hielt einen davon Nele hin. »Hier.«

»Danke.« Nele nahm einen Schluck und verzog das Gesicht.

»Vanillesirup und geschäumte Milch. So hast du ihn früher getrunken«, konstatierte Franzi ungerührt.

Nele schüttelte den Kopf. »Schmeckt irgendwie nach Stall. Und ganz schön süß.«

»Aber nicht alles war schlecht, was du vor Julian gemacht hast.« Franzi nahm ebenfalls einen Schluck Kaffee und lehnte sich zurück.

Nele warf ihr einen schrägen Seitenblick zu. »Wieso hab ich das Gefühl, dass wir gar nicht über Kaffee reden?«, fragte sie misstrauisch.

»Weil du meine beste Freundin bist. Und weil wir einander ohne Worte verstehen.«

»Na ja«, Nele lächelte, »besonders subtil bist du gerade nicht. Jedenfalls kannst du jetzt aufhören mit dem Subtext, wir können offen reden. Wie du sagst. Beste Freundinnen und so.«

»Ganz offen?«

»Raus damit.«

Franzi holte tief Luft. »Bitte denk nicht, dass ich dir dein Glück missgönne. Niemandem wünsche ich mehr Glück als dir.« Ihr Blick fiel auf das schlafende Kind. »Na gut, Juli vielleicht. Aber sonst niemandem. Du hast es verdient. Nach allem ...« Sie brach ab.

»Ich weiß«, Nele winkte ab, »armes Waisenkind, das ich bin.«

»Du sagst das so daher. Aber keine Eltern zu haben, ist nicht leicht. Auch nicht, wenn man schon dreißig ist. Da ist es kein Wunder, dass ...«

»Dass ... was?«

»Dass du vielleicht mehr Kompromisse zu schließen bereit bist als andere Menschen, um ... ein bisschen Liebe abzukriegen. So, jetzt ist es raus.« Sie wirkte regelrecht erleichtert.

Mit unbewegtem Gesicht sah Nele sie an. »Würdest du das näher erläutern?«

»Bitte schau mich nicht an wie die Schlange das Kaninchen. Du weißt, dass ich dich in all deinen Entscheidungen unterstütze. Egal, was du tust. Aber als Freundin ist es mein Job, dir meine ehrliche Meinung zu sagen.«

»Du findest also, ich bin zu kompromissbereit.«

»Ich finde, dass du dein gesamtes Erwachsenenleben damit verbracht hast, den Traum eines anderen Menschen weiterzuträumen. Den deines Vaters. Und das war ja auch mehr als verständlich angesichts seiner Krankheit.«

»Ich gebe die Bücherwelt ja auf«, verteidigte sich Nele.

»Aus freien Stücken? Oder weil es sein muss, um es wieder jemand anderem recht zu machen? Ich sage nicht, dass es grundsätzlich falsch ist, für die Liebe vielleicht auch mal die Stadt zu wechseln«, fuhr Franzi hastig fort, weil sie spürte, dass Nele zu einem Widerspruch ansetzte. »Ich frage mich nur, wo *du* eigentlich bei der ganzen Sache bleibst. Du ziehst in eine neue Stadt. Bei der Wahl der Wohnung wirst du vermutlich nicht viel mitzureden haben, denn sie muss natürlich in der Nähe von Dianas Wohnung liegen. Und dicht an einem Kindergarten. Und an einer Schule.«

»Ich werde natürlich nur in eine Wohnung ziehen, die mir gefällt«, sagte Nele entrüstet, was ihr einen zweifelnden Blick ihrer Freundin einbrachte.

»Bist du dir da wirklich ganz sicher?«

»Ja, bin ich.«

»Na schön. Was ist mit Weihnachten? Hast du vor, die nächsten elf Jahre bei Diana unter dem Tannenbaum zu sitzen?«

Nele schwieg. Darüber hatte sie sich noch gar keine Gedanken gemacht. Doch vermutlich würde es genau darauf hinauslaufen.

»Oder wirst du irgendwann mal eigene Ansprüche anmelden? Und ausnahmsweise mal von ihm einen Kompromiss fordern?«

Ratlos hob Nele die Schultern. »Sein Leben ist doch sowieso schon ein einziger Kompromiss«, gab sie zurück.

»Aber das ist nicht *dein* Problem. Sondern seins. Ich will ihn dir bestimmt nicht ausreden. Du sollst dich nur selbst nicht vergessen. Es ist nicht nur für ihn schwer. Sondern auch für dich.«

Nele starrte geradeaus auf das Wasser der Alster, auf dem sich blitzend das Sonnenlicht brach. »Und dabei weißt du noch nicht einmal das Neueste«, sagte sie mit Grabesstimme.

»Wieso? Was ist passiert?«

Nele wusste nicht, wo sie anfangen sollte. Die Sache war nicht einfacher geworden, seit Diana erklärt hatte, Julian zurückhaben zu wollen. Seither trug er eine Miene zur Schau, als wäre jemand gestorben, und Nele hatte ständig das Gefühl, in seinem Beisein auf rohen Eiern laufen zu müssen. Aber wie sollte sie das ihrer besten Freundin beibringen, ohne sie in ihrer Meinung zu bestärken?

Um Zeit zu schinden, nahm sie einen weiteren großen Schluck aus ihrem Kaffeebecher. Dann noch einen. Und dann erstarrte sie. Wandte sich langsam um und sah Franzi an. »Ich sage es nicht gerne, aber ... Weißt du, was mir gerade aufgefallen ist?«

»Was?«

Nele schüttelte den Kaffeebecher. »Zweimal Espresso, Milchschaum und Vanillesirup.«

»Jaaa?«

»So habe ich ihn seit dem Tag getrunken, an dem ich dich kennengelernt habe. Bis ich Julian getroffen habe. Und davor ...«

Franzi zog die Augenbrauen zusammen. »Ja? Davor?«

Nele ließ sich auf der Parkbank zurückfallen und starrte wieder auf die Alster. »Filterkaffee schwarz mit einem Würfelzucker.« Sie grinste humorlos. »So wie mein Vater ihn getrunken hat.«

43.

Lüneburg, Juli 1942

Lilo konnte nicht fassen, wie einfach es gewesen war. Zwei Tage später war sie zurückgekommen, mit einem Koffer voller Kleider, und in das winzige Dienstmädchenzimmer neben der Küche gezogen. Ihren Eltern hatte sie nicht gesagt, wo sie hinwollte, nur Hinrich hatte sie einen Brief auf seinem Kopfkissen hinterlassen. *Ich fahre zu meiner Tochter. Such mich nicht, sag nichts, und mach Dir keine Sorgen. Deine Schwester Lilo.*

Nun lag sie auf ihrem schmalen Bett, bereits im Nachthemd und benutzte ein Buch als Unterlage, um einen Brief an Ludwig zu schreiben. Endlich konnte sie es tun. Sie hatte mit sich gerungen, denn sicher erwartete er sehnsüchtig ihre Antwort, aber sie hatte es einfach nicht über sich gebracht, ihm von ihrem Versagen zu erzählen. Doch nun wusste sie, dass es ihrer Tochter gut ging, und war sogar bei ihr.

Liebster Ludwig, schrieb sie, *wie soll ich die richtigen Worte finden? Wir haben ein Kind, Ludwig, ein kleines Mädchen. Sie heißt Annemarie und ist ein wahrer Engel. Du kannst Dir vorstellen, dass es nicht einfach war, als meine Eltern herausfanden, dass ich schwanger bin. Und unverheiratet. Doch es hat sich alles zum Guten gewendet! Genaueres erzähle ich Dir später, wenn Du wieder bei mir bist. Bei uns.*

Der Stift verharrte über dem Geschriebenen. Was war das für ein Bild, das sie da malte? Das Bild einer Zukunft als Familie; sie, Ludwig und Annemarie, glücklich vereint. Doch wie sollte das jemals möglich sein? Zwar hatte sie es geschafft, sich als Dienst- und Kindermädchen in den Haushalt der Grossmanns einzuschleichen, aber wie sie jemals ihre Rechte als Mutter von Annemarie zurückgewinnen sollte, das wusste sie nicht.

Alles wird gut, schrieb sie, auch um sich selbst zu überzeugen. *Ich spüre es, Ludwig. Was sind das für Gedanken, die Du hast, dass wir uns nicht wiedersehen werden? Natürlich werden wir das. Denk an mich und an Dein Kind, wenn Dich das Grübeln überkommt, und daran, dass wir auf Dich warten!*

Ich habe eine Anstellung in Lüneburg gefunden, an die Absenderadresse dieses Briefes kannst Du mir zurückschreiben.

Sei geküsst, mein lieber Ludwig, von Deiner Lilo

Sie steckte den Brief in einen Umschlag, verschloss ihn sorgfältig und adressierte ihn mit Ludwigs Namen und der Feldpostnummer. Gleich morgen würde sie ihn zur Post bringen.

Nachdem sie die kleine Lampe, die einzige Lichtquelle in dem engen Zimmer, gelöscht und sich auf die Seite gerollt hatte, vernahm sie plötzlich Stimmen. Lilo richtete sich auf und lauschte. Ihre Arbeitgeber führten eine Auseinandersetzung im Schlafzimmer und mussten vergessen haben, die Türe vollständig zu schließen. Lilo konnte jedes Wort verstehen.

»Helene, ich bitte dich, ein Kindermädchen? Du hast ein einziges Küken zu versorgen, und noch nicht mal das schaffst du alleine?« Alfred bemühte sich um einen ruhigen Tonfall, doch das Missfallen klang aus jedem seiner Worte heraus.

»Nein, ich schaffe es nicht«, antwortete Helene, und Lilo konnte hören, wie sie in Tränen ausbrach, »und du brauchst mir jetzt nicht all die Frauen deiner Kameraden unter die Nase zu reiben, die dem Führer fünf Kinder schenken und nebenher noch Socken für die Soldaten an der Front stricken, ohne jemals Hilfe in Anspruch zu nehmen. Ich weiß nicht, wie sie das machen. Ich bin an meiner Grenze. Und …«, sie unterbrach sich, rang offenbar um Fassung, »da bei uns ja nicht die Gefahr besteht, dass wir irgendwann vier Kinder haben, brauchen wir uns um den Platz in der Wohnung auch keine Sorgen zu machen.«

»Das ist nicht der Punkt …«

»Was denn dann? Du verdienst doch genug Geld. Und bald gehst du an die Front …«

Lilo spitzte die Ohren. Davon hatte sie noch gar nichts gewusst.

»Und ich bin dann ganz alleine.«

»Nicht alleine«, sagte er, und seine Stimme klang nun zärtlicher. »Du hast doch Mathilda.«

»Eben. Alle Verantwortung für sie lastet dann auf meinen Schultern.«

»Und du meinst, mit diesem Mädchen kannst du sie teilen?«

»Sie ist jung, ja, aber auf mich macht sie einen sehr reifen Eindruck. Und Mathilda hat sie sofort in ihr Herz geschlossen.«

»Tatsächlich?« Es klang ironisch. »Hat sie dir das gesagt?«
»Ich merke es ihr an.«

Alfred seufzte. »Ich kann dir die Sache also nicht ausreden.«

»Sieh es doch mal so.« Lilo horchte auf. Helenes Tonfall hatte sich von einer Sekunde zur anderen verändert. Hatte sie eben noch leidend und weinerlich geklungen, war ihre Stimme nun tief und samtig. »Von nun an kümmert sich Lilo nachts um unsere Tochter. Und ich kann hier bei dir sein. Im Bett.«

»Das klingt allerdings gut«, antwortete Alfred rau.

Und dann hörte Lilo nichts mehr, bis Helene nach einer Weile lustvoll klingende Geräusche von sich gab.

»Warte, ich mache nur schnell die Tür zu«, hörte Lilo Alfred sagen.

»Aber Mathilda …«

»Um die kann sich das Mädchen kümmern.« Die Tür zum Schlafzimmer wurde mit einem hörbaren Knall geschlossen. Keine drei Sekunden später begann das Baby zu weinen. Lilo schwang die Beine aus dem Bett und schlich auf den Flur hinaus.

Hinter der Schlafzimmertür hörte sie das gedämpfte Stöhnen von Mathildas Adoptiveltern.

Sie schlüpfte ins Kinderzimmer. Sorgfältig schloss sie die Tür hinter sich, bevor sie an das Bettchen trat, in dem Annemarie mit hochrotem Kopf lag und brüllte.

»Alles gut, meine Kleine, jetzt ist Mami ja da«, murmelte sie und nahm das Baby hoch. Im selben Moment spürte sie das vertraute Ziehen in den Brüsten und die Nässe an ihrem Nachthemd. Ihr Herz begann wie wild zu klopfen, als Annemarie das Gesicht gegen ihren Oberkörper drückte und mit den Händchen an dem Stoff zerrte. Sie setzte sich mit dem Kind in den Sessel am Fenster, doch die Kleine entspannte sich nicht, sondern schrie nur noch lauter. Sie musste sie beruhigen. Auch wenn Helene und Alfred gerade anderweitig beschäftigt waren, würden sie natürlich den Lärm aus dem Kinderzimmer hören.

Lilo warf einen angstvollen Blick in Richtung der geschlossenen Tür. Dann öffnete sie die Knopfleiste ihres langen weißen Nachthemds und gab Annemarie die Brust. Sofort begann das kleine Mädchen, hingebungsvoll zu saugen, mit geschlossenen Augen und vor Entzücken bebenden Lidern. Lilo sah auf das Kind hinunter, und vor lauter Liebe wollte ihr das Herz zerspringen. Während Annemarie trank, angelte Lilo eine Häkeldecke aus dem Bettchen und legte sie halb über das Baby an ihrer Brust. So würde Helene, sollte sie denn hereinkommen, nicht sofort erkennen, was vor sich ging.

Aber niemand kam herein. Mit ihrem Kind im Arm saß Lilo in der Dunkelheit, nichts war zu hören bis auf ein paar unterdrückte Schreie aus dem Nebenzimmer, denen irgendwann absolute Stille folgte. Das Ehepaar Grossmann schlief tief und fest, und sie, Lilo, konnte sich für einen Moment vorstellen, dass sie gar nicht da wären.

Acht Wochen nach Lilos Arbeitsantritt begann Alfreds Einsatz an der Ostfront. Tränenreich verabschiedete sich das Paar am Bahnsteig, während Lilo mit Mathilda im Arm danebenstand. Dann jedoch streckte Alfred seine Hand nach dem Kind aus und schwang es hoch über den Kopf, sodass es vor Freude juchzte. Helene stand daneben und lächelte mit tränenverschleiertem Blick.

Lilo ballte die Fäuste, und ihre Nägel gruben sich schmerzhaft in die Handflächen. Es war doch *ihre* Tochter. Was taten die beiden Fremden da, die sie jetzt zwischen sich hielten und abwechselnd das kleine Gesichtchen und einander mit Küssen bedeckten? Wie konnten sie Lilos Kind dazu benutzen, Familie zu spielen?

Vor ihrem inneren Auge erschien das Bild einer anderen, der *wahren* Familie von Annemarie. Ludwig, aber nicht, wie sie ihn zuletzt gesehen hatte, mit zerschlagenem Gesicht und geschorenem Kopf, sondern in Anzug und Weste, mit seinem charmanten Lächeln und den bis zum Kragen reichenden Haaren. Sie selbst in einem hellen Kleid und mit wallenden blonden Locken, die Tochter auf dem Arm. Ludwig beugte sich zu ihr herüber, berührte mit den Lippen leicht ihr Ohr, als er flüsterte: »Sei gewiss, dass mein Herz nur euch gehört.«

»Lilo?« Mit Gewalt riss sie sich aus dem Tagtraum und zwang sich, tief durchzuatmen. Alfred Grossmann stand direkt vor ihr.

»Ja. Entschuldigung.«

»Auf Wiedersehen. Und pass mir gut auf meine Mädchen auf.«

»Natürlich. Alles Gute, Herr Hauptsturmführer.«

»Heil Hitler!«, rief er und riss den rechten Arm hoch. Annemarie, die auf seinem anderen Arm saß, zuckte zusammen und begann zu weinen.

»Heil Hitler«, antwortete Lilo leise und nahm ihm das Baby ab.

Nur wenige Monate später war es mit dem Glück der bisher an sämtlichen Fronten siegreichen deutschen Armee vorbei.

Aus dem Herbst war Winter geworden, und das russische Klima war gnadenlos. Auf Temperaturen bis zu dreißig Grad unter null, eisige Stürme und Berge von Schnee waren die deutschen Soldaten nicht im Mindesten vorbereitet.

Im November 1942 wurde die 6. Armee in Stalingrad eingeschlossen, dort hungerte und fror sie bis zu ihrer Kapitulation im darauffolgenden Februar. Viele Soldaten waren bis dahin sowieso nicht mehr übrig. Die größte Niederlage der Deutschen Wehrmacht markierte den Wendepunkt des Krieges.

44.

Lüneburg, April 1943

Der Drei-Mädel-Haushalt, wie Helene sie scherzhaft nannte, funktionierte überraschend gut. Lilo hatte das Gefühl, dass Helene sie wirklich mochte und sie mehr als Freundin denn als Hausangestellte sah. Im Gegenzug konnte sie das Gefühl nicht erwidern. Sicher, Helene war, wenn auch leicht überspannt und manchmal so unselbstständig wie ein Backfisch, stets freundlich zu ihr und zeigte sich großzügig, indem sie Lilo nicht nur einen guten Lohn zahlte, sondern sie hin und wieder sogar mit Geschenken bedachte.

Sie machte dann stets ein großes Gewese um die Sache, wickelte die Gabe in Papier ein und verzierte sie mit einer Schleife – Lilo hatte keine Vorstellung davon, wie um alles in der Welt man in diesen Zeiten an derartigen Firlefanz kam. Dann nahm Helene Mathilda auf den Schoß, und Lilo musste unter den gespannten Blicken der beiden auspacken. Manchmal hielt sie dann einen seidenen Schal aus Helenes Bestand in den Händen, ein Paar Strümpfe, einmal sogar ein silbernes Armband.

»Das hat meiner Tante gehört«, hatte Helene mit feuchten Augen erklärt, »und nun möchte ich, dass du es trägst.«

Pflichtschuldigst lächelnd legte sich Lilo das Armband ums

Handgelenk und bedankte sich artig. Dann nahm sie der anderen schnell das Baby ab. Mit jedem Präsent, das sie akzeptierte, kam es ihr so vor, als würde sie ihr Kind Stück für Stück an Helene verkaufen. Doch niemals, nicht mit allem Geschmeide der Welt, würde sich Helene loskaufen können von der Schuld, die sie auf sich geladen hatte, indem sie einer anderen Mutter das Kind stahl.

Zu gerne hätte Lilo behauptet, dass Helene eine schlechte Mutter war, doch das wäre eine Lüge gewesen. Schon nach wenigen Nächten, in denen Helene hatte durchschlafen können, waren Blässe und Kraftlosigkeit von ihr gewichen. Sie kümmerte sich rührend um Annemarie, beziehungsweise Mathilda, wie Lilo mit einigem Widerwillen begonnen hatte, sie zu nennen. Sie unternahm lange Ausflüge in den Park, spielte mit ihr oder sang für sie, derweil Lilo sich um den Haushalt kümmerte. Während sie die Wäsche wusch oder den Boden wischte, hörte sie das selige Glucksen des Kindes und konnte sich nur mit dem einen Gedanken trösten: dass die Nächte ihr gehörten.

Sie verbrachte sie fast ausschließlich in dem Sessel in Mathildas Zimmer, stillte das Kind stundenlang, hielt es ansonsten im Arm und bewachte seinen Schlaf. Anfangs hatte Helene sich Sorgen gemacht, weil Mathilda tagsüber viel weniger trank als vorher, war sogar deshalb mit ihr zum Kinderarzt gegangen. Bang hatte Lilo an diesem Tag auf ihre Rückkehr gewartet. Konnte der Doktor es dem Baby möglicherweise ansehen, dass es gestillt wurde? Aber das war natürlich Unsinn. Stattdessen hatte er die besorgte Mutter beruhigt. Mathilda nahm stetig zu und wirkte frisch und gesund. Also war alles in bester Ordnung.

Mathilda entwickelte sich prächtig. Sie war nun schon ein gutes Jahr alt und wackelte breitbeinig durch die Wohnung. Die feinen Haare waren so blond, dass sie fast weiß wirkten, und umrahmten ihr rundes Gesichtchen mit den strahlend blauen Augen in süßen Locken. Sie lachte beinahe den ganzen Tag, brabbelte und sang vor sich hin. Oft betrachtete Lilo sie staunend. Das Kind kam ihr vor wie aus einer anderen Welt. Wie glücklich und selbstvergessen Mathilda auf dem Boden sitzen und mit einem Blatt spielen konnte, während um sie herum die Welt aus den Fugen geriet.

Das deutsche Volk bekam die Auswirkungen von Hitlers Wahn immer deutlicher zu spüren. Die Luftangriffe der Alliierten nahmen zu, wenn auch nicht auf Lüneburg, so doch auf die großen Städte. Überall im Reich herrschten Versorgungsengpässe, der Kampfgeist der Bevölkerung war erloschen, und sie trauerte um Tausende ihrer Söhne, Brüder, Ehemänner und Väter.

Trotz alledem war und blieb Mathilda ein glückliches Kind, denn sie hatte nicht nur eine, sondern gleich zwei Mütter, die sie voller Hingabe umsorgten. Oftmals spürte Lilo rasende Eifersucht in sich auflodern, wenn sie Helene mit dem Kind sah. Als die Kleine das erste Mal das Wort »Mami« sagte und dabei ihre Ärmchen nicht ihr entgegenstreckte, sondern Helene, musste sie sich abwenden, um im Badezimmer zu verschwinden.

»Alles in Ordnung?«, fragte Helene, als sie eine halbe Stunde später wieder herauskam.

»Ja, ja«, sagte Lilo und war froh, dass die andere, wie so oft, viel zu sehr mit sich selbst beschäftigt war. Hätte sie sich wirklich für Lilos Zustand interessiert, so wären ihr weder die rotgeränderten Augen noch die vom Weinen verstopfte Nase entgangen.

»Hast du das gehört?«, fragte Helene aufgeregt und ließ Mathilda auf ihren Knien auf- und niederhüpfen. »Sie hat Mami zu mir gesagt.«

»Ja, wie wunderbar«, antwortete Lilo mit belegter Stimme und beugte sich zu dem Kind. »Du großes Mädchen!«

»Kannst du auch Lilo sagen?«, fragte Helene und deutete mit dem Zeigefinger auf sie. »Na komm, mein Schatz. Li-lo. Sag Li-lo.«

Die Kleine sah zu ihr hoch, und Lilo bildete sich ein, dass sie eine ganz private stumme Unterhaltung führten, während Helene noch immer nervtötend auf sie einsprach. »Das schaffst du. Li-lo.«

»Mami«, sagte Mathilda und lachte glucksend.

Lilo spürte eine Welle des Glücks, während Helene das Kind zu sich herumdrehte.

»Nein, Süße, das ist nicht Mami. Ich bin doch Mami.«

»Mami.«

»Genau. Und das da ist Li-lo.«

»Mami.«

Helene lachte und zuckte mit den Schultern. »Na ja. Das wird sie auch noch lernen.«

Lilo lächelte gequält.

Wenige Wochen später passierte etwas Seltsames. Nämlich nichts. Es geschah absolut nichts. Nachdem Helene Mathilda in ihr Bettchen gebracht und so lange für sie gesungen hatte, bis sie eingeschlafen war, hatte sie sich selbst sehr bald in ihr Zimmer zurückgezogen.

Lilo hatte ihre abendlichen Pflichten erfüllt, das Geschirr vom kärglichen Abendessen gespült, den Boden gefegt und ein paar Windeln durchgewaschen. Dann hatte sie sich ebenfalls hingelegt, die Tür ihrer kleinen Kammer wie immer nur angelehnt.

Mitten in der Nacht schreckte sie hoch. Tastete nach der Lampe und knipste sie an. Es war vier Uhr. Warum hatte Mathilda sich nicht gemeldet? Sie wachte sonst spätestens gegen halb eins auf und verlangte nach ihr. Oder hatte sie geweint und Lilo so tief geschlafen, dass sie es nicht gehört hatte? Von Schuldgefühlen übermannt sprang sie aus dem Bett, nahm sich nicht einmal die Zeit, wie sonst ihren Morgenmantel überzuwerfen, sondern hastete durch den Flur in Richtung Kinderzimmer. Das Herz schlug ihr bis zum Hals.

Und wenn etwas nicht in Ordnung war? Beinahe rechnete sie damit, das Kind kalt und leblos in seinem Bettchen zu finden. Sie stürzte regelrecht in das Zimmer, streckte die Hände nach Mathilda aus, konnte sich gerade noch davon abhalten, sie hoch und in ihre Arme zu reißen. Stattdessen legte sie die flache Hand auf den kleinen Bauch, der sich gleichmäßig hob und senkte. Die Erleichterung ließ ihr die Knie weich werden. Sie sank auf den Sessel neben dem Fenster. Jenen Sessel, in dem sie ein ganzes Jahr lang jede Nacht gesessen hatte, um ihr Kind zu stillen und zu wiegen.

Es war kalt im Zimmer, fröstelnd schlang sie sich die Arme um den Oberkörper und zog die Füße unter sich. Sie konnte sich nicht dazu überwinden, das Zimmer noch einmal zu verlassen, um Hausschuhe und Morgenmantel anzuziehen. Mathilda würde jeden Moment aufwachen, sie musste doch

Durst und Hunger haben, und dann sollte sie keine Minute alleine in der Dunkelheit weinen müssen. Ihre Mutter würde da sein.

Als Lilo die Lider aufschlug, fiel ein heller Sonnenstrahl durch die Vorhänge auf ihr Gesicht. Jeder Muskel in ihrem Körper schmerzte, als sie sich aus ihrer zusammengekauerten Haltung löste. Sie fühlte sich klamm und wie gerädert. Wie lange hatte sie geschlafen? Gerade als sie erneut nach ihrer Tochter sehen wollte, erklangen glucksende Laute aus dem Kinderbettchen.

»Maaaami, Maaaami«, trällerte die Kleine. Mit einem leisen Schmerzenslaut erhob sich Lilo und trat zu ihr. Streckte die Arme nach ihr aus.

»Mein Goldkind«, sagte sie und drückte einen Kuss in das goldene Lockenhaar. »Wie lange du geschlafen hast. Du musst schrecklichen Hunger haben.« Sie nahm das Kind hoch und setzte sich mit ihr in den Sessel. Zögerte eine Sekunde lang. Im Kinderzimmer gab es keine Uhr, aber der Stand der Sonne verriet ihr, dass es mindestens sieben sein musste. Bald würde Helene erwachen. Trotzdem löste sie die Knöpfe ihres Nachthemds. Sie mussten sich eben beeilen.

»Na komm, Herzenskind«, sagte sie, doch Mathilda rutschte von ihrem Schoß.

»Mami«, sagte sie und deutete in Richtung Tür.

»Mami schläft noch«, antwortete Lilo und schüttelte den Kopf. »Du kannst nachher zu ihr gehen.«

»Mami«, beharrte das Kind und schlug mit dem kleinen Fäustchen gegen die Tür. »Mami!«

»Schon gut.« Eilig schloss Lilo ihr Nachthemd, trat zur Tür und drückte die für Mathilda zu hohe Klinke hinunter. Sie beobachtete, wie das Kind zielstrebig durch den Flur in Richtung Schlafzimmer tapste.

Ab diesem Morgen wurde die Situation für Lilo zunehmend unerträglich. Solange die Nächte ihr gehört hatten, war es einfacher gewesen, ihr Kind tagsüber in den Armen einer anderen Frau zu sehen. Es Mami sagen zu hören. Denn in der Nacht, wenn Mathilda zu ihr aufgesehen hatte, hatte sie Liebe in den himmelblauen Augen gesehen. Und diese Liebe half ihr, die Tage zu überstehen.

Nun aber gab es diese Blicke nicht mehr. Das Kind schlief vom Abend bis zum Morgen durch und verlangte nicht mehr nach ihr. Und am Tag ließ Helene, wie es Lilo schien, ihr kaum einmal Raum, sich alleine mit Mathilda zu beschäftigen.

Warum sollte sie das auch tun, fragte sie sich bitter, während sie Berge schmutziger Wäsche wusch und die Haut an ihren Händen von dem scharfen Waschmittel rau und wund wurde. Ich war gut genug dafür, mich um Mathilda zu kümmern, als es ihr selbst zu anstrengend war. Jetzt schwirrt sie in einem fort um das Kind herum, und ich bin nur noch das Hausmädchen. Lediglich, wenn Helene badete, hatte sie ein paar ungestörte Minuten mit ihrer Tochter. Die bald darauf wieder lautstark nach ihrer Mami verlangte.

Sie hatte nichts von Ludwig gehört, kein Wort. War sie in den ersten Monaten, nachdem sie ihm geschrieben hatte, noch jeden Morgen zum Briefkasten geeilt, noch bevor Helene es tun konnte, voller Hoffnung, eine Antwort von ihm zu erhalten, hatte sie es mittlerweile aufgegeben.

Vielleicht verzieh er ihr nicht, dass sie ihm die Schwangerschaft verschwiegen hatte. Fast hoffte sie, es wäre so, denn sie konnte sich nur einen einzigen anderen Grund für sein Schweigen vorstellen. Und das war ein Grund, über den sie nicht nachzudenken wagte.

Sie war gerade damit beschäftigt, das Mittagessen vorzubereiten, als Helene mit Mathilda von einem Ausflug zurückkehrte.

»Lilo. Post für dich!«

Der Schreck fuhr ihr so heftig in die Glieder, dass ihr schwindelig wurde. Dann stürzte sie förmlich hinaus in den Flur und auf Helene zu, die einen Briefumschlag in der Hand hielt. Sie betrachtete ihn mit einem neugierigen Ausdruck, Lilo eilte herbei und riss ihr den Brief aus der Hand.

»Er ist zurückgekommen«, sagte Helene, noch während Lilo zu begreifen versuchte, was sie da in der Hand hielt. Der Umschlag war knittrig und alt. Die ursprüngliche Adresse – Ludwigs Feldpostnummer, in Lilos Handschrift geschrieben – war durchgestrichen worden und durch ihren Namen mit der Anschrift der Grossmanns ersetzt. Ein Stempel prangte darunter. *Zurück an Verf. – unzustellbar.*

Unter Lilo schwankte der Boden. Wie konnte das sein? Nach all den Monaten?

»Ich wusste nicht, dass du jemandem an der Front schreibst? Einem Mann?«, fragte Helene, und die Frage war so unglaublich dämlich, dass Lilo sie am liebsten angeschrien hätte. Dann jedoch erschrak sie heftig, und sie kontrollierte mit einem schnellen Blick den Brief. Ein Glück, er war ungeöffnet.

»Was ist?«, fragte Helene und machte ein etwas beleidigtes Gesicht. »Glaubst du, ich lese deine Post?«

»Natürlich nicht«, antwortete Lilo, obwohl sie genau das geglaubt hatte. Erst in diesem Moment wurde ihr zur Gänze klar, was das bedeutet hätte. Dass Helene die Wahrheit über ihre Tochter buchstäblich in Händen gehalten hatte. Die Wahrheit darüber, dass ihr Dienstmädchen sich bei ihr eingenistet, sich ihr Vertrauen erschlichen hatte mit nur einem Ziel: Mathilda von hier wegzubringen, wenn die Zeit gekommen war.

Unwillkürlich fasste Lilo sich an die Brust, versuchte, durch gleichmäßiges Atmen ihren wilden Herzschlag zu beruhigen. Das war knapp gewesen.

»Du glaubst doch nicht«, sagte Helene, die ihren Zustand missdeutete, mit weit aufgerissenen Augen, »dass er gefallen ist?«

Verständnislos sah Lilo die andere an, die mit einer Kopfbewegung auf den Umschlag in ihrer Hand deutete.

»Dein …« Sie stockte, hob fragend die Augenbrauen.

Lilo schüttelte den Kopf. »Natürlich ist er nicht gefallen«, sagte sie bestimmt. »Sie werden ihn in eine andere Einheit versetzt haben, das ist alles.«

»Meinst du?«

»Ja«, gab Lilo energisch zurück und wandte sich Mathilda zu, die mit grenzenloser Geduld versuchte, mit ihren Fingerchen die Schleifen ihrer Schuhe zu lösen.

»Komm, Herzenskind, ich helfe dir.«

»Eine andere Einheit«, sinnierte Helene, während sie sich aus dem Mantel schälte. Lilo seufzte innerlich. Das Thema war also noch nicht abgeschlossen. »Aber wie willst du denn rausfinden, wo er jetzt ist?«

Lilo zuckte mit den Schultern. »Sie braucht eine frische

Windel.« Sie nahm Mathilda auf den Arm. »Ich mache das schon.«

»Danke dir. Ich setze mich ein wenig in den Salon.«

Lilo nickte und trug das Kind in Richtung Kinderzimmer. Sie musste sich zusammenreißen, es nicht allzu fest an sich zu drücken. Wo war Ludwig? Wie ging es ihm? Sie hatte nicht die geringste Vorstellung.

45.

Hamburg, Juni 1943

Hätte sie gewusst, dass sie ihre Heimatstadt Hamburg zum letzten Mal in ihrem ursprünglichen Zustand sehen würde, Lilo wäre mit offeneren Augen durch die Straßen gelaufen. Hätte das Stadtbild, das fast vier Jahre Krieg und Hunderte von Luftangriffen beinahe unversehrt überstanden hatte, in sich aufgenommen und im Herzen bewahrt. Hier und da hatten Bomben Löcher in die Häuserreihen gerissen, doch die Zerstörungen hielten sich in Grenzen. Dass nur wenige Wochen später die Operation Gomorrha die Stadt innerhalb von drei Tagen nahezu vollständig zerstören sollte, davon ahnte in diesem Moment niemand etwas.

So auch Lilo nicht. Auf ihrem Weg vom Hamburger Hauptbahnhof bis nach Uhlenhorst wirkte alles wie immer. Umso schockierter war sie von dem, was sie an ihrem Ziel erwartete.

Fassungslos stand sie auf dem Bürgersteig vor Ludwigs Elternhaus, und obgleich sie wusste, dass sie am richtigen Ort war, war sie doch sicher, sich verlaufen zu haben. Sie musste sich einfach täuschen. Von dem prunkvollen Gebäude, in dem er mit seinen Eltern gelebt hatte, war kaum noch etwas übrig. Nur Trümmer, ein Haufen Steine, in die Luft ragende Ruinen. Lilo stand wie erstarrt, konnte den Blick nicht abwenden von den traurigen Überresten. Wie konnten die Häuser links und rechts noch stehen, wie konnte ganz Hamburg aussehen wie immer? Wie konnte eine Bombe ausgerechnet diesen Ort treffen, an dem sie eine Antwort auf ihre drängendste Frage suchte?

Lilo, nicht fähig, sich zu rühren, hatte keine Ahnung, was sie als Nächstes tun sollte. Wo war Frau Paulsen, Ludwigs Mutter? Mathildas Großmutter. Lilo schluckte schwer. Lebte sie noch? Falls sie in der Nacht des Angriffs zu Hause gewesen war, standen die Chancen nicht gut.

In diesem Moment kam ein älterer Mann vorbeigeschlurft, und Lilo wandte sich ohne große Hoffnung an ihn.

»Verzeihen Sie bitte, Sie kennen nicht zufällig das Ehepaar Doktor Paulsen?«, erkundigte sie sich.

Er blickte auf und nickte. Sein Blick fiel auf die Trümmer des Hauses. »Doch, natürlich. Sie wohnten hier.«

»Ich weiß.« Lilo nickte. »Wissen Sie vielleicht, ich meine ...« Sie war sich nicht sicher, ob es sich schickte, es so unverblümt auszusprechen, fand aber auch keine andere Formulierung. »Leben sie noch?«

Er schüttelte den Kopf. »Er ist gefallen, schon ziemlich am Anfang. Und dabei war er doch Arzt, nicht wahr? Hat nicht gekämpft, sondern die Verwundeten versorgt. Man fragt sich schon, was passiert ist.«

Lilo lauschte betroffen. »Und Frau Paulsen?«, fragte sie mit bebender Stimme.

»Auch tot«, sagte er und deutete mit dem Spazierstock auf die Trümmer.

Voller Entsetzen schlug Lilo sich die Hand vor den Mund. »Das ist ja furchtbar.« Sie war nahe daran, in Tränen auszubrechen. »Und ihr ... Sohn«, brachte sie hervor. »Wissen Sie ...?«

Der Alte nickte. »In russischer Kriegsgefangenschaft ist er. Das hat mir die Frau Doktor noch erzählt. Bevor sie ...« Er brach ab. »Da wird er es nicht leicht haben, ganz sicher nicht. Die Russen sind ein hartes Volk. Grausam.«

Lilo atmete keuchend ein. »Aber er lebt?«, fragte sie, und die Erleichterung ließ ihre Stimme zittern. Darum also war ihr Brief zurückgekommen. Ludwig war gefangen genommen worden. »Er lebt.«

Der alte Mann musterte sie missbilligend. »*In russischer Kriegsgefangenschaft*«, wiederholte er, als hätte sie ihn nicht verstanden. Er war eindeutig der Meinung, der Tod wäre für Ludwig die bessere Variante gewesen.

Obwohl sie es nicht vorgehabt hatte, fuhr sie nach Eimsbüttel. Sie konnte nicht zurück nach Lüneburg, ohne sich wenigstens zu vergewissern, dass ihre Familie noch lebte. Von der gegenüberliegenden Straßenseite aus beobachtete sie den Eisenwarenladen Wiegand. Sah ihren Vater hinter dem Verkaufstresen stehen, Hinrich die Auslage im Schaufenster umstellen. Der Drang, hinüberzugehen und die beiden in die Arme zu schließen, wurde beinahe übermächtig. So lange hatten sie einander nicht gesprochen. Ein ganzes Jahr. Und dabei musste man so froh sein in diesen Zeiten, wenn man eine Familie hatte. Wie schnell es damit vorbei sein konnte, hatte sie heute erfahren.

Doch sie brachte es nicht über sich.

46.

Lüneburg, März 1945

Immer deutlicher zeichnete sich ab, dass Deutschland den Krieg verlieren würde, auch wenn das Regime weiter den totalen Krieg propagierte. Lilo betete für ein schnelles Ende. Sie machte sich Sorgen um Ludwig, der irgendwo in Russland in einem Gefangenenlager saß. Immer wieder drängten sich die Worte des alten Mannes von damals ungebeten in ihren Kopf. *Die Russen sind ein hartes Volk. Grausam.*

Wenige Monate vor Kriegsende kam Alfred nach Hause. Er war viel stiller und in sich gekehrter, als Lilo ihn kennengelernt hatte. Über die Geschehnisse an der Ostfront sprach er nicht.

Mathilda stand kurz vor ihrem dritten Geburtstag. Sie war ein aufgewecktes, temperamentvolles Kind und redete wie ein Buch. Lilo war immer wieder erstaunt, dass ein so kleines Kind sich derart gewählt und komplex ausdrücken konnte, aber wahrscheinlich war es kein Wunder. Da Lilo und Helene einander wenig zu sagen hatten, konzentrierte sich ihre gesamte Kommunikation auf Mathilda, die schnell lernte und neue Worte aufsog wie ein Schwamm.

Das Kind hatte zunächst Angst vor dem großen Mann mit der tiefen Stimme, war sie doch in ihrem kurzen Leben kaum einem männlichen Wesen begegnet. Doch Alfred zeigte eine erstaunliche Geduld und Ausdauer dabei, ihr Vertrauen zu gewinnen, und innerhalb weniger Wochen hing sie mit großer Zärtlichkeit an ihm. Wann immer sie selbst bestimmen durfte, wer mit ihr hinaus in den Park gehen sollte, fiel die Wahl auf Alfred.

Auch am heutigen Tag blieben Helene und Lilo zurück und winkten, bis die beiden ihren Blicken entschwunden waren. Dann wandte Lilo sich ab.

»Ich werde dann mal das Mittagessen vorbereiten«, sagte sie, doch Helene hielt sie zurück.

»Das kannst du später auch noch machen. Ich dachte, wir unterhalten uns ein bisschen.«

Eine eiskalte Faust griff nach Lilos Herz. Auf einmal war sie davon überzeugt, Helene würde ihr eröffnen, dass sie hier nicht länger gebraucht wurde. Wozu auch? Mathilda schlief nun seit fast zwei Jahren zuverlässig jede Nacht durch und war mit ihren fast drei Jahren aus dem Gröbsten heraus, wie man so sagte. Den kleinen Haushalt ohne sie zu führen, war Helene nun sicherlich auch imstande.

Lilo schüttelte heftig den Kopf. »Ich sollte wirklich mit dem Essen anfangen«, beharrte sie, als ob das irgendetwas ändern könnte.

»Dann setze ich mich zu dir«, bestimmte Helene und folgte ihr in die Küche. Sie ließ sich an dem Tisch mit der blau-weiß karierten Tischdecke nieder und legte müßig die Hände in den Schoß, während Lilo die Kartoffeln aus dem Vorratsschrank holte und in einer Schale mit Wasser wusch. Sie ärgerte sich, dass Helene ihr keine Hilfe anbot. Wieder einmal wurde ihr bewusst, wie bequem diese Frau war. Selbst wenn es letzten Endes diese Eigenschaft Helenes gewesen war, die ihre

Anwesenheit hier überhaupt erst ermöglicht hatte, spürte sie keine Dankbarkeit. Helene würde sich noch wundern, was es alles in einem Haushalt mit Kind zu tun gab, wenn keine Lilo da war, die sich um alles kümmerte. Innerlich wappnete sie sich gegen das Unvermeidliche und presste fest die Lippen aufeinander, während sie die Kartoffeln fester als nötig mit der Bürste bearbeitete.

»Sei so nett und mach mir bitte einen Tee«, sagte Helene freundlich.

Lilo ließ die Wurzelbürste fallen, füllte den Wasserkessel und stellte ihn auf den Herd. Dann nahm sie einen Becher aus dem Schrank und löffelte den Tee so heftig hinein, dass ein Teil der Blätter auf dem Tisch landete.

»Entschuldigung«, murmelte sie.

Helene griff nach ihrer Hand. »Ist irgendwas nicht in Ordnung?«, fragte sie.

»Doch, doch, alles bestens.«

»Du siehst irgendwie aus, als ob du ...«, sie suchte nach dem passenden Wort, fand es schließlich und sprach es ungläubig aus, »wütend bist. Doch nicht auf mich?« Ganz offensichtlich war es ihr vollkommen unmöglich, sich vorzustellen, jemand könnte auf sie, die herzensgute, stets sanfte Helene, zornig sein.

Lilo schüttelte den Kopf und zwang sich zu einem Lächeln. »Ich bin nur ein wenig müde.«

»Wie seltsam«, entgegnete Helene, »anfangs warst du nie müde, obwohl du kaum geschlafen hast. Du warst immer heiter und ausgeglichen.«

Ja, und jetzt bin ich es nicht mehr. Weil ich nicht mehr an mein Kind herankomme. Weil du meine Tochter nämlich völlig mit Beschlag belegst. Und jetzt ist auch noch dein Mann zurück und stiehlt mir die wenigen Minuten, die ich vorher noch mit ihr hatte. Und da soll ich nicht wütend sein?

Natürlich sagte sie nichts von alledem. Sie zuckte nur mit den Schultern. Holte den pfeifenden Kessel vom Herd und füllte Helenes Becher.

»Danke schön.« Helenes Blick wanderte in Richtung Spüle. »Du kannst ruhig weitermachen mit den Kartoffeln.«

Lilo nahm ihre Arbeit wieder auf. Irgendwie hatte es nicht den Anschein, als wollte Helene sie vor die Tür setzen. Sie hörte, wie die andere in ihrem Rücken schwer seufzte.

»Weißt du«, sagte Helene, »ich mache mir schreckliche Sorgen.« Sofort stellten sich die Haare auf Lilos Unterarmen auf. War etwas mit Mathilda? War sie krank? Wie hatte ihr das entgehen können? »Um meinen Mann«, fuhr Helene fort, und Lilo atmete erleichtert aus. »Er ist so verändert, seit er von der Front zurück ist.«

Das konnte Lilo nicht unbedingt bestätigen, aber was wusste sie schon. Sie hatte ihn schließlich kaum gekannt.

»Nach außen hin wirkt es vielleicht nicht so«, sinnierte Helene weiter, »er ist freundlich und aufmerksam. Und kümmert er sich nicht rührend um Mathilda?«

Lilo nickte.

»Aber nachts ... ich weiß nicht, ob du es hören kannst. Er hat schreckliche Albträume. Er stöhnt zum Gotterbarmen im Schlaf, und manchmal schreit und weint er auch.« Plötzlich hielt sie sich die Hand vor den Mund. Anscheinend wurde ihr bewusst, dass es Alfred nicht recht sein konnte, wenn sie dem Dienstmädchen davon erzählte. Doch dann schüttelte sie, wie um sich selbst zu überzeugen, den Kopf. »Du bist meine Freundin. Und irgendjemandem muss ich es erzählen. Sonst werde ich wahnsinnig«, erklärte sie entschieden und fuhr fort: »Er tritt um sich und zittert. Manchmal über Stunden. Ich trau mich dann nicht, ihn aufzuwecken, aber es macht mir Angst, verstehst du? *Er* macht mir Angst. Was glaubst du, was er gesehen hat, dass er solche Attacken hat?«

Lilo zuckte mit den Schultern und entschied sich, ihre Vermutungen lieber für sich zu behalten. Alfred war Mitglied der SS-Totenkopfstandarten, und es gab Gerüchte, die selbst ihnen in ihrer zurückgezogenen Drei-Mädel-Welt zu Ohren gekommen waren.

»Ich weiß es wirklich nicht«, antwortete sie.

»Es muss furchtbar gewesen sein«, sagte Helene mit sorgenvoll aufgerissenen Augen. »Er kann nicht einmal mehr ...« Sie beugte sich vor und verfiel in einen vertraulichen Flüsterton. »Du weißt schon. Es tut sich einfach nichts. Du kannst es dir vermutlich nicht vorstellen, aber so was belastet eine Ehe schwer. Außerdem ...«, sie zögerte kurz, »außerdem hatte ich die Hoffnung, dass es ja vielleicht doch noch klappt mit einem weiteren Baby. Wäre das nicht schön? Ein kleiner Bruder oder eine kleine Schwester für Mathilda? Aber natürlich, wenn er nicht ...« Sie hob die Hände.

Lilo biss sich auf die Unterlippe. Offensichtlich gab Helene sich der Illusion hin, dass ihre Unfruchtbarkeit nur vorübergehender Natur gewesen war. Möglicherweise hielt sie sich mittlerweile sogar tatsächlich für Mathildas leibliche Mutter und hatte vollständig verdrängt, dass sie das Kind gar nicht selbst ausgetragen hatte.

»Das wird bestimmt wieder«, sagte Lilo lahm und begann, die Kartoffeln in Würfel zu schneiden. Schon lange schälte man sie nicht mehr, zu kostbar war jedes Gramm an Essbarem, das sich bekommen ließ.

»Ja, hoffentlich.« Sinnend starrte Helene vor sich hin, legte beide Hände um den dampfenden Teebecher und seufzte leise. »Ach, wie gerne hätte ich ein eigenes Baby.«

In diesem Moment schnitt Lilo sich so heftig in den Finger, dass sie den Verbandskasten holen und die Wunde versorgen mussten.

Zum Glück war damit auch die Unterhaltung beendet.

47.

Lüneburg, Mai 1945

In der Nacht vom sechsten auf den siebten Mai wurde im Obersten Hauptquartier der Alliierten Expeditionsstreitkräfte in Reims die bedingungslose Kapitulation der deutschen Wehrmacht unterzeichnet. Am 8. Mai trat sie in Kraft und beendete den Zweiten Weltkrieg, der fast sechs Jahre gedauert und beinahe sechzig Millionen Todesopfer gefordert hatte. An der Front gefallene Soldaten, im Konzentrationslager ermordete Juden, Homosexuelle, Kommunisten, Sinti und Roma, in Bombennächten verbrannte Zivilisten und an Hunger, Kälte und Gewalt gestorbene Flüchtlinge.

DER KRIEG IST AUS!, titelten die Zeitungen in Großbuchstaben mit Ausrufezeichen. Doch auch wenn das Ende von der Bevölkerung längst herbeigesehnt worden war, jubelte niemand. Die Deutschen befanden sich in Schockstarre. Das Tausendjährige Reich mit all seinen Versprechungen, die Deutschen würden das mächtigste, großartigste Volk der Welt werden, war vor ihren Augen zu Staub zerfallen. Übrig blieben zerstörte Städte, tote Männer, Flüchtlingsströme aus dem Osten und im Verlauf der nächsten Monate die Erkenntnis, welch unvorstellbare Schuld man auf sich geladen hatte. Die ganze Welt hasste die Deutschen, und das bekamen sie zu spüren.

Die alliierten Großmächte Amerika, Großbritannien, Frankreich und die Sowjetunion teilten das Reich in vier Besatzungszonen auf, die oberste Regierungsgewalt wurde von den Besatzern übernommen.

Lüneburg gehörte, ebenso wie Hamburg, zur britischen Besatzungszone. Auf einmal kamen Lilo ihre Kenntnisse der englischen Sprache zugute. Nun zahlte es sich aus, dass sie damals, in ihrer Zeit als Swing-Girl, mit verbissenem Ehrgeiz Vokabeln gepaukt hatte, um Ludwig zu beeindrucken. All dies schien eine Ewigkeit zurückzuliegen, dabei waren es doch in Wirklichkeit nur wenige Jahre.

Auf jeden Fall klangen die Worte des Mannes hinter ihr im Lebensmittelgeschäft vertraut in Lilos Ohren, als sie gerade mit Mathilda dort einkaufen war.

Es war eine der wenigen Gelegenheiten, bei denen sie das Kind ganz für sich haben durfte. Wahrscheinlich wollte Helene in der Zwischenzeit wieder einmal versuchen, Alfred zum Beischlaf zu animieren. Lilo sollte es recht sein. Den ganzen Weg zum Krämerladen trug sie das pausenlos plappernde Kind auf dem Arm, obwohl es sehr gut alleine laufen konnte. Aber Mathilda liebte es, hoch oben auf dem Arm eines Erwachsenen zu thronen und alles zu überblicken. Und Lilo liebte es, ihre Tochter so nah bei sich zu haben. Selbst als sie ihr Ziel erreichten und sich in die Schlange einreihten, ließ sie das Kind nicht herunter, sondern wippte auf und ab.

»What a beautiful girl«, sagte der Mann hinter ihr, und sie wandte sich zu ihm um. Er war groß und rothaarig, mit Sommersprossen und einer langen Nase. Außerdem trug er die Uniform der britischen Armee. Er lächelte breit. »Your girl«, sagte er. »So pretty.«

»Thank you.«

»And the spitting image of her mother, if I might say so.«

»I'm sorry, I don't understand«, sagte Lilo, während sie die Blicke der anderen Kunden in ihrem Rücken spürte.

»She looks just like you«, erklärte der Mann.

»Oh.« Sie spürte, wie sie dunkelrot anlief. »Thank you.« Insgeheim hoffte sie inständig, dass es um die Englischkenntnisse der anderen Wartenden nicht so gut bestellt war. Man kannte sie hier natürlich als das Kindermädchen von Mathilda. Und nicht als deren Mutter.

»Your English is excellent«, sagte ihr Gegenüber.

Sie schüttelte den Kopf. »Oh no, not really.«

»Oh yes, really.« Er nickte und strahlte. Sie wurde das Gefühl nicht los, dass sich seine Begeisterung für ihr Englisch vor allem daraus speiste, dass sie ihm gefiel. »We have good jobs for someone like you.«

Lilo hob den Kopf. Das klang allerdings interessant. Insgeheim fragte sie sich schon seit einiger Zeit, wie es eigentlich weitergehen sollte. Als ehemaliger SS-Mann erhielt Alfred Grossmann kein Gehalt mehr, sie lebten von Ersparnissen, von denen Lilo keine Ahnung hatte, wie weit sie reichen würden. Sie selbst hatte schon seit Wochen keinen Lohn mehr erhalten, doch hütete sie sich davor, diese Tatsache anzusprechen. Früher oder später würde sie entlassen werden, natürlich. Aber sie hatte Mathilda ein Versprechen gegeben, damals, an dem Tag, da sie das erste Mal die Wohnung der Grossmanns betreten hatte.

Ich geh nicht ohne dich.

»What kind of jobs?«, fragte sie.

»We need people for translation, of course! Would you be interested in working for us?«

»Definitely!« Sie nickte vehement.

»Lilo, du redest so komisch. Ich versteh dich gar nicht«, sagte Mathilda in diesem Moment.

»Weil ich Englisch spreche, Liebling.«

»Was ist Englisch?«

»Eine Sprache, die in anderen Teilen der Welt gesprochen wird.«

»Wieso?«

Lilo warf dem Mann ein entschuldigendes Lächeln zu. Das hier würde eine Weile dauern. Wenn Mathilda einmal anfing, einem Löcher in den Bauch zu fragen, dann hörte sie so schnell nicht wieder damit auf.

»Why don't you come to our administration building tomorrow and tell them I sent you? My name is John Miller«, sagte der Mann und deutete eine Verbeugung an.

»I am Lilo Wiegand«, antwortete sie, »and I would like that very much.«

»Great.«

»Lilo, du redest schon wieder komisch.«

»Ich weiß, Schatz.«

»If you don't have somebody to look after your daughter, just bring her with you. It's not a problem.«

»Oh, thanks. She will be with her mo …« Sie unterbrach sich. »Somebody will take care of her.«

Gemeinsam mit Mathilda betrat Lilo die Wohnung. Normalerweise wäre sie über die magere Ausbeute ihres Einkaufs frustriert gewesen. Als sie endlich an der Reihe gewesen war, hatte es fast nichts mehr zu kaufen gegeben. Ein bisschen Margarine, etwas Brot, Käse, Marmelade und Ersatzkaffee. Keine

Eier, keine Milch – und schon gar kein Fleisch. Man konnte noch so sehr mit seinen Lebensmittelmarken wedeln, es gab einfach nicht genug zu essen. Wenigstens eine Person im Haushalt musste jedoch niemals Hunger leiden, und dafür war Lilo unendlich dankbar. Mathilda, das geliebte Kind dreier Elternteile, bekam zusätzliche Rationen von jedem von ihnen. Oft saßen sie alle hungrig am Küchentisch und sahen zu, wie es der Kleinen schmeckte. Das machte glücklicher als ein voller Magen.

Von Helene und Alfred war im Augenblick nichts zu sehen oder zu hören. Entgegen Lilos Annahme waren sie jedoch nicht im Schlafzimmer, ihre Schuhe und Mäntel fehlten an der Garderobe. Vielleicht hatten sie sich zu einem gemeinsamen Spaziergang aufgemacht.

Lilo griff nach Mathildas Hand und zog sie vor den schmalen, hohen Spiegel im Flur. Sie hockte sich nieder, sodass ihre Gesichter genau nebeneinander waren, und auf einmal konnte sie selbst sehen, was der Fremde gemeint hatte. Mathilda war tatsächlich ihr Ebenbild, und zwar über den Umstand, dass sie beide blond und blauäugig waren, hinaus. Sie hatten beinahe identische Gesichter. Die gleichen hellen, geschwungenen Augenbrauen, die leicht nach oben gebogene Nasenspitze, die Wangenknochen, das Kinn. Einzig Mathildas Mund war deutlich voller und stärker geschwungen als der von Lilo. Sie hatte Ludwigs Lippen geerbt.

Mathilda betrachtete ihr Konterfei ebenso interessiert. Sie streckte die Zunge heraus und schielte. Dann begann sie plötzlich zu kichern. »Du siehst aus wie ich«, sagte sie, und Lilo nickte.

Sie konnte nicht fassen, dass es Helene und Alfred noch

nicht aufgefallen war. Sie hatten sie doch ständig beide vor Augen. Konnten sie wirklich so blind sein – oder wollten sie das Offensichtliche einfach nicht sehen?

In diesem Moment drehte sich der Schlüssel im Schloss. Hastig erhob sich Lilo und strich ihren Rock glatt. »Komm«, sagte sie und streckte Mathilda die Hand hin, »wir wollen unsere Einkäufe auspacken. Hast du Hunger?«

»Klar«, antwortete das Kind und rannte in die Küche.

Lilo seufzte leise. »Klar.«

Der Brite, bei dem sie sich für die Anstellung als Übersetzerin bewarb, war lange nicht so begeistert von ihren Englischkenntnissen wie jener John Miller, der sie hierhergeschickt hatte. Er hatte ihr einen Fragebogen zum Ausfüllen gegeben, den er nun mit strengem Blick durchlas.

»You've never been a member of the NSDAP?«

Sie schüttelte den Kopf.

»That is so weird.« Er lächelte kühl. »You know, no one seemed to have been that.«

Lilo kannte natürlich eine Menge Parteimitglieder, angefangen bei ihren eigenen Eltern. Und den Grossmanns, zumindest Alfred. Aber danach hatte er nicht gefragt. Deshalb schwieg sie.

»Hitlergirl?« Er durchbohrte sie mit Blicken.

»Not since 1941.«

»And why was that?«

»I had a baby.«

Sein irritierter Blick suchte ihre rechte Hand.

»And I am not married«, sagte sie genervt. »Do I get the job or not?«

Er zuckte unzufrieden mit den Schultern, studierte erneut den Fragebogen und legte ihn dann auf einen Stapel anderer Papiere. »I can't see why not.« Das schien er zu bedauern, aber das war Lilo egal.

»Thank you«, sagte sie.

48.

Lüneburg, Oktober 1945

Ihre Einstellung markierte einen Wendepunkt. Morgens ging Lilo aus dem Haus, um für die Briten als Übersetzerin tätig zu sein. Und plötzlich musste sich Helene um den Haushalt kümmern, während Lilo das Geld für die Familie verdiente.

Was Alfred tat, wusste sie nicht so genau. Manchmal beschäftigte er sich noch mit Mathilda, doch er schien sich mehr und mehr in sich selbst zurückzuziehen. Seine Tage verbrachte er vorwiegend im Bademantel. Meistens fand Lilo ihn nach einem langen Arbeitstag in genau derselben Stellung vor, in der sie ihn am Morgen verlassen hatte. Aufrecht auf seinem Sessel im Wohnzimmer sitzend, den Blick nicht aus dem Fenster, sondern auf die gegenüberliegende Wand gerichtet. Auf Lilos fragenden Blick antwortete Helene nur mit einem hilflosen Schulterzucken. Auch sie wusste nicht, was mit Alfred los war.

An einem nassen, grauen Oktobernachmittag, als sie alle gemeinsam um den Küchentisch saßen und schrecklich dünnen Ersatzkaffee tranken, klingelte es an der Tür. Während die Erwachsenen sich noch verwundert ansahen, flitzte Mathilda wie der Blitz durch den langen Flur.

»Frag erst, wer da ist«, rief Helene ihr hinterher.

Im gleichen Moment öffnete Mathilda die Tür. Eine tiefe Männerstimme sagte etwas, das sie aber nicht verstehen konnten.

Helene erhob sich. »Du solltest doch fragen, wer da ist!« Sie eilte zur Wohnungstür.

Alfred blieb sitzen und rührte in seinem Kaffee herum, obwohl sie weder Milch noch Zucker hatten.

»Vaaaatiiii«, rief Mathilda.

Gleich darauf erschien Helene mit dem Kind auf dem Arm in der Küche. Sie war totenblass.

»Wer ist es denn?«, erkundigte sich Lilo, weil Alfred keine Anstalten machte, zu reagieren.

»Britische Militärpolizei«, sagte Helene mit bebenden Lippen. »Sie wollen den SS-Hauptsturmführer Grossmann sprechen.«

Mit einem Ruck hob Alfred den Kopf und starrte sie an. Dann erhob er sich und ging wie er war, in Bademantel und Pantoffeln, hinaus in den Flur.

Lilo nahm Helene das Kind ab, da es aussah, als würde die zierliche Frau gleich unter der Last zusammenbrechen. Dann folgten sie Alfred.

Die beiden Briten hatten die Wohnung inzwischen betreten, ob mit Erlaubnis der Grossmanns, oder weil sie glaubten, als Besatzer das Recht dazu zu haben, wusste Lilo nicht. In ihren gut sitzenden Uniformen mit den glänzenden Abzeichen wirkten sie Respekt einflößend. Mathilda bestaunte sie mit offenem Mund.

»SS-Hauptsturmführer Grossmann?«

Alfred nickte.

»Wir haben den Befehl, Sie zu verhaften.«

Lilo hörte einen leisen Aufschrei neben sich. Helene hatte die Hand vor den Mund geschlagen.

»Das muss ein Irrtum sein«, sagte sie zu den Männern. »Eine Verwechslung.«

Niemand hörte auf sie.

Alfred nickte nur langsam, dann sah er an sich hinab, als würde er sich erst in diesem Moment seines unpassenden Aufzugs bewusst. Er räusperte sich. »Selbstverständlich. Würden Sie mir einen Moment Zeit geben, mir etwas anzuziehen? Und mich zu verabschieden?«, fügte er ein wenig leiser hinzu.

Die beiden Engländer wechselten einen Blick, dann nickte einer von ihnen. »Ziehen Sie sich um. Aber beeilen Sie sich. Wir warten draußen.«

Damit zogen sie sich ins Treppenhaus zurück. Alfred lehnte die Tür an, wagte aber wohl nicht, sie komplett zu schließen. Dann wandte er sich um, legte den Finger auf die Lippen und bedeutete ihnen, ihm schweigend ins Wohnzimmer zu folgen.

Als er sich dort zu ihnen umdrehte, schien er wie ausgewechselt. Die Lethargie, die in letzter Zeit wie Pech an ihm geklebt hatte, war verschwunden. »Lilo«, sagte er in einem Ton, der keinen Widerspruch duldete, »zieh Mathilda an und geh mit ihr in den Park. Und zwar sofort, verstehst du? In dieser Minute.«

Lilo war so perplex, dass sie nickte.

»Au fein«, sagte Mathilda begeistert.

Alfred trat auf sie zu und küsste seine Tochter. »Viel Spaß, mein Schatz«, sagte er sanft, und sein Tonfall ließ Lilo einen eisigen Schauer über den Rücken laufen, obwohl sie keinen Grund dafür hätte nennen können.

»Los«, raunzte er sie an, und sie zuckte zusammen. Gemeinsam mit Mathilda verließ sie das Wohnzimmer, um seinem Befehl Folge zu leisten.

Als sie kurz darauf mit dem Kind ins Treppenhaus trat, blickten die beiden Offiziere auf.

»We are going for a walk«, informierte sie die beiden.

»Good idea«, sagte einer der beiden mit ernstem Gesicht.

So schnell sie konnte, lief Lilo mit Mathilda die Treppen hinunter und ins Freie. Erst als sie unten auf der Straße stand, im strömenden Regen, wurde sie sich des Wetters bewusst. Keinen Hund jagte man da vor die Tür. Und doch wagte sie es nicht, wieder hineinzugehen.

»Es regnet«, stellte Mathilda enttäuscht fest.

»Ja«, sagte Lilo. »Aber das macht nichts.«

»Nein?« Erstaunt sah ihre Tochter zu ihr hoch. »Aber wir haben keinen Schirm dabei.«

»Na und? Wir sind doch nicht aus Zucker. Schau, wir ziehen einfach unsere Kapuzen über den Kopf.«

Ein verzücktes Lächeln erschien auf Mathildas Gesicht. Dann rannte sie los und sprang mit Anlauf in eine Pfütze. Lilo lief hinterher und tat es ihr nach.

49.

Helene

Helene spähte aus dem Wohnzimmerfenster hinunter auf die Straße. Sie beobachtete, wie Lilo und die kleine Mathilda durch den Regen platschten. Sie hielten sich an den Händen und hüpften von einer Pfütze zur nächsten.

Es war Wahnsinn von Alfred, sie bei diesem Wetter hinauszuschicken. Sie würden sich mindestens eine Erkältung zuziehen. Aber sie verstand ihn. Natürlich wollte er nicht, dass seine Tochter dabei war, wenn er abgeführt wurde wie ein Verbrecher.

Ein Verbrecher? Das konnte doch nicht sein, oder? Hatte er etwas zu tun gehabt mit all den furchtbaren Dingen, die die Welt über die Deutschen behauptete?

Nein. Auf keinen Fall. Er war Soldat gewesen, natürlich, genau wie Tausende andere auch. Er hatte schlimme Dinge erlebt, hatte Männer sterben sehen, Feinde wie Freunde, er ...

Helene zuckte zusammen, als sie den Knall hörte. Was war das?

Sie lief durch den Flur in Richtung Schlafzimmer, das Herz schlug ihr bis zum Hals.

»Alfred?«, rief sie, überlegte kurz, ob es höflicher wäre, anzuklopfen, und wusste doch im selben Moment, dass Anstandsregeln nicht mehr zählten. Sie stieß die Tür auf – und da war er.

Wie stattlich er immer wirkte in seiner Uniform, war das Erste, was sie dachte. Er saß halb auf dem Bett, den Oberkörper gegen das Kopfteil gelehnt, die langen Beine von sich gestreckt. Das Kissen, die Wand hinter ihm, der Nachttisch, alles war rot.

»Alfred?«, fragte Helene, konnte sich selbst aber kaum hören. Sie trat näher. Trotz der Menge an Blut wollte ihr Verstand einfach nicht wahrhaben, was er schon längst wusste. Dass ihr Mann tot war. Dass er sich erschossen hatte. »Alfred«, wiederholte sie zitternd.

Sein halber Hinterkopf war weggerissen. Dunkles Blut rann aus Alfreds Nase, und seine Augen starrten blicklos ins Leere. Helene sank in die Knie.

»What's going on here?«, brüllte der Mann, der wie aus dem Boden gewachsen im Türrahmen stand. Er erstarrte, als er die Leiche auf dem Bett entdeckte. »William, come here!«

Auch der zweite Engländer betrat nun das Zimmer und warf einen Blick aufs Bett, während Helene noch immer wie ein verschrecktes Tier neben dem Bett kauerte.

Die beiden wirkten nicht besonders schockiert.

»Well«, sagte der eine von ihnen, »so he *was* guilty.«

»Indeed«, entgegnete der andere.

Helene verstand nicht, was die beiden Männer da redeten. Erst als sie ein leises Wimmern von sich gab, schienen sie sich ihrer Anwesenheit wieder bewusst zu werden.

»There's nothing left for us to do here«, sagte der ihr am nächsten Stehende und dann, mit starkem Akzent, »wir gehen jetzt.« Ein kurzes Nicken, und sie war allein. Allein mit Alfred oder besser mit dem, was von ihm übrig war. Ihr Blick saugte sich an seinem zerfetzten Kopf fest, wo sein Gehirn teilweise offen lag.

Was tust du da, Helene, fragte sie sich, schau nicht hin, schau doch nicht hin. Du wirst dich gleich übergeben, wenn du noch weiter hinsiehst.

Doch ihr Kopf bewegte sich keinen Millimeter. Und tatsächlich spürte sie, wie bittere Galle ihre Speiseröhre emporstieg.

Und wenn schon, dachte sie, die Bettwäsche ist sowieso für alle Zeiten ruiniert.

In diesem Moment glaubte sie, in der Wohnung ein Geräusch zu hören. Waren das noch immer die Engländer? Oder waren Lilo und Mathilda zurück? Die Antwort auf diese Frage gab in derselben Sekunde ihre Tochter selbst.

»Maaaaamiiiiii«, rief sie laut durch den Flur, »ich bin wieder daaaaa.«

»Warte, Mathilda, erst Schuhe und Jacke ausziehen, du machst ja alles nass«, hörte Helene Lilo sagen.

»Mami, wo bist du?«

Endlich erwachte Helene aus ihrer Erstarrung. Sie fuhr hoch und schrie, so laut sie konnte: »Nicht ins Schlafzimmer kommen! Lilo, lass sie nicht ins Schlafzimmer!« Dann rappelte sie sich auf, stürzte zur offenen Tür und in den Flur. Gerade noch rechtzeitig konnte sie Mathilda abfangen, die freudestrahlend auf sie zugerannt kam und abbremste, als sie ihre Mutter entdeckte.

»Warum darf ich nicht ins Schlafzimmer?«, fragte sie.

»Es geht gerade nicht, Schatz.«

»Wieso?«

»Weil ... weil ...« Hilflos blickte Helene Lilo an, die Mathilda gefolgt war. Versuchte, ihr mit den Augen verständlich zu machen, dass etwas Schreckliches geschehen war.

»Wo ist Vati?«, fragte Mathilda, und Helenes Unterlippe begann zu zittern.

»Er ... ist nicht da.«

»Wieso?«

»Weil ...« Ihre Stimme brach. Ein weiterer Blick zu Lilo, die endlich begriff und das Ruder übernahm.

Sie machte einen Schritt auf Mathilda zu. »Er ist mit den Männern mitgegangen, erinnerst du dich an sie?«

Das Kind nickte ernsthaft.

»Komm, wir schauen, ob wir sie noch auf der Straße sehen können. Vielleicht kannst du ihm noch hinterherwinken.«

»Au ja!« Mathilda hob auffordernd die Arme, und Lilo nahm sie hoch, um sie ins Wohnzimmer zu tragen, von wo aus man den besten Blick hinunter auf die Straße hatte.

»Lilo?«, sagte Helene, und die Angesprochene wandte sich noch einmal um, das Kind auf dem Arm.

Im selben Moment vergaß Helene, was sie eigentlich hatte sagen wollen. Fassungslos starrte sie die Frau an, die seit über drei Jahren in ihrem Haus lebte. Diese blonde, blauäugige Frau, von der sie so oft gedacht hatte, der Himmel habe sie ihr geschickt.

Helene blinzelte, konnte nicht glauben, was sie sah. Und noch viel weniger, dass sie es die ganze Zeit über *nicht* gesehen hatte.

50.

Lüneburg, Oktober 1945

Sie erfuhren, dass SS-Hauptsturmführer Alfred Grossmann niemals an der Front gewesen war. Stattdessen war er einer der insgesamt fast zehntausend SS-Männer, die im Konzentrationslager Auschwitz zur Bewachung und Organisation des Lagerbetriebs eingesetzt worden waren. Er war dort an der systematischen Ermordung unzähliger Juden, Polen, Sinti, Roma und Kriegsgefangenen beteiligt gewesen.

Helene glaubte an eine Verleumdung, aber Lilo wusste, dass es die Wahrheit war. Warum sonst hätte Alfred sich eine Kugel in den Mund schießen sollen, um einer Verhaftung zu entgehen? Er wusste nur zu gut, was er getan hatte, und so wie Lilo die Sache sah, hatte er bekommen, was er verdiente.

»Wie kannst du so etwas sagen?«, fragte Helene schwach, während sie an einer Tasse Tee nippte, die Lilo ihr ans Bett gebracht hatte. Seit Alfreds Tod – oder vielmehr, seit Lilo eine ganze Nacht und einen halben Tag damit verbracht hatte, das Schlafzimmer von Blut, Gehirnflüssigkeit und Knochensplittern zu säubern – hatte sich Helene nicht mehr von dort wegbewegt. Sie lag im Bett und litt, indes Lilo sich um alles kümmerte. »Er war ein guter Mann!«, flüsterte sie jetzt. »Ein freundlicher Mensch.«

»Nein, das war er nicht! Er hat Menschen umgebracht. Tausende. Und dich hat er die ganze Zeit belogen«, platzte es aus Lilo heraus, die langsam genug von Helenes Jammerei hatte.

»Genau wie du«, erwiderte diese tonlos.

Im nächsten Moment hielten beide Frauen die Luft an.

Lilo hatte es in Helenes Augen gesehen. Als sie sich zu ihr umgedreht hatte, Mathilda auf dem Arm, war die andere zurückgezuckt, als hätte sie eine Erscheinung. Ihr Blick war zwischen Lilo und dem Kind hin und her gesprungen, blitzschnell, immer wieder. Hatte ihre Merkmale verglichen, Augen, Nase, Mund, Gesichtsschnitt, Haare. Im Zeitlupentempo hatte Helene die Hand vor den Mund gelegt und sich dann abrupt abgewandt.

Dennoch hatten beide Frauen in all den Tagen, die seit Alfreds Tod vergangen waren, kein Wort darüber verloren. Vermutlich, weil keine von ihnen wusste, wie es danach weitergehen sollte.

Aber nun war es ausgesprochen und es gab kein Zurück mehr. Lilo blickte auf Helene hinab und hob kämpferisch das Kinn.

»Du hast sie geboren«, sagte Helene schließlich. »In diesem Heim.«

»Ich bin ihre Mutter, du kannst es ruhig sagen.«

Helene schüttelte den Kopf. »Ich versteh das nicht. Warum bist du hier? Du wolltest sie doch nicht. Das arme Würmchen. Nicht einmal verabschiedet hast du dich! Ich weiß noch, was ich in dem Moment gedacht habe, als wir sie mitnahmen. Wie kann eine Mutter so grausam sein?«

Vor Lilos Augen tanzten helle Sterne. Sie musste all ihre Willenskraft aufbringen, um Helene nicht anzubrüllen. Aber

Mathilda spielte im Nebenzimmer. Sie durfte nichts mitbekommen.

»Ich lag im Krankenhaus. Jemand hatte mich zusammengeschlagen. Auch so ein freundlicher, guter Mann von der Schutzstaffel, übrigens. Und dann haben sie mir mein Kind gestohlen!«

Helene wurde noch blasser. »Das ist nicht wahr. Wir haben sie adoptiert. Rechtmäßig adoptiert.«

»Rechtmäßig?« Lilo lachte auf, es war ein hartes, bitteres Lachen. »Glaubst du wirklich, dass irgendwas von dem, was unter Hitler geschehen ist, heute noch als rechtmäßig angesehen wird? Die Nazis haben uneheliche Kinder an ihre SS-Schergen verschachert. Gute arische Kinder. Es würde mich nicht wundern, wenn Alfred für Mathilda einen Batzen Geld auf den Tisch gelegt hätte.«

»Nein. Wir haben sie nicht gekauft. Wir haben sie adoptiert«, wiederholte Helene.

Beide Frauen wussten zu diesem Zeitpunkt noch nichts von dem wahren Ausmaß der Verbrechen im Zusammenhang mit dem Lebensborn. War der Verein zunächst gegründet worden, um Mütter unehelicher Kinder von einem Schwangerschaftsabbruch abzuhalten, indem man anonyme Entbindungen und die anschließende Vermittlung der Babys zur Adoption organisierte, war er in späteren Kriegsjahren mitverantwortlich gewesen für die Verschleppung Tausender Kinder aus von Deutschland besetzten Gebieten, vor allem im Osten. Sofern sie im Sinne der Rassenideologie als arisch galten, wurden sie ihren Eltern entrissen, zur Verschleierung ihrer Identität in die Lebensbornheime gebracht und an deutsche Familien weitergereicht. Die Herkunft vieler solcher

Lebensbornkinder konnte auch nach dem Krieg nie eindeutig geklärt werden.

Lilo ging neben dem Bett in die Hocke. »Mathilda ist mein Kind«, sagte sie leise. »Meine Tochter. Ich habe sie geboren. Ich habe sie gestillt. Ich habe nachts ihren Schlaf bewacht.«

Jedes ihrer Worte schien Helene wie ein Peitschenhieb zu treffen, doch Lilo konnte sich einfach nicht bremsen. »Und ich werde sie mitnehmen. Nach Hause.«

»Das wirst du nicht.« Zum ersten Mal seit Tagen sprach Helene lauter als im Flüsterton, ja, sie richtete sich sogar im Bett auf. »Du kannst mir nicht auch noch meine Tochter wegnehmen.«

»Sie *ist* nicht deine Tochter. Und ja, das kann ich.«

»Nein!«

»Denk doch mal nach«, sagte Lilo, »wir sind eine Besatzungszone. Die Engländer haben die Regierungsgewalt. Du kannst nicht mehr zur SS rennen und dein Recht auf mein Kind einfordern. Und glaubst du wirklich, dass die Briten zu deinen Gunsten entscheiden werden? Ein Blinder kann sehen, dass ich Mathildas leibliche Mutter bin. Und wer bist du? Die Witwe eines Schwerverbrechers. Eines vielfachen Mörders.«

Lilo war sich gar nicht mal so sicher, ob es der Wahrheit entsprach, was sie da sagte. Ganz bestimmt hatten die Besatzer sich im Moment um andere Dinge zu kümmern, und ein Sorgerechtsstreit war vermutlich das Letzte, was sie interessierte. Dennoch machten ihre Worte Eindruck auf ihre Gegnerin.

»Hör auf.« Helene sank bleich in die Kissen. Schon ihr nur für Sekunden aufgeflammter Widerstand hatte sie zu Tode erschöpft.

»Ich geh packen«, sagte Lilo und verließ das Zimmer.

Während sie Kleidung für sich und Mathilda in einen Koffer legte, lauschte Lilo mit einem Ohr in Richtung Schlafzimmer. Sie war fast sicher, dass Helene gleich daraus auftauchen, sich vielleicht sogar auf sie stürzen würde. Aber alles blieb ruhig.

Stattdessen kam Mathilda angehüpft. Sie bewegte sich eigentlich nie anders als so.

»Was tust du da, Lilo?«

»Ich packe einen Koffer.«

»Wieso?«

»Weil wir verreisen!«

»Au fein!« Mathilda hüpfte noch ein bisschen höher. Dann nahm sie den Inhalt des Gepäckstücks näher in Augenschein. »Kommt Mami auch mit?«

»Äh. Nein.«

»Wieso?«

Lilo überlegte einen Moment. »Weil sie krank ist«, sagte sie dann.

»Und wer kümmert sich um sie?«

»So krank ist sie nun auch wieder nicht. Sie schafft das schon, mach dir keine Sorgen.«

Mathilda hatte aufgehört zu hüpfen.

»Und Vati? Kommt der mit?«

Das war nicht dein Vater, schrie es in ihr. *Sondern ein Massenmörder!*

Lilo hörte auf zu packen. Sie setzte sich auf das schmale Bett, in dem sie über drei Jahre lang geschlafen hatte. Dann zog sie Mathilda auf ihren Schoß.

»Ich habe es dir doch erklärt, Süße. Dein Vati ist verreist, und er kommt nicht zurück.«

Mathilda sah sie ernst an.

»Und wenn *wir* verreisen? Kommen wir dann zurück?«

»Nein, wahrscheinlich nicht.«

Mathildas Unterlippe begann zu zittern. »Aber was ist mit Mami?«

Lilo blickte in die großen blauen Augen ihrer Tochter. Natürlich musste sie ihr das erklären. Sie war kein Baby mehr. Das hier war anders als vor dreieinhalb Jahren, als man sie den Armen der einen Mutter entrissen und in die der anderen gelegt hatte. Sie verstand schon so viel, wahrscheinlich noch mehr, als die Erwachsenen ihr zutrauten. Aber dies war nicht die Zeit und nicht der Ort.

»Mami kommt natürlich nach«, zwang sie sich zu sagen. »Wenn es ihr besser geht.«

Erleichtert atmete das Kind aus. »Das ist gut.«

»Geh jetzt in dein Zimmer und spiel ein bisschen.«

Mathilda hopste von ihrem Schoß, aber sie ging nicht in ihr Zimmer. Als Lilo fertig war und den Koffer in den Flur gewuchtet hatte, vernahm sie leise Stimmen aus dem Schlafzimmer. Sie trat näher und sah Helene und Mathilda nebeneinander im Bett liegen. Das Kind kuschelte sich eng an die Frau, die es für seine Mutter hielt. Helene sang leise ein Lied.

»Kommt ein Vogel geflogen, setzt sich nieder auf mein Fuß, hat ein Zettel im Schnabel, von der Mutter einen Gruß.«

Für einen Moment war Lilo fassungslos. Sie starrte auf die Szene.

»Lieber Vogel, flieg weiter, nimm mein Gruß mit und mein Kuss, denn ich kann dich nicht begleiten, weil ich hierbleiben muss.«

Lilo bemerkte die Tränen, die lautlos über Helenes Wangen

rannen, doch sie spürte kein Mitleid. Nur haltlosen Zorn. Was fiel ihr ein, hier die trauernde Mutter zu geben, nach allem, was sie, Lilo, erlitten hatte? Was wusste sie denn schon davon, was es hieß, ein Kind zu verlieren? Lilo war Mathildas Mutter, und auch wenn Helene sich hier in ihrem Leid suhlte, so konnte sie doch nicht einmal im Ansatz begreifen, was es wirklich hieß, Mutter zu sein. Die Bewegungen eines anderen Menschen im eigenen Körper zu spüren, ein Kind unter Schmerzen zu gebären und beim ersten Anblick zu wissen, dass nur noch eine einzige Aufgabe im Leben wirklich zählte: dieses Menschenkind vor Leid zu bewahren.

»Hänschen klein ging allein in die weite Welt hinein, Stock und Hut stehn ihm gut, ist gar frohgemut. Doch die Mutter weinet sehr, hat ja nun kein Kindlein mehr, wünsch dir Glück, sagt ihr Blick, kehr nur bald zurück«, sang Helene.

»Wir müssen los«, unterbrach Lilo den Gesang mit nur schlecht verhohlenem Zorn. »Sonst verpassen wir den Zug.«

Mathilda fuhr hoch. Sie wirkte, als wäre sie kurz eingenickt, und blickte desorientiert um sich. Dann sank sie zurück in Helenes Arme.

»Nein«, murmelte sie. »Bin müde.«

»Du kannst im Zug schlafen«, sagte Lilo und trat auf das Bett zu. Ihr entging nicht, wie sich Helenes spärliche Armmuskulatur spannte, wie sie das Kind umklammerte. »Lass sie los«, sagte Lilo leise, aber nachdrücklich. Gleichzeitig griff sie nach Mathilda, um sie aus dem Bett zu heben. Doch das Mädchen sträubte sich.

»Nein!«, schrie sie laut. »Lass mich! Nein!«

»Komm, Schatz«, versuchte Lilo sie zu beruhigen, »du hast dich doch darauf gefreut, mit dem Zug zu fahren.«

»Nein, ich will hierbleiben«, heulte Mathilda und krallte sich an Helene fest, die ihrerseits das Kind an sich drückte.

»Das geht aber nicht. Helene«, Lilo brachte es nicht über sich, von *Mami* zu sprechen, »kann sich nicht um dich kümmern. Du siehst doch, dass sie zu schwach ist.«

»Warum können wir nicht hierbleiben?«

»Weil …« Darauf fiel Lilo keine Antwort ein. Sie fühlte sich schrecklich. Zornig, verletzt und hilflos. Mit einem Ruck entriss sie Helene das Kind, das in ihrem Arm strampelte und zappelte.

Was tue ich hier, fragte sie sich, während sie stumm miteinander rangen, *ich kann sie doch nicht mit Gewalt mitnehmen.* Doch im selben Moment erlahmte Mathildas Widerstand. Sie legte die Arme um Lilos Hals und schluchzte herzzerreißend.

»Alles wird gut«, murmelte die und streichelte ihr den Rücken, »du wirst sehen, in Hamburg wird es dir gefallen.«

»Aber ich will nicht. Nicht ohne Mami.«

»Mami kommt nach, wenn es ihr besser geht«, wiederholte Lilo und spürte Helenes hoffnungsvollen Blick auf sich ruhen. Sie wich ihm aus. Wandte sich um und verließ ohne ein weiteres Wort das Zimmer.

51.

Hamburg, 2019

Die Vormittagssonne schien warm durch das geöffnete Fenster ins Zimmer. Julian kam mit zwei Bechern in den Händen herein und schlüpfte zurück zu Nele unter die Bettdecke. Sie nahm den Kaffee entgegen, trank aber nicht.

Sie hatten miteinander geschlafen. Es war leidenschaftlich gewesen und von einer Intensität, die ihnen beiden den Atem geraubt hatte. »Was ist das bloß?«, hatte Julian mittendrin gefragt, überwältigt von der Innigkeit ihres Zusammenseins.

Nele hätte es ihm sagen können. Es war der Abschied, der sie so nah zusammenrücken ließ. Ein Abschied, den sie beschlossen und von dem er noch keine Ahnung hatte.

»Julian«, sagte sie jetzt. Sie legte ihm eine Hand in den Nacken und streichelte ihn sanft. »Ich werde nicht mitgehen nach München.«

Er reagierte nicht. Sah sie nur an. »Warum nicht?«

»Weil dort kein Platz für mich ist. Darum.«

»Aber ... du hast doch gesagt, du wirst die Bücherwelt aufgeben.«

»Das werde ich auch. Aber nicht, um nach München zu ziehen. Sondern weil ich zu lange den Traum meines Vaters gelebt habe statt meinen eigenen«, erklärte sie. »Und du hast recht, wahrscheinlich haben deine Umzugspläne den Anstoß dazu gegeben.«

»Ich höre immer *meine* Umzugspläne. Ich dachte, das hätten wir gemeinsam beschlossen!«

»Das ist deine Interpretation. Es war doch von Anfang an klar, dass du nach München gehst. Die Frage war nur, ob ich mitkomme. Oder eben nicht.«

Er öffnete den Mund, um zu protestieren.

Sie hob eine Augenbraue, und er schloss den Mund. Musterte sie irritiert.

»Du weißt, dass ich recht habe«, sagte Nele. Es wunderte sie selbst, wie ruhig sie war. Dabei empfand sie durchaus Schmerz. Eine tiefe Trauer darüber, dass es nicht geklappt hatte zwischen ihnen. Sie liebte Julian. Es tat ihr weh, ihn zu verlieren. Ihn und die Idee, die sie mit ihm verbunden hatte. Die Idee von einer Zukunft, einer Familie. Nur dass es eben von Anfang an nicht ihre Familie gewesen war.

»Das kannst du nicht machen.« Julian sprang aus dem Bett und begann, sich anzuziehen. »Das ist Erpressung. Du kannst mich doch nicht zwingen, mich zwischen dir und meinem Sohn zu entscheiden!«

»Das tu ich auch gar nicht. Aber genauso wenig kannst du mich zwingen, mich nahtlos deinem Leben anzupassen.«

»Das habe ich nie verlangt.«

»Doch, das hast du. Und ich sage gar nicht, dass es deine Schuld ist. Aber wo ist denn in dem Ganzen noch Platz für *mein* Leben?«

»Du verlässt mich also?«, fragte er, und die Wut war aus seinem Blick gewichen. Schwer sank er auf die Bettkante und blickte sie an, müde und traurig.

Sie streckte die Hand nach ihm aus, berührte seinen Unterarm. Er ließ es zu.

»Verdammt«, sagte er. »Ich will doch gar nicht nach München. Ich mag Bayern nicht. Da ist es zu warm. Und überall so schrecklich sauber. Die Mieten sind noch höher als hier. Von der CSU will ich gar nicht erst anfangen.«

Nele lächelte.

Er nahm ihr Gesicht in beide Hände. »Aber wenn ich das Schönste aus Hamburg mitnehmen könnte, Nele, dann wäre es nicht so schlimm.« Er küsste sie. »Dann ließe sich sogar Markus Söder ertragen. Bitte, überleg es dir noch mal.«

Tränen rannen Nele über die Wangen. Alles in ihr schrie danach, es einfach zu sagen. *Ja, ich komme mit. Vergiss den Unsinn, den ich geredet habe. Ich komme mit!*

»Aber du nimmst es doch mit«, sagte sie stattdessen, »das Schönste. Deinen Sohn.«

»Wieso kann ich euch nicht beide haben?« Sein Ton war flehend. »Bitte, bestraf mich nicht dafür, dass ich schon vor dir ein Leben hatte. Und dass ich meinen Sohn aufwachsen sehen will, statt ihn nur an zwei Wochenenden im Monat zu treffen. Wie viele andere geschiedene Väter.«

»Ich will dich doch nicht bestrafen«, sagte Nele, »und ich liebe dich noch mehr dafür, dass du für ihn da sein willst.«

»Das ist nicht fair.« Er wandte sich ab. »Wirklich, Nele, das ist absolut nicht fair.«

»Das weiß ich. Aber es ist auch nicht fair, von mir zu verlangen, alles aufzugeben. Mein Leben hinter mir zu lassen und deines zu teilen.« Sie zögerte. »Immer in der Gefahr, dass du es dir eines Tages doch anders überlegst und zu deiner Familie zurückkehrst.«

»Ich hab dir doch gesagt, dass ich das nicht tun werde.«

»Nicht solange ich da bin jedenfalls. Und keine Probleme mache.«

Seine Augen verengten sich. »Was wird das? Schickst du mich jetzt zurück in Dianas Arme, oder wie soll ich das verstehen?«

Sie zuckte mit den Schultern und starrte in ihren Kaffee. »Wenn es das ist, was du jetzt tun möchtest.«

»Wow.« An seiner Schläfe begann eine Ader zu pulsieren. »Weißt du, was merkwürdig ist? Ich merke gerade, dass es die ganze Zeit überhaupt nicht darum ging, ob ich dich liebe. Sondern darum, dass du mich nicht liebst. Wieso sagst du es nicht einfach? Das hätte einiges leichter gemacht.«

Nele versuchte, seine Worte nicht allzu persönlich zu nehmen. Er hatte ein Recht darauf, wütend zu sein. Er hatte ihr einen Platz in seinem Leben angeboten, und sie hatte abgelehnt. Natürlich war er verletzt.

»Ich liebe dich, Julian«, sagte sie. »Aber ich habe immer nur getan, was andere von mir verlangt haben.«

»Ich verlange gar nichts von dir«, unterbrach er sie, doch sie ging nicht darauf ein.

»Jetzt muss ich rausfinden, was ich selbst will. Und du musst rausfinden, was du willst. Und das klappt bestimmt besser, wenn ich nicht in München bin.«

»Ich weiß längst, was ich will. Ich will, dass du mitkommst!« Er hatte die Arme vor der Brust verschränkt.

In diesem Moment ähnelte er dermaßen seinem Sohn, wenn der seinen Willen nicht bekam und wütend mit dem Fuß aufstampfte, dass Nele trotz allem lächeln musste.

»Was gibt es da zu lachen?«

»Ich lache gar nicht.« Sie wurde ernst. »Es tut mir leid, Julian. Wenn ich stärker wäre, dann hätten wir vielleicht eine Chance. Aber ich bin so schlecht darin, meine eigenen Interessen zu vertreten.«

»Dann solltest du es lernen.«

Sie nickte. »Genau das habe ich vor. Aber ich muss es alleine tun. Wahrscheinlich ist es für dich schwer zu verstehen, aber ...« Ihr Blick fiel auf den Kaffeebecher, den sie noch immer in der Hand hielt. Entschlossen stellte sie ihn auf dem Nachttisch ab. »Ich habe es in sechs Monaten nicht geschafft, dir zu sagen, dass ich den Geschmack von Sojamilch nicht ausstehen kann.«

Verblüfft starrte er sie an. »Wie bitte?«

Sie zuckte mit den Schultern. »Ich weiß selbst, wie armselig das klingt. Es ist leider nur ein Beispiel dafür, wie wenig ich es schaffe, meinen eigenen Raum zu besetzen. Und wie soll mir das gelingen in einer Familie, wo gar kein Platz für mich vorgesehen ist? Kannst du mir das verraten?«

Er atmete langsam aus. »Nein.«

»Ich bewundere Diana, weißt du«, platzte es aus Nele heraus, »auch wenn ich sie aus gegebenem Anlass nicht besonders gut leiden kann. Trotzdem finde ich es genial, wie sie ihr Ding durchzieht. Wenn ich an ihrer Stelle dieses Jobangebot bekommen hätte, nie im Leben hätte ich das durchgesetzt. Ich hätte es vermutlich nicht mal dir gegenüber angesprochen, geschweige denn von dir und Mika verlangt, mit mir quer durch Deutschland zu ziehen.«

Julians Mund verzog sich zu einem schmerzlichen Grinsen. »Ich wünschte, Diana wäre ein bisschen mehr wie du«, sagte er, doch Nele schüttelte heftig den Kopf.

»Nein, tust du nicht. Es sollte mehr solche Frauen geben.«

Er setzte sich erneut auf die Bettkante. »Ach Nele«, sagte er, viel sanfter jetzt, »kann ich dich denn wirklich nicht umstimmen?«

Sie spürte, wie eine einzelne Träne ihre Wange herunterlief. »Doch«, flüsterte sie, »natürlich kannst du das. Aber bitte lass es sein.«

52.

Hamburg, Oktober 1945

Die Fahrt nach Hamburg verlief viel entspannter, als Lilo befürchtet hatte. Kaum hatten sie den Bahnhof in Lüneburg betreten, hatte Mathilda ihren Kummer vergessen. Hier gab es einfach so viel zu bestaunen und entdecken. Wieder einmal löcherte sie Lilo mit ihren Fragen, bis dieser ganz schwindelig wurde. Gleichzeitig war sie froh, dass das Mädchen nicht mehr nach seiner Mami fragte.

Den Weg vom Hamburger Hauptbahnhof bis zu ihrem Zuhause legten sie zu Fuß zurück. Lilo war entsetzt. Natürlich hatte sie von den Zerstörungen gehört, insbesondere von der Angriffswelle auf Hamburg vom 24. Juli bis 3. August 1943. Jener Operation Gomorrha, durch die weite Teile der Stadt dem Erdboden gleichgemacht worden waren. Aber all das lag doch schon über zwei Jahre zurück. Wieso war Hamburg noch immer ein Trümmerhaufen? Nur zwanzig Prozent aller Wohnungen der Stadt hatten den Krieg unbeschadet überstanden. Fünfzig Prozent waren vollständig zerstört. Lediglich die Durchgangs- und Ausfallstraßen hatte man bisher freiräumen können, die Aufräumarbeiten würden noch Jahre andauern.

Als sie vor dem Haus stand, in dem sich das Ladenlokal und die Wohnung ihrer Familie befanden, überkam Lilo unendliche Dankbarkeit. Das prächtige Gebäude aus der Gründerzeit mit seinen Giebeln, Erkern und verschnörkelten Ornamenten war unversehrt. Obwohl es nicht gerade glückliche Zeiten waren, die sie mit diesem Ort verband, war sie froh, dass etwas geblieben war.

Ihr Groll auf Karl und Wilhelmine war inzwischen verflogen. Da war nur noch Unverständnis, wie sie so hatten handeln können. Sie war doch ihre Tochter, genau wie Mathilda Lilos Tochter war. Es war ihr unbegreiflich, dass jemand so mit dem eigenen Kind umgehen konnte, wie ihre Eltern es getan hatten. Oder waren sie womöglich wirklich davon überzeugt gewesen, dass sie in Lilos Interesse gehandelt hatten? Sie würde sie danach fragen. Später. Jetzt war sie müde und hungrig. Mathilda, die sie auf dem Arm trug, waren die Augen zugefallen.

Schwankend unter dem Gewicht betrat sie den Eisenwarenladen. Hinter dem Tresen stand eine junge Frau mit dunklem Haar und hellbraunen Augen. Sie hob den Kopf, als das Glöckchen über der Eingangstür bimmelte.

»Guten Tag!«, sagte sie, dann stieß sie einen Schrei aus und schlug sich die Hand vor den Mund.

Lilo brauchte einen Augenblick länger. Während die andere schon um den Verkaufstisch herumhastete und auf sie zustürzte, überlegte sie noch immer, wen sie vor sich hatte. Als es ihr schließlich, schon in der Umarmung, einfiel, fragte sie sich, wie sie ihre beste Freundin nicht sofort hatte erkennen können.

»Elsa«, brachte sie atemlos hervor. »Was machst du denn hier?«

Ihre Freundin drückte sie noch einmal an sich, dann begann Mathilda sich zu regen, und sie trat einen Schritt zurück.

»Entschuldige«, wisperte sie und deutete auf das Kind, »ich hoffe, ich habe sie nicht geweckt.«

»Was machst du hier?«, fragte Lilo erneut und musterte ihr Gegenüber von oben bis unten. Aus dem einstmals etwas pummeligen Hitlermädel mit den streng geflochtenen Zöpfen und den vollen Wangen war eine Frau geworden. Sie wirkte abgekämpft, ihr Gesicht war viel schmaler als früher. Unter den Augen zeichneten sich bereits erste feine Linien ab, Spuren, die jahrelange Bombennächte voller Angst und ohne Schlaf hinterlassen hatten. Aber unter all der Erschöpfung lag etwas anderes. Ein Strahlen, eine Wärme. Und der Grund dafür war nicht zu übersehen: Unter dem verschlissenen grauen Kleid zeichnete sich ein runder Babybauch ab. Nun war es Lilo, die ihrerseits einen Schrei ausstieß.

»Du bist ja schwanger«, sagte sie fassungslos.

Elsa nickte und hob eine Hand, an der sie einen schmalen, goldenen Ring trug. »Und verheiratet.«

»Ja, aber ... mit wem denn?«

Elsa lachte leise. »Dreimal darfst du raten.«

»Doch nicht ... Hinrich?«

Elsa nickte, und die Freundinnen brachen in Jubelgeschrei aus. Ausgelassen wie Kinder hüpften sie auf und nieder. Für einen Moment kam es Lilo so vor, als wären sie wieder die Mädchen von damals, hoffnungslos verliebt in ältere Jungs. Doch die Zeiten waren endgültig vorbei. Elsas Liebe war nicht hoffnungslos gewesen. Sie hatte Lilos Bruder schließlich doch noch gekriegt. Ihn geheiratet. Und bekam jetzt ein Kind mit ihm.

Genau wie es sein soll, fuhr es Lilo durch den Kopf, und obwohl sie sich für die Freundin freute, wurde ihr zugleich das

Herz schwer. Warum hatte es bei Ludwig und ihr nicht auch so laufen können?

Mathilda war inzwischen natürlich vollkommen wach, rieb sich die Augen und schaute sich neugierig um. Im gleichen Augenblick hörte Lilo die immer etwas zu laute Stimme ihres Bruders.

»Tja, Schwesterherz, wenn du dich mal gemeldet hättest, statt einfach mir nichts, dir nichts zu verschwinden, dann wüsstest du schon längst Bescheid«, trompetete er.

»Und ich hätte eine Brautjungfer gehabt«, ergänzte Elsa.

»Wir haben es aber auch ohne dich geschafft.« Hinrich trat heran, gab Lilo einen Kuss auf die Wange und schlang den Arm um die Schultern seiner Frau. Er legte den Kopf schief und sah Mathilda an, die unerschrocken zurücksah.

»Und wer bist du?«, fragte er.

»Ich bin Mathilda«, antwortete die Kleine. »Und du?«

»Ich heiße Hinrich.«

»Das ist ein komischer Name.«

Alle lachten, und Lilo überkam ein warmes Gefühl von Geborgenheit. Hier stand sie mit ihrer Tochter, ihrem Bruder und ihrer besten Freundin, die nun sogar ihre Schwägerin geworden war. Erst jetzt realisierte sie, wie sehr es ihr gefehlt hatte, Teil einer Familie zu sein.

»Wir müssen was essen. Und schlafen«, sagte sie. »Wo sind Mutti und Vati? Und die anderen?«

Später wünschte sie sich manchmal, sie hätte den Augenblick der Vollkommenheit nicht so unbedacht zerstört. Hätte sich Zeit gelassen mit der Frage nach dem Rest der Familie. Lieber zuerst nach der Hochzeit gefragt, wie alles gekommen war und wann das Baby geboren werden würde. Hätte noch ein paar Minuten zugebracht in dem glücklichen Gefühl, endlich wieder zu Hause zu sein. In dem Gefühl, dass alles gut werden würde.

Ein Schatten fiel über Hinrichs Gesicht, und Elsa schlug die Augen nieder.

»Ja«, sagte ihr Bruder und räusperte sich. »Ja. Das weißt du natürlich auch noch nicht.«

53.

Sie waren tot. Alle waren sie gestorben. Ihre anderen Brüder an der Front, Mutti und Vati bei einem Bombenangriff. Sie waren nicht zu Hause gewesen, sondern bei Bekannten, wo sie sich in den Luftschutzkeller begeben hatten, als die Sirenen zu heulen begannen. Aber das Haus war getroffen worden. Sie hatten keine Chance gehabt, niemand war lebend herausgekommen.

Lilo befand sich in einer Art Schockstarre. Sie hatte sich alles erzählen lassen, hatte genickt, dann war sie zur Tagesordnung übergegangen. Mit Mathilda in die Wohnung gehen, etwas zu essen zubereiten. Viel gab es nicht, die Versorgungslage war katastrophal, sie würde sich etwas einfallen lassen müssen. Aber darum konnte sie sich später kümmern. Wie sie auch erst später dazu kommen würde nachzudenken.

Gleich nach dem Essen legte sie sich mit Mathilda in ihrem eigenen alten Kinderzimmer ins Bett. Das Kind fragte nach seiner Mami, war aber so erschöpft, dass es gleich darauf einschlief. Lilo selbst stand wieder auf, packte den Koffer aus, legte ihre Kleider in die Kommode und die von Mathilda daneben. Sie war so müde, dass sie sich kaum auf den Beinen halten konnte, und schließlich hielt sie es für sicher, sich neben ihrer Tochter zum Schlafen auszustrecken.

Doch die Rechnung ging nicht auf. Statt, wie sie gehofft hatte, sofort in einen tiefen, traumlosen Schlaf zu fallen, begannen ihre Gedanken zu rasen. Mutti, Vati, Herbert und Hans – alle tot. Sie waren tot. Sie konnte nie mehr mit ihnen sprechen. Sie nicht fragen, was sie sich dabei gedacht hatten, sie in die Fänge eines SS-Mannes zu übergeben. Sie konnte sich nicht mehr mit ihnen versöhnen.

Wie glücklich sie gewesen war, als sie vor wenigen Stunden vor dem Haus eingetroffen war und es unversehrt vorgefunden hatte. Sie fühlte sich schuldig. Was machte es schon, ob ein Haufen Steine noch aufeinander stand oder nicht? Es bedeutete gar nichts. Konnte sie dieses Haus denn überhaupt noch »Heimat« nennen, wenn kaum noch jemand übrig war, um es zu bewohnen?

Außer Hinrich, erinnerte sie sich. *Hinrich ist noch da. Seine Frau und sein ungeborenes Kind. Und meine Tochter und ich.*

Sie betrachtete Mathilda, die im Schlaf so süß und unschuldig aussah. Natürlich, das war sie, die neue Generation, die das Haus bevölkern würde. Für sie lohnte es sich zu kämpfen. Ein Heim aufzubauen, in dem sie mit ihrer Familie leben konnte. Mit ihrer Mutter, Onkel, Tante und einer kleinen Cousine oder einem Cousin. Und mit ihrem Vater? Lilo tastete nach dem einzigen Brief, den sie von ihm besaß und den sie wie immer unter ihr Kopfkissen gelegt hatte. Das Papier war schon ganz dünn. Er war abgegriffen, die Tinte ausgeblichen, Hunderte Male auseinandergefaltet, sodass er schon fast zerfiel. Das Wissen, dass seine Finger es berührt hatten, spendete ihr Trost.

»Komm zurück zu uns, Ludwig«, flüsterte sie. »Komm ganz bald.«

Am nächsten Morgen traf sich die Familie – oder vielmehr der Rest davon – gemeinsam am Frühstückstisch, und die leeren

Stühle zu sehen, auf denen ihre Eltern und Brüder so sehr fehlten, verursachte Lilo beinahe körperliche Schmerzen. Auch Helga hatte die Familie vor zwei Jahren verlassen und war zurück zu ihrer Familie in ein kleines Dorf nach Süddeutschland gegangen. Lilo konnte es ihr nicht verdenken.

Lilo ließ den Blick über den kärglich gedeckten Tisch wandern. Das Brot war schon ein bisschen hart, dazu gab es Margarine, Marmelade und furchtbar dünnen Ersatzkaffee. Das war alles.

»Der Laden läuft eigentlich gut«, sagte Hinrich, der ihren Blick bemerkt hatte, »viele Menschen haben ja alles verloren. Der Renner sind im Moment vor allem Haushaltsgeräte. Sie fertigen jetzt Töpfe und Durchschläge aus Stahlhelmen. Milchkannen aus Gasmasken. Becher und Tassen aus Granatkartuschen.«

Lilo starrte ihren Bruder ungläubig an.

Der hob die Schultern. »So ist das Zeug wenigstens noch zu irgendwas gut«, sagte er und kaute angestrengt an seinem Brot.

»Allerdings, das ist großartig«, fand Lilo, doch Hinrich winkte ab.

»War nicht meine Idee. Wir verkaufen das Zeug bloß. Und es geht weg wie geschnitten Brot. *Davon* gibt es leider im Moment umso weniger.« Er zog eine Grimasse. »Unsere Kasse ist gut gefüllt, am Geld liegt es also nicht. Aber Lebensmittel gibt es eben nur auf Bezugsschein. Die Rationen sind schon wieder gekürzt worden, und oft sind die Läden sowieso leer. Du musst euch gleich heute beim Amt melden, damit ihr Marken bekommt!«

Lilo nickte. Natürlich. Sie bestrich ein Brot mit Margarine

und Marmelade und reichte es Mathilda, die es gierig hinunterschlang. Sie selbst aß nichts, trank nur eine Tasse Muckefuck.

Nach dem kargen Mahl erhob sich Hinrich, um den Laden aufzuschließen. Er gab ein unterdrücktes Stöhnen von sich, und Lilo sah besorgt zu ihm auf.

»Alles in Ordnung?«

»Ja, ja, schon gut«, winkte er ab und griff sich ans Knie, unterhalb dessen seine Prothese angeschnallt war.

»Darf ich mal gucken?«, krähte Mathilda prompt. Mit ihrer unvergleichlichen Fähigkeit, Dinge zu beobachten, hatte sie Hinrichs Hinken schon gestern Abend wahrgenommen.

»Lass Onkel Hinrich in Ruhe«, sagte Lilo kopfschüttelnd und warf ihrem Bruder einen entschuldigenden Blick zu.

Der lachte gutmütig und krempelte sein Hosenbein hoch, damit die Kleine sein Holzbein bewundern konnte.

»Darf ich das anfassen?«, fragte sie neugierig, und er gestattete es mit einem Nicken.

»Nur zu.«

Während Mathilda mit ihren kleinen Fingerchen auf der Prothese herumtrommelte, bemerkte Lilo die Rötung an Hinrichs Beinstumpf und nahm sich vor, irgendwo eine Salbe für ihn aufzutreiben. Auch wenn das wahrscheinlich eine fast unmögliche Mission war.

»So, nun reicht es aber«, sagte sie schließlich.

Ihre Tochter schob die Unterlippe nach vorne. »Warum denn?«

»Weil Onkel Hinrich nicht den ganzen Tag Zeit hat. Und weil er vielleicht auch nicht ständig an seine Verwundung erinnert werden will.«

Mit kugelrunden Augen sah Mathilda sie an. »Kann er denn vergessen, dass sein Bein ab ist?«

Lilo war zu verblüfft, um zu antworten, und Hinrich lachte schallend. »Da hat sie allerdings recht. Außerdem will ich es gar nicht vergessen. Ich hab schließlich großes Glück gehabt.« Er warf Lilo einen vielsagenden Blick zu.

So hatte sie es noch gar nicht betrachtet. Wahrscheinlich war es einzig seiner Verwundung zu verdanken, dass er jetzt hier bei ihnen war. Nicht auf dem Schlachtfeld geblieben wie Hans, Herbert und Mathildas Großvater. Oder in Kriegsgefangenschaft wie Ludwig. Lilo schluckte.

»Nun muss ich aber wirklich los.« Hinrich zog sein Hosenbein wieder hinunter und verließ das Esszimmer, nachdem er Elsa geküsst und ihr zärtlich eine Hand auf den Bauch gelegt hatte.

»Warum bist du so dick?«, fragte Mathilda an Elsa gewandt.

Die lächelte. »Weil ich ein Baby kriege«, sagte sie. »Es wohnt da drin, bis es auf die Welt kommt.«

»Wieso?«

»Es muss erst noch wachsen und groß und kräftig werden, bevor es geboren werden kann.«

Lilo musterte die Freundin. Sie war das Gegenteil von dick, von der riesigen Wölbung ihres Bauches einmal abgesehen. Der Rest ihres Körpers war erschreckend mager. Mit leisem Schuldbewusstsein dachte sie an die üppigen Rationen, die man ihr vor Mathildas Geburt im Lebensbornheim dreimal täglich vorgesetzt hatte. Annemaries Geburt. Seltsam. Das Kind an ihrer Seite war im Laufe der Jahre tatsächlich zu Mathilda geworden, sie konnte sie mit ihrem ursprünglichen Namen kaum mehr in Verbindung bringen.

Mathilda saß aufrecht auf ihrem Stuhl und blickte ins Leere. Sie schien angestrengt über etwas nachzudenken.

»Ich hab auch mal im Bauch gewohnt. Bei meiner Mami«, verkündete sie schließlich.

Elsas Blick wanderte automatisch zu Lilo, während sie nickte. »Ganz genau, du hast bei deiner Mami im Bauch gewohnt.«

Lilo hatte noch keine Zeit gehabt, ihrem Bruder und seiner Frau die komplizierten Familienverhältnisse zu erläutern, in denen Mathilda aufgewachsen war. Sie schüttelte kaum merklich den Kopf.

»Nein«, sagte Mathilda und lachte laut auf, »das ist doch Lilo. Sie ist nicht meine Mami.«

Während Elsa erstaunt die Augenbrauen hob, versetzte es Lilo einen Stich. Immer noch.

»Meine Mami heißt Helene«, erklärte Mathilda. »Sie ist zu Hause, weil sie krank ist. Aber wenn sie gesund ist, dann kommt sie. Stimmt's, Lilo?«

Elsa sah jetzt vollkommen verwirrt aus.

»Oder?«, drängelte Mathilda. »Oder, Lilo, sie kommt doch, meine Mami?«

Lilo atmete tief durch. Sie wollte ihrer Tochter die Wahrheit nicht länger vorenthalten. Sie fühlte sich sowieso schon schuldig, weil sie sie angelogen hatte. Natürlich war es eine Notlüge gewesen. Notwendig, um das Kind zum Abschied von Helene zu bewegen. Aber nun waren sie hier. In ihrem Zuhause. Und irgendwann musste Mathilda sowieso die ganze Wahrheit erfahren.

Lilo streckte die Arme aus, und bereitwillig sprang ihre Tochter auf ihren Schoß. Schmiegte sich an sie. Mit ihren feinen Sensoren spürte Elsa, dass sie störte, und verließ leise das Esszimmer.

»Wann kommt Mami?«, fragte Mathilda erneut, nachdem sich die Tür geschlossen hatte.

»Hör mal, Mathilda, ich möchte dir gerne etwas erzählen«, sagte Lilo sanft, »und für dich wird es wahrscheinlich nicht so einfach, die Geschichte zu verstehen.«

»Ich versteh ganz viel. Ich werde bald schon vier«, sagte Mathilda empört, und Lilo lächelte. Bereits eine Woche nach ihrem dritten Geburtstag hatte ihre Tochter jedem erzählt, dass sie bald schon vier würde. Sie strich ihr eine hellblonde Locke aus der Stirn.

»Da hast du recht. Du bist schon groß. Und sehr klug. Und deshalb sage ich dir jetzt auch die Wahrheit. Es ist nämlich so, Schatz: Als du ein kleines Baby warst, da hast du in *meinem* Bauch gewohnt. Nicht in dem von … deiner Mami. Und als du groß genug warst, bist du aus meinem Bauch herausgekommen.«

Mathilda schüttelte heftig den Kopf. »Nein, Lilo, das stimmt nicht. Mami hat mir erzählt, dass ich aus ihrem Bauch gekommen bin. Und dann habe ich aus ihrer Brust Milch getrunken.«

Lilo spürte Zorn in sich aufwallen. Zorn auf Helene, die ihr nicht nur das Kind gestohlen, sondern ihm dann auch noch diese Lügen aufgetischt hatte. Natürlich war sie ungerecht. Mathilda war dreieinhalb Jahre alt. Sie hatte Babys in Kinderwägen und schwangere Frauen gesehen. Sie stellte Fragen, am laufenden Band. Irgendetwas hatte Helene schließlich sagen müssen. Aber hatte sie so dick auftragen müssen?

»Deine Mami und dein Vati konnten selber kein Kind bekommen, Mathilda. Deshalb haben sie ...« Sie verstummte, wusste nicht weiter. Sie blickte in Mathildas große, blaue Augen, die unverwandt auf ihr ruhten. Sie konnte doch dem Kind nicht sagen, dass die Menschen, die es bisher für seine Eltern gehalten hatte, es seiner wahren Mutter gestohlen hatten. »Als du geboren wurdest, konnte ich mich nicht alleine um dich kümmern«, setzte sie erneut an, und die Worte schmeckten in ihrem Mund so bitter wie Galle. »Deshalb hat deine Mami mir geholfen.«

»Wieso konntest du dich nicht um mich kümmern?«

»Ich ... war krank. Ich musste eine Weile im Krankenhaus liegen. Aber sobald es mir besser ging, bin ich zu dir zurückgekommen. Und dann haben wir uns gemeinsam um dich gekümmert. Deine Mami und ich.«

Mathilda, die noch immer auf ihrem Schoß saß, senkte den Blick und schaute hinunter auf Lilos Bauch. Piekste mit einem Finger hinein. Dann sah sie wieder hoch. »Aber wenn ich in deinem Bauch war ...« Sie verstummte und dachte angestrengt nach. »Dann ... dann ... bist du dann nicht meine Mami?«

Lilo lächelte. »Ja, mein Schatz«, sagte sie. »Ich bin deine Mami.«

Sie wollte Mathilda an sich ziehen. Das war der Moment, auf den sie so lange gewartet hatte. Wirklich und wahrhaftig wieder mit ihrer Tochter vereint zu sein.

Doch Mathilda stemmte beide Hände gegen ihre Brust und hielt sie auf Abstand. In ihren Augen funkelten helle Tränen. »Nein«, schrie sie so laut und unvermittelt, dass Lilo zusammenfuhr. »Nein! Du bist nicht meine Mami! Ich will zu Mami! Ich will zu Mami!«

»Schon gut«, versuchte Lilo sie zu beruhigen. Im selben Moment begriff sie, dass sie einen Fehler begangen hatte. Es war zu früh. Sie hatte sich überrumpeln lassen von der scheinbar so günstigen Gelegenheit durch Mathildas Frage nach Elsas Babybauch. Sie waren doch eben erst in Hamburg angekommen. Wie hatte sie das Kind mit diesen unbegreiflichen Neuigkeiten konfrontieren können, in diesem Moment, in dem seine Welt doch sowieso schon völlig auf den Kopf gestellt war? Sie war dumm gewesen – und selbstsüchtig. »Es tut mir leid, mein Schatz. Mir ist klar, dass das alles schwer zu verstehen ist für dich –«

»Ich bin nicht dumm«, brüllte Mathilda und rutschte von ihrem Schoß. »Ich bin schon fast vier.«

»Das weiß ich doch. Und das hat auch nichts mit Dummheit zu tun. Es ist wirklich sehr schwer zu verstehen, dass ...«

Sie brach ab, weil das Kind sowieso nicht mehr zuhörte. Mathilda rannte zur Tür. Lilo sprang auf und lief hinterher. Gerade, als Mathilda nach der Türklinke griff, war sie bei ihr.

»Bitte warte«, sagte sie und verstellte ihr den Weg.

»Ich will zu Mami.« Wie von Sinnen rüttelte Mathilda an dem Knauf, sodass Lilo schon fürchtete, sie würde ihn einfach abreißen. »Ich will zu Mami!«

»Mami ist nicht hier.«

»*Ich will zu Mami!*« Mathilda ließ von dem Griff ab und begann stattdessen, mit ihren kleinen Fäusten auf Lilo einzuschlagen. Es tat nicht weh, dennoch spürte Lilo, wie Wut in ihr auflöderte. Nicht auf ihre Tochter. Sondern auf Helene, die ihr all das eingebrockt hatte.

»Mami kommt nicht«, sagte sie barsch, doch als Mathilda

verstummte und sie mit großen Augen ansah, tat es ihr schon wieder leid. Sie wollte das kleine Mädchen an sich ziehen oder wenigstens seinen Arm berühren. Ihm mit einer zärtlichen Geste zeigen, dass es nicht alleine auf der Welt war. Aber Mathilda wich vor ihrer ausgestreckten Hand zurück. Tränen rannen jetzt lautlos und in Strömen über ihr Gesicht.

»Mami?«

Lilo brach fast das Herz. »Es tut mir leid, mein Schatz«, sagte sie.

»Alleine sein«, schluchzte Mathilda. Wie immer, wenn sie weinte, fiel sie in eine Kleinkindersprache zurück, die Lilo daran erinnerte, wie klein sie tatsächlich noch war. Auch wenn sie sich manchmal schon fast wie eine Erwachsene ausdrückte.

»Soll ich dich nicht trösten?«

Heftig schüttelte die Kleine den Kopf. »Nein! Alleine sein!«

Lilo erhob sich. »Du kannst hier im Esszimmer bleiben. Wenn du mich brauchst, dann musst du nur rufen, ich bin ganz in der Nähe, ja?«

»Ich brauch dich aber nicht!«

Lilo schloss die Tür hinter sich, ließ das weinende Kind zurück, das gleich darauf laut zu schluchzen begann, und setzte sich direkt vor dem Esszimmer auf den Boden. Erst jetzt fiel ihr auf, dass auch ihre Wangen nass von Tränen waren.

Was hatte sie getan? Würde Mathilda ihr je verzeihen, dass sie ihr solchen Schmerz zugefügt hatte? In ihren Augen musste es so aussehen, als hätte Lilo ihr die Mutter geraubt. Sie einfach von ihr fortgerissen. Genauso, wie es vor dreieinhalb Jahren ihr selbst mit ihrem Baby geschehen war. Und würde sie jemals jenen, die dafür verantwortlich gewesen waren, verzeihen können?

Noch immer lauschte sie unglücklich Mathildas Schluchzen, als es plötzlich an der Haustür klingelte. Lilo rappelte sich auf, wischte sich die Tränen vom Gesicht und ging zur Tür.

Augenblicke später stand sie zwei Männern in Uniform gegenüber. Es waren Engländer.

54.

Lilos Herz setzte für einen Schlag aus. Die Situation war so merkwürdig vertraut, dass ihr Gedankenkarussell sofort zu kreisen begann.

Mein Gott, Hinrich, was hast du nur getan?, dachte sie.

Würden sie ihren Bruder abholen, so wie Grossmann? Hatte auch er sich schuldig gemacht? Weit schuldiger als all die anderen Soldaten, die in diesem Krieg gekämpft und getötet hatten?

»Guten Morgen«, sagte einer der Männer mit starkem englischem Akzent. »Sie wohnen in diesem Haus?«

»Yes, I do«, antwortete sie, und er lächelte.

»You speak English. Very good.«

»Only a little bit.« Sie lächelte ebenfalls, obwohl ihre Nerven zum Zerreißen gespannt waren. Noch immer hörte sie das leise Schluchzen ihrer Tochter aus dem Esszimmer.

»How can I help you?«, fragte sie in der Hoffnung, die beiden schnell wieder loszuwerden.

»May I introduce myself, I am Private Sommersby and this is Major Connor. He is very interested in your house.«

»What?«, fragte sie.

Ohne auf ihre Frage einzugehen, fuhr er auf Deutsch fort. »Er möchte wohnen in Ihre Haus. Wie viele Personen Sie sind hier?«

»Drei Erwachsene«, antwortete sie mechanisch. »Und bald zwei Kinder.«

»Vielleicht Sie können behalten zwei Zimmer für sich. Dürfen wir?«

Es war nicht wirklich eine Frage, denn im selben Moment traten Sommersby und sein Major in den Flur.

Automatisch machte Lilo einen Schritt zurück, aber sie hatte das Gefühl, dass die Engländer sie im Notfall auch einfach zur Seite geschoben hätten. Regungslos stand sie da und beobachtete, wie die Männer sich umblickten. Was sie sahen, schien ihnen zu gefallen. Hohe Decken mit reichlich Stuckelementen, geschmackvolles Mobiliar. Ganz selbstverständlich öffneten sie Türen und erkundeten die Zimmerfluchten. Als der Gefreite die Klinke der Esszimmertür herunterdrückte, kam endlich Leben in Lilo. Mit zwei langen Schritten war sie bei den Eindringlingen.

»Stop!«, rief sie scharf.

»Excuse me?« Der Major, der bisher noch kein Wort gesprochen hatte, musterte sie mit hochgezogenen Augenbrauen. Sein Blick verriet, dass er nicht allzu gut auf sie zu sprechen war. Vermutlich auf keinen Deutschen. Dann wandte er sich an seinen Untergebenen. »Open up!«

Sommersby stieß die Tür auf, und alle drei starrten auf das kleine Mädchen, das mitten im Raum auf dem Boden saß und vor sich hin schluchzte. Erschrocken riss Mathilda den Kopf hoch und begann beim Anblick der Männer zu wimmern. Der Major stieß einen seltsamen Laut aus und machte einen Schritt rückwärts. Sofort drängelte sich Lilo an ihm vorbei.

»Es ist alles in Ordnung, Mathilda, du brauchst keine Angst zu haben.« Ohne große Hoffnung streckte sie die Arme aus, doch tatsächlich rappelte sich das Kind hoch, lief auf sie zu und ließ sich hochnehmen. Sie vergrub das Gesicht in Lilos

Halsgrube, die beruhigend das hellblonde Haar streichelte, während sie sich wieder an die Besatzer wandte. Sie registrierte das zu Eis erstarrte Gesicht des Majors. Er warf dem Gefreiten einen Blick zu und schüttelte den Kopf.

Das Blut gefror ihr in den Adern. Was meinte er damit? Dass er nicht nur ihr Haus besetzen, sondern sie einfach auf die Straße werfen würde? Konnte er so etwas tun? Ja, vermutlich konnte er.

Die beiden Männer wichen in den Flur zurück.

»Wir sehen uns erst noch an eine andere Haus«, sagte Sommersby im Hinausgehen. »Der Major will nicht mit einem Kind zusammenleben. Also vielleicht Sie müssen sich eine neue Bleibe suchen.«

»Eine neue Bleibe?«, echote Lilo ungläubig – und plötzlich stieg heiße Wut in ihr hoch. Die Überreste dessen, was einmal ihre Heimatstadt Hamburg gewesen war, erhoben sich wie ein Mahnmal vor ihrem inneren Auge. »Haben Sie sich mal in der Stadt umgesehen?«, brach es aus ihr heraus, bevor sie sich bremsen konnte. »Kein Stein steht mehr auf dem anderen. Die meisten von uns haben alles verloren. Ihre Bomber haben unsere Stadt nahezu dem Erdboden gleichgemacht. Und jetzt kommen Sie und wollen uns aus unserer Wohnung werfen? Wer zum Teufel glauben Sie eigentlich, wer Sie sind?«

»Lilo, man darf nicht so schreien«, sagte Mathilda an ihrem Ohr, und die sanfte Kinderstimme ließ ihren Zorn im Nu verpuffen. Zurück blieb die Angst. Was hatte sie getan? War sie vollkommen verrückt geworden, so mit den Männern zu sprechen, die jetzt die Herrschaft über sie hatten?

Tatsächlich musterten die Männer sie mit finsterer Miene.

Alle Freundlichkeit war aus ihren Gesichtern gewichen, sogar aus dem von Sommersby. Noch einmal trat er auf sie zu.

»Listen«, sagte er, »don't you dare tell us that we bombed your town to pieces. You have no one to blame but yourself. You and your beloved Hitler.«

»I'm sorry«, sagte Lilo. »Really, I am sorry. You are right.« Sie spürte, dass er das nicht erwartet hatte. Sein Ausdruck wurde milder, weshalb sie es wagte, ihn erneut anzusprechen. »Please, don't take away my daughter's home. Please. She is only a child. She is not responsible, please. Do you have children?«

»No, I don't«, sagte er.

Im selben Moment wandte sich der Major mit einem Ruck ab und ging ohne ein weiteres Wort die Stufen des Treppenhauses hinunter.

»Der Major hatte ein Kind. Ein Junge. Er ist gestorben in London. 1940 at Christmas. It was a German bomb«, sagte Sommersby.

Fassungslos starrte Lilo ihn an.

»Come«, bellte die Stimme des Majors aus dem Treppenhaus.

»I am so sorry«, flüsterte Lilo, doch der Gefreite hatte sich schon abgewandt, um seinem Vorgesetzten zu folgen.

55.

Hamburg, Dezember 1945

Die Engländer kamen nicht wieder, aber Lilo dachte oft an sie. Und an das Kind des Majors, das im deutschen Bombenhagel gestorben war, wie so viele Kinder. In England, Frankreich, Russland, Deutschland. Überall auf der Welt. Tote Kinder, tote Menschen. Wie hatte all das nur geschehen können? Wie hatten sie das zulassen können?

You and your beloved Hitler.

Die Stimme Sommersbys klang ihr wieder und wieder in den Ohren. Sie hatte nicht zu jenen gehört, die die Straßen gesäumt und dem Diktator fanatisch zugejubelt hatten, das nicht. Aber ihre Eltern waren treue Parteimitglieder gewesen, hatten eindeutig gutgeheißen, was Hitler getan hatte. Ungeachtet dessen hatte es sie das Leben gekostet.

Und sie selbst? Hinterfragt hatte sie nichts, und die Gespräche Ludwigs und der anderen über Politik hatten sie gelangweilt. Sie war noch jung gewesen, nicht einmal volljährig, aber reichte das aus als Entschuldigung? Es hatte andere gegeben, nur unwesentlich älter als sie selbst, die offen gegen das Regime gekämpft hatten. Die ihr Leben gegeben hatten für den Widerstand.

Das Zusammentreffen mit den Engländern hatte ein Umdenken in Lilo bewirkt. Sie beschwerte sich nicht mehr über die Repressalien, denen die Deutschen unter der britischen Besatzung ausgeliefert waren. Stattdessen verspürte sie jedes Mal, wenn sie einem Mann in Uniform begegnete, tiefe Dankbarkeit. Die Alliierten hatten gesiegt. Gott sei Dank. Sie hatten dem Wahnsinn ein Ende bereitet. Und dem Sterben.

Alles würde gut werden, wenn Ludwig erst nach Hause kam. Noch immer hatte sie nichts über seinen Verbleib herausfinden können, wusste lediglich, dass er sich in russischer Kriegsgefangenschaft befand, und war sogar froh darüber, wenn sie an all die Männer dachte, die im Kampf gestorben waren. Unter ihnen zwei ihrer drei Brüder. Aber nicht Ludwig. Der Mann, den sie liebte. Er hatte den Krieg überlebt. Zu diesem Zeitpunkt ahnte Lilo nicht, dass die Sterblichkeitsrate unter den Männern in russischer Kriegsgefangenschaft beinahe ebenso hoch war wie auf dem Schlachtfeld, und war deshalb überzeugt, dass sie einander bald wiedersehen würden. Ludwig würde seine Tochter kennenlernen. Und die kleine Mathilda ihren leiblichen Vater.

Langsam begann das Kind, sich an seine neue Umgebung zu gewöhnen. Es war stiller als früher, scheuer, doch die anfängliche Wut auf Lilo schien verflogen. Mathilda wollte oft getragen und umarmt werden und hing manchmal den ganzen Tag buchstäblich an Lilos Rockzipfel.

Die wusste nicht recht, was sie über Mathildas verändertes Verhalten denken sollte. Auf der einen Seite freute sie sich über die offensichtliche Zuneigung, andererseits kam ihr die Liebesbedürftigkeit ihrer Tochter manchmal übersteigert vor. Aber vielleicht war es auch eine ganz normale Reaktion auf die neuen Umstände. Über das, was Lilo ihr offenbart hatte, wollte Mathilda nicht mehr reden. Immer wieder suchte Lilo das Gespräch, wollte noch einmal alles in Ruhe erklären, doch ihre Tochter verweigerte sich dem entschieden. Sie drückte sich beide Hände auf die Ohren und begann zu schreien, sobald Lilo davon anfing. So gab sie es schließlich auf.

Wieder einmal dicht gefolgt von Mathilda, betrat Lilo den Salon, wo Elsa in einem Sessel saß und einen alten Pullover auftrennte. Lilo erkannte das Kleidungsstück, es hatte einst ihrem Vater gehört.

»Du hast doch nichts dagegen?«, fragte Elsa sofort, als sie Lilos Blick bemerkte, und hielt bei ihrer Arbeit inne. »Es gibt so wenig zu kaufen, und das Baby braucht doch was zum Anziehen.«

»Natürlich.« Lilo nickte zustimmend. »Das ist eine gute Idee.«

»Ich werde eine warme Jacke daraus stricken.« Ihr Blick fiel auf Mathilda, die sich hinter Lilo versteckt hielt. »Aber dann ist noch eine ganze Menge Wolle übrig. Was meinst du, Mathilda, möchtest du auch so eine Jacke haben? Schau, was das für ein schönes Blau ist. Du wirst sehr hübsch darin aussehen.«

Mathilda reckte scheu den Kopf hinter Lilos Röcken hervor und nickte.

»Abgemacht. Möchtest du mir helfen?« Sie hielt dem Mädchen das kleine Knäuel hin, das sie aus der Wolle gewickelt hatte. »Schau, ich ribbele den Pullover auf, und du musst den Faden dann immer hier herumschlingen. Kannst du das schon?«

»Natürlich. Ich werde bald schon vier.«

»Eben, das dachte ich mir.«

Konzentriert begann das Mädchen mit der Arbeit. Lilo warf Elsa einen dankbaren Blick zu und ging zu dem mächtigen Sekretär aus dunklem Eichenholz an der Wand. Sie setzte sich davor und begann mit Eintragungen in das Rechnungsbuch für den Laden.

»Was ist das für eine Kette?«, fragte Mathilda Elsa.

»Das ist ein Rosenkranz. Damit bete ich zum lieben Gott«, antwortete Elsa.

»Was ist beten?« Mathilda war in ihrem Leben kaum mit Religion in Berührung gekommen. Helene und Albrecht waren nicht in die Kirche gegangen, und auch Lilo hatte in Lüneburg keinen einzigen Gottesdienst besucht. Ihre beste Freundin jedoch, die katholisch erzogen worden war, hatte sich ihren Glauben offensichtlich sogar über die schrecklichen Kriegsjahre hinweg bewahrt.

»Ich danke Gott für alles, was er mir täglich schenkt. Das Essen auf meinem Teller, das Dach über meinem Kopf, meinen lieben Mann, das Baby in meinem Bauch. Und auch für die anderen lieben Menschen in meinem Leben. Wie dich!«

»Ja?«

»Ja. Und dann sage ich ihm, was ich mir wünsche: Dass mein Kind gesund zur Welt kommt und ein glückliches Leben haben wird. Im Gegenzug verspreche ich ihm, ein guter Mensch zu sein und seine Gebote zu befolgen.«

»Und dann macht er, was du dir wünschst?«

»Ganz bestimmt! Gott hat mir schon vieles in meinem Leben geschenkt. Zum Beispiel«, verschwörerisch senkte sie die Stimme, »hat er deinem Onkel Hinrich die Augen geöffnet, damit er mich endlich sehen und lieben kann.« Sie lachte leise.

»Ja, Gott hat mich sehr lieb. Er hat alle Menschen lieb. Auch dich!«

»Warum hat er mich lieb?«

»Weil du ein braves Mädchen bist. Und lieb und so klug, dass du mir schon beim Wollknäuel-Wickeln helfen kannst.«

Mit Feuereifer nahm Mathilda ihre Arbeit wieder auf.

56.

Hamburg, Weihnachten 1945

Es war ein nasskalter Weihnachtsmorgen, als die Familie am 24. Dezember des Jahres 1945 ihr Frühstück im Speisesaal einnahm. Lilo war es gelungen, auf dem Schwarzmarkt ein paar Eier zu organisieren, sodass es zur Feier des Tages Omelette mit Kartoffeln gab. Plötzlich ließ Elsa ihre Gabel fallen, legte die Hand auf den Bauch und stöhnte.

»Ich glaube, es ist so weit«, sagte sie, nachdem die Wehe vorbei war. »Das Baby kommt.«

Sofort gerieten alle in helle Aufregung.

Hinrich sprang auf und rannte im Zimmer hin und her, offenbar ohne auch nur den Hauch einer Ahnung, was als Nächstes zu tun war.

Mathilda hopste hinter ihm her und sang: »Das Baby kommt, jetzt kommt es gleich, jetzt ist es schon bald hier« zu einer selbst erfundenen Melodie.

Lilo lief hektisch in die Küche, setzte einen großen Topf mit Wasser auf und suchte Handtücher zusammen.

Nur Elsa schien die Ruhe selbst zu sein. Lächelnd saß sie auf ihrem Stuhl und strahlte vollkommenen Frieden und gelassene Heiterkeit aus.

Lilo, die sich noch sehr gut an Mathildas Geburt erinnern

konnte, war froh, dass Elsa weit davon entfernt war, in Panik zu verfallen. Obwohl sie nach Lilos Meinung dazu durchaus Grund gehabt hätte. Stattdessen ließ sie sich von ihrem Mann und ihrer Schwägerin ins Schlafzimmer geleiten.

»Darf ich mit?«, fragte Mathilda aufgeregt, aber Lilo schüttelte den Kopf.

»Nein, mein Schatz.«

Mathilda verzog weinerlich das Gesicht, aber Elsa lächelte ihr zu. »Gleich wenn das Baby da ist, darfst du es begrüßen«, sagte sie. »Und du weißt ja, es wird alles gut gehen.« Damit griff sie nach dem Rosenkranz, der wie immer um ihren Hals baumelte, und umschloss das Kreuz mit der Hand.

Tatsächlich war es eine erstaunlich schnelle und leichte Geburt. Nur wenige Stunden später erblickte ein gesunder kleiner Junge das Licht der Welt. Lilo erschien der Laib Brot, den sie der herbeigerufenen Hebamme als Bezahlung für ihre Dienste geben mussten, beinahe verschwendet. Sie hätten sie eigentlich gar nicht gebraucht, aber so etwas wusste man vorher natürlich nie.

Elsa saß aufrecht und glücksstrahlend in ihrem Bett, gegen die frisch bezogenen Kissen gelehnt und stillte ihr Neugeborenes, als Mathilda hereinkommen durfte. Scheu trat sie heran und betrachtete das trinkende Baby.

»Ist es gesund?«, fragte sie ängstlich, und Elsa nickte.

»Kerngesund«, antwortete Lilo und strich ihrer Tochter über das flachsblonde Haar. Die atmete erleichtert aus.

Elsa lächelte und suchte Hinrichs Blick, der auf der anderen Seite des Bettes stand und halb benommen, halb selig in die Betrachtung von Frau und Sohn versunken war.

»Wollen wir ihn Karl nennen?«, fragte Elsa, und Lilo spürte, wie sich in ihrem Hals ein dicker Knoten bildete.

»Ja«, sagte Hinrich mit belegter Stimme. »Das ist eine gute Idee. Karl Hans Herbert Wiegand.«

Lilo schluchzte auf und hielt sich rasch die Hand vor den Mund.

»Was ist?«, fragte Mathilda.

Lilo schüttelte den Kopf. »Nichts, mein Herz, alles in Ordnung.«

»Dann ist ja gut.« Mathilda nickte und strebte zur Tür.

»Nanu. Wo willst du denn hin?«, fragte Lilo erstaunt.

»Nach unten«, antwortete Mathilda und wich ihrem Blick aus.

»Was willst du denn da?«

»Aus dem Fenster schauen.«

Alle Augen wendeten sich in Richtung Fenster. Noch immer pladderte der Regen gegen die Scheiben, dichte Wolken verdunkelten den Himmel.

»Was gibt es denn draußen zu sehen?«, erkundigte sich Lilo.

Mathilda machte ein geheimnisvolles Gesicht. »Das ist eine Überraschung.« Sie wandte sich zum Gehen, drehte sich im Türrahmen noch einmal zu ihnen um. »Ich glaube, wir bekommen Besuch.« Sie verschwand mit einem Lächeln auf den Lippen und ließ die Erwachsenen ein wenig ratlos zurück.

Den ganzen Tag war Mathilda nicht vom Fenster im Salon wegzubewegen, vor dem sie Stellung bezogen hatte. Das Kinn in die Hände gestützt, starrte sie hinaus auf die im Regen glänzende, von kahlen Bäumen gesäumte Straße. Sie wollte weder spielen, noch singen, noch dabei zusehen, wie der kleine Karl zum ersten Mal gebadet wurde. Nicht einmal zum Essen wollte sie ihren Platz verlassen und bequemte sich erst dazu, nachdem Lilo ein Machtwort gesprochen hatte.

»Schluss jetzt. Dein geheimnisvoller Besuch kommt auch nicht früher, wenn du verhungerst. Und außerdem haben wir eine Türklingel. Du kannst ihn also gar nicht verpassen.«

Inzwischen hatte sie begriffen, auf wen ihre Tochter so geduldig wartete, und fühlte sich schuldig, dass sie nicht längst daran gedacht hatte. Schließlich erinnerte sie sich selbst mit wohligem Schauer an die Weihnachtsfeste ihrer Kindheit mit dem Mann im roten Kostüm und Rauschebart, der Geschenke an sie und ihre Brüder verteilte. Aber das waren eben andere Zeiten gewesen. Im ersten Winter nach Kriegsende befanden sich nahezu alle Deutschen in einem ständigen Überlebenskampf. Daher war es vielleicht verzeihlich, dass sie bisher keinen Gedanken daran verschwendet hatte, einen Weihnachtsmann für Mathilda zu organisieren.

Tatsächlich stand sie vor einer beinahe unlösbaren Aufgabe. Der einzige Mann im Haus war gerade Vater geworden und hatte andere Sachen im Kopf. Also hatte sie sich etwas einfallen lassen müssen und hoffte nun, Mathilda würde sich damit zufriedengeben. Immerhin gab es Geschenke für sie. Die von Elsa gestrickte, warme Jacke war erst vor zwei Tagen fertig geworden. Und Lilo hatte eine bunte Spieluhr aufgetrieben, die »O du lieber Augustin« spielte. Sie freute sich jetzt schon auf das Leuchten in den Augen ihrer Tochter.

Mit einem übertriebenen Seufzer nahm Mathilda am Esstisch Platz. Sie rutschte genauso unruhig auf ihrem Stuhl hin und her wie Hinrich, der bloß ein paar Bissen herunterschlang, um dann gleich wieder zu Elsa ins Schlafzimmer zu eilen.

»Nimm ihr einen Teller mit«, sagte Lilo und reichte ihm eine Platte mit geschmierten Broten. Sie hatte sie so vollgepackt, dass für sie selbst kaum noch etwas übrig war, aber das machte ihr nichts.

»Fertig«, rief Mathilda, sprang auf – und weg war sie. Zurück im Salon, wo sie ihren Spähposten wieder einnahm.

Lilo seufzte, zuckte dann aber die Schultern und ließ sie gewähren. Alleine an dem riesigen Esstisch beendete sie ihre karge Mahlzeit.

Nachdem das Geschirr gespült war, zündete sie im Salon eine Kerze an und beheizte den großen Kaminofen mit viel zu viel Holz. Gleichgültig, heute war Weihnachten. Wann, wenn nicht heute, sollten sie es warm und gemütlich haben?

Sie trat hinter Mathilda ans Fenster. Draußen war es stockdunkel, und der starke Regen hatte sich in ein stetiges Nieseln verwandelt. Grau und trostlos sah es draußen aus. Lilo legte die Arme um ihr Kind, lehnte die Wange an seine, atmete den Geruch ihrer feinen, blonden Haare ein. In diesem Moment überwältigte sie eine Welle des Glücks. Mochte der Krieg ihr auch fast alles genommen haben, das Wichtigste war ihr geblieben. Sie hatte ihre Tochter. Ludwig lebte, wenn auch in Gefangenschaft. Eines Tages würde er zu ihr zurückkehren. Dazu hatte sie noch Hinrich mit seiner Familie, ihre Wohnung, den Laden, der ihnen ein sicheres Auskommen bot und dafür sorgte, dass sie die dürftigen Essensrationen auf dem Schwarzmarkt aufbessern konnten. Wirklich, alles hätte noch viel schlimmer sein können. Wieder einmal dachte sie an den Major. Sein Land hatte den Krieg gewonnen, doch was konnte ihm das schon bedeuten, wenn er sein Kind dabei verloren hatte?

»Du drückst mich zu dolle«, protestierte Mathilda.

»Entschuldige.« Lilo lockerte ihren Griff und hauchte einen Kuss auf den blonden Haarschopf. Dann stieß sie einen überraschten Ruf aus.

»Nanu. Hast du das auch gehört?«

Milde interessiert wandte sich ihre Tochter zu ihr um. »Was denn?«

»Na, die schweren Schritte im Treppenhaus. Da, schon wieder!«

Das Kind lauschte angestrengt, schüttelte langsam den Kopf. »Ich hör nichts.«

»Vielleicht war dein Besuch ja doch da. Lass uns schnell nachsehen.« Lilo streckte die Hand aus, als Mathilda von ihrem Platz herunterhüpfte. Gemeinsam eilten sie zur Wohnungstür und öffneten sie. Lilo deutete mit überraschtem Gesichtsausdruck auf den groben Kartoffelsack, der auf der Fußmatte lag.

»Tatsächlich«, sagte sie, »sieh mal, er war tatsächlich da.«

»Wer war da?«, fragte Mathilda.

»Na, der Weihnachtsmann.«

»Ehrlich?«

»Schau doch. Er hat Geschenke gebracht.«

»Aber wo ist er?« Mathilda spähte die Stufen des dunklen Treppenhauses hinunter.

Lilo streichelte ihr über die Haare. »Er musste natürlich gleich weiter. Zu all den anderen Kindern.« Sie nahm den Sack hoch und wog ihn in der Hand. »Du musst ein sehr liebes Mädchen gewesen sein.«

Bei diesen Worten leuchteten Mathildas Augen auf.

Gemeinsam gingen sie zurück in den Salon, setzten sich auf

das Sofa, neben dem in Ermangelung eines Weihnachtsbaums ein geschmückter Tannenzweig in einer Vase stand.

»Fröhliche Weihnachten, mein Schatz.«

»Fröhliche Weihnachten.«

Im gleichen Moment kamen Hinrich und Elsa mit dem kleinen Karl herein.

»Bist du verrückt geworden?«, fragte Lilo heftig, als sie ihre Freundin sah. »Du kannst doch jetzt nicht aufstehen! Du hast erst vor ein paar Stunden dein Baby bekommen.«

Elsa schüttelte lächelnd den Kopf. »Ich kann ebenso gut hier unten auf dem Sofa liegen«, sagte sie und ließ sich vorsichtig darauf nieder. Hinrich breitete die mitgebrachte Decke über ihr und dem Baby aus, das friedlich schlummerte. »Immerhin ist heute Weihnachten. Denkt doch nur, unser Sohn ist am gleichen Tag geboren wie das Jesuskind. Das ist ein gutes Omen!«

»Einfach unvernünftig«, murmelte Lilo kopfschüttelnd, aber sie spürte, dass sie Elsa nicht umstimmen konnte. Und so fassten sie, Mathilda und Hinrich einander an den Händen und sangen Weihnachtslieder. Schon seit Wochen hatte Elsa sie mit Mathilda einstudiert, und die Kleine kannte die Texte fast besser als Lilo selbst. Dennoch schien sie nicht ganz bei der Sache zu sein. Als die letzten Takte verklangen, lächelte Lilo ihrer Tochter zu.

»Jetzt darfst du endlich deine Geschenke auspacken!«

Mathilda griff zögernd in den Jutesack hinein und holte die zwei in Zeitungspapier eingewickelten Gaben hervor. Zuerst packte sie die Jacke aus.

»Schau nur«, sagte Elsa und lüftete die Decke ein wenig, damit Mathilda einen Blick auf das Baby werfen konnte. »Es ist genau die gleiche Jacke, wie Karl sie anhat.«

Mathilda schüttelte den Kopf. »Nein, Tante Elsa, das stimmt nicht. Schau, meine ist viel größer.«

»Da hast du recht.«

»Ich werde ja auch schon vier.« Damit schlüpfte sie in die Jacke. Sie passte wie angegossen, und durch das strahlende Blau leuchteten die Kinderaugen noch intensiver im Schein des Kerzenlichts. »Danke, Tante Elsa.«

»Gern geschehen.«

Auch die Spieldose nahm Mathilda begeistert auf. »Oh, schön!«, sagte sie und drückte das Geschenk an sich. Dann drehte sie die Kurbel und lauschte den metallischen Klängen. Es schepperte ein bisschen, aber die Melodie war eindeutig zu erkennen. »Die ist hübsch«, sagte Mathilda, »die zeige ich ...« Sie brach ab und biss sich auf die Unterlippe.

»Was wolltest du sagen?«, fragte Lilo, die sich über die Begeisterung ihrer Tochter freute.

Doch die schüttelte den Kopf. »Ach, nichts«, sagte sie schnell. Gedankenverloren drehte sie an der Spieldose. Hin und wieder wanderte ihr Blick in Richtung Fenster, hinter dem die Dunkelheit hereinbrach.

Lilo brachte einen Teller mit trockenen Keksen, welche die Bezeichnung Weihnachtsgebäck eigentlich nicht verdient hatten. Sie bestanden fast nur aus Mehl und Wasser mit dem bisschen Zucker und Fett, das sie hatte auftreiben können. Dennoch knabberten alle zufrieden daran herum.

Hinrich hatte eine Schallplatte herausgesucht und das Grammofon angeschaltet. Und obwohl das altbekannte Weihnachtslied »Stille Nacht, heilige Nacht« aus dem Trichter schallte, fühlte Lilo sich kurz in eine ganz andere Zeit zurückversetzt. Sie hörte Helen Ward singen und Benny Goodmann auf seiner Klarinette spielen, sah Ludwig vor sich, jung, langhaarig und verwegen. Konnte beinahe seine Hand spüren, die sich um ihre Taille legte, sie an sich zog, sich mit ihr bewegte, im Takt der Musik.

Du musst ein wenig lachen und ein wenig weinen, musst die Wolken vorüberziehen lassen, denn, Baby, das ist die Herrlichkeit der Liebe.

»Geht es dir gut?«, fragte Hinrich und riss sie aus ihren Gedanken.

»Ja, natürlich.« Sie befreite sich aus ihrem Tagtraum und betrachtete stattdessen ihre Tochter, die ihr so ähnlich sah. Bis auf den Mund.

Elsa und das Baby waren eingeschlafen, Lilo und ihr Bruder unterhielten sich im Flüsterton, schmiedeten Pläne für die Zukunft, für den Laden und für die Zeit, in der Ludwig wieder bei ihnen sein würde. Die Spieldose dudelte in einer Tour, bis Lilo einen Blick auf die Standuhr warf und erschrak. Es war bereits halb zehn. Höchste Zeit, Mathilda ins Bett zu bringen.

»Es ist spät, mein Schatz«, sagte sie sanft zu ihrer Tochter, der in der Tat schon beinahe im Sitzen die Augen zufielen. Nun aber riss sie sie erschrocken auf.

»Nein«, sagte sie heftig, »ich will wach bleiben.«

»Du bist doch schon ganz müde, Mathilda.«

»Ist der Tag vorbei?« Ängstlich blickte das Mädchen seine Mutter an.

»Ich weiß, gerade an Weihnachten vergeht die Zeit viel zu schnell«, sagte Lilo, »aber ja, der Tag ist nun vorbei.«

»Nein!« Mathilda schüttelte heftig den Kopf. »Er ist nicht vorbei!« Sie sprang auf und rannte zum Fenster. Rückte den

Stuhl heran, stieg hoch und spähte in die Nacht hinaus. »Nein«, wiederholte sie, »nein, nein, nein!«

»Was suchst du denn da draußen?«, fragte Hinrich, und Mathilda begann, herzzerreißend zu schluchzen.

Es dauerte fast eine halbe Stunde, das weinende Kind zu beruhigen. Mathilda war völlig außer sich, sie weinte so laut, dass Lilo mit ihr den Raum verlassen musste, um Elsa und ihr Neugeborenes nicht zu wecken. Mathilda klammerte sich an sie, während die Tränen unaufhaltsam über ihr Gesicht strömten und harte Schluchzer ihre Kehle zerrissen; sie kam kaum zum Atemholen. Nachdem ihr Weinkrampf vorüber war, hing sie wie ein nasser Sack in Lilos Armen, ließ sich willenlos die Treppe hinauftragen, die Kleider ausziehen und ins Bett legen, noch immer todunglücklich.

»Was ist nur los mit dir?«, flüsterte Lilo, nachdem sie sich neben dem Mädchen im Bett ausgestreckt hatte. »Wenn ich dir doch nur helfen könnte. Aber dazu muss ich wissen, was dich so bedrückt!« Sie legte die Arme um den kleinen Körper, doch Mathilda lag stocksteif auf dem Rücken und starrte an die Decke. Ihre Augenlider flatterten, und Lilo glaubte schon, dass sie gleich einschlafen würde, als sie die Augen wieder aufriss.

»Bin ich kein liebes Kind, Lilo?«, fragte sie, und ihre Stimme bebte.

»Wie bitte?«, fragte diese überrumpelt.

»Gott hat mich nicht lieb«, sagte Mathilda und fing schon wieder an zu schluchzen. »Er hat mich nicht lieb. Ich bin doch so brav gewesen!«

»Liebling.« Bestürzt über den erneuten Ausbruch zog Lilo das Kind an sich. »Natürlich bist du ein braves Mädchen gewesen. Wie kommst du denn auf solche Gedanken? Schau, was du für schöne Geschenke bekommen hast. Nur liebe Kinder bekommen so eine tolle Spieluhr!«

»Aber ... aber ...« Vor lauter Weinen konnte die Kleine nicht sprechen. Lilo streichelte Mathilda, bis sie sich so weit beruhigt hatte, dass sie den Satz vollenden konnte. »Aber warum hat Gott mich nicht lieb?«

»Natürlich hat er dich lieb.« Wenn es ihn denn gibt, vollendete Lilo den Satz in Gedanken. Sie selbst war sich da nicht so sicher.

»Nein.« Mathilda schüttelte den Kopf.

»Wie kommst du nur darauf?«

Ihre Tochter sah sie voller Trauer aus großen, geröteten Augen an. »Ich hab gebetet. Ich hab mich bedankt. Ich hab versprochen, brav zu sein. Und ich hab gebetet, dass das Baby gesund zur Welt kommt.«

»Das war wirklich lieb von dir«, sagte Lilo. »Das hat bestimmt geholfen.«

»Aber warum ist sie dann nicht hier? Ich habe mir so fest gewünscht, dass sie mit ihm zusammen kommt!«

»Dass wer kommt? Und mit wem?«

»Na, mit Karl«, antwortete Mathilda, »ich habe mir gewünscht, dass sie an seinem Geburtstag kommt.«

»Dass wer kommt?«, wiederholte Lilo ahnungsvoll.

»Meine Mami«, flüsterte Mathilda.

57.

Während die Räder unter ihr ratterten und sie hin- und herschaukelten, fragte Lilo sich, ob sie jemals eine schwerere Reise angetreten hatte.

Im Geiste ließ sie die vergangenen Monate noch einmal Revue passieren, jene Zeit, die sie, von den ersten Wochen nach der Geburt einmal abgesehen, erstmals alleine mit Mathilda als deren Mutter verbracht hatte. Wie hatte sie bloß übersehen können, wie unglücklich ihr Kind war? Dass Mathilda sich lediglich in ihr Schicksal gefügt hatte, das Lilo über sie gebracht hatte.

Sie erinnerte sich an ihre Versuche, mit Mathilda über Helene zu sprechen, daran, wie ihre Tochter sich schreiend die Ohren zugehalten hatte. Erinnerte sich voller Scham, wie sie es sehr bald, *zu* bald, aufgegeben hatte und insgeheim sogar froh darüber gewesen war, das Thema einfach vergessen zu können. Natürlich hätte sie die Sache immer wieder ansprechen und damit Mathilda die Möglichkeit geben müssen, das Ganze allmählich zu verdauen. Stattdessen hatte sie sie alleine gelassen. Und Mathilda hatte kapituliert, hatte ihren Kummer und ihre Sehnsucht tief in sich vergraben – um sich schließlich Gott anzuvertrauen. Der sie ebenso bitter enttäuscht hatte wie ihre eigene Mutter.

Erst als sie den Erlengrund entlanglief, mit schnellen Schritten, wie um sich selbst davon abzuhalten, einfach umzukehren und davonzustürmen, fragte sich Lilo, ob sie Helene überhaupt antreffen würde. Die geräumige Wohnung in guter Lage war nicht billig, und Lilo bezweifelte, dass der Witwe eines Naziverbrechers eine Rente zustand. Falls ja, dann sicher keine, mit der sie auf allzu großem Fuß leben konnte.

Das Klingelschild im Erlengrund 21 war überschrieben worden und trug den Namen Hermanns. Es dauerte lange, bis sie schließlich Schritte im Treppenhaus hörte und eine Fremde ihr die Haustür öffnete.

»Wer hat die Türe abgesperrt?«, fragte die junge, rothaarige Frau. Sie wirkte reichlich genervt. »Ich kann doch nicht jedes Mal drei Stockwerke runterrennen, wenn es klingelt.«

Lilo lächelte entschuldigend.

»Sie wünschen?«

»Bitte verzeihen Sie die Störung«, sagte Lilo, »mein Name ist Lilo Wiegand, ich bin auf der Suche nach Helene Grossmann. Sie hat früher hier im Haus gewohnt und ...«

»Sie ist hier, ja«, unterbrach die andere sie, und grenzenlose Erleichterung durchströmte Lilo.

»Darf ich zu ihr?«

Die junge Frau zuckte mit den Schultern, dann öffnete sie die Tür weit und ließ Lilo eintreten. Nebeneinander stiegen sie die Treppe hoch zur Wohnungstür, und Lilo registrierte erst jetzt, dass die Frau hochschwanger war. Der Anblick musste für Helene schwer zu ertragen sein.

»Sie kann wirklich nicht länger hierbleiben«, platzte es unvermittelt aus der Frau heraus, während sie Lilo in die Wohnung ließ. »Es geht einfach nicht mehr.«

»Nein?«

»Nein!« Frau Hermanns schüttelte heftig den Kopf. »Wir hätten uns nie darauf einlassen sollen. Als wir die Wohnung besichtigt haben, hat sie ununterbrochen auf uns eingeredet, dass wir sie hier als Hausmädchen wohnen lassen sollen. Sie meinte, sie würde sich auch mit um das Baby kümmern, wenn es geboren wird.« Sie strich sich über den Bauch, während Lilo mit wachsendem Unbehagen zuhörte. »Mein Mann sagte, das wäre doch eigentlich eine gute Idee. Aber ich hatte gleich ein ungutes Gefühl bei der Sache, wissen Sie? Trotzdem habe ich nachgegeben. Leider. Sie tut so gut wie nichts«, fuhr die Frau aufgebracht fort. »Sie sehen ja, wie es hier aussieht. Immer erfindet sie Ausreden. Sagt, sie wäre krank und liegt fast den ganzen Tag im Bett. Jetzt ist es sogar schon so weit, dass ich sie bediene, und das kann doch wohl nicht sein, oder? In meinem Zustand. Das kann doch nicht sein!«

Lilo schüttelte den Kopf. »Nein, wahrhaftig nicht!«, antwortete sie, weil sie annahm, dass die Frau genau das von ihr hören wollte. »Kann ich jetzt zu ihr?« Ganz automatisch steuerte sie den Flur hinunter in Richtung Schlafzimmer, wurde jedoch zurückgerufen.

»Halt, warten Sie! Das ist die falsche Richtung!«

Lilo hielt inne, sah sich fragend um.

Die werdende Mutter deutete auf die Tür zum halben Zimmer neben der Küche. Jenem Raum, in dem sie selbst drei Jahre lang geschlafen hatte. Sie wusste nicht, warum es sie so betroffen machte, dass Helene in ihrer eigenen Wohnung im Dienstbotenzimmer schlief.

Sie trat näher, nickte der jungen Frau zu und klopfte an.

»Ich habe doch gesagt, dass es mir nicht gut geht. Ich wische die verdammten Böden, sobald ich mich etwas ausgeruht habe.« Helenes Stimme klang schrill und leidend zugleich.

Die werdende Mutter neben Lilo verdrehte die Augen gen Himmel. »Sehen Sie? Sie ist eine furchtbare Person, einfach schrecklich. Ich verfluche den Tag, an dem wir uns auf die Sache eingelassen haben«, flüsterte sie, und Lilo nickte. Im nächsten Moment schien Frau Hermanns ihre harten Worte zu bedauern, denn sie fügte nach kurzem Zögern hinzu: »Mein Mann sagt, wir müssen Mitleid haben und froh sein, dass es uns gut geht. Sie hatte es nicht leicht, wissen Sie? Hat ein Kind verloren.« Schon wieder wanderte ihre Hand instinktiv zu ihrem Bauch. »Und auch ihren Mann. Es ist schwer für sie.«

»Ich würde gerne alleine mit ihr sprechen«, sagte Lilo, deren Mund sich trocken anfühlte, »wenn das für Sie in Ordnung ist?«

»Natürlich, natürlich. Von mir aus können Sie sie auch einfach mitnehmen.« Ihre Stirn verzog sich in grimmige Falten, der Anflug von Mitleid schien ebenso rasch vorbeigegangen zu sein, wie er gekommen war. »Das wäre mir nur recht.«

Lilo lächelte pflichtschuldig und betrat den Raum.

Durch die zugezogenen Vorhänge fiel fast kein Licht, sodass sie zunächst kaum etwas erkennen konnte. Noch bevor ihre Augen sich an die Dunkelheit gewöhnt hatten, nahm sie den Gestank wahr, der von dem Bett ausging und ihr fast den Atem raubte. Es roch nach viel zu lange nicht gewechselter Wäsche und altem Schweiß.

Zwischen verknitterten Decken und Kissen erkannte sie Helene. Oder das, was von ihr übrig war. Sie war schon immer zierlich gewesen, jetzt konnte man ihren Körper nur noch als ausgemergelt bezeichnen. Die Augen lagen in tiefen Höhlen, die Haare hingen ihr strähnig ums Gesicht. In der Hand hielt sie eine kleine, gerahmte Fotografie, und obwohl das Bild von ihr abgewandt war, wusste Lilo, wen es zeigte.

Immer hatte Lilo sich über Helene erhoben. Schließlich war sie, und nur sie, Mathildas wahre und einzige Mutter. Die Beziehung der beiden hatte sie negiert, für nicht so wichtig befunden. Aber sie war wichtig, innig und tief. Und zwar für sie beide. Wenn auch Mathilda sich den neuen Lebensumständen blitzschnell und scheinbar nahtlos angepasst hatte, so fürchtete Lilo in diesem Moment, dass es im Inneren ihrer Tochter vielleicht ganz ähnlich aussah wie hier in diesem verwahrlosten Raum. Ein Abbild von Verlust und Trauer.

Helene hob den Kopf und starrte sie an. »Du?«, krächzte sie schließlich. »Was machst du hier?«

Lilo hob die Schultern. »Ich will dich nach Hause holen«, sagte sie. »Mathilda vermisst dich.«

Von einer Sekunde auf die nächste schien das Leben in Helene zurückzukehren. Sie wusch sich gründlich, zog sich ein frisches Kleid an, packte ihren Koffer und entschuldigte sich sogar bei Frau Hermanns für ihr Verhalten. Dann verließ sie ihre Wohnung, ihre Straße, ihre Stadt, ohne noch einmal zurückzublicken.

Als Lilo den Schlüssel im Schloss herumdrehte und sie gemeinsam die Wohnung betraten, dudelte ihnen »O du lieber

Augustin« aus dem Wohnzimmer entgegen. Helene stand mitten im Flur, die Hände um den Griff ihres Koffers geklammert, und sah Lilo flehend an.

»Da drin«, herrschte diese sie unnötig grob an und deutete mit der Hand in Richtung des Salons, »oder meinst du, es ist mein Bruder, der sich die Zeit mit einer Spieldose vertreibt?«

Helene ließ ihren Koffer fallen und stürzte zu der geschlossenen Tür, riss sie auf – und blieb im Türrahmen stehen. An der schmalen Gestalt vorbeispähend erkannte Lilo Mathilda, die auf dem Teppich saß und kurbelte. Sie blickte auf, und ihre hellblauen Augen weiteten sich. »Mami?«

Helene fiel auf die Knie, und das kleine Mädchen flog ihr in die Arme.

Lilo stand ein paar Meter entfernt, unfähig, sich von diesem Anblick vollkommener Wiedersehensfreude loszureißen. Sie spürte eine eigentümliche Mischung aus Schmerz und Freude. Zu ihrer eigenen Überraschung überwog die Freude. Mathilda bedeckte das Gesicht ihrer Mami mit Küssen und umschlang sie mit ihren dünnen Armen so fest sie konnte. Lilo lächelte.

In diesem Moment schaute das Kind strahlend zu ihr auf. Sie machte sich halb von Helene los, streckte die Hand aus. Lilo begriff nicht sofort, als Mathilda mit dem Arm wedelte. Lilo trat zu ihr und nahm ihre Hand, doch das war offenbar nicht genug. Ihre Tochter zog sie zu sich herunter, umschlang ihren Hals mit dem einen Arm und den von Helene mit dem anderen.

Lilo wurde bewusst, dass sie Helene körperlich noch nie so nahe gewesen war wie in diesem Moment. Noch immer in Mathildas Umklammerung, ließ sie sich nun ganz neben den beiden auf dem Boden nieder. Legte ihrerseits den Arm um ihre Tochter. Ihre Hand lag auf dem schmalen Kinderrücken, spürte, wie er sich hob und senkte. Und dann fühlte sie eine Berührung, unter der sie zusammenzuckte. Schlanke, sehr trockene Finger, die sich auf ihre legten und ihre Hand drückten. Für eine Sekunde nur, ehe sie wieder verschwanden.

58.

Helene und Lilo wurden keine Freundinnen, und dennoch verbrachten sie einen großen Teil ihres Lebens gemeinsam. Helene bezog das Zimmer, in dem früher Helga gelebt hatte. In den ersten Jahren nach dem Krieg verlor niemand ein Wort darüber. Über fünfzig Prozent des Wohnraums in Hamburg war zerstört, der Wiederaufbau kostete die Bevölkerung viel Zeit und Mühe, und jeder war froh, überhaupt ein Dach über dem Kopf zu haben. Viele lebten in Notunterkünften, den sogenannten, eigens zu diesem Zweck errichteten »Nissenhütten« aus Wellblech. Man hatte also andere Sorgen, als sich über die Lebensverhältnisse der Nachbarn das Maul zu zerreißen. Das erste Jahr nach dem Krieg war hart gewesen, doch nichts im Vergleich zum darauffolgenden. Es war der kälteste Winter, den Deutschland seit Jahrzehnten erlebt hatte, die Lebensmittelversorgung brach vielerorts zusammen, Hunderttausende Menschen starben. Die Not schweißte Lilo und Helene, beide mittlerweile bei der britischen Besatzungsverwaltung beschäftigt, zusammen. Sie hatten ein gemeinsames Ziel, nämlich ihre Tochter heil durch diese schrecklichen Zeiten zu bekommen. Sie taten, was sie tun mussten. Helene begann eine Affäre mit einem der Besatzer, Lilo stahl von ihnen.

Als sich das Jahrzehnt dem Ende zuneigte, wurde vieles besser. Plötzlich begann man auch wieder, sich für die Nachbarn zu interessieren, und viele glaubten, dass Lilo und Helene auf unangemessene Art und Weise zusammenlebten. Warum wohl sonst verhielten sie sich so merkwürdig, wenn man sie gemeinsam in der Öffentlichkeit sah? Vermieden tunlichst jeden Blickkontakt und sprachen nur das Nötigste miteinander? Das war doch seltsam! Wenn das mal bloß nicht auf das arme Kind abfärbte, das ohne Vater aufwachsen musste. Doch Lilo scherte sich nicht darum, dass man sich über sie das Maul zerriss.

Ludwig war noch immer nicht aus der Kriegsgefangenschaft heimgekehrt. Aber er lebte, wie sie endlich erfahren hatte, inhaftiert im Lager 7270 im russischen Borowitschi. Lilo hatte im Atlas nachgeschaut und festgestellt, dass es sich um eine Stadt im Westen Russlands handelte. Es tröstete sie auf merkwürdige Art, dass er sich nicht im asiatischen Teil des riesigen Landes befand oder gar in Sibirien. Irgendwie bildete sie sich ein, dass es einen Unterschied machte, ob er zweitausend oder achttausend Kilometer von ihr entfernt war.

Seit Ende 1946 kam etwa alle zwei Monate eine Postkarte von Ludwig. Lilo hütete sie wie einen Schatz und antwortete stets sofort auf der zugehörigen Rückantwortkarte. Sie hatte gezögert, ihm erneut von Mathildas Existenz zu berichten. War es möglicherweise ein Wink des Schicksals gewesen, dass ihr Brief ihn nicht erreicht hatte? Vielleicht mochte die Nachricht, dass er Vater war, ihn beflügeln und zum Durchhalten animieren – vielleicht hatte sie aber auch den gegenteiligen Effekt. Lilo konnte sich gut vorstellen, wie unerträglich der Gedanke sein musste, so weit von seiner Tochter entfernt zu sein. Nicht miterleben zu dürfen, wie sie mit jedem Tag größer, klüger und schöner würde. Die Tage verrannen und mit ihnen unwiederbringlich Mathildas Kindheit, die ihm entging. Es war eine bittere Wahrheit, die sie nicht ändern konnte. Er würde das erst vollständig realisieren, wenn er endlich nach Hause kam und buchstäblich vor Augen hatte, was er alles versäumt hatte. Doch immerhin würde sie ihm dann davon erzählen können. Stundenlang. Und ihn in den Armen halten.

Jahr für Jahr kehrten immer mehr Männer aus der Kriegsgefangenschaft zurück – aber nicht Ludwig.

Liebster Ludwig, schrieb Lilo schließlich im März 1949, *wie soll ich in Worte fassen, was ich Dir zu sagen habe? Du hast ein Kind, Ludwig, wir haben ein Kind. Sie heißt Mathilda und ist das wunderbarste Wesen, das Du Dir vorstellen kannst. Heute ist ihr siebter Geburtstag, und Du bist noch immer nicht hier, um mit uns zu feiern. Bitte verzeih mir, dass ich Dir so lange nichts davon gesagt habe, und verzeih, dass ich so ungeschickt im Überbringen dieser Nachricht bin. Immer habe ich es aufgeschoben, weil ich auf Deine baldige Rückkehr gehofft habe. Und das tue ich noch immer. Deine Lilo.*

Drei Monate musste sie dieses Mal auf Antwort warten, und sie fühlte sich zurückerinnert an die Zeit, da sie sich seiner Gefühle nicht sicher gewesen war. Als sie ein junges Mädchen gewesen war, gerade siebzehn, schwanger und voller Angst, dass diese Nachricht das Band zwischen ihm und ihr für immer zerstören würde.

Doch dann kam eine Nachricht. Sie enthielt nur drei Worte. *Ich komme heim.*

Sie wussten nicht, wann genau Ludwig in Hamburg eintreffen würde, er hatte ja tausende Kilometer zurückzulegen. Also machten sie sich jedes Mal, wenn ein Zug aus dem Heimkehrerlager Gronenfelde bei Frankfurt erwartet wurde, auf den Weg zum Hamburger Hauptbahnhof.

Noch immer war bei jeder dieser Gelegenheiten der Bahnsteig restlos überfüllt. So viele Familien warteten auf die Heimkehr ihrer Männer. Sie hielten Fotos in den Händen, denn selbst wenn ihre Söhne, Väter, Brüder nicht im Zug saßen, so gab es doch vielleicht einen unter den Heimkehrern, der ihm begegnet war. Der die jahrelange quälende Ungewissheit beenden konnte.

Lilo hielt Mathilda an der Hand, so fest, dass das Mädchen sich irgendwann lauthals beschwerte. Aber Lilo brachte es nicht über sich, inmitten all dieser Menschen ihren Griff zu lockern. Wie leicht ein Kind hier im Gedränge verloren gehen konnte! Alleine bei dem Gedanken wurde ihr übel.

Mit Rattern und Getöse fuhr der Zug in den Bahnhof ein. In die Menge kam Bewegung, die Menschen winkten, riefen und schrien, noch ehe die Türen sich geöffnet hatten.

Jemand verpasste Lilo einen Stoß in den Rücken, und sie fuhr gereizt herum. Doch hinter ihr stand nur ein altes Ehepaar, das verlegen eine Entschuldigung murmelte. Die Frau, sie musste mindestens siebzig sein, hielt ein Bild in den Händen, auf dem vier junge Männer, offensichtlich Brüder, abgebildet waren.

»Da ist er! Lilo, er ist da!«, rief Mathilda, und Lilo spähte in die Richtung, in die ihre Tochter wies. Ein Mann stand in der geöffneten Tür des ersten Waggons und starrte fassungslos auf die Menschenmassen herunter.

Lilo riss die freie Hand hoch und begann zu schreien. »Ludwig! Ludwig!«

Natürlich konnte er sie nicht hören. Er stieg die Stufen

hinunter und verschwand aus ihrem Blickfeld. Noch ehe Lilo sich entscheiden konnte, was sie tun sollte, zog Mathilda heftig an ihrem Arm.

»Na los, wir müssen zu ihm!« Mit größter Zielstrebigkeit bahnte die Siebenjährige sich einen Weg durch die Wartenden hindurch, bis sie direkt vor ihrem Vater stand, den sie nur vom Foto kannte.

Ludwig, in zerschlissenen Kleidern und mit einem Rucksack über der Schulter, reckte noch immer den Hals und ließ seinen Blick schweifen. Mathilda streckte die Hand aus und zog ihn am Ärmel. Er wandte sich ihr zu und zuckte heftig zusammen.

Lilo sah ihn taumeln und begriff im selben Moment, was der Anblick seiner Tochter in Ludwig auslösen musste. Mathilda war ihr Ebenbild. Ihr so unvermittelt zu begegnen, musste Ludwig geradewegs in die Vergangenheit zurückkatapultieren. In eine Zeit, als sie beide noch Kinder gewesen waren. Einander am Esstisch der Familie Wiegand gegenübergesessen hatten, sie schüchtern und schon damals den Freund ihres großen Bruders anhimmelnd, er frech und unbeschwert. Damals wussten sie noch nichts von Krieg, Elend, Hunger und Schmerz – aber auch nichts von der Liebe.

»Hallo! Ich bin Mathilda«, hörte sie ihre Tochter sagen.

Unsicher ergriff Ludwig die ihm dargebotene Hand. »Freut mich sehr, dich kennenzulernen.«

Einen schier endlosen Moment betrachtete Ludwig seine Tochter und hielt ihre Hand in seiner.

Als Ludwig sich schließlich aufrichtete, standen er und Lilo einander gegenüber, und nichts war so, wie sie es sich in den Jahren der Trennung ausgemalt hatte. Sie flog nicht in seine

Arme wie damals vor dem Alsterpavillon, er schwenkte sie nicht herum, um sich dann über sie zu beugen und sie leidenschaftlich zu küssen. Stattdessen blieben sie auf Abstand. Nach den Tausenden von Kilometern, die so lange zwischen ihnen gelegen hatten, wagte es nun keiner von ihnen, den letzten Meter zu überwinden.

Ludwig schien um so viele Jahre mehr gealtert, als sie real von ihm getrennt gewesen war. Tiefe Furchen durchzogen sein Gesicht, die jungenhafte Schlaksigkeit hatte sich in Magerkeit verwandelt. Und dann seine Augen. Es kam ihr vor, als hätte sie noch nie hineingeblickt, obwohl sie es doch so oft getan hatte. Bei so vielen Gelegenheiten, ob beim Tanzen, wenn sie sich liebten, oder in jenem erbitterten Streit kurz vor ihrer Trennung. Doch jetzt kam ihr nichts in seinem Blick mehr bekannt vor.

Er hat sich verändert, fuhr es ihr durch den Kopf. Nein, sie *beide* hatten sich verändert. Die Zeit der Gefangenschaft hatte Ludwig seine Kraft geraubt, während Lilo, wie ihr erst in diesem Augenblick klar wurde, an Kraft gewonnen hatte. Es war schwer gewesen, aber sie hatte ihren Weg gefunden. Bei Kriegsbeginn war sie ein kleines Mädchen gewesen, das nett lächelte, nirgendwo aneckte und tat, was man ihm sagte. Jetzt war sie eine Frau. Und eine Mutter. Sie hatte Kräfte entwickelt, von denen sie nie gedacht hätte, dass sie sie besäße, hatte sich aufgelehnt, gekämpft und alle Hindernisse überwunden, die ihr im Weg standen. Und zu guter Letzt hatte sie die schwerste Aufgabe von allen bewältigt und sich selbst überwunden.

»Gehen wir nach Hause?«, fragte Mathilda.

Lilo nahm Ludwig seinen Reiserucksack ab, weil sie fürchtete, er werde jeden Moment unter der Last zusammenbrechen. Er ließ es zu und nickte dankbar.

Die Menschen strebten aus dem Bahnhof hinaus, und sie ließen sich mit ihnen zum Ausgang spülen.

»Du musst unbedingt Mami kennenlernen«, sagte Mathilda, und Ludwig blickte Lilo fragend an.

»Das ist eine lange Geschichte«, sagte sie, und plötzlich schossen ihr die Tränen in die Augen. Schnell wandte sie sich ab und wischte sie mit dem Handrücken weg. Erst in diesem Moment wurde ihr klar, wie viel sie wirklich versäumt hatten. Dass er keine Ahnung von ihrem Leben hatte – und sie keine von seinem. Wie fremd sie einander geworden waren. Sechs Briefe im Jahr, das war alles, was sie geteilt hatten, und nicht einmal da hatten sie einander die Wahrheit gesagt.

»Papa«, sagte Mathilda, als sie aus dem Hauptbahnhof in die warme Mittagssonne traten. Es dauerte eine Sekunde, bis Ludwig reagierte.

»Ja, Mathilda?«, fragte er.

»Es ist schön, dass du wieder da bist.«

Da leuchtete etwas auf im Grün seiner Augen, das Lilo erkannte. An das sie sich klammern würde. Irgendwo in dieser kaputten Hülle steckte noch immer ihr Ludwig von damals. Sie musste ihn nur hervorlocken.

»Danke. Das finde ich auch«, sagte er leise.

Mathilda fasste ihre Eltern an den Händen. Ludwig links, Lilo rechts.

Vor ihnen lag ein weiter Weg, doch sie konnten ihn gemeinsam gehen. Für Mathilda. Und für das Versprechen von einem besseren Leben.

59.

Hamburg, 2019

Eine seltsame Mischung aus Trauer und Vorfreude stieg in Nele auf, während sie den Champagner entkorkte. Es knallte, und ein Teil des Inhalts ergoss sich sprudelnd auf das dunkle Parkett. Stefanie, deren Wangen vor Aufregung glühten, hielt ihr kichernd zwei langstielige Gläser entgegen.

»He, kannst du bitte ein bisschen vorsichtiger mit *meinem* Laden umgehen?«, fragte sie augenzwinkernd.

»Auf dich, die neue Inhaberin der Bücherwelt«, Nele hob das Glas und prostete ihrer ehemaligen Angestellten zu. Im Stillen fragte sie sich, warum sie nicht viel eher auf diese naheliegende Idee gekommen war. Doch erst Stefanie hatte sie darauf gebracht. Sie hatte die Kündigung nicht akzeptieren wollen und gesagt, dass die Bücherwelt *nur über ihre Leiche* geschlossen werden würde. Es sei noch lange nicht an der Zeit, das Handtuch zu werfen, und wenn Nele den Laden unbedingt loswerden wollte, würde sie ihn mit Kusshand nehmen.

Die zukünftige Inhaberin sprudelte über vor Ideen. Aktionen auf Instagram, Künstlerlesungen, Book-Release-Partys, die Einrichtung eines Webshops, ein Treuepunkte-System zur Kundenbindung. Und Nele wusste, dass Stefanie – im Gegensatz zu ihr – diese Neuerungen auch zügig umsetzen würde. Die Bücherwelt war ganz bestimmt noch nicht am Ende, und sie verdiente eine Geschäftsführerin wie Stefanie, die sie mit ihrem Elan aus dem Umsatztief herausmanövrieren würde.

»Möge die Bücherwelt unter deiner Führung noch viele Jahre bestehen«, sagte Nele feierlich. »Ich wünsche dir Glück und jede Menge Ungeziefer. Vor allem Bücherwürmer und Leseratten.« Sie hielt inne. Als sie diese kleine Ansprache vorbereitete, hatte der Satz weit weniger albern geklungen. Stefanie grinste trotzdem.

»Hört, hört«, sagte sie.

Die Gläser klirrten aneinander. Nele war es, als wäre ihr eine tonnenschwere Last von den Schultern genommen worden. Seltsam, dass sie diese Last erst jetzt, da sie von ihr befreit war, wirklich spüren konnte. Sie hatte geglaubt, dass sie die Bücherwelt gerne führte, dabei stimmte das gar nicht. Es war einfach ein Unterschied, ob man Bücher liebte – oder es liebte, sie zu verkaufen.

Fortan würde sie sich ans Lesen halten. Den Kindern in der Kita »Rasselbande«, wo sie im Herbst ihr praktisches Jahr beginnen würde, die Bücher von Astrid Lindgren, Otfried Preußler, Michael Ende und all die anderen Helden ihrer Kindheit nahebringen. Auch moderne Geschichten wollte sie vorlesen, von magischen Zoohandlungen, Klavier spielenden Bären und achtsamen Raubkatzen. Nele würde ihren Teil dazu beitragen, dass auch weiterhin Bücher gelesen wurden. Nur eben auf ihre eigene Art.

»Die Lesestunde am Mittwochnachmittag machst du aber weiterhin«, sagte passenderweise nun auch Stefanie und ließ sich nachschenken. »Keine Ausreden.«

»Aber klar, Boss«, grinste Nele, »das hab ich doch versprochen.«

»Gut. Mir macht Buchhaltung nämlich tausendmal mehr Spaß, als eine Horde Kinder zu bändigen.«

Nele lächelte vor Erleichterung bei dem Gedanken, dass sie sich nie wieder in ihrem Leben mit Buchführung würde herumschlagen müssen.

Sie trank ihr Glas aus und legte die Hand auf den Klemmbinder mit der aufwendigen Brokatverzierung, den sie für das Manuskript von Lilo Wiegand gekauft hatte. Nachdem sie die Geschichte ausgelesen hatte, erschien es ihr nicht richtig, sie weiter als losen, von Eselsohren verunstalteten Papierberg durch die Gegend zu tragen. Sie hatte diesem Manuskript so einiges zu verdanken – denn es war tatsächlich passiert: Die Bekanntschaft mit diesem Buch hatte sie verändert. Sie war sich ziemlich sicher, dass die Entscheidungen, die sie in den letzten Tagen getroffen hatte, sonst ganz anders ausgefallen wären. Die Geschichte hatte ihr Mut gemacht, ihren eigenen Weg zu gehen. Andererseits konnte sie jetzt auch Julian besser verstehen und sogar Diana. Zwar war sie noch nicht so weit, den beiden von ganzem Herzen eine *neue alte Liebe* zu wünschen, dafür fehlte es ihr an Altruismus. Aber ein kleiner Teil von ihr wusste, dass es so für die meisten Beteiligten das Beste war ... und möglicherweise würde sie ja irgendwann sogar die Größe aufbringen, Julian sein Familienglück zu gönnen, auch wenn es ohne sie stattfand.

Heute Nachmittag wollte Nele Mathilda Vogel jedenfalls noch einmal besuchen, um sich bei ihr zu bedanken.

Die Glocke bimmelte. Nele und Stefanie blickten gleichzeitig zur Eingangstür.

»Guten Tag«, sagte Frau Vogel, und in ihrer Stimme schwang Irritation mit, als sie die beiden Frauen mit gefüllten Sektgläsern mitten im Laden stehen sah.

Nele stieß einen verblüfften Laut aus. »Das ist ja ein Zufall, Frau Vogel. Ich habe gerade an Sie gedacht.«

»Gibt es hier was zu feiern?«, fragte die alte Dame und kam auf sie zu.

»Allerdings. Die neue Inhaberin der Bücherwelt.« Nele wunderte sich, wie leicht ihr der Satz über die Lippen kam. Es tat überhaupt nicht weh, es auszusprechen. Nachdem der Entschluss einmal gefasst gewesen war, hatte eine neue Energie von ihr Besitz ergriffen. Ihr Herz war bereit. Zum Abschied und zum Neubeginn, so wie in ihrem Lieblingsgedicht von Hermann Hesse. Sie nickte in Stefanies Richtung, die vor Freude rot wurde. Nele holte ein weiteres Glas und schenkte Frau Vogel ein.

»Herzlichen Glückwunsch!« Frau Vogel prostete Stefanie zu, bevor sie sich wieder an Nele wendete. »Und was machen Sie jetzt?«

»Das, was mein Herz mir sagt.« Nele lächelte. »Für mich war es einfach an der Zeit, die Vergangenheit loszulassen.«

»Ja, loslassen ist immer gut.«

»Wie läuft denn Ihr Aufräum-Projekt?«, erkundigte sich Nele, während sie gleichzeitig an den Verkaufstresen trat und nach dem Manuskript griff.

»Absolut fantastisch. Wir sind nur noch umgeben von Dingen, die uns glücklich machen. Wobei ich vermute, dass mein Mann am glücklichsten darüber ist, dass die ganze Aktion vorbei ist.« Frau Vogel zwinkerte Nele zu.

»Das glaube ich gerne. Ich habe übrigens das Buch Ihrer

Mutter ausgelesen«, fuhr sie fort, weil das Frau Vogel vermutlich am meisten interessierte. »Sie hatten recht. Eine außergewöhnliche Geschichte. Sie hat mich sehr berührt. Und ... sie hat ganz schön viel in mir bewirkt. Wissen Sie noch, was Sie gesagt haben, als wir uns zum ersten Mal begegnet sind? Das Zitat über Bücher, die Leben verändern können. Ich hab es Ihnen nicht gesagt, aber das war einer der Lieblingssprüche meines verstorbenen Vaters.«

»Tatsächlich?« Frau Vogel lächelte breit. »Da könnte man ja fast meinen, das Schicksal hätte Ihnen das Buch in die Hände gespielt.«

Nele lächelte zurück. »Ich hätte Ihre Mutter gerne kennengelernt. Was für eine starke Frau.«

»Welche?« In Frau Vogels Augen blitzte es vergnügt. »Sie hatten beide ihre Vorzüge. Und auch ihre Macken. Natürlich.«

»Lilo – ich konnte mich mit ihr identifizieren, und das, obwohl sie in einer ganz anderen Zeit gelebt hat. Und wirklich deutlich schwerere Hürden zu überwinden hatte als ich in meinem Leben.«

»Das eigene Leben ist immer das schwerste, meine Liebe. Jedenfalls freut es mich sehr, dass das Buch Ihnen gefallen hat. Das hätte auch meine Mutter gefreut.« Fast zärtlich strich die alte Dame mit der Hand über den Klemmbinder.

»Haben Sie vielleicht mal daran gedacht, das Manuskript an einen Verlag zu schicken?«, fragte Nele. »Es wäre doch toll, wenn mehr Menschen diesen Roman zu lesen bekämen. Ich könnte vielleicht«, sie stockte, überlegte einen Moment, »ein paar Literaturagenten anschreiben. Ich kenne zwar niemanden persönlich, aber die Adressen finde ich im Internet. Einen Versuch wäre es wert. Nur müsste ich die Geschichte erst mal abtippen. So kann man sie natürlich niemandem zum Lesen anbieten. Es könnte also eine Weile dauern. Aber dann ...«

Frau Vogel hob freundlich, aber entschieden die Hand. »Wenn meine Mutter gewollt hätte, dass viele Menschen dieses Buch lesen, hätte sie sich selbst darum gekümmert«, sagte sie. »Sie konnte sehr beharrlich sein. Und außerdem, meine Liebe, haben Sie sicher Besseres zu tun. Jetzt, wo Sie Ihre Buchhandlung abgeben. Sollten Sie sich nicht erst mal um sich kümmern? Und tun, woran Sie selbst Freude haben?«

Verblüfft sah Nele sie an. »Aber das tu ich ja«, antwortete sie langsam, »ich werde Erzieherin. Das wollte ich schon immer werden, und im Herbst setze ich meine Ausbildung fort.«

»Das freut mich wirklich für Sie.« Frau Vogel lächelte und wandte sich zum Gehen. »Ich wünsche Ihnen alles Gute.«

»Moment mal. Was wird denn nun aus dem Buch? Wollen Sie es nicht doch wieder zurückhaben?«

Die alte Dame drehte sich noch einmal zu Nele um und schüttelte den Kopf. »Wie ich schon sagte, die Erinnerung trage ich im Herzen. Wissen Sie, meiner Mutter hätte es gefallen, was Sie über ihre Geschichte gesagt haben. Sie glaubte an die Magie von Büchern. Vielleicht hat sie es geschrieben, damit *Sie* es lesen.«

»Oder es gibt noch mehr Menschen, denen die Geschichte helfen könnte.«

Die hellblauen Augen mit den unzähligen Fältchen drumherum musterten Nele aufmerksam. »Fällt Ihnen da jemand ein?«, fragte sie mit einem leichten Lächeln.

Nele zuckte die Achseln. »Ich weiß nicht«, sagte sie, obwohl ein Gesicht vor ihrem inneren Auge aufgetaucht war, kaum dass Mathilda die Frage ausgesprochen hatte. »Ähm, ja. Vielleicht.«

»Dann geben Sie es weiter. Und wenn Ihre ... Freundin«, Frau Vogel hob die Stimme ein wenig, als sie das sagte, »es gelesen hat, kann sie es wieder jemandem geben. Und immer so weiter.« Sie lachte leise in sich hinein. »Das hätte meiner Mutter gefallen, ich weiß es genau.«

60.

Nele trat aus der S-Bahn, lief die Stufen hinauf und dann in Richtung Wandelhalle. Wie immer am Freitagmittag herrschte rege Betriebsamkeit im Hamburger Hauptbahnhof. Unzählige Stimmen mischten sich miteinander, und immer wieder schallten Durchsagen durch das riesige Gebäude. Sie schob sich durch die Menschenmassen, überprüfte den Abfahrtsplan und stellte fest, dass der ICE nach München planmäßig von Gleis 8 abfuhr.

Sie und Julian hatten sich schon vorgestern voneinander verabschiedet. Ein romantisches Essen bei ihrem Lieblingsitaliener, für das sie sich beide in Schale geworfen hatten – doch ein Gespräch war nicht so recht in Gang gekommen. Hölzern hatte es gewirkt, sie hatte ihm von der Kita erzählt, in der sie demnächst arbeiten würde, er von einer neuen Serie, die er für Netflix entwickelte. Aber das Unbehagen war geblieben. Diese letzte Verabredung hatte sich angefühlt wie ein misslungenes erstes Date. Sie konnten sich einfach nicht entspannen, und als Julian sie nach Hause gebracht hatte, waren sie vor ihrer Tür stehen geblieben. Es war ganz anders gelaufen, als sie es sich ausgemalt hatte. Er war nicht mit hoch gekommen. Sie hatte es nicht angeboten, und er hatte nicht gefragt. Nur ein Kuss, dann war er in der Nacht verschwunden.

Gleis 8 war überfüllt, Dutzende von Menschen drängten sich auf dem Bahnsteig. Auf der Rolltreppe abwärts ließ Nele den Blick schweifen und entdeckte die kleine Familie sofort. Die neongrüne Baseball-Kappe, Mikas neues Lieblingsstück, war nicht zu übersehen.

Nele verlangsamte ihre Schritte, während sie sich vorwärtskämpfte. Plötzlich war sie sich nicht mehr sicher, ob es eine gute Idee gewesen war, herzukommen. Sie wollte fast schon umkehren, als Mika sie erkannte.

»Nele«, rief er und hüpfte auf sie zu. Sprang ihr mit Anlauf in die Arme.

»Hey, Mika.« Zum ersten Mal wurde Nele bewusst, dass sie auch ihn vermissen würde. Sie drückte ihn an sich.

»Was machst du denn hier? Mama, Papa, guckt mal, wer da ist!«

Mama und Papa guckten, allerdings weitaus weniger begeistert.

»Na, was wohl?«, beantwortete sie Mikas Frage. »Ich muss mich doch von euch verabschieden.« Sie ließ ihn herunter und trat auf Diana und Julian zu. Registrierte, wie der einen kleinen Schritt zur Seite machte. Weg von seiner Frau, wie ertappt. Nele beschloss, lieber nicht darüber nachzudenken.

»Ich dachte, du magst keine langen Abschiedsszenen am Bahnsteig«, sagte Julian.

»Das hast du falsch verstanden. Ich liebe sie.« Nele lächelte.

»Meine Damen und Herren an Gleis 8. Ihr Zug nach München fährt ein. Bitte Vorsicht bei der Einfahrt«, ertönte eine weibliche Stimme aus den Lautsprechern.

»Sieht aus, als würde sie sowieso nicht allzu lang ausfallen«, meinte Julian, als im selben Moment der nahende Zug zu hören war.

Nele öffnete ihre Handtasche und zog etwas heraus.

»Bitte kein Geschenk«, sagte Julian flehend und wirkte plötzlich, als würde er gleich in Tränen ausbrechen.

»Ist nicht für dich.« Nele reichte den Klemmbinder mit der Brokatverzierung Diana, die ihn perplex entgegennahm. »Ich glaube, das könnte dich interessieren«, sagte Nele freundlich. »Danach kannst du es weitergeben. An eine Freundin oder so.«

Julian starrte auf das Manuskript, von dem Nele ihm so viel erzählt hatte. »Also, ich würde es auch gerne lesen, wenn ich darf«, meldete er sich zu Wort.

Nele lächelte. »Gute Idee.«

Der ICE kam zum Stehen, und die Türen öffneten sich. Nele umarmte Julian. »Ich wünsche dir so sehr, dass du glücklich wirst«, flüsterte sie ihm ins Ohr.

Der Zug war fort. Sie hatte ihm bis zuletzt hinterhergewunken. Das merkwürdige Gefühl eines Déjà-vus drängte sich ihr auf, bis ihr klar wurde, dass sie die Situation tatsächlich schon einmal erlebt hatte – wenn auch nur im Traum. Doch den hatte sie ganz anders empfunden.

Heute war sie traurig, ja. Aber auch erleichtert. Das wunderte sie. Zum ersten Mal in ihrem Leben fühlte sie sich vollkommen frei. Die Bücherwelt war bei Stefanie in besten Händen, und Julian war fort. Sie zog ein Taschentuch aus der Handtasche und wischte sich die Tränen ab. Dann lauschte sie in sich hinein. Was wollte sie jetzt tun, wonach war ihr? Es war ein ungewohntes Gefühl, nicht darüber nachzudenken, was getan werden musste oder wer was von ihr erwartete.

Langsam stieg sie die Treppen hinauf, verließ den Hauptbahnhof und schlenderte in Richtung Innenstadt. Ohne Ziel wanderte sie die wie immer gut besuchte Mönckebergstraße hinunter, betrachtete die bunten Schaufenster und schlug den Weg zur Binnenalster ein. Deren Wasser funkelte in der Mittagssonne, und der Wind trieb die Gischt der sechzig Meter hohen Alsterfontäne in Neles Richtung. Bei einem gemütlich wirkenden Café machte sie Halt und setzte sich an einen der kleinen, quadratischen Holztische, die kreuz und quer herumstanden. Ein junges Mädchen mit Nasenring und grellrot gefärbtem Haar trat zu ihr.

»Was möchtest du?«, fragte sie freundlich und zückte einen Block.

Das war eine so gute Frage, dass Nele beinahe angefangen hätte zu lachen. Stattdessen legte sie die Stirn in Falten und dachte angestrengt nach.

»Ich probiere mal einen Flat White mit Hafermilch«, sagte sie dann.

»Okay.«

Nele hielt sie zurück. »Moment. Außerdem bitte einen Cold Brew mit braunem Zucker. Und einen Mocha mit Mandelmilch.«

Das Mädchen hob ganz kurz eine Augenbraue, dann nickte sie. »Alles klar.«

Minuten später standen die drei Getränke vor Nele auf dem Tisch. Während sie noch überlegte, wo sie beginnen sollte, lehnte sich der Mann vom Nebentisch, der bis eben auf seinen Laptop eingehackt hatte, zu ihr herüber.

»Das ist eine sehr interessante Bestellung«, sagte er und lächelte sie an.

Nele konnte nicht umhin festzustellen, dass er attraktiv war. Sehr attraktiv sogar. So sehr, dass sie sich wunderte, warum er sie ansprach. Er hatte dichtes dunkles Haar und strahlend blaue Augen mit unerhört langen, geschwungenen Wimpern. Sein Bartschatten verlieh ihm etwas Verwegenes und stand in spannendem Kontrast zu dem tadellos sitzenden Anzug aus braunem Feincord.

Nele grinste ein bisschen verlegen und griff nach dem halbhohen Glas mit dem Flat White. »Ja, ich weiß«, sagte sie, »aber ich hab meine Gründe.«

»Die würden mich ungemein interessieren.« Er klappte seinen Laptop zu. »Darf ich mich zu dir setzen?« Tatsächlich war er schon aufgestanden und hatte sich auf dem wackeligen Holzstuhl zu ihrer Rechten niedergelassen.

Nele schaute in seine ausdrucksstarken Augen, roch den frisch-herben Geruch eines teuren Aftershaves. Sie atmete tief durch und schüttelte dann den Kopf. »Nein«, sagte sie nicht ohne Bedauern.

»Nein?« Irritiert blickte er sie an. Damit hatte er nicht gerechnet. Kein Wunder, sicher passierte ihm das zum ersten Mal in seinem Leben.

»Nein«, wiederholte sie mit etwas mehr Nachdruck und verkniff es sich, ein *Tut mir leid* hinterherzuschieben.

»Oh. Na gut. Äh, tut mir leid«, sagte er an ihrer Stelle und räumte den Platz.

»Das muss es nicht«, antwortete Nele freundlich.

Er trat zurück zu seinem eigenen Tisch und setzte sich.

»Und danke, dass du gefragt hast«, sagte Nele noch, bevor sie sich wieder ihrer Kaffeeauswahl zuwandte.

Epilog

Hamburg, September 2002

Lilo hatte Helene in ihr Nachthemd geholfen und sie dann ins Bett gebracht. Mit geschlossenen Augen lag sie da und wirkte vollkommen erschöpft.

»Helene«, sagte Lilo leise und ließ sich auf der Bettkante nieder. Irgendeines ihrer Gelenke knackte, und der Schmerz ließ sie zusammenzucken. Sie war über zwölf Jahre jünger als Helene, aber mit ihren siebenundsiebzig Jahren auch nicht mehr taufrisch.

»Helene?«, fragte sie erneut.

Die andere schlug die Augen auf. Sie wandte den Kopf und sah Lilo an. »Trotzdem, ich konnte dir nie genug danken. Ich weiß, dass es nicht einfach für dich war.«

»Bist du immer noch nicht fertig damit? Ist ja schon gut. Ich danke dir auch«, sagte Lilo mit einem Hauch von Ungeduld in der Stimme. »Schlaf jetzt. Der Arzt ist gleich hier. Vergiss nicht, bis zum Wochenende musst du wieder fit sein!«

»Ich weiß«, sagte Helene leise. »Wir bekommen Besuch von deiner Tochter.«

»Nein.« Lilo schüttelte den Kopf. Sie legte ihre Hand auf die von Helene und lächelte sie an. »Von unserer Tochter.«